新编新译
世界文学
经典文库

新编新译
世界文学
经典文库

新编新译
世界文学
经典文库

R Ö D A

红房间

August Strindberg

R U M M E T

[瑞典] 奥古斯特·斯特林堡 著
石琴娥 斯文 译

作家出版社

新编新译世界文学经典文库

代序

经典，作为文明互鉴的心弦

陈众议

2020 年 11 月 27 日于北京

“只有浪子才谈得上回头。”此话出自诗人帕斯。它至少包含两层意义：一是人需要了解别人（后现代主义所谓的“他者”），而后才能更好地了解自己，恰似《旧唐书》所云：“夫以铜为镜，可以正衣冠；以古为镜，可以知兴替；以人为镜，可以明得失”；二是人不仅要读万卷书，还要行万里路。读万卷书难免产生“影响的焦虑”（布鲁姆语），但行万里路恰可稀释这种焦虑，使人更好地归去来兮，回归原点、回到现实。

由此推演，“民族的就是世界的”（据称典出周氏兄弟）同样可以包含两层意思：一是合乎逻辑，即民族本就是世界的组成部分；二是事实并不尽然，譬如白马非马。后者构成了一个悖论，即民族的并不一定是世界的。拿《红楼梦》为例，当“百日维新”之滥觞终于形成百余年滚滚之潮流，她却远未进入“世界文学”的经典谱系。除极少数汉学家外，《红楼梦》在西方可以说鲜为人知。反之，之前之后的法、英等西方国家文学，尤其是20世纪的美国文学早已在中国文坛开枝散叶，多少文人读者对其顶礼膜拜、如数家珍！究其原因，还不是它们背后的国家硬实力、话语权？福柯说“话语即权力”，我说权力即话语。如果没有“冷战”以及美苏双方为了争夺的推重，拉美文学难以“爆炸”；即或“爆炸”，也难以响彻世界。这非常历史，也非常现实。

同时，文学作为人类文明的重要组成部分，是人类进步不可或缺的标志性成果。孔子固然务实，却为我们编纂了吃不得、穿不了的“无用”《诗经》，可谓功莫大焉。同样，马克思主义的经典作家向来重视文学，尤其是经典作家在反映和揭示社会本质方面的作用。马克思在分析英国社会时就曾指出，英国现实主义作家

“向世界揭示的政治和社会真理，比一切职业政客、政论家和道学家加在一起所揭示的还要多”。恩格斯也说，他从巴尔扎克那里学到的东西，要比从“当时所有职业的历史学家、经济学家和统计学家那里学到的全部东西还要多”。列宁则干脆地称托尔斯泰是俄国革命的一面镜子。这并不是说只有文学才能揭示真理，而是说伟大作家所描绘的生活、所表现的情感、所刻画的人物往往不同于一般的抽象概括、冰冷的数据统计。文学更加具象、更加逼真，因而也更加感人、更加传神。其潜移默化、润物无声的载道与传道功能、审美与审丑功用非其他所能企及，这其中语言文字举足轻重。因之，文学不仅可以使我们自觉，而且还能让我们他觉。站在新世纪、新时代的高度和民族立场上重新审视外国文学，梳理其经典，将不仅有助于我们把握世界文明的律动和了解不同民族的个性，而且有利于深化中外文化交流、文明互鉴，进而为我们吸收世界优秀文明成果、为中国文学及文化的发展提供有益的“他山之石”。同样，立足现实、面向未来，需要全人类的伟大传统，需要“洋为中用”“古为今用”，否则我们将没有中气、丧失底气，成为文化侏儒。

众所周知，洞识人心不能停留在切身体验和抽象理念上，何况时运交移，更何况人不能事事躬亲、处处躬亲。文学作为人文精神和狭义文化的重要基础，既是人类文明的重要见证，同时也是一时一地人心、民心的最深刻，也最具体、最有温度、最具色彩的呈现，而外国文学则是建立在各民族无数作家基础上的不同时代、不同民族的认识观、价值观和审美观的形象体现。因此，外国文学，尤其是外国文学经典为我们接近和了解世界提供了鲜活的历史画面与现实情境；走进这些经典永远是了解此时此地、彼时彼地人心民心的最佳途径。这就是说，文学指向各民族变化着的活的灵魂，而其中的经典（包括其经典化或非经典化过程）恰恰是这些变化着的活的灵魂。亲近她，也即沾溉了从远古走来、向未来奔去的人类心流。

此外，文学经典恰似“好雨知时节”，“润物细无声”，又毋庸置疑是各民族集体无意识和作家、读者个人无意识的重要来源。她悠悠地潜入人们的心灵和脑海，进而左右人们下意识的价值判断和审美取向。还是那个例子，我们五服之内的先人还不会喜欢金发碧眼，现如今却是不同。这是“西学东渐”以来我们的审美观，乃至价值观的一次重大改变。其中文学（当然还有广义的艺术）无疑是主要介质。这是因为文学艺术可以自立逻辑，营造相对独立的气韵，故而它们也是艺术化的生命哲学；其核心内容不仅有自觉，而且还有他觉。没有他觉，人就无法客观地了解自己。这也是我们有选择地拥抱外国文学艺术，尤其是外国文艺经典的理由。没有参照，人就没有自知之明，何谈情商智商？倘若还能潜入外国作家的内心，或者假借他们以感悟世界、反观自身，我们便有了第三只眼、第四只眼、第N只眼。何乐而不为？！

且说中华民族及其认同感曾牢固地建立在乡土乡情之上。这显然与几千年来中华民族的文化发展方式有关。从最基本的经济基础看，中华文明首先是农业文明，故而历来崇尚“男耕女织”“自力更生”。由此，相对稳定、自足的“桃花源”式的小农经济和自足自给被绝大多数人当作理想境界。正因为如此，世界上没有其他民族像中华民族这么依恋故乡和土地（柏杨语）。同时，因为依恋乡土，我们的祖先也就相对追求安定、不尚冒险。由此形成的安稳、和平性格使中华民族大抵有别于西方民族。反观我们的文学，最撩人心弦、动人心魄的莫过于思乡之作。如是，从《诗经》开始，乡思乡愁连绵数千年而不绝，其精美程度无与伦比。“昔我往矣，杨柳依依；今我来思，雨雪霏霏”（《诗经》）；“露从今夜白，月是故乡明”（杜甫）；“举头望明月，低头思故乡”（李白）；“春风又绿江南岸，明月何时照我还？”（王安石）。如此等等，不一而足。当然，我们的传统不尽于此，重要的经史子集和儒释道，仁义礼智信和温良恭俭让，以及少数民族文化等皆是中华传统文化的组成部分。而且，这里既有六经注我，也有我注六经；既有入乎其内，也有出乎其外，三言两语断不能涵括。诚然，四十多年，改革开放、西风浩荡，这是出于了解的诉求、追赶的需要。其代价则是价值观和审美感悦令人绝望的全球趋同。与此同时，文化取向也从重道轻器转向了重器轻道。四海为家、全球一村正在逼近；城市一体化、乡村空心化不可逆转。传统定义上的民族意识正在淡出。作为文学表象，那便是山寨产品充斥、三俗作品泛滥。与此同时，或轻浮或狂躁，致使伪命题及去心化现象比比皆是；文学语言简单化（却美其名曰“生活化”）、卡通化（却美其名曰“图文化”）、杂交化（却美其名曰“国际化”）、低俗化（却美其名曰“大众化”）等等，以及工具化、娱乐化等去审美化、去传统化趋势在网络文化的裹挟下势不可挡。

正所谓“彼亦一是非，此亦一是非”，如何在全球化这把双刃剑中取利去弊，业已成为当务之急。“不忘本来，吸收外来，面向未来”无疑是全球化过程中守正、开放、创新的不二法门。因此，如何平衡三者的关系，使其浑然一致，在于怎样让读者走出去，并且回得来、思得远。这有赖于同仁努力；有赖于既兼收并包，又有魂有灵，从而在人类命运共同体的旗帜下复兴中华，并不遗余力地建构同心圆式经典谱系。毫无疑问，唯有经典才能在“熏、浸、刺、提”“陶、熔、诱、掖”中将民族意识与博爱精神和谐统一。让《红楼梦》《三国演义》《水浒传》《西游记》等中国文学经典的真善美成为全世界共同的精神财富吧！让世界文学的所有美好与丰饶滋润心灵吧！这正是作家出版社与中国社会科学院外国文学研究所精心遴选，联袂推出这套世界文学经典丛书的初衷所在。我等翘首盼之，跂予望之。

作为结语，我不妨援引老朋友奥兹，即经典作家是好奇心十足的孩子，他用手指去触碰“请勿触碰”之处；同时，经典作家也可能带你善意地走进别人的卧室……作家卡尔维诺也曾列数经典的诸多好处；但是说一千、道一万，只有读了你才知道其中的奥妙。当然，前提是要读真正的经典。朋友，你懂的！

译者序

石琴娥

2020 年 9 月 12 日于潘家园寓所

奥古斯特·斯特林堡(August Strindberg，1849—1912)，瑞典现代文学奠基人，世界现代戏剧之父。他才气横溢，一生共著有戏剧和小说各六十余部，是一位全面而又多产的作家。他以构思奇特，笔锋辛辣、犀利著称。瑞典学院诺贝尔文学奖评委会前主席谢尔·埃斯普马克曾经说过:“瑞典文学是国际文学的一个组成部分。特别是西欧文学中的流派都会出现在斯德哥尔摩，只不过稍迟一些罢了。”这就是说，瑞典的文学是跟着欧洲大陆走的。可是，斯特林堡却是个例外。他创作的现代主义戏剧受到欧洲乃至世界作家们的追随和学习，像斯特林堡这样影响世界文学的作家在北欧是凤毛麟角、屈指可数的。

斯特林堡出生于斯德哥尔摩的一个资产阶级家庭。父亲曾开过杂货铺，又当过船舶经纪人，但因经营不善而破产，家道陡然中落，从富裕陷入贫困。斯特林堡的生母是他父亲的女仆，由于这宗婚姻的门第不当，而遭到家族的反对和指责，他的母亲受尽欺凌，在斯特林堡十三岁时便病逝。斯特林堡虽然曾有过一段资产阶级家庭的富裕生活，但时间不长，更多的是在家境窘迫拮据、遭受白眼和屈辱的凄惨日子中度过。斯特林堡曾上大学学医，但一再因财源难继而辍学，又一再复学，终因学费无着落而被迫中断学业。为了谋生，他当过家庭教师和新闻记者。直到1874年当上了瑞典皇家图书馆助理员，生活才安定下来，并且得到改善。

1879年，他出版了社会讽刺小说《红房间》，使他一举成名，但是这部小说击中了上层社会的痛处，给他招来了猛烈的围攻。此后他出版了《瑞典人民》(1881)、《新国家》(1882)和《瑞典的经历和冒险》(1882—1883)等讽刺性小说又招致嘲骂和围攻，以致他无法再在国内存身，只得离开瑞典漂泊到瑞士定居。1884年他的著名短篇小说集《结婚集》因言词亵渎、触犯宗教而遭到控告。斯特林堡返回斯德哥尔摩接受审讯，虽然结果被判无罪，但是他的身心却受到极大的刺激和摧残。他在这场官司结束之后，迁居丹麦，后来又侨居德国、奥地利、法国等地，过着穷困潦倒而颠沛流离的漂泊生活，不过也正因为如此，他接触欧洲大陆上各种哲学和文艺的思潮、流派和新鲜事物要比瑞典国内的文人更广泛也更直接及时，并且得以结交更多的各国文学家。

斯特林堡有过三次婚姻挫折。三次婚姻的失败和其他一些复杂而不幸的私生活造成了他对妇女既爱又恨的复杂心理状态。他在其他社会问题上是激进改革派，而在妇女问题上却抱有仇视和敌意。由于心灵频受创伤，生活颠沛流离，加上郁郁不得志，使他身心深受刺激，精神曾一度失常。在经历了一度精神失常之后，斯特林堡深信不疑，认为自己屡遭不幸和失败都是由于某种超自然的力量，也就是天意在摆布。在宗教神秘主义、进化学说和五花八门的精神分析和心理学的影响之下，1894年他在从德国到巴黎的途中又一次陷入精神危机，甚至觉得周围的人都要加害他。他把这场精神危机称为“地狱危机”。在度过了这场“地狱危机”之后，他在宗教观念和文学创作上都发生了重大的转变，写了两部描写自己心理的忏悔录《地狱集》(1897)和《传奇集》(1898)。在此之后，他的精神逐渐恢复平衡，写作的欲望和灵感亦再度旺盛起来。他埋头写作，进入了多产期，如发表了三卷本剧本《去大马士革之路》(1898—1904)等一大批戏剧和小说作品。不过风格与以前迥然不同，不再是现实主义和自然主义，而是转变成充满象征主义和表现主义情调，表现出想摆脱痛苦却又找不到出路的绝望挣扎和变态心理，描写出梦幻般的扭曲畸形的资本主义病态的社会关系。

斯特林堡一直以他犀利辛辣的笔锋和毫不妥协的精神揭露丑恶，批判社会，他的立场始终鲜明地站在工人群众和劳动人民一边。1909年瑞典《社会民主报》为祝贺斯特林堡六十寿辰，出版专刊，斯特林堡撰文致谢并宣称："我始终把自己看成是他们(即下层社会)的代言人中的一员，因为我是一个女仆的儿子。"

1912年4月初斯特林堡因患癌症去世，成千上万的瑞典各界人士赶来参加葬礼，工人群众则高举着红旗守卫在灵车经过的街道，并为他送丧守灵。

在世界文坛上，斯特林堡主要以戏剧而享有盛誉，一生创作六十二部戏剧，他的剧本充满着对社会、宗教和家庭虚伪的反抗精神，运用了不同于前人和同代人的新颖的戏剧语言，赋予戏剧一种独特的苦涩和力量，因而对社会的批判和对宗教家虚伪的揭露更为尖刻锐利，斯特林堡的戏剧创作在早期以现实主义作品为主，其代表作是《奥洛夫老师》(1872)。斯特林堡作为一个戏剧家对欧洲的戏剧改革运动做出了重大贡献。这是因为他首次将表现主义和自然主义运用到戏剧中来，并且成功地创作了悲剧《朱丽小姐》(1888)、《父亲》(1887)和《债主》(1888)。这几部独幕剧，尤其是《朱丽小姐》已被奉为世界戏剧史上自然主义风格的经典之作。在“地狱危机”之后，斯特林堡戏剧的风格从自然主义转向印象主义和表现主义。他开创的表现主义戏剧具有这样的特征：内容荒诞离奇、结构散乱、情节变化突兀，往往鬼魂和活人同时出现在舞台上，以致生与死、梦幻与现实之间没有明确的界限，剧中人物往往类型化，常常无名无姓，也没有鲜明的个性特征，而只是抽象的观念，共性的象征，戏剧中也没有明确和特定的时间地点，也没有戏剧性事件，甚至没有剧情转折和起伏，也没有结局。《一出梦的戏》(1902)，整个戏剧都笼罩着超自然的气氛，舞台场面光怪陆离如同梦境一般。《鬼魂奏鸣曲》更是让死尸、亡魂和活人同时登场，对资本主义社会中互相倾轧的人际关系作了淋漓尽致的揭露。这部剧后来成为表现主义作品的典范。

斯特林堡创作了六十多部小说。瑞典现代文学史是以斯特林堡为开端的，而长篇小说《红房间》(1879)又是瑞典文学中第一部开创性的作品。在此以前，瑞典文学仍以诗歌为主，虽然已有小说体裁的文学作品，但是大多以短篇为主，往往是书信体并且夹杂着大量的宗教和道德说教。这些作品词藻华丽，情节曲折离奇，却与中下层民众无缘，也吸引不了他们，只能在上流社会中流通。直到斯特林堡的《红房间》出版，才使这种局面有了改观。这部小说刚一出版就引起了轰动，第一版被一抢而光，在半年之内连续出了四版。次年又以廉价书形式大量出版，而购买的主要是青年和工人。从刚一出版，这部小说便遭到了猛烈的围攻，绝大多数的批评家都以卫道士的口吻指责小说“沉闷而悲观”“恶毒而令人厌恶”“只有黑暗与挖苦、辛酸与痛苦”，等等。但是随着小说受到广大中下层民众的热烈欢迎，每次印刷都高达一万册以上，而且还要一版再版，这在当时全国只有四百万人口的瑞典来说，简直是不可思议的天文数字，因为一般的文学作品印数大多是几百册，能上千册已是十分了不起的大事了。

《红房间》的故事情节很简单：年轻的富商子弟阿尔维德 · 法尔克出于理想主义的热情，放弃了优裕的生活和官场生涯，一心要为社会和贫苦民众做事，用文艺来揭露社会的不公正和病态，以唤醒民众的觉悟，帮助他们觉醒起来进行斗争，并且实现一个更为美好的未来。小说围绕着当时斯德哥尔摩文人雅士群集的伯恩斯饭店的红房间餐室为中心地点。法尔克时常与一群年轻的诗人、演员、画家等文艺青年聚首在这里欢饮开怀，因而《红房间》的副标题是《记艺术家和作家们的生活》，但是这仅仅占小说内容的一小部分，甚至主人公法尔克也不占有主导地位，而仅仅作为一根把整部小说串连起来的主线。法尔克放弃官场生活之后为生活糊口而奔走，历尽艰辛，曾当过保险推售员，也当过作家，为了支援工人运动，也当过《工人旗帜报》的记者。通过法尔克的经历和观察来揭露社会不公和人际尔虞我诈。他接触社会愈广愈深，就愈放弃理想主义，被迫朝向激进和革命方向发展，并且信誓旦旦地立下诺言说要永远忠于被压迫者的事业。但是在冷酷而严峻的现实的巨大压力下，他最后终于屈服，违背了自己当初的诺言。他的好友，激进分子奥勒·蒙坦纽斯在山穷水尽之时投河自尽以死明志，而法尔克却回到自己原来出身的阶级，重返官场，在议会开幕时，头戴饰有羽毛礼帽、身着礼服站在御座旁边的仪仗队里。他的狂热的双眼虽然仍在冒火，然而他清楚地知道他已出卖了自己的灵魂。

作为瑞典第一部现实主义小说，其成功之处在于，作品并不拘泥于叙述主人公的个人遭遇和命运，而是着重于揭露和批判社会，因而往往通过法尔克的经历而引出许多别的人物，如被点头哈腰的势利小人所包围的财大气粗的批发商，装腔作势从事慈善事业的贵夫人，貌似正经却又在伯恩斯饭店接客的妓女，自命清高而又为饱餐一顿玩弄手腕、费尽心机的文艺人，用上帝的名义和圣餐仪式来进行坑蒙拐骗的牧师，为得到演主角的机会而不惜出卖色相的女伶……斯特林堡在小说的29个章节里勾画出三教九流的众生相，而且个个都是入木三分，合在一起便成了一幅淋漓尽致的浮世绘。

《红房间》是瑞典第一部现实主义作品，这也正是小说最能吸引人和发人共鸣之处，因为它不再是置身在象牙塔中或者是田园牧歌式的作品，而是触及了活生生的现实生活，揭露了它的阴暗与丑恶面。这部小说在表现手法上也十分具有特点，它有明显的狄更斯的文风，因为斯特林堡是参照了狄更斯的《匹克威克外传》为范本的，描写伯恩斯饭店红房间里的文人聚餐痛饮就和匹克威克俱乐部的聚会的高谈阔论颇有异曲同工之处。

这部小说在写作风格上是瑞典第一部自然主义的作品，尤其是运用了印象主义的技巧来描写斯德哥尔摩的风光景物。小说的第一章从第一句话起就描写了主人公法尔克从南城的小公园俯视斯德哥尔摩全城，他脚底下的那座城市既有远大辽阔而朦胧迷茫的景色，又有四周的引人注目的细节，如正在枯萎的雪莲花，用含苞欲放的菩提树的蓓蕾的茸毛来筑巢的雀鸟，还有去年在这里打架的狗儿留下的狗毛，等等。这一切都构成了一幅田园诗般的风景画。

斯特林堡的小说和他的戏剧一样都是在受到丹麦的文学评论家勃朗兑斯的激进民主主义文学思想的感召而写作的，因而勃朗兑斯的文学必须不脱离社会现实，文学必须干预社会现实的主张清晰地体现在斯特林堡的小说和戏剧之中，尤其是早期的作品，因而他的小说大多数有鲜明的批判社会的特性，并且带有强烈的愤世嫉俗的讽刺笔调。不少作品中不仅流露出疾恶如仇的语气，甚至过分偏激和尖刻，但是却给他的写作风格增加一种奇特的力量，人们通常把这种风格称为“斯特林堡文风”，后来一些瑞典作家还孜孜模仿，但是迄今尚没有一个瑞典作家在反映外部世界和内心世界方面的技巧能够超过斯特林堡的，说斯特林堡开创了瑞典小说并非言过其实，他亦是当之无愧的。

斯特林堡的小说题材是多方面的，但大多与他本人生活经历多少有一定关系，他的六十余部作品大致可分为这几类：批判社会和揭露现实的、自然体的、以超人为题材的、历史题材的等等。批判社会的作品以长篇小说《红房间》为代表作，其他还有小说《新国家》(1882)，自传体小说最主要的作品是四卷本长篇小说《女佣之子》(1886—1887)，讲述了他一生的故事，通过自己的遭遇和经历来抨击社会的欺诈和压迫。《结婚集》（两卷本，1883—1886）和《一个狂人的辩白》(1888)，从性质上来说也是属于自传体的。

斯特林堡已于一百多年前离开了我们,《红房间》这部小说问世至今也已有一百四十多年了。这部小说讲的是19世纪70年代的人和事,那时虽然已经有了蒸汽轮船,但是还没有汽车,更不消说飞机了,人们出门或是安步当车或是乘坐马车,行走在碎石铺就凹凸坑洼的窄街上。车辚辚、马萧萧,当时的城市是多么宁静,没有震耳喧嚣的市声,却到处都有教堂钟声在耳际萦行缠绕。俱往矣,逝如斯,一切都是那么岁月悠远,那么陈年宿旧,恐怕寻遍回忆的角落也不大能想得起来。然而当我们捧起这部《红房间》来阅读时,不但没有陌生过时之感,反倒觉得有一股新鲜气息扑鼻而来,令人觉得亲切,觉得似曾相识,甚至觉得书里所讽刺的人和事,有些仿佛仍在我们的身边,有些似乎活跃在现实生活之中,甚至我们说不定还亲身经历过。读罢掩卷,遐想联翩,感叹不已。这大概也就是这位瑞典文学巨匠遗留给我们的深邃幽远的意境吧。

目 录

第一章　斯德哥尔摩鸟瞰　001
第二章　兄弟之间　020
第三章　里尔扬斯村的新迁入户　033
第四章　主人和狗　052
第五章　在出版社里　080
第六章　红房间　097
第七章　模仿耶稣　120
第八章　可怜的祖国　132
第九章　把灵魂卖给恶魔　151
第十章　《灰外套报》报业股份公司　160

第十一章　幸运的人们　176
第十二章　特利登海运保险股份公司　192
第十三章　上帝的惩罚　206
第十四章　苦艾酒　221
第十五章　凤凰剧院股份公司　240
第十六章　在白山　258
第十七章　顺乎自然……　280
第十八章　虚无主义　286
第十九章　从新教堂墓地到诺尔巴克　303
第二十章　在祭坛上　322
第二十一章　一个溺水的灵魂　330
第二十二章　艰难的时世　341
第二十三章　待客之道　352
第二十四章　《瑞典论》　363
第二十五章　最后一次上班　392
第二十六章　书信往来　417
第二十七章　恢复健康　432
第二十八章　坟墓另一边的声音　439
第二十九章　回首往事　456

第一章

斯德哥尔摩鸟瞰

5月初的一个傍晚，摩萨贝克坡地［斯德哥尔摩市内南城的一处游览胜地。］的小花园还没有向公众开放，连花坛里的泥土都尚未翻掘挖松。一簇簇雪莲花从去年的枯枝烂叶底下挣扎着冒了出来，洁白的花朵预示着短促的生命走到了尽头，即将枯萎凋谢，这样可以为那些躲在枝杈光秃的梨树下的娇嫩而纤弱的番红花腾出地方来。紫丁香蓄势待发，只等南风一起就会吐蕊。花椴树已经翠滴绿染，让花骨朵冒出来，这份毫不间断的情意招惹得开始衔啄地衣在枝头上修筑窝巢的苍头燕雀更加起劲。自从去冬的积雪消融以来，花园里的沙径还不曾踏上人的脚印，所以园子里的鸟兽花木都生活得很自在，丝毫没有受到打扰。成群的灰雀忙着把碎渣残末聚拢到一起，然后再贮藏到航海学校校舍的屋顶瓦片底下。它们为了去年秋天扔在地上的焰火残骸上的一丁点碎纸屑而你争我夺，吱吱喳喳久久不肯散去。它们把去年才从玫瑰谷的苗圃移栽过来的幼树树身上缠裹的干草啄掉。它们目光犀利，什么都休想逃过它们的眼睛。它们在凉亭里搜集到了一些碎布，又从一条长凳腿的榫头缝里拖出来了一团狗毛，自去年的约瑟芬娜日［约瑟芬娜(1807—1876)，瑞典和挪威王后，1823年嫁给奥斯卡一世。瑞典日历将她的生日8月21日命名为约瑟芬娜日。］以来还没有狗儿在那里打过架。这就是生活，而过日子总归有磕碰的。

夕阳滞留在利里厄哥尔摩岛［斯德哥尔摩市一个区，有大桥与其他区相连接。］上空，把余晖一齐朝东面斜映过去，它扫过烟波朦胧的贝格松德海峡，又匆匆穿过暮霭笼罩的里达尔湾，再爬上里达尔哥尔摩教堂顶上的十字架，从那里辉映到德国教堂的陡峭的屋顶上，再蹦跳到停泊在斯凯普栈桥边的内河航船的三角旗上，把它们照射得闪烁不定。那阳光又在海关大楼的玻璃窗上洒下了无数光斑，使得这些窗子光亮得炫目刺眼，随后又把里定屿上的树林辉映得流金溢彩。那阳光倾泻而下，云蒸霞蔚，后来满天晚霞徐徐散去，天际只剩下一抹玫瑰色的云彩向远方展开，消失在海上水天一色之处。习习海风从那边吹起，顺着落日入海的同样线路朝向岸边吹了过来。它先经过伐克斯哥尔摩岛，再掠过海岸要塞和海关，绕过西克拉屿，从赫斯特哥尔摩岛背后包抄过来，顺道溜了一眼夏季浴场，又长驱直入吹向丹维根湾，在那里煤炭、焦油和鱼类油脂的气味把它呛着了，它受到了惊吓，慌忙转过身来插向南岸，这时它的气势已经没有那么嚣张，冒冒失失地闯进了索德尔玛尔姆靠海边的开阔地带，沿着摩萨贝克坡地往上吹过去，吹进了小花园里，不料却一头撞到了一幢房屋的墙壁上。就在那工夫，那幢房屋墙壁上的窗户却被一个姑娘打开了。年轻的厨娘刚刚把里层窗户上糊着的纸条撕掉，窗户才打开，一股烤肉的油脂气味混杂着泼洒在地上的啤酒的味道一股脑儿飘逸出来，这股气味扑鼻而来，十分难闻，呛得人很不好受。屋里的枞树枝条和锯木屑被风刮了起来，吹出窗外老远。正当厨娘鼻翼翕动大口大口地吸进沁人心脾的新鲜空气时，那风儿却扑向了填塞在两层玻璃之间的棉絮条，把点缀在那上面的亮晶晶的小圆金属片、干瘪的野莓浆果，还有欧石楠的枝叶等等一股脑儿刮到窗外的甬道上，围成圆圈不停地旋转飞舞。灰雀和苍头燕雀很快也加入到飞舞的行列里来，因为它们瞅见了这些东西之后，筑巢寻找不到材料的苦恼也就迎刃而解了。

那个厨娘忙碌着收拾里面那层窗玻璃，几分钟之后那幢房屋的地下室餐馆通往游廊的那扇门打开了，一位年轻的绅士出门来步入花园之中。他衣着简洁却不失讲究，他的长相倒没有显出有什么与众不同的地方，不过眉宇之间带着忧愁，眼神里露出郁闷烦恼。他走出了狭窄的地下室餐馆，视野豁然开朗，他转过身去迎着风，解开外套纽扣，深深地吸了几大口空气，这才觉得胸口舒畅头脑清醒起来。然后他沿着那道把花园同海边陡坡隔开来的栅栏来回地踱步。

在他下面很远的地方这座新近觉醒的城市发出喧嚣的声音。蒸汽绞车在下面的索德尔玛尔姆码头上咔嚓作响，飞速地上下旋转个不停，铁条在起运前扛到地秤上去称重量时发出哐啷巨响。船闸的看守地吹着哨子。斯凯普栈桥边的内河航船呼哧呼哧朝空中排出一团团浓雾般的蒸汽。国王坡地上，公共马车在石板路面上颠簸。渔码头四周人声鼎沸，沿水道一带桅樯林立，风帆和旗帜迎风飘扬，海鸥在空中盘旋，发出聒耳的尖叫，斯凯普哥尔摩岛岸边停泊的船只汽笛长鸣。索德尔玛尔姆广场上士兵操练的口令声、格拉斯布鲁克街上摊贩们木屐的嗒嗒声此起彼伏，汇成一片。所有这一切嘈杂都给人们生机蓬勃、活力充沛的印象，那位年轻的绅士似乎受到了感染，周身的精力被唤醒过来。他的脸上烦恼和愁闷一扫而光，代之以百折不挠的顽强神情和生的欲念与决心。他倚在栏杆上，将上半身往前探出，俯视着自己脚下的这座城市，仿佛在打量要与之交手对阵的劲敌一般。他鼻孔张大，双眼里冒出火花，举起了一只紧握的拳头，模样有点像朝着这座微不足道的城市发出挑战，或者是对它恫吓威胁。

这时候卡特琳娜教堂的钟敲了七下，玛丽娅教堂的大钟以清脆悦耳的高音响应附和。旋即，大教堂、德国教堂的雄壮浑厚的低音钟声也加入进来。紧接着，整个苍穹都颤抖起来，全城大小教堂都响起钟声，报出了七点整。可是在这些教堂的钟声一个接着一个停止以后，却还有最后一个教堂在很遥远的远处安详悠扬地念诵着它的晚祷，那钟声听起来比旁的钟声音调更高，自有股更清脆的铿锵，而节拍也比旁的钟声稍微快一些，它的声音的确与众不同。他侧耳谛听，想要辨别出这种声音究竟是从哪里来的，因为它勾起他对往昔的回忆。这时候他的脸色已经温和下来，面孔上显露出一个弃儿的孤苦伶仃的痛楚，况且他原本就孤苦伶仃，因为他的父母早已双双长眠在克拉勒教堂的墓地底下。而一直萦绕在耳际的钟声就是从那里发出来的，他本来就是个孩子，因为他对别人说的话全都相信，不管是真话还是假话。

克拉勒教堂的钟声终于沉寂下来，沙径上一阵脚步声把他从沉思中惊觉过来——一个身材矮小的人穿过游廊朝着他走了过来，那个人留着连鬓胡子，戴着一副眼镜，不过这副眼镜与其说是为了补充目力的不足，倒还不如说是更加方便于窥视别人而免得被人发觉。他的嘴巴很甜，说起话来总是十分友善，甚至极其亲切，叫人想不到是口蜜腹剑。他头上戴着一顶压瘪了一半的高顶礼帽，身上的外套整洁美观，只是纽扣残缺不全，裤子的裤脚管向上卷起了一半，他的走路姿势显出他既刚愎自用，却又胆小如鼠。他的外表模糊不清，令人无法判断他的社会地位和年龄，他可以被人当成手工艺匠人，却也可以被看成是个官吏或职员。他的年纪大概在二十九到四十五岁之间。他似乎因要同眼前的这个人会面而受宠若惊，把那顶压得半扁的高顶礼帽高高地擎在手里，深深地鞠躬，脸上露出最为亲切和善的笑容。

“地区法院推事［旧时法院审判员。］先生没有久等吧？”

“一点也没有，时钟刚敲过七点。我感谢您的好意，承蒙您应约前来，我必须承认这次会晤对我来说关系重大之至，可以说维系着我的前途，斯特鲁弗先生。”

“哦，天哪！”

斯特鲁弗先生眨了眨眼皮，因为他走这一趟只是想来解解酒瘾，却并没有什么心思来谈正经事，至于其中的缘故他是心里有数的。

“为了我们能够更好地交谈，”地区法院推事继续说道，“倘若你不反对的话，我们不妨坐在外面一起喝杯托第酒［一种用威士忌等烈酒掺兑热水和糖的混合酒。］？”

斯特鲁弗先生捋了捋连鬓胡子，小心翼翼地把礼帽压扁，然后又对主人的款待道了谢，不过看样子却有点心神不定。

“首先，我必须请求您不要再用地区法院推事的头衔来称呼我，”那位年轻的绅士接着说，“因为我从来不曾当过地区法院推事，我只不过是极普通的录事，而且从今往后连这个差使都丢掉了，我只是法尔克先生……”

“怎么回事？”

斯特鲁弗先生听到此话时的神色仿佛像是失掉了一个有身份的熟人，不过他依然保持着和蔼可亲的态度。

“您是一位富有开明思想的长者……”

斯特鲁弗先生想要张嘴讲上几句，随便敷衍一番，把话题引开去，可是法尔克却自顾自地说下去：

"我特意向尊驾求教，乃是因为器重自由主义的报纸《小红帽报》，而您的身份又是这份报纸的编辑人员……"

"过奖啦，我只不过是个无足轻重的采访员而已……"

"我早已拜读了您对劳工问题和其他所有问题的宏论雄文，您的文章闳中肆外，精辟之至，赢得了我们的心。转眼之间三个年头已经过去，这个'三'字值得用罗马数字来把它大写，因为这家面目一新的报纸问世至今已是第三个年头了，我们理应很快就会看到我们的希望实现。我已经在《农民之友报》上拜读过您为那几位主要政治家所写的精彩至极的传记，那些大人物都来自人民，到底都会为民请命，站出来厉声疾呼，为民请命，把压在他们心头上的百姓疾苦一吐为快。您是进步革新的人士，我对您敬佩仰慕不已！"

斯特鲁弗听到这番如火焰般炽热的语言，眼神非但没有为之一亮反而黯淡下去，他勉为其难地接受了惊雷闪电般的恭维话，赶紧抢过了话头说道：

"我不得不说：这是真正的乐趣——能够有幸亲耳聆听到一位年轻有为的，像地区法院推事这样杰出人士的自我表白。可是从另一方面来讲，为什么我们非要在这会儿谈论那些过于一本正经的，甚至可以说是徒然令人伤感的事情？我们此刻正置身于大自然的怀抱之中，又正是春天的第一天，阳光普照，大自然万物返青，萌芽滋长，我们何苦自寻烦恼呢？倒不如让我们对酒当歌，消消停停喝上一杯。恕我鲁莽，不过我以为我是年事稍高的学长，因而也许可以斗胆建议你我放下客套，彼此以弟兄相称……"

法尔克本来抱着满心希望，犹如燧石要寻找钢块可以敲出火花来，却不料碰上的是块木头。他毫无热情地接受了这个主意。这一对刚换称呼的兄弟正襟危坐在那里，除了脸上显露的失望表情之外，一时间彼此竟无话可说。

“我方才刚向老兄谈到，”法尔克终于打破冷场重拾话题，“我从今天起要同我的过去一刀两断。我离开官场宦海，不再担任政府官员，我还想再表明一下心迹，我要改行当个以笔墨谋生的文人。”

“当个文人，哦，天哪！为什么要走这条路？真是大材小用，未免可惜。”

“可惜倒不见得。不过我想请教一下，老兄是否知道我在哪里可以找到工作？”

“哼，这倒真难以回答，那么多人从四面八方、成群结队拥进这个城市，不过你大概连想都不曾想到过。你丢弃了手头上的现成饭碗，真是太可惜了。再说卖文为生当个文人，可真是个清苦艰辛之至的行当。”

斯特鲁弗一副悲天悯人的样子，看起来着实是在为法尔克丢失了好差使而心疼可惜，可是脸上却掩饰不住自鸣得意的神情，因为毕竟又多了一个同病相怜的志同道合者。

“不过你倒说给我听呀，”他继续说道，“你究竟为什么居然对既体面又有权势的职业弃之不顾呢？”

“光荣体面是为那些把权力夺到手的人留着的，而只有那些心狠手辣的人才能够争夺到权力。”

“噢，瞧你说的，还不至于那么危险吧？”

“不至于？好吧，我们不妨谈点别的。我只消给你讲讲我去登记求职的六个衙门的内情，好让你对其中的光景一目了然。头五个我刚一进去转身就出来了，道理最自然不过，因为那里根本没有工作可做。每一次我走进去询问有没有事情可做，回答总是‘没有’，而我确实从不曾见到有人在干事情。家家如此，尽管有些衙门名声挺吓人，像烈酒酿造署、税务局和文官抚恤离退年金管理总署等等。不过当我看到这些衙门里冗员成堆，闲着无事可做，我脑海里忽然闪过这个想法：那个支付给这一群群官员薪俸的衙门谅必事情不少，忙得够呛，因而我便到文官薪俸支付署去登记求职。”

“那么你光顾了那个衙门？”斯特鲁弗问道，他这时开始听出兴致来了。

“是的，我对这次经历留下了如此了不得的印象，以致我将终身难忘。我一踏进这个机构齐全、组织完善的衙门便被弄得晕头转向。我是当天上午十一点钟到那里的，因为这个衙门非挨到这个钟点才开门办公。在门房里，我看见两个年轻的看门人正趴在一张桌子上看《祖国报》……”

“《祖国报》？”

斯特鲁弗方才一直在撒糖喂给灰雀吃，这会儿忽然侧耳细听起来。

“是的，我打招呼说了声‘早安’，那两位先生像水蛇般扭动了一下背脊，表示对我的问候并没有深恶痛绝之感而是接受下来了。有一位甚至还用右脚上的长靴后跟蹭蹭地板做了个姿势，大概算是同我握手吧。我问两位先生当中是否有人有空，可否烦请他领路引我进到大楼里面。他们解释了自己的处境，说他们奉命不得擅自离开门房。我又问还有没有别的看门人。‘有啊，’他们说道，‘还有好几个呢。可是门房总管已经度假去了，首席看门人换班休息，第二看门人获准请假，第三看门人去了邮局，第四看门人生病不来，第五看门人去倒水喝，第六看门人去上厕所，他蹲在那里往往一整天。再说这里的文官不到一点钟是不会来上班应卯的。’经他这么一指点我才恍然大悟，我来得实在太早，这一趟来得不是时候，打扰了他们的悠闲，而且也得到了一个提醒，那就是看门人居然也是文官。

“不管怎样，我向他们解释说，我决意要亲眼见识一下这里的办公室，以便对这样一个权大任重、包罗万象的机关分工状况有个概念。我终于说服了那两个看门人中略为年轻的一个带我去转一圈。当他把门打开放我进去之后，真是大开眼界，出现在我眼前的是一排大大小小的十六间办公室。这里真是气派十足，谅必会有工作可做，我这么一想便不禁暗自庆幸自己想出了这样出色的主意，十六个瓷砖壁炉里桦木柴烧得正旺，烈焰发出的爆裂声噼啪作响，十分悦耳动听，打破了那里的宁静。”

斯特鲁弗愈听愈凝神屏息。他在背心马甲的面料和里子之间掏出一支铅笔来，在左边袖口上写下了阿拉伯数字“16”。

“看门人向我说明道：‘这些是编外雇员的办公室。’

“‘哎哟，这个机关里有许多编外雇员吗？’我问道。

“‘是呀，还真不少。’

“‘那么他们做些什么工作？’

“‘无非是抄抄写写，不便说，有点……’他鬼头鬼脑，仿佛在泄露重大机密似的，于是我只好立即打断了他的话头。然后我们挨门挨户浏览了一遍：誊写员室、录事员室、办事员室、核对员室和核对干事室、审计员室和审计干事室、稽查员室、报表统计员室、档案保管员室、图书管理员室、会计师室、出纳员室、法律顾问室、首席资产托管员室、机要秘书室、统计师室、登记室、总务干事室和总务主任室、办公厅主任室等等，不一而足。最后我们来到一扇门前，门上镏金大字赫然在目：署长室。我刚要推门而入，却被那个看门人虔敬地伸手阻拦住了，他诚惶诚恐地拉住我的手臂，凑到我耳边悄声说道：'不许出声！'

"'他在睡觉吗？'我愕然问道，因为有一个传说故事浮现在我的脑际，以致我不由得问道。

"'看在上帝面上，切莫做声。这里除了署长打铃呼唤之外，哪个人也不许进去。'

"'署长常常打铃叫人吗？'

"'不，自从那年我进机关以来，从不曾听见过他打铃叫人进去。'

"我们两人似乎又在鬼头鬼脑打听和泄露重大机密，于是我赶紧刹住了话头。

"到了时针指向十二点左右时，那些编外雇员陆续来上班了，我深感意外，诧异不已，原来我认出来全班人马竟都是清一色的文官抚恤离退年金管理总署和烈酒酿造署的旧相识。不过使我惊愕的还在后头，我看见税务局来的那个报表统计员大摇大摆地走进统计师室，一屁股坐在真皮座椅上，如同在前一个衙门里一样地惬意自如。

“我把里面那个年纪轻轻的先生拉到一旁，问他我进去谒见署长他是否觉得合适。‘嘘，肃静！’他神秘莫测地这样回答，一把将我拉进了第八个房间，又鬼鬼祟祟地嘘了一下。

“我们踏进去的那个第八号房间也与其他办公室一样地昏黑暗淡，不过比其余的办公室更加肮脏，真皮沙发和座椅的裂缝已经看得见有马鬃毛露在外面。写字台封尘蒙垢，灰尘积得很厚。桌子上墨水瓶里的墨水早已干涸，旁边摆着一条没有启用过的火漆封，那上面原来的主人用盎格鲁-撒克逊族古文字的大写字母端端正正地写上了自己的名字。桌面上还有一把裁纸用的剪刀，可是剪刀口已经锈蚀得打不开了。还有一本台历，上面的日期停留在五年前的仲夏节；一本五年前的政府官员人名录和一沓颜色已经灰蒙蒙的纸张。纸上七横八竖地写着尤里乌斯·恺撒、尤里乌斯·恺撒、尤里乌斯·恺撒，起码写了一百遍，间杂着还写了许多诺亚老头、诺亚老头，数目大致也差不多。

“‘这是档案保管员办公室，我们在这里不会受到打扰。’

“‘难道档案保管员就不来上班吗？’我问道。

“‘他已经五年不曾来上班了，听说他如今给惯纵得不想再来上班了。’

“‘不过他的公务由谁来照料呢？’

“‘图书管理员兼顾一下。’

“‘那么这样的一个办公室在文官薪俸支付署究竟在办什么公呢？’

“‘事情还是有得做的。等到看门人收到档案的收据凭条，把它们按年份和字母分门别类排好次序之后，就把档案送到订书匠人那里去装订成册，然后图书管理员要看着它们放到里面的合适书架上去。'"

斯特鲁弗把这番谈话听得津津有味，时不时地在自己袖口上记下一两个字。当法尔克稍一停顿时，他猛然想起一件有分量的事情来，便赶紧问道：

"不过档案保管员怎样领取他的薪俸呢？"

"那还不简单，送到他的府上去！不过那位年轻的同伴向我出了个主意，叫我进去向报表统计员鞠躬施礼，并且请他把我介绍给其余的文官。那些官员们这时候已陆续来到，他们把瓷砖壁炉里的火拨弄一下，可以暖融融地享受一下余烬未灭的炉火。据我的这个朋友说，这位统计师是个非常有权势却又脾气温顺的人物，而且很欢喜受到别人重视和奉承。

"这位统计师就是税务局的报表统计员，我早就同他有一面之交，尽管我对他的看法大相径庭，我还是听从了这个年轻同伴的劝告。

"在瓷砖壁炉前的一张宽大的扶手椅里端坐着那个被人敬畏的人物，两条腿伸在一张驯鹿皮上。他嘴上正叼着真正的海泡石烟嘴在抽烟，那烟嘴外面还缝着山羊皮套。为了一边抽烟一边有点事情做做，他拿着一张隔天的《邮报》在阅读，大概要从中得知一些为揣摩政府意图而不可或缺的消息。

"我踏进房门的时候，他深感意外，惶惶然不知所措。他把眼镜往上一推，让眼镜架在光秃秃的额头上。他的右眼隐匿在报纸背后，左眼的眼光却像射出的一颗尖头子弹般朝我袭来。我向他表明了来意。他把烟嘴拿在右手里，鉴赏那海泡石的颜色究竟又深了多少。紧接着是一段长得不堪忍受的沉默，这沉默证实了我的担心。他清了清嗓子，然后一张嘴便使得壁炉里的那未熄的火堆发出了一阵很响的嗞嗞声，做了这件事情之后他又想起了那份报纸，于是又继续阅读下去。我觉得自己应该把来意再复述一遍，不过语气上稍作些变动。这一下他再也忍受不住，高声叫嚷起来：‘先生这是什么意思，真是活见鬼？先生凭什么闯到我的房间里来，真是活见鬼！难道我在自己的办公室里也不得安宁？真是岂有此理！出去，你给我出去，先生！难道先生没有看见我正忙着吗？真是活见鬼！先生想求职不妨去找首席资财托管员！用不着来找我！’于是我就一头走向首席资财托管员办公室。

“那里正在举行一个规模很大的订货质量评比会，会议已经进行了三个星期。首席资财托管员坐在会议主席的位置上，有三个办事员担任会议记录。承包商送来的货色样品杂乱无章地堆放在会议桌四周，所有闲得无事可干的办事员们、誊写员们和录事们都正襟危坐在桌旁。会议上意见分歧很大，可是临到末了还是决议购买两捆莱塞勃牌的纸张，经过翻来覆去的试剪之后又商定从格劳托普作坊购买四十八把剪刀，这是那家农庄作坊的获奖产品（顺便提一句，统计师先生在那家作坊里拥有二十五股股份）。测试钢笔尖花费了整整一个星期，会议记录吞噬掉了两令纸张。这会儿会议已经进展到了削铅笔刀，大家围在黑色的桌面上试削起来。

“‘我提议购买谢菲尔德［英国钢铁中心，以出产刀具闻名。］四号不带拔瓶塞螺丝钻的双刃折刀。’首席资财托管员说道，顺手用样品从桌面上削下一块大得足可以用来引火的木片，‘不知首席录事先

生意下如何？’

“那一位刚刚在试削的时候，把刀尖深深嵌入桌面，碰到了一根钉子，结果弄断了一把埃斯吉尔斯托纳［瑞典一城市名，出产钢铁刀具等。］出产的二号三刃折刀，于是他建议就买这种折刀。

“随后所有的人都畅所欲言，各抒己见，他们头头是道、一丝不苟地阐明道理，而且还拿出试削的实物来证明自己的观点正确无误。最后主席决定采购二十四打谢菲尔德折刀。

“首席录事对这一决议有所保留，他作了长篇大论的发言阐明自己的这一保留。他的发言记录在案，誊写成一式两份，然后归档装订成册，登记编号再分门别类（按照字母和年月日），然后看门人在图书管理员的监督之下把归了档案的记录放到合适的书架上去。这一保留洋溢着热爱祖国的激情，旨在表明政府鼓励使用国货制造商的产品乃是当务之急。既然这篇宏论之中抨击了一位政府官员，其实也就是指责了政府，首席资财托管员责无旁贷、当仁不让地站出来为政府辩白一番。他先从回顾历史开始讲述制造行业销路不畅以致兴起了一股打折促销之风（那些临时雇员们一听到‘打折’这个字都赶紧侧耳细听），随后又对最近二十年国家的经济发展作了粗略的一瞥。在这个题目里，他洋洋洒洒、深入详细地讲述起来，直到里达尔哥尔摩教堂敲响了两点钟的钟声，他还没有讲到本题上来。这两下钟声可真是性命交关的，所有的文官们立刻统统从自己的座位上跳起身来，好像碰到了火警一般。我赶紧问身边一个年轻人这究竟是怎么回事。那个上了年纪的首席录事听见了我的问话，便回答道：‘政府官员守则的第一条就是准时，先生。’两分钟之后，那么多办公室里竟一个人影都不见了。‘明天我们有热闹好瞧了。’有一个问路的伙伴在下楼梯时凑到我耳朵边低声细语说道。‘哦，天哪，那是什么呢？’我着急地问道。‘铅笔啊。’那人回答道。第二天会上果然争论得很激烈。还有火漆封条、信封、裁纸刀、吸墨水纸、订书线等等，后来都在会上争来争去折腾了很长时日。不过这样倒也不错，因为人人都没有闲着。终于有一天会议要结束了，这时候我只得鼓足勇气要求给我点事情做做。他们给了我七张纸，叫我在家里把会议记录誊写清楚，这样我才能得到在那里工作的资格。我没有花费几天就把这项工作完成，可是我非但没有赢得赏识和鼓励，反而招惹来猜疑嫌忌，因为他们根本就不喜欢勤快肯干的人。自此之后我就再也不曾得到什么工作做。我在那里待了一年，受够了屈辱和欺凌，真是一言难尽，我想让你省点神不讲也罢。这辛酸的经历真是太离谱了，凡是我认为荒谬绝伦和卑微渺小之事他们都庄严肃穆地、虔诚敬重地对待，所有受我顶礼膜拜推崇为伟大和为之颂扬的事情却都被他们糟蹋得一文不值。人民被他们称为群氓，在他们的心目中似乎只配在战乱中挨卫戍部队的子弹。他们公开诋毁新宪法，把农民谩骂成吃里扒外的叛徒。[这些描写在政府机构重组之后已不符合事实。——原著注] 这类恶毒语言我听了整整七个月，直到他们开始对我产生怀疑，因为众人听了都在哈哈大笑，唯独我却笑不出声来，于是他们便向我发难。第二次较量是有一回他们猖狂地攻击‘在野党的走狗们’，我禁不住光起火来，便摆开阵势批驳了他们。他们终于弄明白了我站在哪一边，觉得我这个人已无可救药。后来我又遭到排斥，蒙受了其他许多次磨难，所以我如今对仕途官场心灰意冷，一心只想做点笔墨文字工作。”

斯特鲁弗正听得起劲，却不曾料到这样快刀斩乱麻般地突然收尾结束。他把铅笔放回口袋里，一口喝完了杯中残留的烈酒，神情茫然，一副心不在焉的样子，可是他又觉得不好不开口，于是说道：

“我说老弟，你至今尚未学会彻悟人生三昧。你先要弄明白有块面包糊口之大不易，再逐渐明白过来有面包糊口是人生的头等大事。干活就是为了赚取面包维持生计，而有面包可吃才有力气去干活，为的是赚到更多的面包。请相信我，我有妻室儿女，我知道这意味着什么，人活在世上必须适应环境，非适应不可！而你却还不晓得文人的地位如何。在这个社会里，哪来文人谋生的一席之地！”

“不见得吧，那是自作自受的缘故！谁叫他们想要凌驾于社会之上！再说我讨厌社会，因为它不是建立在自由结合的基础上，它是以谎言编织而成的。我倒还挺高兴能从这个社会里逃出去。”

“天有点凉飕飕了。”斯特鲁弗弦外带音地说了一句。

“是吗？我们该走了吧？”

“也许是时候该分手了！”

这番谈话就像灯油耗尽时的火焰一般，忽闪忽闪地跳动，而火头却在熄灭下去。

夕阳早已沉没，一钩新月从地平线上冉冉升起，挂在拉迪高德空旷地［亦称“叶尔迪特”，斯德哥尔摩市区内动物园以北的一块空地，原先为王室的养牛场，卡尔十一世时改为军队训练场，卡尔·约翰十四世在这里兴建了著名的堡格亭。现该空地部分为诺贝尔公园。］的上空。有一两颗星星闪烁在天际，和残昼黄昏争夺穹隆。

城里的煤气路灯接二连三地被点亮，喧嚣的闹声徐徐沉寂下去。

法尔克和斯特鲁弗两人一起朝北走去。他们俩一路走，一路谈论着一些他们都不感兴趣的话题，诸如商界买卖状况、海运往来、经济生活动态等等，直到最后握手告别，他们这才都松了一口气。

法尔克心事重重，一些新的想法在他的脑海里酝酿着。他信步朝下沿斯特洛姆街走向斯凯普哥尔摩屿。他觉得自己恍若一只小鸟在到处乱飞，一头撞在玻璃窗上碰得头破血流躺倒在地上，可是他相信时候一到，他还会振翅凌空飞到海阔天高的自由中去。他在海岸边的长凳上坐定，听着波涛拍岸的声音，一阵阵熏风窣窣作响吹拂槭树枝叶，新月如钩在黑魆魆的水面上洒下淡淡清辉。码头上泊着二三十艘船艇，它们把船头翘得一个高过一个，不过只有一会儿工夫，却又一个比一个脑袋耷拉得更低。晚风和海浪似乎在追逐驱赶它们，于是它们只得像套着颈绳的狗儿一样向桥边冲刺，可是套在颈脖上的绳索一下子又把它们拉了回来，它们只得强自挣扎上下乱颠，似乎一心想挣脱桎梏扬长而去。

他在那里一直坐到后半夜，那时候晚风已经入睡，浪涛也去休息。那些身陷缧绁的船艇不再撞击码头。槭树停止发出窸窸窣窣的响声，夜色似水，露华渐浓。

他站起身来，如梦游一般踽踽独行，返回家去，在拉迪高德居住区［系1885年前的旧名称，后来改称为“厄斯特玛尔姆区”。］的远处有一间简朴的顶楼陋室就是他的家。

年轻的法尔克无所事事，而年老的斯特鲁弗却忙得不可开交。就在那天他被《小红帽报》解雇了，于是他就马上钻进保守党的《灰外套报》报馆。他匆匆回到家里，立即动手给倾向暧昧的《人民旗帜报》写了一篇通讯文章《文官薪俸支付署采访记》，一共长达四栏，稿酬是每栏五个克朗。

第二章

兄弟之间

亚麻布饰物经销商卡尔·尼古拉斯·法尔克是已故亚麻布饰物经销商的儿子，他是子承父业。他的先父可不简单，生前曾是斯德哥尔摩行会五十位最年长的耆绅之一，还兼任了行会步兵队的队长，教堂监理会理事和斯德哥尔摩市火灾保险管理委员会委员。这位卡尔·尼古拉斯先生有个弟弟，也就是本文方才提到的曾经出任过地区法院录事，如今改行当文人的阿尔维德·法尔克。卡尔·尼古拉斯在厄斯特朗街上开着一家亚麻布饰物店，不过他的冤家对头们却从不肯把它叫作“店铺”，他们只说“那个小摊”。那家店铺刚好坐落在几乎是费尔根巷正对面的位置上，所以铺子里的那个店员只消从他手上的那本小说上抬起头来就可以看到蒸汽轮船的一角，有时候是船上明轮的罩子，有时候是斜桅，还有斯凯普哥尔摩屿上的树梢和一小块天空。那本小说是他偷偷塞在柜台底下的，闲来无事便坐着阅读，借以消遣。这位店员的姓名听起来同成千上万人一样，叫作安德森，再说他同那成千上万的人一样听话。那天清晨，他打开店门，在门口挂上一卷亚麻布、一个长袋形渔网、一个抓鳝鱼用的铁丝笼子、一捆钓鱼竿和一箱捕鱼用的零星杂物。然后他把店堂打扫干净，又在地板上撒上一层木屑，做完这些之后便在柜台背后坐定下来，在柜台底下他放着一只空的蜡烛箱，那是权当老鼠夹子来用的。每当东家或者是东家的主人一踏进店堂，他只消一拉箱子上的长柄钩子，手上的那本小说就可以立刻落进箱子里去。至于说有顾客上门，他倒不担心他们会看见，就是见着了也毫不碍事。况且这时又是大清早，再说上门来的顾客真是屈指可数。这家店铺称得上百年老店了，是在有福的弗雷德里克一世〔瑞典国王，1720年至1751年在位。〕还在位的时候就开张了。卡尔·尼古拉斯·法尔克不但从父亲手上继承了所有财物，也为能够做这样老字号的传人而得意扬扬。这块老招牌是世代相传的，他父亲也是一脉单传从他祖上继承得到的，那时候这家店铺买卖兴隆，日进斗金。且不说很久以前火红的日子，就是在几年之前，也不是如今门可罗雀的惨淡境况。只怪可恶的股份制企业迅速崛起，给小本经营的店铺带来了灭顶之灾，他们把生意一股脑儿抢了过去，哪顾别人今后的死活。他们把生意场上的老规矩统统打乱了，而且把行会本身也逼得走投无路，终于寿终正寝。这一来法尔克先生只得自认晦气，服输退让。不过别人却并不这么看，他们说那全怨他自己经营不善，而且别人在船闸广场开了一家新店，那家店铺是他无法取胜的竞争对手。好在法尔克是个精明有余的人，不到万不得已的时候他只字不提店铺的败落窘况，再说他要选好了时机和听众才决定拨响那一根弦。比方说他昔日生意场上的旧交熟人同他谈起店铺近况并且友善地称赞店门前不再车水马龙倒显得清静悠闲得多，他会告诉他们说他如今忙于在外省开设分店做趸批买卖，他仍旧开着这家店铺无非是要用它的老招牌。这么一说别人对他也就信以为真了。他在店堂背后有间留作自用的小办公室，只要不外出或者去证券交易所大楼，他多半是在那里待客，每当有熟人朋友（那是另一类的朋友）来访，比方说机关里的职员或者是学校里的教员，他们开口对店铺的生意表示友善的不安时，他这才会说道："市道真是一团糟，全都是那种股份制公司造的孽，只怨它们带来了萧条。"

店员安德森先生全神贯注地在看小说，却被几个男孩打扰了清静，他们推门而入询问钓鱼竿多少钱一根。他只好抬起头来，一眼看到街上年轻的阿尔维德。法尔克先生正朝店铺走过来。那本小说正是从他手里借来的，所以干脆让那本书撂在柜台上，谅也不碍事。当那一位踏进店堂时，安德森便以非常信任亲密的语气和彼此心照不宣的奥妙神情招呼他童年一起游戏的伙伴。

“他在楼上吗？”法尔克焦躁不安地问道。

“他刚要喝咖啡。”安德森回答说，指了指天花板，就在这一瞬间他们听见有把椅子从他们的头顶上拖了过去。

“这会儿他从桌子旁边站起身来了，阿尔维德先生。”

他们两人似乎都对这个声音习以为常，而且还熟知每个动静的含意。紧接着一阵沉重的脚步声吱吱嘎嘎地在那房间里来回响动，随后又是一阵沉闷的轰隆声透过地板和天花板，钻进了那两个侧耳细听的年轻人的耳朵里。

“昨天晚上他在家里吗？”法尔克问道。

“不在，他出去了。”

“和朋友还是那些熟人？”

“和熟人。”

“他很晚才回来？”

“非常晚。”

“你觉得他会很快就下来吗，安德森先生？因为嫂嫂在那里，多有不便，我不情愿上楼去找他。”

“他马上就要下来了，我从这个脚步声里就听得出来。”

就在这时候，他们听见楼上砰的一声响，有扇门关上了。

楼下这两人会意地交换了一下眼神。阿尔维德不由自主地抽动了一下身体，似乎打算离去，不过旋即镇定下来。

片刻工夫后，办公室里有了动静。一阵猛烈的咳嗽声使得那间小房间颤抖起来，然后听见了那熟悉的脚步声，啪哒，啪哒，啪哒……

阿尔维德走到柜台背后，举起手来敲了敲门。

“进来。”

阿尔维德站到他哥哥面前。那一位看样子四十开外，而他确实也是这个年纪，因为他比他的弟弟要大十五岁，因而他一直习惯于把他的弟弟当作小孩子对待，当然也还有一些其他的缘故。他长着淡黄色的头发，淡黄色的唇须，淡黄色的眉毛，连眼睫毛也是淡黄色的。他已经发福，身体颇为臃肿，所以他脚上的那双靴子只消一走动便会被他的身体重量压得嘎吱作响。

“就是你一个人来？”他问道，带着一丝不易察觉的怜悯和轻蔑，这两种感情在他心头上一直是密不可分地混合在一起的，因为他向来对在某些方面比不上自己的人抱有怜悯，却又从心底里看不起他们。此刻他的脸色怏怏不乐，因为他估计上出了点差错，推门而入的竟不是他所等着的那个更为唯唯诺诺、任凭他颐指气使发一通脾气的家伙。其实他的弟弟性格温顺柔和，懦弱怕事，除非万不得已是从来不肯惹火烧身的。

“我没有打搅你吧，卡尔哥哥？”阿尔维德站在门口问道。这个低声下气的问题产生了效应，哥哥拿定主意要显示他的怜悯之心。于是他从本来放在壁炉旁边的那只硕大的、饰有刺绣的真皮烟盒里为自己取出了一支雪茄，又顺手把烟盒递给了弟弟。他是个直言无忌的人，所以把这盒雪茄烟明说成是“只款待朋友抽的”，那些雪茄来历非凡，是在海滩上打捞上来放在海岸现场拍卖的，所以味道虽说走了样，不过价钱很便宜。

“嗯，你来有何贵干？”卡尔·尼古拉斯一面询问，一面把雪茄烟点燃再把火柴盒放回衣袋里，这个动作是他心不在焉才做出来的——只给人递烟而不给人火柴！他素来只能把思路用在做一件事情上，而且那个圈子也不大，不像裁缝量他腰围尺寸那样说得出个名堂。

“我想谈谈我们的生意。”阿尔维德回答道，双手抚弄着没有点燃的雪茄烟。

“坐下吧。”卡尔吩咐说道。

他有个习惯，就是要着手对付一个人的时候总是要人家坐下，这样人家就矮了半截，他就可以居高临下、比较方便地整治人家，倘若有必要就把人家整得趴下。

“我们的生意！难道我们合开了几家店铺［瑞典语“生意”和“店铺”为同一个单词。］！”他张口发难了，“我却一点都不知情！你开了几家店铺，你说说！”

“我的意思是想问问，我到底还能分到点什么？”

“这是什么意思，倘若我可以问个明白的话？你说的大概是钱财，对不对？”卡尔·尼古拉斯以插科打诨的口吻说道，一边让弟弟享受满屋云烟氤氲的雪茄烟香味。他没有等到回答，其实他也不需要什么回答，便自顾自地说下去：

“说起分家，难道你还没有把该归属在你名下的那份统统拿走了吗？难道不是你自己将账单收据签字之后交还给国家监护署的吗？自从分家以后我还一直管你的衣食费用，你口口声声说这是赊欠的，有朝一日你有支付能力时一定会如数归还我的，你一直这么要求来着，我也就随时把账目记清楚，等着有一天你自己能挣得自己的面包时会把这笔欠账如数还清的，可惜直到现在你还是分文未还。”

“这正是我如今打算要做的事情，所以我特意前来问问我究竟还能分得多少或者我还欠了多少？”

那个当哥哥的朝向他的牺牲品投过去犀利如刺的一瞥，想要用这种目光一眼看透那一位胸中究竟怀着什么不可告人的鬼胎，旋即他开始把脚上那双长靴在地板上踩得吱嘎作响。他在痰盂和雨伞架之间的对角线上来回踱步，身上那根怀表链上挂着的几个坠子也就丁零丁零响个不停，仿佛在警告路上的行人休得挡住他的道。雪茄烟的烟云袅袅娜娜摇曳飘动，在壁炉和门口之间排列成一长串云朵，仿佛预示着雷阵雨即将来临。他脑袋低垂，双肩耸起，似乎正扮演戏里一个角色，在背台词。当他把台词背熟之后，猛地在他弟弟面前站住脚步，用他的海蓝色的眼珠久久地逼视着他弟弟的双眼，那目光里透露出虚假，可是他的神态看起来十分值得信赖，俨然又是一副悲天悯人的长者模样。他发话了，那声音和腔调活脱脱是从克拉勒教堂墓地的祖坟里传出来的先辈家训一般：

“你不老实，阿尔维德！你——不——老——实！”

除了站在门背后偷听的安德森先生之外，任何一个旁人若是听到了一个哥哥对一个不争气的弟弟说出这几个悲怆欲绝的字眼来，谅必无不悚然而起，大为感动。就连阿尔维德他自己也是如此。他自幼承长兄庭训，养成了深信不疑世上别人个个完美无缺唯独他自己才不争气的毛病，他有片刻工夫踌躇畏缩起来，自己也把握不准自己究竟老实还是不老实，而且这句话是出自从小把他拉扯大的长兄之口。那位长兄自有一套本事，专门为他那颗极为脆弱的良心度身订造了一整套对付的手段。可是他瞻前顾后再三思量之后，终于觉得自己还不够老实，也还不够坦诚直率，他方才那句话就讲得并不直截了当，那个提问分明是在说长兄只是个霸占家产的无赖，可是又说得不太坦诚直率，而是吞吞吐吐。

“我有个想法，”他终于说道，“你欺骗了我，把我名下应得的一部分遗产侵吞了。我曾经计算过，你给我吃的饭食很糟糕，给我穿的是你弃之不用的破旧衣物，而你却把这些算成一大笔数目。再说送我去上的是蹩脚透顶的学校，我的那笔财产不可能全都在学费上花光。我相信你吞掉我大笔钱财，如今我急需钱花，我想要把这笔钱要回来，你爽爽快快付给我吧！”

长兄那张白净的脸上浮起了笑容，他的神态安详自若，他的姿势从容镇定，要知道这是他多少年来练就的本事，仿佛是一遍遍地排练达到了炉火纯青的境界，只消把台词念出口，他的全套做工就会出神入化地表演出来。他把手插到裤兜里，把那一大串钥匙摇得发出声响，然后掏出来朝空中一抛，那串钥匙在空中翻了个跟斗又返回到他手上。随后他郑重其事地走向保险箱。大概是心诚则灵的缘故，保险箱一下子就打开了，要比他预料的快得多。他取出了一张纸来，那是件现成的道具，拿在手里之后就要念台词了：

“这张单据可是你亲笔所写，你说！这白纸黑字可是你的亲笔？”

“是的。”阿尔维德站起身来打算溜走。

“坐下，不许走！坐下！”

倘若在场的是一条狗的话，它听到这样厉声大喝大概也会吓得马上坐下。

“那上面是怎么写的？念呀！好吧，我来念：‘本人阿尔维德·法尔克承认并证实我已从我的哥哥和监护人卡尔·尼古拉斯·法尔克手上领取到应归于我名下的全部遗产，特立此据以资证明。’”

那张收据上写明的款项数目大概实在寒碜，所以做哥哥的也不好意思念出声来。

“你承认并证明了这件事情，却又不相信它！我可以问问这算老实吗？不，先回答我的问题！这是老实吗？不，你已签出了假凭据，你是个不折不扣的无赖！是的，你是个无赖，难道我说得不对吗？”

这个场面实在精彩，这个胜利辉煌之至，没有观众来欣赏岂不是太可惜，何况那个无辜者受到了指责也必须有证人在场罪名方能成立，于是他举起拳头敲敲通向店堂的那扇门。

“安德森，”他大呼小叫道，“告诉我一件事情，你且听仔细了！要是我签署了一张假收据，我是个无赖不是？”

“老板，您真是个无赖，不消说的！”安德森不假思索而气愤不已地说道。

“你听见没有？连他都说我是个无赖……倘若我签署了一张假收据的话，哼，我方才说什么来着？对了，你不老实，阿尔维德，你不老实。我一直是这么说你来着。表面恭顺的人通常骨子里是个无赖。你一直唯唯诺诺、百依百顺，其实我早就看出来你心术不正，心怀鬼胎，你是个无赖！连父亲生前都这么说你，我讲的是他老人家一直这样说你而不是偶然说过，他是个光明正大的长者，心直口快，看不惯就要说。阿尔维德，你呵，你真是……要是他如今还活在人间，看到你这么不争气，他必定会痛心疾首气个半死，也会说你不老实，阿尔维德！唉，你真……不老实！”

他讲完之后又顺着对角线踱来踱去，似乎用脚为自己方才精彩的演出喝彩。他手上的那串钥匙发出丁零丁零声，仿佛在摇铃催人落下大幕。最后的那句台词念得那么令人倾倒，以致任何补充表白都显得多余，反而会画蛇添足。卡尔对自己会受到弟弟的这场责备早有预料，而且准备了好几年，因为他相信弟弟一直心怀叵测，对他虚情假意，如今这场风波总算平息，而且是如此圆满地了结，非但了结得成功出色，而且是全凭了他足智多谋才能得到这样的了结。他心满意足了，岂止心满意足，分明得意扬扬、踌躇满志了，因为他终于找到了一个出气筒来发泄他心里蕴藏着的怒火，方才他在楼上被家里那口子噎得够呛，正要找个对象来发泄一通。若说朝着安德森发火，这么多年来已经令人提不起兴致来了，要是朝着楼上那口子发泄，那岂不是自讨苦吃，如今正好有这么一个出气筒子送上门来，他何不发泄个痛快！

阿尔维德哑口无言了，他从小就在那种被人吓唬得心惊胆战的监护下长大起来的，所以他一直总以为自己做的事情没有一桩是对的。他从孩提时代起就受到那些大得吓人的崇高字眼的震慑，什么正义啦、老实啦、坦诚啦、说真话啦等等，成天价甚至是时时刻刻往他的耳里灌输，这些是他日常生活一举一动的是非好坏的裁判法官，而这位法官却无时无刻不指着他呵斥道：你有罪！他有过片刻工夫相信自己计算上出了差错，而他的长兄是无辜的，他自己才是真正的无赖。可是转念一想又觉得他的哥哥才是个不折不扣的骗子，用几句诡辩就转移掉他的视线。他想逃走，不想再陷入要交锋的狼狈境地，只想抽身起来一走了之，连前来登门要谈的第二桩大事，也就是他有个想法打算改行，都没有来得及说出口来。

这段冷场比预料的要长得多，卡尔·尼古拉斯因而有足够时间把方才赢得的胜利从头至尾在自己脑海中回味一遍。“无赖”这个名词，真是个很小的字眼，舌尖上打个转就讲出来了，就像讲“叫你滚蛋”一样方便。他又回想到房门被打开、安德森应声回答自己的那句话，那张凭据赫然在目，这一幕幕好戏真是一环扣一环恰到好处。连一点纰漏都没有发生：钥匙串没有忘记在床头柜上，保险箱的铁门一打就开，证据伸手拿出来没有同其他文件混杂成一卷。最后那大段道白真是掷地有声的压轴好戏。自己念得声泪俱下，正是这个感人肺腑的钓饵才把那条狡猾的狗鱼拖出了水面。他愈想愈得意，心情豁然开朗起来，他要原谅他弟弟，不只是原谅他，干脆再宽宏大量一些，把这一切全都忘干净。他砰的一声把保险箱的铁门关上，似乎要把这兄弟险些反目成仇的不愉快从此永远忘干净。他不情愿让他弟弟马上就离去，因为他还有别的话要同弟弟讲，比方说再聊上几句无关痛痒的家常琐事，使这场令人不快的风波平息掉，比方说在日常生活的环境里彼此和睦相处，比方说同他坐在饭桌旁边谈天说地。其实为什么不边吃边喝边交谈呢？人们在酒足饭饱之余往往是兴高采烈的。他此刻正是要看到他弟弟高高兴兴、心满意足，他要看到他弟弟脸色平静下来，讲起话来嗓音也不再颤抖。他于是拿定主意要请弟弟共进早餐。麻烦的事情在于怎么才能从方才惊心动魄的悬崖峭壁上架起一道桥，使得自己安然无恙地飞速滑落下来。他在脑海中反复思索，却总找不到一个适当的台阶可下。他的手在裤兜里摸索着，突然有了发现，就是那盒火柴。

“真是活见鬼，你的雪茄还没有点上火呢，小伙子！”他说道，腔调里充满了真正的温暖，没有丝毫做作。

可是那位小伙子在方才谈话过程中早已把那支雪茄烟揉碎，哪里还能点得上什么火。

“来吧，换一支吧！”

他把那只硕大的真皮烟盒递了过去。

“来吧，挑一支吧，这可是上等雪茄烟！”

那个弟弟落得如此不幸的下场，心里十分难过，哪里还有什么心思来冒犯别人，于是乖乖地领了这份情，挑了支雪茄烟，仿佛就是握住了对方伸出来的和解之手。

“对呀，这样就对了嘛，你这个大孩子！”卡尔·尼古拉斯继续说道，他换上一副应酬时惯用的客气口吻，尽他所能地显出殷勤。“来吧，我们一起到里加大酒店去用早餐！来吧！”

阿尔维德被这种突如其来的亲热弄得晕头转向，他十分不习惯也领受不了，于是心里种种感情翻腾起来不能自已。他匆匆地捏了捏长兄的手，便头也不回地扬长而去，走过店堂时竟不曾与安德森打个招呼，三脚两步就来到了街上。

那个当哥哥的也一下子愣住了，他没有明白过来这是怎么回事，他的弟弟就这样跑掉了，这是什么意思？好好地请他共进早餐，他却二话不说，扭头就跑。再说自己又没有动肝火，吹胡子瞪眼，他竟然跑掉！就算扔块肉给狗吃，狗儿也不会拔脚就跑哇！

“他真是稀奇古怪！”他喃喃地说，一边在办公室里啪哒啪哒地踱来踱去。然后他走到写字台跟前，把旋转座椅转到不能再高的位置上，然后爬上去一屁股坐定。他从这个高高在上的位置居高临下地睥睨四周，在他眼里看来周围的芸芸众生都是那么渺小，然而也不能过于渺小，否则就无必要驱使了。

第三章

里尔扬斯村的新迁入户

5月的一个阳光明媚的早晨，约莫八九点钟，阿尔维德·法尔克在同他的长兄吵了一架之后走出了那个店铺，脚步匆匆地沿着街道往前走去。他对自己深感不满，对他的兄长深感不满，对所有一切都深感不满。他心里郁闷消沉，真希望这天气也不要风和日丽，而是阴霾沉沉，他还希望他真能有几个酒肉朋友，因为连他的长兄也骂他是无赖。要说自己是个无赖他并不完全相信，不过他对自己并不满意，这倒是真的。他素来严于律己。他从小就学会了长兄为父的道理，把哥哥看成继父一般，他对哥哥敬重至极，几乎到了顶礼膜拜的地步，可是如今却把哥哥得罪了。除此之外别的一些想法也接二连三冒出来使他烦躁不已。他身无分文而且又丢掉了差使，也许后者比没有钱更为糟糕，因为失业是他的人生大敌，对他这样一个才华横溢又不断想入非非，脑子闲不住的人来说，失业真是太可怕了。

带着一肚皮的牢骚和烦恼，他心事重重地来到那条小花园街，他信步沿着王家话剧院外面的左边人行道往前走去，不久就来到了诺尔兰大街，他漫无目的地走着走着，石板铺的人行道变得凹凸不平起来，不久人行道不见了踪影，而且街道两边的巨石砌就的华厦也不见了，代之而来的是东倒西歪、快要圮塌的木板小棚屋。一些衣衫褴褛的人纷纷朝着这个服饰讲究的年轻人投去怀疑的眼光，思忖他如此大清早就来到他们的聚居地区究竟为的是什么。几条饿瘪了肚皮的狗儿对这个陌生人发出了威胁性的狺狺狂吠。他在人群中穿行，那里熙来攘往热闹得很，麇集着三教九流各色人等，有炮队兵卒，有仆佣杂役，有酿造厂的送货人，有洗衣妇，还有店铺学徒，等等。他在诺尔兰街最后的一段路加快了脚步，不久就来到了希姆莱公园［位于斯德哥尔摩厄斯特玛尔姆区，建于1619年，最初为希姆莱苗圃，为王室行宫，瑞典王家图书馆位于园中，后开辟为公园。］大街。他步入希姆莱公园。军需总署的奶牛群已经在草地上放牧，那些古老的树枝还有光秃秃的苹果树都正在努力长出骨朵来，花楸树已经披绿吐翠，松鼠在它们的华盖上跳来蹦去。他走过旋转木马，来到通向戏院的林荫道上。几个逃学的男孩正在玩着打弹子游戏。再远一点的草地上有个年轻的油漆匠仰面平躺着，透过树冠仰视着晴朗的苍穹，他无忧无虑地吹着口哨，大概既没有师傅也没有学徒在等着他干活。那些苍蝇和飞虫迷失了方向，一头掉进了他的油漆桶里，淹死在那里。

法尔克走上土丘，静悄悄地站在鸭子湖旁观察着正渐渐变成青蛙的蝌蚪，以及嗜血的水蛭。他伸手抓住了一只掠过水面的水蠓虫，然后又朝着水面上扔起石头来。这使得他浑身热血沸腾起来，他觉得自己年轻了许多，觉得自己也像个逃学的孩子，自由，不顾一切的自由，他做出了巨大的牺牲才赢得的自由。一想到他可以自由地生活，可以尽兴地投入大自然的怀抱之中，他不由得高兴起来，郁结在胸中的烦恼刹那间化为乌有，因为他爱大自然远远胜过爱人类，人类只会欺侮他，对他不公平，而且还会使他愈来愈变坏。他举步往前，继续朝向离城市更远的地方走去。他穿过十字路口，走到希姆莱公园北大街，他看见正对面的木栅栏上有几块木板已经脱落，在木栅栏的缺口处被人踩出了一条小径。于是他便从木栅的缺口处钻了出去，倒把一个正在那里采集荨麻的老妪吓了一大跳。他漫步穿过那一大片烟草地，如今那里成了别墅区。最后，他来到里尔扬斯村的大门口。

这里早已春意盎然，这一排精致小巧的公寓由三幢农舍组成，它们掩映在含苞的紫丁香和苹果树的绿荫之中，公路对面的枞树林正好为它们挡住了凛冽的北风。这真是现成的田园牧歌式的世外桃源。一只公鸡站在烧酒桶的拎杆上喔喔啼叫。看门狗懒洋洋地躺在地下，挡住了苍蝇在阳光下飞舞的去路。成群结队的蜜蜂如同云朵一般围绕在盛蜂蜜的圆桶四周盘旋。园丁跪在温床菜畦前拔小红萝卜。栖莺和红尾鸲在醋栗枝头鸣啭。光着上半身的孩子们在追逐着母鸡，它们本当好好地端详那些新播种下去的花籽会不会生根发芽。房顶上面是一片蔚蓝的天空，在房舍背后是黑黝黝的森林。

在温床菜畦附近的木栅栏的阴影底下站着两个人。一个头戴黑色高顶礼帽，身上的黑呢外套刷得干干净净，他的脸瘦长苍白，看样子像个牧师。另外一个模样很像有教养的农夫，肢体有点残疾却长得肥胖，挺胸凸肚。他的眼皮耷拉，还留了蒙古式的胡须。他的衣衫极其破旧，从外表上看不出是什么身份，可能是码头上打零工的，也可能是手工匠人或者美术家。看样子他穷极潦倒，可是自有一股特别的风度。

那个瘦子正拿着一本书念给那个胖子听，尽管阳光晒到他的身上，他似乎仍冻得簌簌发抖，而那个胖子看样子是经历过地球上各种气候的考验，所以能够满不在乎地忍受随便哪种天气。

法尔克经过大门朝公路方向走去，从木栅栏的缝隙中他听得清楚念书的声音，他不由得停下脚步认真谛听起来，反正这也不是偷听别人的秘密。

瘦子用一成不变的单调声音在念书，呆板而缺少抑扬顿挫的节奏。那个胖子时不时地擤鼻子，借以表示听得满意，给予嘉许，后来那种咕噜咕噜的鼻息声又改为呼哧呼哧的抽搐声，到了最后只听到吐痰的扑哧一声，那是在他听到超越了常人理解力的深奥玄妙的智慧语言而无法自禁的时候。那瘦高个儿念书念得朗朗有声：

“如上所述，最高的基本原理有三条，其中一条是绝对无条件的，两条是相对无条件的。首先来谈绝对第一性，完全无条件的基本原理必须表现为行动，它为所有的意识奠定了基础，唯其行动才使得意识成为可能，否则意识便丧失存在的基础。这一基本原理乃是同一性，是A等于A的同一律。即使人们把附加在意识上的一切先验论的限定全部分离清除之后，这一规律依然存在，并不会就此从思维中突然消失。它是意识的最初起源的基准论据，因此承认它的存在是必不可缺的。此外它不同于其他每一项先验论的基本论据，不是必需有条件的事物，而只是作为一个自由行动的后果和内容，因此绝对是无条件的。”

“你听懂了吗，奥勒？”念书者停下来问道。

“哦，懂的，真是妙不可言，且听这一句‘它不同于其他每一项先验论的基本论据，不是必需有条件的事物’，哦，真是如椽大笔才写得出来！再往下念，再往下念。”

“于是人们可以认定，”念书的人继续往下念，“这一论证已如此明确肯定，不消再有任何进一步的依据。”

“好一个暗中偷天换日的家伙！你听听，‘不消再有任何进一步的依据’。”那个听得入神的听众接口说道，大概是想要消除一下别人怕他听不懂的疑虑。“‘不消再有任何进一步的依据’，笔锋一转避实就虚，真是妙极啦，妙极啦，分明是想说‘不再有任何依据’，可是却偏偏不这么一语道破。”

“我要不要再念下去？你这么几次三番地打岔叫我怎么念？”念书的那一位有点愠怒了。

“我不再打岔，你念下去，念下去。”

“好吧，我念下去，下面是结论了（真是滑稽有趣），‘于是人们有能力理出了一些头绪’。”

奥勒鼻子里哼了两声。

“人们据此理出的头绪并不仅是（大写的）A字，而是说A就是A，只要A字确实还存在的话。问题不在于得出结论的内容，而仅在于它的形式。论证A等于A就其内容而言是有条件的（逻辑上的假设前提），而仅仅它的形式是无条件的。”

“你可曾注意观察那是个大写的A字？”

法尔克实在听得腻味，不打算再听下去了。真没有想到这种晦涩可怕却又深奥玄虚的哲学从波拉克山坡［位于乌普萨拉市南郊，原为乌普萨拉王宫禁卫军的训练场，后成为乌普萨拉大学的一部分，该大学以哲学闻名，此处指乌普萨拉大学。］下来走迷了路，不辨方向竟然一路闯进了首都，把这块民情淳厚古朴的宝地征服在自己的旌旗之下，甚至连里尔扬斯这样的闭塞之地居然也有人坐而论道，高谈阔论如此深奥不可测的学问。他举目环顾四周，看看那只公鸡有没有听得走火入魔从拎杆上一头栽下来，田里的西芹菜有没有听得入迷忘记了发芽成长。他抬头仰望，惊愕地发现老天仍旧在它的原来位置上一点没有塌倒下来，虽然它刚刚曾硬被召唤来上了一堂课，亲耳听见了人类智力的杰作，目睹了人类精神力量的特技大表演。与此同时，他忽然感觉到人类的较低级的本能在向他索取应该得到的权利，他的喉咙里一阵阵刺痛，口渴得难忍难挨，于是他拿定主意走向农舍去讨杯水喝。

他掉转身子，踏进从城里来的方向靠道路右侧的那幢农舍。那幢农舍的大门开得很正，原来里面只有一间和房舍几乎一般大的房间，进门的门廊狭窄得像一只旅行箱子。房间里只有一张折叠凳子、一张破残不堪的椅子、一个画架，还有两个人。其中一个站在画架前面，穿着衬衫和裤子，裤子上系了一根皮带。他的模样乍一看像个打短工的，不料却是个艺术家，正在为祭坛圣像绘制草图。另一个是长相俊俏清秀的年轻人，同这个地方的寒碜房舍和摆设相比，他的衣着服饰是十分精致讲究的。他脱掉了外套，把衬衫撩向两边，袒露着结实的胸脯，让画师在画半身像。他那样英俊秀美而又雍容高贵的脸上还残留着前一夜放荡狂欢的痕迹。他克制不住困乏，脑袋一会儿就沉下去，打个盹，于是又招惹来画师狠狠的一番数落，那个画师似乎在充当他的保护人的角色。法尔克踏进农舍的时候，正好听见这样的严厉训斥的收尾几句话：

“你这头笨透顶的蠢猪，竟跟着塞伦那个下流坯出去灌黄汤，结果你现在只好在这里活着，白白浪费掉你一个上午的大好时光而无法到商学院去上课，喂，把右肩膀抬高点，就这样行了！你真的把付房租的钱全都花个精光，分文不剩，所以你不敢回家？你身上连一个子儿都没有了吗？多少还有点零头剩下吧？”

“钱倒还剩下一点，可是不多，使不了多长时间。”

年轻人从裤兜里掏出一个皱巴巴的纸团来，两张里克斯达尔

[瑞典货币名称，1534年至1871年通行，1873年为克朗所取代。]的钞票赫然可见。

“把那两块钱交给我，让我替你收存保管起来。”画师劝告说道，边说边伸手把那两张钞票拿了过去，口气和动作俨然一副慈父的模样。

法尔克总想要让屋里的人听见他走了进来，可是徒劳，屋里那两个人根本没有理会有人进来，于是他只得悄悄地溜了出去，就像方才不假思索贸然闯入一样地无人理睬。他又一次走过那个肥料堆，那两个哲学家还在兴致勃勃地钻研深不可测的学问。他朝左一拐弯便来到了克里斯蒂娜女王大街。刚走了不远，便看见一个年轻人从他的画架上抬起来的那张面孔。那个年轻人把他的画架支在森林边际长满了白桤木的沼泽地前面，他身材颀长高挑，体态端正匀称，别有翩翩风度。他的面孔颇为瘦削，皮肤稍稍嫌黑。他兴高采烈地站在那幅美丽的图画面前忙碌个不停，整个身体洋溢着勃勃生机。他脱掉了帽子和外套，显出了他体格非常健壮，心情十分愉快。他一会儿吹吹口哨，一会儿哼哼曲调，一会儿又喃喃自语，嘴巴不曾停过。

法尔克沿着那条街再往前走了一段，看得清楚那人的时候，他不禁转身停下喊出声来：

“塞伦，老伙计，早安！”

“法尔克，森林聚会上的老相识！以上帝的名义，果然是你！难道大白天这个时候你竟不在衙门里好好待着而出来满街溜达？”

“不，才不待哪！你就住在这一带？”

“是呀，我同几个朋友一起在4月1日就搬到这里来住了。在城里租房实在太贵，再说房东又爱挑刺找碴儿。”

一丝狡猾会意的微笑在嘴角上露了一下旋即隐没，双眼也绽出了火花。

“原来如此，”法尔克继续说道，“那么你也许认识那边坐在温床菜畦旁边高声朗读的那两位仁兄？”

“哦，你说的是那两个哲学家？那个瘦高个儿是拍卖行的雇员，一年才挣八十个里克斯达尔。那个矮胖子名叫奥勒·蒙坦纽斯，本来是个雕刻家，整天待在家里干活。可是自从他同瘦高个子伊格堡一起迷上了哲学之后他就停止了工作，如今他的景况一落千丈，越来越困苦清贫。可是他又不情愿重操旧业，因为他发现艺术是肉感色情的！”

“那么他靠什么生活呢？”

“眼下他的生活没有着落！有时候他站老半天给那个只注重实际的隆德尔当模特，挣上一些帕尔特面包［一种用动物的血块和裸麦面粉掺和在一起做成的面包。］来将就对付着过一两天。到了冬天他只得躺在房间的地板上睡觉，据隆德尔说：‘他很少生火取暖，因为柴火太贵。’可是即便到了4月天气还是相当冷的。”

“他怎么能当模特呢，那副尊容活像卡西莫多［法国文学巨匠雨果（1802—1885）的长篇小说《巴黎圣母院》中奇丑无比的圣母院敲钟人。］。”

“可以的，那是一幅耶稣蒙难后从十字架上放下来的画，他装扮那个被打断了腿的强盗，这个可怜的家伙大腿根部有点隐疾，往椅子背上一靠还真像那个强盗。有时他转过背来又成了另一个模仿强盗的模特儿。”

“他为什么自己不去找点事做，他没有本事吗？”

“老兄，奥勒·蒙坦纽斯可是个天才，不过他不愿干活。他是个哲学家，倘若他有机会去深造的话，大概早就可以成为一个伟大的人物了。若是倾听他同伊格堡之间的对话，那才叫人惊叹称绝呢！伊格堡博览群书，着实比他书看得多，可是蒙坦纽斯的头脑却着实机灵好使，所以有时候能把伊格堡问倒。于是伊格堡只好回去再看上一段，不过他决计不允许蒙坦纽斯借他的书看。”

“哦，是吗，请问你喜不喜欢伊格堡的那种哲学呢？”法尔克问道。

“哦，真是太妙啦，太妙啦！你大概也喜欢费希特［约翰·戈特利布·费希特（1762—1814），德国唯心主义哲学家，康德的门徒，曾任柏林大学校长。他的一些唯心观点日后成为德国国家主义的哲学基础。］吧！哦，哦，哦，真是个了不起的人物！”

“好啦，”法尔克素来对费希特敬而远之，这时便打断他的话头，“在那幢农舍里的两个人又是谁呢？”

“哦，连他们两个你也见到了！一个便是那位看重实惠的隆德尔，他是人像画师或者更正确地说是教堂画师。另一个是我朋友雷恩叶尔姆［瑞典的贵族世家，血统高贵，门第显赫。］。”

他在吐露最后那个姓氏的时候用了一种漠不关心的腔调，这种做作反倒使人留下更深的印象。

“雷恩叶尔姆家族的？”

“是呀，一个挺不错的小伙子。”

“他怎么在那里给人家当模特？”

“他真的干啦！哼，这个隆德尔太会使唤人了，这个家伙出奇地锱铢必较。来吧，我们去找他算账，闹它一场，出出心头的闷气。这是我搬到这里来最痛快有趣的事情啦。说不定你还有幸听到蒙坦纽斯讲出一些令人捧腹的噱头话来。”

蒙坦纽斯的噱头话倒不见得太吸引人，可是一杯止渴生津的清水却是当务之急，于是他便跟随塞伦扛起画架，拎起颜料箱，反身往回走去。

此刻小屋里的场景大为改观。那个模特已坐在那张摇摇欲坠的椅子上。蒙坦纽斯和伊格堡两个坐在折叠椅上。隆德尔站在画架前面，嘴上叼着一个木制短烟斗在呼噜呼噜地抽烟，而那两个穷光蛋朋友只消有烟斗在场、闻到烟草香味也就心满意足了。

法尔克被介绍给大家，而且还冠之以地区法院推事的冠冕堂皇的头衔，隆德尔立刻上前大献殷勤，说是要领教领教尊驾对自己这幅画的高见。这幅画是模仿鲁本斯［彼得·保尔·鲁本斯（1577—1640），荷兰著名画家。］的，哪怕色调和笔法上稍有出入，起码主题构思同他亦在伯仲之间。隆德尔做了这一番自谦寒暄之后，接着便大叹苦经，恨不得把时世艰难、做个艺术家大不易的牢骚统统一吐为快。他把美术学院说得一钱不值，又对政府大加挞伐，指责它毫不关心本国艺术的死活。他眼下正在为特莱斯考拉镇教堂画一张祭坛圣像画的草图，至于能不能被人家接受尚且未定，他胸中毫无把握，因为不搞阴谋诡计，不去钻营门路真是寸步难行。他一边说着，一边向法尔克身上的服饰投去审视的目光，想要弄弄清楚此人的身份是不是够资格帮他打开一条门路。

法尔克的大驾光临在那两位哲学家身上却起到了另一种效应，他们立即察觉来者不善，此人是正经科班出身的“饱学之士”，因而他们从一开始就对他憎恶起来，生怕他会把他们在这个小圈子里的威望剥夺殆尽。他们两人交换了一下心领神会的眼色。他们的这一动作恰好被塞伦看在眼里，他顿生一个念头，想到何不让他的这几位朋友各显神通，显显才华，纵然挑起一场口舌交锋亦在所不惜。于是他便寻找好易于挑起冲突的那个口实，瞄准了目标投了出去，果然一击便中。

“伊格堡，你说说隆德尔这幅画画得怎么样?”他挑起了话头。

伊格堡没有料想到这场交谈刚刚开头就要请他出场讲话，一时间竟颇为犯怵。奥勒见势不妙赶紧拍拍伊格堡的后脊梁要他镇定沉着下来。伊格堡沉思片刻后用装腔作势的声调回答说：

“据我的浅见，大凡一件艺术品都可以分成两个范畴，即内容和形式。就内容而言，这种美术作品具有深刻的、人道的普遍化内容，主题本身是想象力丰富的。正如这件作品那样，它的内容包含了艺术创作所必需具备的概念上的一切规则和潜在能力。就形式而言，事实上只是用以将概念表现出来，也就是绝对的同一性、存在性和自我性。我不得不实言相告，这张草图还欠火候，尚未达到它应有的至善至美的境界。”

隆德尔听到这番评论大有受宠若惊之感。奥勒总算松了口气，以为得救了，他嘿嘿地傻笑起来，仿佛见到了天堂里的统治者一般。那个模特已昏昏沉沉地熟睡过去。塞伦也觉得伊格堡这回一出场就碰了个头彩。如今众人都目光炯炯地盯住法尔克，仿佛在说挑战的手帕已扔到面前，看你接还是不接，因为这哪是什么评论，分明是一条手帕，大家人人心知肚明。

法尔克觉得又可气又好笑，他搜肠刮肚想从那些陈年古董里找出几颗哲学铅弹来，像打汽枪一样乒乓放上几枪唬唬人。就在这当儿，他一眼瞅见奥勒·蒙坦纽斯的脸部在痉挛般地抽动，大概是要张嘴说话了。于是，法尔克便信手拈来，用亚里士多德作为铅弹，推上了膛，砰的一声放了一枪。

“拍卖行的估价师先生方才用了‘欠火候’一词，这作何解释？我记忆所及，亚里士多德在他的形而上学里从不曾用过这个字眼。”

房间里顿时一片沉寂，大家都觉察到里尔扬斯和古斯拉夫诺姆大楼［乌普萨拉大学的教学主楼，建于1622年，彼时正是古斯塔夫·阿道尔夫二世在位期间，故有此名。乌普萨拉大学是瑞典文史哲学的学术中心，并设有神学院、北欧古代文明和埃及学等学院。］之间已经摆开阵势，两军对垒了。这个冷场比人们所想象的要长得多，因为伊格堡压根儿不晓得亚里士多德其人，而且他宁肯此刻命归无常也决不肯承认自己竟连这都不知道。再说他为人又呆板木讷，不会随机应变去演绎推理，因而噎在那里竟发现不出法尔克所留下的破绽。可是奥勒却发现了，他一下截住了像子弹出膛一般飞过来的亚里士多德，把这位不知名的人物，用双手紧紧攥住，然后扔回给他的对手。

“区区在下虽然才疏学浅，却也不得不斗胆提个疑问，我怀疑地区法院推事先生是不是果真把对手的论据批驳得体无完肤了。我相信‘欠火候’这个词在作逻辑结论时是可以用作附加上去的修饰词的，姑且勿论亚里士多德在他的形而上学里究竟有没有提到过这个字眼。我的先生们，我说得对不对？我不知道是耶非耶！我是个学问浅薄的门外汉，只有地区法院推事先生才能一言九鼎，因为他专门学过。”

他在讲话的时候眼皮一直半张半合，此刻干脆把两只眼睛全都闭上了，装出一副谦恭卑顺到无以复加的模样。

“奥勒讲得对。”房间各个角落里都在低声响应。

法尔克觉得在这里只有用强硬手段才能挽救乌普萨拉的荣誉，他浏览了一遍自己手上的哲学纸牌后便甩出了一张“A”。

“蒙坦纽斯先生否认已经超越了命题，甚至于干脆说‘NEGO MAJOREM’！那好哇！我再次重申他犯了POSTERIUS PRIUS的毛病。他本当吹起号角收尾结束，却又迫不及待地用演绎推断来诡辩，不是用BARBARA而是用FERIOQUE。他偏偏忘记了这条黄金定律：CAESARE CAME STRES FESTINO BARO CCO SECUNDO，因此他的结论是LIMITATIV！我说得对不对，先生们？”［此段的外文为拉丁文，是说话人为卖弄学问而乱用，其中不乏错误。］

“非常对，非常对。”大家回答说，除了那两位哲学家没有吱声，他们从来没有捧过逻辑学的书来念。

伊格堡的脸色看起来好像咬到了一颗钉子，而奥勒却在龇牙咧嘴，似乎眼睛里掉进了鼻烟末。不过他毕竟是个精明机灵的人，已经发觉了自己对手的战术策略，因此当机立断拿定主意不再应战，放弃辩论，而是只谈一些无关痛痒的其他事情。于是他搜肠刮肚把所有他曾学习过的以及所有他曾耳闻的一股脑儿都翻了出来，从法尔克方才走过木栅栏时亲耳听到的费希特的那段科学论证开始，这话匣子一打开就花掉了整个上午。

在这段时间里，隆德尔一直站在那里画画，把那支木制烟斗抽得呼噜呼噜直响，房间里充满了阴霾般的烟气。那个模特趴在那张摇摇欲坠的椅子上呼呼大睡，脑袋愈来愈往下沉，愈来愈往下沉，到了快十二点钟的时候已经低垂到两个膝盖上面。若是有个数学家在场，他准能计算出来什么时候垂到地球的中心。

塞伦坐到敞开着的窗户底下惬意地呼吸新鲜空气，可怜的法尔克却无此福分，他必须在掌心里握着满满一把哲学的鼻烟末，时不时朝向他的两个敌人的眼睛里撒去。这一份煎熬难忍难挨不知道何处才是尽头，要不是那位模特渐渐地把身体重心移到椅子残损的那一边的话。但听得噼啪一声，那张椅子坍倒下来，雷恩叶尔姆滚到了地板上。隆德尔抓住这个机会又发了一通脾气，数落了酗酒的罪恶和可怕的后果，说它既害了自己又连累别人，所谓连累了别人他指的无非是他自己。

法尔克想要帮那个尴尬不已的年轻人摆脱窘境，便赶紧提出了一个他自以为能引起大家兴趣的问题：

“先生们今天打算在哪里吃饭呢？”

此话一出，房间里寂静无声，只听得苍蝇在嘤嘤嗡嗡。法尔克却不知道他这一脚一下子踩到了五个人的鸡眼上去了。隆德尔第一个出来打破僵局，说他和雷恩叶尔姆大概会上格吕登餐馆去吃饭，因为他们通常都在那里用餐，可以赊欠。塞伦说他不情愿到那家去吃，因为饭食不能令人满意，至于究竟去什么地方他还没有想好主意，在说这样不真实的搪塞之辞的时候他不断朝着那个模特投过去焦急的探询眼光。伊格堡和蒙坦纽斯回答说“有许多事情要做”，他们“不打算换衣服进城去”，免得“白白搭上这一天的工夫”，倒不如在附近随便弄点东西吃了就行，至于究竟是什么东西，他们语焉不详。

接下来便开始梳洗打扮。所谓梳洗打扮，无非就是站在园子里的那口老井旁边汲水盥洗一番而已。塞伦是个花花公子，在折叠椅子底下藏着一卷用报纸裹着的东西。他打开报纸卷，取出了衬衫硬领圈、袖口和绉边。所有这些东西都是纸做的。然后他又跪在井口老半天，看看那个棕绿色的绸领结是否打得端正整齐，这条绸带是一个姑娘送给他的。他的头发也梳成了一种特别的式样。然后又摘了一片牛蒡叶子把脚上的皮鞋擦亮，又用外套的袖子刷了刷大礼帽，又随手摘了一朵风信子插在纽扣孔里，拎起了他的樟木手杖，梳妆打扮才算停当。他又去催问雷恩叶尔姆是不是马上就可以走，隆德尔回答说雷恩叶尔姆在几个钟头内无法分身，因为要跟他学画，而他总是在十二点到两点之间教画的。雷恩叶尔姆只得乖乖地俯首服从，尽管他十分不乐意同他喜欢的好朋友塞伦分开，而对隆德尔却从心底里厌恶之至。

“不管怎样，我们晚上在红房间餐馆见面吧。”塞伦对他给予这样一个安慰。大家一听全都赞成，甚至哲学家和道貌岸然的隆德尔也没有反对。

在进城去的路上，塞伦向自己的朋友法尔克推心置腹，把里尔扬斯的新居民的底细都和盘托出。从他的话里听得出来他自己由于在艺术上的观点不同已经同美术学院闹翻决裂了。他知道自己才华横溢，迟早总会有出头之日，不过要拖上很长时间，因为除非荣膺国王勋章，否则的话想要一举成名比登天还难。还有一种天然生就的障碍也在同他作对，他出生在没有森林的哈兰郡海滨，从小就喜爱那碧浪淼淼、一望无际，而又粗犷豪放、朴实无华的大自然。而眼下公众和评论家们却喜爱工笔画，细致精巧却毫无气势可言的小件画幅，因此，他的画没有销路。他本来也可以像别人那样改变风格来媚悦流俗，可是他却不情愿趋炎附势。

隆德尔却和他相反，是个非常看重实惠的人，塞伦总是嗤之以鼻，带着蔑视来说“实惠”这个词。他一直迎合着世人的口味和欲望来作画，所以总是一帆风顺，毫无后顾之忧。此人早已离开了美术学院，可是为了某种秘密的、有实惠可捞的缘故却从来不曾同美术学院闹翻过，虽然他自己到处张扬，借此作为标榜。他给杂志画插图，生活得相当舒适。虽说天分不高，可是他通过钻营门路，尤其是通过搞阴谋诡计，早晚会出人头地的。那些阴谋诡计是蒙坦纽斯教他的。蒙坦纽斯为他策划了几条出路，隆德尔已经成功地付诸实施了。蒙坦纽斯这个人真是个奇才怪杰，虽说他往往坐而论道，不务实际。

雷恩叶尔姆是个世家子弟，他父亲昔日曾是诺尔兰郡一个大财主，拥有一个大庄园，可是此公不善经营，那座庄园终于也没能保住，落到了替他管理庄园的庄头手上。如今这位年事已高的旧贵族显然败落潦倒下来。他于是把希望放到儿子身上，但求儿子能从他往昔的失败之中吸取教训，学会和精通经营管理，为这个家族重振旧日威风，再挣下一份很大的家当。所以雷恩叶尔姆被送进了商业学院去学习农业会计学，而做儿子的偏偏十分讨厌这门专业。他倒是个善良的小伙子，不过性格上有点软弱，以致被狡诈成性的隆德尔牵着鼻子走，而那个家伙怎肯舍得不捡这个便宜，用满嘴的道德说教和装出保护人的姿态来得到实惠的酬劳。

回过头来看看，隆德尔果然已经在教雷恩叶尔姆男爵绘画了。这会儿站在画板面前作画的是那位男爵，而那个师傅端坐在折叠椅上照看指点，所谓照看也就是呼噜呼噜抽烟。

“倘若你勤奋用功的话，你可以跟我一起到锡纽扣餐馆去吃晚饭。”隆德尔答应说。他身上揣着那两张被他省下来的不曾胡乱花掉的钞票，自己觉得很有钱。

伊格堡和奥勒一起躲到那个林木丛生的山坡上去睡午觉。奥勒因为取得过胜利而脸上大放光彩，伊格堡满脸阴郁，没想到自己竟被手下的门徒所超越。他觉得一阵阵寒意从双脚往上袭来，肚子里又饥肠辘辘，那是因为方才大家热烈地谈论了吃饭问题，把那种沉睡已久的欲望唤醒过来了，整整一年里这种欲望始终得不到机会来发泄一回。他们躺在一棵枞树底下，伊格堡把那本他从来不肯借给奥勒看的珍贵的宝书藏得十分严实：将它包在一张报纸里枕在自己头底下。他仰面朝天，僵僵地躺着不动，脸色煞白，周身冰凉而活似一具僵尸，大概没有起死回生的指望喽。可是他的双眼还看得见，他看到自己头顶上的小鸟正忙着啄食枞树果仁，把果壳撒到了他的身上；他看到一头周身肥膘、腹胀如鼓的奶牛在白桤木之间转来转去啃草吃；他又看到了园丁家的烟囱里升起了袅袅的炊烟。

"你饿吗，奥勒？"他问道，声音低微，有气无力。

"不饿。"奥勒回答说，把目光投向那本珍贵无比的宝书。

"人要是变成一头奶牛该有多好！"伊格堡说道，把双手交叉贴紧在自己胸前，把自己的灵魂托付给了慈悲为怀的睡眠之神。

当他的微弱呼吸渐渐地变得有规律的时候，那位醒着而又虎视眈眈的朋友蹑手蹑脚地把那本书从他的脑袋下抽了出来，动作是那么缓慢轻盈，以致那位睡熟了的仁兄一点不曾觉察。然后他将身子往前一趴，便如饥似渴地鲸吞那本书里的宝贵内容。什么锡纽扣餐馆，什么格吕登餐馆，他统统都忘了个干净。

第四章

主人和狗

又是几天过去了。卡尔·尼古拉斯·法尔克的那位芳龄二十二岁的娇妻，刚刚在那间十分宽敞的卧室里的那张硕大无朋的桃花心木的大床上喝完咖啡。时间还早着哪，刚敲过十点。那个做丈夫的清早七点钟就起身出门，到桥上去收购亚麻。不过他的年轻娇妻之所以如此恣意睡懒觉，倒不是她早就算准了他一时半刻还回不了家，而是她享有这份自由，尽管这份自由有逆于这个家族的通常习俗和规矩。要说得更确切一点的话，反而倒是她把破除这个家族的所有一成不变的习俗和规矩当作了使自己开心的乐趣。她结婚只不过两年光景，可是却已经有足够时间把这个布尔乔亚之家闹得天翻地覆。这个古老而保守的资产阶级世家里一切事物都是陈旧而老派的，甚至连仆佣也都是上了年纪的老人。再说她有权力这样做，对这陈旧而老式的家庭进行彻头彻尾的改良革新。这份权力在她丈夫早先向她吐露表白自己的爱情，而她又仁慈宽厚地恩赐给他一个“同意”的那一刻起她就已经到手了。当然在仁慈地同意的那一刻她所得到的东西还不止于此，她可以从自己的面目可憎的家里脱身出来，在自己的娘家她必须清早六点钟就起床，整天一直干活，忙碌个不停。订婚以后相处的日子也使她得到了好处，那都是口头做出的种种允诺，这些允诺经她收集汇总起来全都成了保证，也就是说婚后她的个人生活可以是独立不羁和自由的，做丈夫的不能干涉。那些话都是男人被爱情热昏了头的时候脱口而出的，然而她却心中非常清楚，把这些允诺一项不漏地照单全收并且记录在自己的头脑之中。经过两年来的伉俪生活，况且还有生不出儿女的琴瑟不甚融洽的情况，那个丈夫有点后悔了，想把当初允诺承担的义务统统忘个干净，比方说妻子可以想睡多久就睡多久啦、在床上喝咖啡啦等等。他甚至粗鄙到这样的地步，出言不逊地提醒她说，全靠了他才把她拉出了沙丘，正是他才把她从地狱里解救出来。他做出这一仗义的壮举并不是没有个人牺牲的，因为他毕竟娶了门户不当的小家碧玉为妻——因为她的父亲只不过是商船上的一个二副罢了。她此刻躺在床上，正在寻思对这些还有其他的指责如何应答对付。自从他们俩相识以来，她的头脑一直保持着清醒，从不曾被情感缠绵弄得晕头转向，也不曾有片刻沉湎陶醉过，因而至今头脑依旧十分好使，而且她知道怎样动脑筋，只消脑筋一转便计上心来。正因为这个，她听到楼下自己丈夫回家来吃早饭的动静，反倒有一股毫无忧虑的欣喜。这时通往餐厅的几扇门被敲得砰砰直响，还传来了一阵阵叫嚷声。楼上那位女主人一听，赶紧把自己的脑袋钻进被窝里，免得咯咯笑出声来。然后起居室的地毯上传来了脚步声。卧室的房门被打开了，头戴高顶礼帽的丈夫，满脸愠怒地出现在房门口。床上那位夫人扭动背脊翻身朝向门口，轻启朱唇发出最能勾魂摄魄的娇滴滴的声音，呼唤道：

“噢，我的小长工乖乖回来啦，快进来，进来吧！”

“小长工乖乖”是对他的昵称，他们伉俪之间有一大堆这类稀奇古怪的发明创造，不过这一回“小长工”却不乖了，他不领这份情，站在门口嚷道：“为什么早饭还没有摆上桌？怎么回事！”

“去问那几个侍女，我又不管早饭摆不摆上桌。还有你进屋的时候，请你把帽子脱掉，我的男主人。”

“那么你把我的便帽弄到哪里去了？”

“我把它烧了，那顶帽子油腻腻的，我觉得你应该害臊才是。”

“你把它烧了！好吧，我们待会儿再说这桩事情！我先问你，为什么整个上午都快过去了，你还懒洋洋地躺在床上，而不去监督那几个侍女干活？”

“因为我觉得很惬意！”

“难道你以为我愿娶个不肯操持家务的懒婆娘当老婆吗？”

“是的，你心甘情愿的。你想想看，我为什么要嫁给你？我已经对你说过成百上千遍了，那是因为我嫁给你就可以用不着再累死累活地干活了！你也曾经答应过我的，难道你不曾亲口答应我吗？你敢用自己名誉担保说你不曾亲口答应过我吗？哼，你看看，原来你也就是这么一个男人，同所有别的男人一个样！”

“答应过，那是当初说说的！”

“当初？那是什么时候？难道亲口许的愿并不算数吗？是不是要看亲口答应时候的时令节气才能算数？”

那个丈夫对这一套不可变更、无可取代的逻辑深有领教，在同类情况下妻子的撒娇媚态同使性哭闹的眼泪是具有同样效力的，于是他只得鸣金收兵，还是乖乖地当起他的“小长工”了。

“我打算今天晚上请几个陌生客人来吃饭。”丈夫转换了话题说道。

“哦，是吗？你打算请的是男客？”

“不消说的，婆娘们我受不了。”

“噢，请客用的一应物品谅必你已经买好了，是吗？”

“没有，等着你去买哪！”

“我！不行，我没有钱可以用来招待客人吃饭！我不会把家用开销的钱花到额外的应酬上去。”

“不过你买了那么多化妆品，还有别的毫无用处的物件。”

“我坐在这里辛辛苦苦为你编结缝制，你倒把这些东西都说成是没有用处的物件。那么一顶吸烟戴的兜帽大概是毫无用处的吧？拖鞋也许是毫无用处的吧？你说！你老实说！”

她善于把自己的问题按照程式编排起来，先攻其一点，待到对方回答一出口，便一环紧扣一环纠缠个死乞白赖。她的这一套功夫乃是师承她自己丈夫的流派，以其人之道还治其人之身。那一位识得个中厉害，不情愿一开口回答就跌进连环套，被她死乞白赖地纠缠不休，于是他换了个新的话题。

“我今天晚上要请客自有苦衷，”他一边说，一边还带点动作表演，“我的老朋友弗里兹 · 莱汶在邮政局里服务了十九年，如今总算熬出头了，昨天的《邮政报》上说他已经当上了委任官。不过请人吃饭的麻烦事既然惹得你一肚子气，我也只好按照你的心意去办，你知道我向来唯命是从的。在这件事情上我打消了原来的主意，只请他和纽斯特罗姆校长在楼下的办公室里聚晤一番吧。”

“哦，原来如此。那个大饭桶莱汶如今居然也当上了委任官，那倒是要破费一下的。说不定他欠你的那些钱你都可以收回来啦。”

“是呀，是呀，我也这么想来着。”

“不过你能告诉我吗？你怎么跟像他这样的混账东西混在一起的。还有那个小学校长，真是个不折不扣的瘪三，身上几乎连件衣服都没有。”

“你听着，我的小女人！我不去插手你的事情，你也别来管我的事。”

“既然你在楼下请客，我想我为什么不可以在楼上请客呢？”

“是呀，为什么不可以呢！”

“那么到这里来吧，我的‘小长工乖乖’，给我点钱吧！”

那位当用人的乡巴佬看到事情的结局圆满，尽如人意，心里十分高兴，便乖乖地听命了。

“你想要多少？我今天手头上很紧。”

“噢，我只要五十块就够啦。”

“你难道发疯啦？”

“发疯了怎么样！请把我要的那个数目给我。有人上高级饭店去吃得嘴角淌油，我凭什么要在家里忍饥挨饿。”

一场风波至此和平解决，化干戈为玉帛，结局皆大欢喜，双方从气势汹汹变成笑逐颜开，两人在分手之时都心满意足。他省得在家里吃那顿粗粝简朴的早餐，而可以到外面去大快朵颐，他还用不着陪着女客们在楼上吃一顿清汤寡水、粗茶淡饭的晚餐，他过单身生活的时间太久，以至于有女客们在场他总觉得太受拘束，窘迫得不好意思放开量来饱啖痛饮。再说他也不必心存不安过意不去，以往只有遇到这样的尴尬他才会觉得过意不去，而这一回却可以心安理得了，因为她自己也在请客，巴不得他不来更好——五十个里克斯达尔真是物有所值！

丈夫走了之后，那位妻子便赶紧打铃叫仆妇们上楼伺候。她这次赖在床上时间那么长，其实也正是为了要让仆妇们掂量清楚在这个家里究竟是谁说了算，因为那个仆妇居然多嘴嚼舌说这户人家的习惯通常是在早晨七点钟起床的。仆妇们来到之后，她吩咐去把纸和笔拿来，她旋即给住在街对面的审计师的妻子霍尔曼夫人写了以下的一封短柬：

亲爱的伊弗琳：

今天晚上请来我家小酌，这样我们可以就那个“争取妇女权利”协会的章程做些交谈。说不定举行一次义卖或者社交演出，也许会有用处。我真心渴望这个协会成立起来，因为它有深切的需要，就如同你常说的那样。我前思后想更觉得非常需要。你想哪位尊贵的夫人肯给我荣幸同你一起光临寒舍，也许我先去登门拜访她更为合乎礼仪。请在十二点钟来接我，我们一起去卑尔根饭店吃巧克力，我丈夫那时不在家。

你的欧吉妮

又及：我的丈夫整天不在家。

发完这封短柬之后，她就起床穿衣打扮，以便在十二点钟前收拾停当出门。

* * * * * *

当天黄昏时分，厄斯特朗大街已经笼罩在沉沉的暮霭之中，德国教堂的大钟敲响了七点钟。一线幽幽的微光从费尔根巷照射进来，一直映到法尔克的亚麻饰物铺子的店堂里。安德森却忙着上门板把余晖也阻挡在店铺门外。在店铺里面，那间办公室的百叶窗已经关上，煤气灯也点得通明。房间里打扫得干干净净，门口旁边两个盛酒瓶的大篮子挺胸凸肚倚间肃立，瓶颈上红漆绘彩、金漆勾边、锡纸包装甚至粉红色丝光纸裹着的酒瓶全都在翘首以待。地板正中央安放着一张铺着白色桌布的餐桌，桌面上一只东印度的大碗和一座沉甸甸的板形银烛台交相辉映。卡尔·尼古拉斯·法尔克在地板上橐橐地来回踱步不停。他身上穿着一套黑色晚礼服，显出上流人士的体面，非但气派雍容华贵，而且神色怡然自得。他有权利消受一个愉快的晚上，因为是他自己掏腰包请客，是他自己布置安排这一切，他在自己家里请客而用不着在女客面前受到约束而窘迫。他请的客人是属于那类性质的，就是说他有权利根本不去顾及待客之道和殷勤礼貌，甚至还可以更为过头一些。当然啰，只不过才请了两个客人，可是他不喜欢人多。要知道这两位是他的朋友，既可靠又知己就像狗儿一样。他们卑恭顺从又善解人意，他们谄媚讨好，一味地阿谀奉承，从来不讲扫兴的话。他本可以把钱花在同更体面高尚的人交往上，他甚至每年举行两次那样的晚宴，把他父亲的老朋友们也请来相聚，可是坦率地说，由于他颐指气使、蛮横无理，以致宾主水火不相容，哪谈得上什么尽欢再散。

已经七点又过了三分钟，可是客人却姗姗来迟。法尔克有点不耐烦了，他素来令出如山，只要吩咐下去了，就务必要分秒不差地准时到场。可是一想到今天晚上这种异乎寻常的、令人眼花缭乱的席面安排，还有那种使人吃惊得目瞪口呆的豪华排场，他不得不耐着性子恭候，直到几分钟后邮政局的委任官弗里兹·莱汶大驾光临。

“晚安，我亲爱的老兄……哦……”刚刚开口寒暄，他忽然呼叫起来，双手停住了脱大衣，赶快把眼镜摘下来，他故作夸张，似乎眼前富丽堂皇的场面气派出其不意地使他惊喜得几乎要一头往后栽倒下去。

“哦唷唷，七个头的枝形烛台，古色古香的盛圣饼大碗。”他一眼瞅见了那两个盛满酒瓶的大篮子，又做作地发出一阵惊呼，“哦唷唷，我的上帝呵，我的上帝呵。”

那位爆发出一阵阵惊呼，并且神情过分夸张地念出了这几句噱头十足的台词，而双手毕竟把大衣脱了下来的角色是一个中年人。他的唇髭和颊须连成一线，一直延伸到双鬓，头发斜在一边，垂下来形成小卷。这种胡须和头发的式样在二十年之前是在王室宫廷行走的官员们最摩登的款式。他面色苍白得像死人，身体单薄得有如裹尸布一般。他身上服饰倒还流行时髦，不过似乎每个关节都冻得僵僵的，这使人感觉到他同贫困清苦尚未一刀两断，暗中还有不少往来。

法尔克摆出一副粗鲁傲慢而又居高临下的架子欢迎他的到来，借以表明他素来鄙薄蔑视阿谀奉承，尤其是来自受他恩惠的人，另一方面也使进来的人心里非常受用，因为他把自己当作知心朋友而不拘小节。他觉得要对莱汶的出任新职祝贺几句，而最恰如其分的祝贺莫过于把他的父亲抬出来借题发挥一番，因为法尔克的先父也曾经荣膺国王委任状出任行会会长。

“哎呀，能够荣膺国王的委任状谅必心里一定美滋滋的吧！对不对？我的先父也曾经荣膺过国王委任状。”

“对不起，老兄，我只是得到一纸任命通知书的简任官。”

“嗨，不管是只有任命通知书的简任官也好，还是由国王颁发委任状的特任官也好，两者都一样。这要你来教我吗？反正我父亲是荣膺国王颁发的委任状！”

“这一点我相信，老兄。”

“相信！你此话怎讲？难道你疑心我站在这里撒谎骗人？你说呀！你是不是真的以为我在撒谎骗人？”

“没有，一点也不是。何必发那么大的火呢？”

“既然你红口白牙承认了我不是在撒谎骗人，那么你也必定荣获国王的委任状。当初我父亲……”

那个脸色苍白的人刚才踏进办公室的时候就已经浑身关节簌簌发抖，似乎有成排的凶神恶煞在背后追逼着他。此刻，他趋身向前，朝着他的恩人直跪下去，他已下定决心尽量缩短过程，把正经事情在宴饮开始之前就了结掉，这样大家可以平静安详地吃喝。

“救救我吧！”莱汶像个溺水即将淹死的人在呻吟呼救，一面从上衣的前胸口袋里掏出了一张催款通知单。

法尔克在沙发上坐定了身躯，连声呼唤安德森，吩咐他来打开酒瓶，在那只大碗里调兑潘趣酒。然后他转过脸来回答那张苍白的脸说道：

“救救你？难道我不曾救过你？难道你不曾一次又一次地问我借钱而一直不曾归还过？你说是不是？难道我不曾救过你？你究竟是什么意思？”

“我亲爱的老兄，你对我一直恩重如山，我铭记在心。”

“算啦，你如今高升当上了特任官啦，不是吗？那么谅必手头上也会宽裕起来。那么欠债还钱，把以往所有的债都爽爽快快地还清，重新开始新的生活。这句话我已经听你讲了整整十八年。噢，你现在薪俸多少？”

"年薪一千两百里克斯达尔，我早先是八百里克斯达尔一年。不过你得听我算算，那份委任状就要花掉我一百二十五里克斯达尔，养老金储蓄五十里克斯达尔，合计一百七十五里克斯达尔。这笔钱我从哪儿去弄？最糟糕的是：我的债权人扣押了我一半的薪俸。这样一来，我以前八百里克斯达尔过一年，如今倒只有六百里克斯达尔开销日用啦。这就是我含辛茹苦十九载落得的下场。当上特任官真是叫人啼笑皆非！"

"是呀，不过你为什么要靠借债过日子呢？做人嘛，总不能欠一屁股的债，决不能欠一屁股的债！"

"可是多少年来我只有一百里克斯达尔的津贴！"

"那早就不该在那里待下去了。不管怎么样，这不干我的事，不——干——我——的——事！"

"还是恳请你开恩签了这张单子，仅此一回好不好？"

"你应该知道我对待这类事情的原则，我素来不肯在这种单据上留下笔墨的。不必再提了。"

莱汶似乎对于吃这样的闭门羹已经习以为常，他镇静下来再也不露声色。就在这时候，小学校长纽斯特罗姆大驾光临，正好把这交谈打断刹住。这是一个形容枯槁的干瘪人儿，一脸高深莫测的神秘神色，一把说不清楚的神秘年纪，甚至连他的职业也很神秘：有"校长"的头衔却无校可长，据说是在南城某个小学里当教员，不过没有人去冒昧追问究竟是哪个学校，而他自己更是讳莫如深，闭口不提。他之所以驾临法尔克的社交圈子来交往周旋，说来使命有四：第一条被主人用校长的头衔来尊称，以便别的客人能够听见。第二条对主人谦恭卑顺，唯唯诺诺。第三条三天两头登门告债借贷，至多以五块钱为限，因为这也是法尔克的精神需要的一部分：常有人来登门告贷而他亦乐善好施，当然数目必须是很小的。第四条逢到喜庆节日吟诗作赋以示风雅，这一项任务对他来说并不是最无关紧要的。

如今卡尔·尼古拉斯·法尔克在真皮沙发上坐定身躯，当然是他自己居中坐定，因为不要忘记那是他的沙发。他的总参谋部人员陪坐在两边，其实也不妨把他们称为他豢养的狗儿。莱汶对四周每样东西都赞不绝口，那么富丽堂皇，那么豪华气派，真是排场十足，大碗里盛满已调兑好的潘趣酒，玻璃酒杯闪烁出诱人的光华，舀潘趣酒的长柄勺锃光雪亮。还有上等的雪茄烟（整个木盒都从壁炉围棋上端了下来）、大盒的火柴、烟灰缸和大小酒瓶交相辉映，酒瓶软木塞旁边放着拔塞器……所有这一切都是人间天堂般的享受。小学校长看起来一副心满意足、享受人生的样子，他不消开口讲话，因为有别人在讲，还轮不到他去插嘴，他只消安安静静待着，待到别人问起他来，他才要表明自己确实目睹过这样奢华的排场。

法尔克举起酒杯喝第一杯酒，为谁而干杯却不得而知。小学校长想当然以为是向当天的英雄敬酒，便忙不迭掏出早已写好了的颂诗，立即吟诵起《贺弗里兹·莱汶荣升特任官》的诗篇。

法尔克忽然间遭受一阵剧烈的咳嗽的袭扰，他咯咯地咳个不停，搅乱了整个朗诵，打扰得其中最诙谐俏皮的妙语佳句也听起来索然无味了。好在纽斯特罗姆是个聪明人，他早已料到并且未雨绸缪地想好了对应之策，所以他舌尖一转便临时加进去两句措辞动人而又实话实说的诗，诸如："若是没有卡尔·尼古拉斯的相助出力，哪来弗里兹·莱汶飞黄腾达的今天。"这句诗巧妙而文雅地暗示出法尔克一次次恩赐给他的特任官朋友的借款。这一招果然灵验，那剧烈的咳嗽顿时停止，不料熬到最后一个诗节却又出了毛病，那一节诗太欠圆滑，竟然不提人家完全奉献给了莱汶本人。这样害得人家咳嗽病又重犯，打乱了和谐平静。法尔克倒了一杯酒自饮起来，那杯酒的味道仿佛是用忘恩负义来调兑的石灰水一般。

“你今天的大作远不如往常的情趣盎然啊，纽斯特罗姆！”

“可不是，我也觉得是这样。在你三十八岁生日那天写的那首诗就情趣盎然得很。”莱汶在一旁帮腔说道，心里明白他这句话要把事情往哪里引过去。

法尔克瞅了莱汶一眼，似乎想要一眼看穿他的灵魂最隐秘的角落，细细寻找一下那里是不是也藏匿着某种兵不厌诈的诡计。不过他骄傲自负得过于相信自己的眼力，反倒视而不见，找不出半点靠不住的地方来。他终于附和说道：

“不错，这句话倒正合我意，和我想到一起去了。那首诗是我所听到的最情趣横溢的一首，真是字字珠玑，佳句连连啊。你真应该把这首大作印出来传诵于世的。听着，纽斯特罗姆，你谅必记得滚瓜烂熟，能倒背如流的，难道不是吗？”

纽斯特罗姆倒是说了几句真话，他说自己记性不好，哪里能倒背如流，何况此刻酒又喝得太少，做不到以酒盖脸，可以毫不发怵怯场、不顾原作的诗意随便胡诌瞎背，因而他央求把背诵往后搁一下再说。可是法尔克却被这样推三阻四惹恼了，他把这种推托看成是无声的反抗，既然已把话点明，到这样的地步就只能说一不二，非要听到朗诵不可。他灵机一动，忽然想起来他已经把那首诗抄了一份放在自己身边。他掏出钱夹子寻找起来，嘿，总算找到了。他倒不会发怵怯场而不敢自己来朗诵，因为他早已即兴朗诵过身边的这首诗不知多少回了，不过由别人念给他听更为过瘾一些，况且那条可怜的狗儿已经啮咬了颈脖上的铁链，虽说那根铁链还很结实，经得住啮咬。小学校长那个家伙的性格还算谨小慎微，不过他还是要把他蛮横无情地治一下，为的是今后能够继续管得住这个世间的无价宝——大活人一个。他的回答是蛮横无情，说一不二的，于是那个大活人只得毫不发怵怯场地高声朗诵起来。那首诗几乎巨细毕究，从他在教区受洗入籍开始，接受过良好的教育与抚养，等等，凡是他三十八岁生日前的个人生活统统披露出来一览无遗。这首祝寿诗里的寿星如果不是他本人而是别的什么人，恐怕连他自己都会觉得这首诗的主题肉麻得令人作呕，发噱得叫人笑掉大牙。可是这首诗毕竟是歌颂他本人的，他只得认定它是绝妙的佳作。在这首诗朗诵完了之后，法尔克兴高采烈地举杯祝酒，那位校长也痛痛快快地一连喝了不少杯，因为他深知倘若过于清醒的话，便没有法子把握得住自己真实的情感。

接下来便是清理桌面，把一道道珍馐佳馔端上餐桌。开胃的冷盘有牡蛎、禽类和其他许多美食。法尔克沿着餐桌走了一圈，把每碟冷盘的香味都嗅了一遍，并且还吩咐把其中的这盘那盘端下去撤换，又打发人去看看英格兰黑啤酒是不是冰镇得恰到好处，还有各种酒类有没有按照不同种类温热得刚好够度数。这时候那两条狗儿准备好出力效劳，为他表演一台好戏。在餐桌上菜肴摆齐后，他掏出自己的金怀表举在手里，十分滑稽可笑地好像在戏谑打趣一样地抛出了以下这个问题，他们两个人便习以为常地做了回答，非常习以为常。

“你们的银怀表指向几点钟啦，先生们？”

这个问题是必须回答的，于是他们两人义不容辞，咯咯一笑回答说道他们的怀表都送到钟表修理铺去啦。于是法尔克的兴致益发高涨，他直着嗓门，吼出了一句众所未料的吆喝：

“八点钟该是喂牲口的时间啦！”

他说完之后就坐下来，倒上了三杯酒。自己先取了一杯，并且请那两人各取一杯。

“既然你们都不情愿喧宾夺主，那么只好由我先讲了。今晚我们不拘礼，用不着行祝酒礼［北欧地区饮酒讲究行祝酒礼，祝酒者站立举杯致祝酒辞或歌唱并要求席上所有人欢呼同饮，被祝酒者亦须致答词并回敬。］，随便喝吧，小伙子们！”

于是开始喂牲口了，卡尔·尼古拉斯似乎不太饥饿，所以还不如看着那两个人吃喝更觉得有趣。他好像是在用鞭笞、用拳打脚踢、用谩骂吆喝驱赶着那两头牲口饕餮大嚼。他那张油光发亮的面孔如沐春风阳光，荡漾着仁慈无际的笑容，他看着他们吃喝劲头十足便眉开眼笑，得意非凡，真是难于弄清究竟是他们的吃相还是他们的馋样使得他更为兴高采烈。他嘴巴里啧啧有声，像是对他们抽出响鞭，他不断说道：

“多吃点吧，纽斯特罗姆，下一回还不知道要到什么时候才请你吃饭哪！多往肚子里填啊，邮务官，你看起来骨架子上要再贴点膘。你别对牡蛎龇牙咧嘴，说不定你还真吃不起呢，对不对？是呀，再拿一个，你给你自己拿就行了！吃不下了？这是什么话！看着，我们每人来半瓶啤酒，喝吧，小伙子们！你再来点鲑鱼！你再来点，真是活见鬼，起码该再来一片鲑鱼！吃吧！真是活见鬼！反正又不问你要钱。”

待到烤家禽切好之后，卡尔·尼古拉斯郑重其事地斟好三杯红葡萄酒。客人们方才已经洗耳恭听过一次讲话，便很知趣地停住吃喝。主人举起酒杯凑到鼻子底下闻了闻，然后一本正经地说出了以下的欢迎词：

“干杯，小崽子们！”

纽斯特罗姆感恩戴德地将酒杯高高举起一饮而尽。可是莱汶却没有碰这杯酒，他仿佛正在暗暗地将一把尖刀磨得锋利。

在酒宴快到结尾时，莱汶觉得自己酒足饭饱，周身的精力陡增，再加酒意直冲脑门，他觉得一股无法克制的独立情绪在他胸中汹涌起伏，一股强烈至极的自由欲念在他脑中苏醒，他的嗓音变得低沉洪亮，说起话来更带有自信，举止言行更加没有拘束。

“拿支雪茄烟来，”他吩咐道，“要支上好的！不要那种蹩脚货！”

卡尔·尼古拉斯以为这是一个很逗人发笑的插科打诨，便乖乖地听从吩咐，递了一支过去。

“今天晚上我没有看见你弟弟到这里来！”莱汶若无其事地说了一句。

他的声音之中带着不祥之兆，甚至可以说是威胁性的口气，那位当长兄的法尔克立即感觉出来，因而他的声音竟比方才低沉了不少。

“他没有来。”他回答得很干脆简短，可是口气却含糊不清。

莱汶不再追问，他要歇一会儿再出言相逼。打听别人家的隐私并且插上一手乃是他的看家本事，干他们这一行的通常把这套功夫称为生财之道。他时常在各户人家之间搬弄是非，到处散布一些不和的种子，然后再站出来扮演息事宁人的和事佬而受到这些人的感激。他从中捞取到大得惊人的影响力，一旦他有需要便可以把这些人玩弄于股掌之间。法尔克也感觉出来这股令人难受的影响力的滋味，他想要摆脱它的羁绊约束，可是已经来不及了，因为莱汶深知其中的诀窍，他先藏头露尾地抛出一言半语来试探人家的口风，再佯装已深知内情，晓得一切，其实他知道得非常有限，这样刺探出别人家的隐私。

如今鞭子已经落到莱汶的手上，他咬牙切齿非要把他的压迫者闹得人仰马翻不可。眼下他还只是晃动鞭鞘在空中抽几个响鞭而已，可是法尔克是注定非挨鞭笞不可。法尔克想把话题岔开去，他频频劝酒，而他们两个居然照喝不误。莱汶愈喝脸色愈苍白，他已经醺醺然，醉劲正在发作，于是他要玩弄一番自己的牺牲品。

“你的太太今晚在请客。”他漫不经心地说道。

“你怎么会知道的？”法尔克困惑不解地问道。

“我什么事情都知道。”莱汶回答说，咧嘴露出了两排牙齿。他这句话倒差不多说的是实情。他的业务联系十分广泛，逼得他必须到公共场合去走动、拜访，能跑多少地方就尽量跑多少地方，于是他就有机会耳闻许多事情，既从他自己的社交圈里，也从其他人的圈子里。

法尔克果真有点害怕了，他不知道为了什么，可是他觉得必须要把正在逼近的危险疏引开去。他变得有礼貌起来，甚至有点低声下气，而莱汶却愈来愈肆无忌惮。酒兴阑珊，宴席告终，只等着主人再致词一番，把今天席面上的佳肴美酒都用来说明这份荣誉归于什么人，为了什么而设宴摆酒，换句话说就是要对今天的英雄恭维一番。法尔克固然不善于辞令，但是没有其他的出路可走，他这会儿非致辞不可。他敲了敲那只大碗，又斟满了三杯酒。他忽然回想起了一段往昔的致词，那是在他自立门户伊始他父亲给他讲的祝词，于是他站起身来，慢吞吞地开始讲话：

“我的先生们！我从自己支撑门户至今已经八年了，自立之时我刚三十岁。”

从端坐不动一下子改变为站立得笔直，这一姿势的突然遽变害得他血液猛涌向脑袋，以至于他觉得有点蒙头转向，再加上莱汶似讪笑般的眼光逼视得他十分难受，他忽然走神想不起来下面要讲什么，三十岁那个数字竟变得庞大无比占据了他的头脑，他张口结舌，半晌才又说道：

“我讲了三十岁吗？我的意思想说，嘿，不是的！那时候我还在我父亲手下打杂，究竟干了多少年我一时记不清了，反正许多年头。唉，要把我苦熬那些年头的经过从头到尾再说一遍，那真是说来话长，不提也罢，因为那都是生就的命！你们也许觉得我只想着自己……”

“留神听呀！”纽斯特罗姆发出一声呻吟，把自己昏昏沉沉的脑袋垂到了桌面上。

莱汶朝向那个正在致辞的主人喷出大口大口的烟雾，仿佛在朝他啐唾沫一般。

法尔克的酒劲涌上了脑袋而且愈涌愈快，他醺醺然不能自已，他的目光在寻找一个遥远的目标，却又无法得知自己究竟在寻找什么。

“其实人嘛，总是先想着自己的，都是利己主义者，我们大家都知道。唉，在我自立门户的那天的晚宴上，我父亲为我致了祝词，我方才提到过……”

讲到这里，致辞者掏出了自己的金怀表，从表链上把它解了下来。那两个听众瞪大了眼睛：莫不是他打算送给莱汶当作留念的贺礼不成？

“就在那个场合，我父亲把这块金表交给了我，他也是从我祖父手上继承得来的……”

那些可怕的数字重新在他头脑里冒出来，他不由自主地退缩回来！

“先生们，我得到了这块金表，它一直走得很准，从未停过。直到如今我还想着我得到它那一刻的情景。你们也许会觉得我只想到自己，是个利己主义者，对不对，先生们？我不是！整天只把自己挂在嘴上那当然不好，可是像在今晚这样的场合令人不禁要回首往事。我只想讲一桩很小的事情。”

他讲着讲着竟把莱汶忘到脑后去了，也忘记了今天请客的意义何在。他恍恍惚惚，以为眼前的酒席就是庆祝他成家立业的那次盛宴。然而眼前的场面又陡然消失不见，情节变成了他同他弟弟当天早上的争执，而且以他的胜利告终。他隐隐约约觉得需要讲一讲这个辉煌的胜利，可是却实在想不起来更多的详情细节，只记得他证明了弟弟是个无赖，而整个证明的一连串环节却已经忘得干干净净，脑袋里只记住了两个事实：他弟弟和无赖。他想方设法把这两者串联在一起，可是这两者却怎么也碰不到一起。他动足脑筋不断思索，新的画面在他的脑海里飞快地旋转出来。他需要讲讲自己生活中情趣高雅的特色，他记起来他当天早上给了自己妻子不少钱，还答应她懒觉愿意睡多久可以睡多久，还允许她在床上喝咖啡，不过在这个场合讲这些似乎不大得体。他煞费踌躇，正在犯难之际，忽然被四周的寂静无声惊醒过来，那两道无休无止盯住了他的炯炯目光逼得他恢复了理智。他发现自己笔直站着，手里举着怀表。怀表？这块表怎么会掏出来举在手里的呢？怎么他们两个在烛光的昏暗处端坐不动而自己反倒站得笔直。哦，对了，是这么回事，他站起来致辞，刚讲到怀表的事情，他们两人坐在那里洗耳恭听下文哪。

“我的先生们，这块表其实并不是什么名贵非凡的稀世之宝，它只是法兰西金［即在白银物件上再包一层黄金薄膜，亦称“包金”。］的。”

那两个早先曾拥有过银怀表的昔日旧主一齐瞪大了眼睛，这对他们来说真是天大的新闻。

“我相信它只有七颗钻……所以它不是什么名贵的好表，只是块蹩脚表！”他接着说道。

他讲着讲着，忽然之间怒气冲冲、火冒三丈，究竟是什么缘故连他自己的脑子也几乎毫不知情。他必须破坏点东西，于是他把那块怀表朝桌上猛然一摔，叫喊道：

“这是一只活见鬼的坏表，这是我说的，我讲话的时候你们好好地听着。难道你不相信我吗，弗里兹？你回答！你坐在那里，满脸虚假相。你不相信我讲的话！我从你的眼神里看得出来你不相信我的话，弗里兹！我素来独具慧眼，善于识人，你必须心里明白！我可以再为你的欠债做一次担保……我们两人之间，不是你在撒谎，便是我在撒谎。你听着，我会证明你是个无赖。哼，听着，纽斯特罗姆，我问你，我若是出具了一张假单据，那么我是不是个无赖？”

“你当然是个无赖啦。”纽斯特罗姆立刻回答说。

“是呀，哼！”

他动足脑筋企图回想起莱汶曾经出具过假单据，或者干脆拿不出单据来，可是却怎么也想不出来，起码眼前看起来是如此。莱汶感觉到非常厌烦腻味，而且生怕那个牺牲品真的酩酊大醉、不省人事，那么他就无法清醒地领受自己深思熟虑的那猛然一击。所以莱汶套用了法尔克的风格说了一句玩笑话来打断那个话题。他说道：

“干杯，老无赖！”

接着他立即挥动鞭子朝法尔克猛抽过去，也就是说，他掏出一份报纸来，用冰冷的声调以千斤压顶的口气向法尔克发问道：

“你念过《人民旗帜报》吗？”

法尔克朝那份登载着丑闻的报纸瞟了一眼，不过没有吭气。想躲也躲不过去的事情终于来了。

“这份报纸上登载了一篇有趣的文章，是揭露文官薪俸支付署的。”

法尔克的脸色变白了。

“大家都说这篇文章是你弟弟的大作。”

“这真是无稽之谈！我弟弟从来不写这类披露丑闻的文章。决不会是我弟弟，你别胡说。”

“很遗憾，他必须为这篇文章承担罪责。听说他已经被他那个机关撵了出来。”

“你在胡说八道！”

“我没有胡说。前两天我还看见他同《灰外套报》的一个无赖混在一起。这孩子自毁前程，真是太可惜了。”

对于卡尔·尼古拉斯来说，这桩事情真是再糟糕不过的家丑！他的名誉扫地，他父亲的名望就此断送，他蒙受耻辱，在人面前抬不起头来，祖宗先辈含辛茹苦创业起家的资产阶级名门望族的所有光荣辉煌被毁于一旦。倘若有人来告诉说他的娇妻忽然去世，那用不着大惊小怪，因为可以续弦弥补。倘若生意亏本，钱财遭损，那也可以翻本重来。倘若有人来告诉说他的朋友莱汶和纽斯特罗姆因为弄虚作假犯了伪造罪而被逮捕，他可以压根儿否认同他们相识，因为他从来不曾在大庭广众之中同他们在一起露过脸。可是骨肉同胞、手足兄弟就无可奈何了，他无法矢口否认。真没有想到这个弟弟会害得他蒙垢受辱。真是家门不幸，出了这么一个不肖子，可是木已成舟，祸已闯下了。

莱汶讲了这桩事情之后就一直在窃喜，因为法尔克虽然从来没有当着弟弟的面说过半句褒奖鼓励的话，可是在自己的朋友面前却时常夸他的弟弟，对他弟弟的才华本事更是赞不绝口：“我的那个兄弟，年纪轻轻就当上了地区法院的推事！嘿，他真是个有头脑、有见地的人！他将来前程远大，你们不妨拭目以待！”时常在耳朵边听到这种褒扬一个而间接地贬低所有人的聒噪，早已惹恼了莱汶，另外卡尔·尼古拉斯又在邮务官和地区法院推事之间画出了一道明确的、不可逾越的界线，尽管他还无法用语言来确切地表明这两种身份贵贱尊卑迥然不同。

莱汶如今不费吹灰之力便报复成功，出了一口心头的恶气，于是他觉得应该见好就收，必须装得宽宏大量，扮演一个安慰者的角色。

“唉，何必为这桩事情而大动肝火呢！尽管当个报馆里的‘笔杆子’，还是可以好好做人的嘛！至于说到丑闻，其实也没有什么不得了。反正没有针对哪个人嘛，这就算不上什么丑闻。再说文章写得很有趣，全城的人都在拜读呢。”

最后那句安慰话却把法尔克的怒火煽得更旺了一些。

“他是盗用了我的好名声，我的名声！明天早晨我怎么敢在证券交易所露脸呢？人家会怎么说！”

他这里讲的“人家”其实就是指他的妻子。他的妻子听到这个家丑必定会十分欣喜，因为这样一来可以抵消他们婚事上的门不当户不对。他的妻子将要同他平起平坐，这个想法使得他大发雷霆，他心中燃烧起一股无法扑灭的对人类憎恨的怒火，他自恨为什么不是那个闯祸的家伙的父亲，若是父子关系他便可以运用做父亲的特权发表一则谴责启事宣布断绝父子关系，这样他起码可把自己的双手洗干净，可是当兄长的却不能，从来没有听说过有人脱离兄弟关系的。

说不定他自己也是造成这桩家丑的始作俑者之一，若不是他对弟弟想要改行横加阻拦以致当天早上吵了一架，或者由此使得他陷入经济困境的话，也许这桩事情就消弭于无形了，这难道不是他所引起的吗？怎么回事，出了家丑竟然要怪到他的头上？不行，他从来不曾做过什么低三下四的事。他一向洁身自好，名声斐然而受人尊敬。他不是什么丑闻的写作者，他不曾被哪个衙门撵出来过，况且在他的衣服口袋里有一张纸，纸上有诗为证。在那首诗里他被颂扬备至，称颂他最重友情、心地最善良的小学校长方才不是还朗诵过一遍吗？不错，毫无疑问，肯定如此！他又高举酒杯猛饮起来，一杯又一杯毫无节制，不是为了麻醉自己的良心，他用不着麻醉自己的良心，因为他从来没有做过什么非分越轨之事，他狂饮猛喝为的是借酒浇灭胸中的怒火，可是无济于事，那团怒火愈烧愈旺，终于喷发出来，而那两个坐在旁边的人成了倒霉的出气筒。

“喝吧，你们这帮子坏蛋！那个不中用的家伙居然坐在那里就睡过去了！那还叫什么朋友！喂，去把他叫醒，莱汶，你去把他叫醒！”

“你朝着谁大呼小喊？”莱汶觉得自己受到了侮辱，所以明知而故意问了一句，声调里颇为忿忿然。

“叫你啊，当然叫的是你喽！”

他们两人在餐桌上各自睁大眼睛，彼此瞪来瞪去互不相让。法尔克看到另外一个也怒气冲冲，自己的心情反而好了一些。他拿起舀酒的长柄勺子舀满了酒朝着小学校长头上浇了下去。那酒顺着衬衫领子往头颈里流淌下去。

“不许再胡来！”莱汶口气强硬，语带恫吓地说道。

“谁敢来阻拦我？”

“我！是的，就是我！我不允许这样庸俗无聊地欺侮人，何况还要把他的衣服弄坏。”

“他的衣服！”法尔克哈哈大笑起来，“他的衣服！难道他穿的那件大衣不是从我手上拿去的吗？”

“你说得太过分啦。”莱汶说道，站起身来打算离席而去。

“哎哟，你想拔脚就溜！你已经酒足饭饱，你再也喝不下了，你今天晚上不再需要我啦！难道你不情愿向我借一张里克斯达尔的钞票吗？我可以有这份荣幸借给你点钱花吗？或者要我签个字做你的债务担保人？你不是要我签字吗？”

“签字”这个字眼一下子就钻进了莱汶的耳朵里去。想想看，何不趁他醉得头昏脑涨，情绪起伏不定时，出其不意地逼他就范。这个念头是如此高明，他觉得自己都周身发软了。

“你切莫欺人太甚，我的老兄，”莱汶又重新捡起话头，“我并不是什么忘恩负义之辈，我深知应该怎样珍惜你的恩德，对你给我的惠泽理应知恩图报。我是个穷光蛋，这种贫困是你从不曾亲身经历过，也决计不会亲身遭遇到的。我曾经忍受过耻辱，那种忍垢而生的滋味你决计不会相信的。可是我一直把你看成是朋友，我在说‘朋友’这个词时我是真心实意的。今天晚上你心里不痛快，多喝了几杯，所以变得不近情理，不过我可以向你保证，先生，没有哪个人比你的心肠更好，卡尔·尼古拉斯，没有人比你更好心！我不是第一回说这句话，我感谢你的好意以及今天对我隆重的款待，看看满桌的珍馐美食，让我得到口腹的享受，上好的酒类像水一般地流淌……我感谢你，我的老兄，并且举杯为你祝酒。干杯，卡尔·尼古拉斯大哥。谢谢，衷心地谢谢！你的这番盛情美意是不会白白花费的，请记住这一点。”

莱汶说出来的这一席话果然是肺腑之言，声调铿锵有力，在起伏不定的情绪上引起了颤动，产生了妙不可言的效果。法尔克听得心里着实受用。难道他们刚刚不是一再地对他重复说他有一颗善良的心吗？他信以为真，觉得自己理所当然有一颗善良的心。痛饮之余，他们两人都不禁感慨万千，多愁善感起来，觉得彼此愈来愈贴心，他们彼此不断地倾诉衷肠，各自滔滔不绝地评说自己的优良品德，抱怨这人世间的邪恶，又讲到他们有一副热心肠，总想为公益而做好事。他们愈说愈起劲，竟然彼此握住了手。法尔克讲到了自己的妻子，他对待她是何等体贴入微。他讲到干他们这一行的精神何等空虚贫乏，而他又痛感自己所受的教育何等之不足。他还讲到自己整个这一生全被搞得颠倒以至于步步落空。在喝完第十杯利口烧酒的时候，他向莱汶吐露自己的心头秘密：他其实本当投身于精神生活，是的，去当个传教士。且看看如今，大家都变得愈来愈虔奉宗教、敬畏上帝了。莱汶讲到了他自幼失怙，母亲病故，只得草草安葬。他曾经有过一次恋爱，却因家贫而遭到女家拒婚。他后来又讲到自己的宗教观点，说道："像这种性命交关的大事岂能随便同任何人谈起，只有心腹知己方可以直言相告。"于是他们两人又围绕着宗教这个题目大谈起来。时钟已经敲过一点或两点钟，可是他们依然谈兴未尽。而在整个这段时间里，纽斯特罗姆睡得如此之香，以至连脑袋带双肩全都趴在桌面上。整个办公室沉浸在浓雾一般的雪茄烟云之中，煤气灯的光线也因而变得暗淡不明了。那座七个枝头的烛台上的七根蜡烛早已烧尽。桌面上一片狼藉，不堪入目。有些酒杯横七竖八倒在桌上。污渍斑驳的桌布上到处撒落着一堆堆烟灰，火柴杆扔得地板上到处都是。一缕缕晨曦从那扇百叶窗的罅隙里钻了进来，透过浓密的烟云拖着长而光亮的尾巴，掠过那两位虔诚的宗教英雄身边，在他们之间的桌布上映出了一个明亮的光斑。那两位仍然劲头十足地在娓娓谈论那份经过改写的《奥格斯堡忏悔录》[拉丁文原名为*Confessic Augstana*，是路德教派基本的信经教条，由路德和其他神学家共同起草，后于1530年6月25日在德意志的奥格斯堡城邦议会宣读。1540年该文告又重新改写，调和了与罗马天主教的矛盾，侧重于改良而不多提改革。欧洲新教国家分裂为信奉《未经改写的老奥格斯堡忏悔录》的和信奉重新改写过的《新奥格斯堡忏悔录》的两大派别。瑞典于1593年在乌普萨拉宗教大会上接受了《未经改写的老奥格斯堡忏悔录》。]。这时候他们的嗓音已经嘶哑，他们的头脑已经麻木，说出来的话愈来愈干涩无味，再也没有精力旁征博引，虽然他们频频往肚里灌下去烈性酒，却也枉然。他们想要聚精会神地展开讨论，可是却心有余而力不足，只顾得咻咻喘气却打不起精神来，他们已经醉得精力倦怠了。他们虽然还在说出一些不连贯的、意义不确定的一句半句话来，然而过不多久连这最后一点点火星也终于熄灭了。他们的脑筋终于完全麻木，就像被抽打的陀螺那样曾经不停地转呀转呀，可是徐徐缓慢下来，终于趴倒在那里，一动也不动了。他的头脑昏昏沉沉，不过有一个想法却是十分明确的，那就是必须回家去睡觉，若是再这样在一起硬挺下去，说不定会彼此朝着对方呕吐一番，又何苦呢？还是独自向隅、互不打扰才是上策。

纽斯特罗姆被叫醒，莱汶拥抱了卡尔·尼古拉斯，又顺手牵羊把三支雪茄烟塞进了自己的衣兜里。他们方才直上高空、远离了尘世俗事，而今又急剧地返回到人世间来，三言两语就把那张逼债的催款通知签字画押担保了结。然后宾主相互道别告辞，主人把客人送出了门外，如今他已是独自向隅了！他把百叶窗打开，日光如同水银泻地般照射进来。他又打开了窗子，从斯凯普桥吹过来的新鲜空气争先恐后地穿过那条狭窄的小巷，蜂拥进入室内，那条巷子里有一侧的街面房屋已被冉冉升起的朝阳映得通亮。大钟敲响了清晨四点钟。这悠扬的当当钟声通常只有那些被烦恼或者疾病所折磨的失眠者才能听得到，那些在床上辗转反侧却又无法成寐入梦的可怜虫苦苦熬到清晨才得到了安慰。厄斯特朗大街往素的熙来攘往、车马喧嚣、尘土飞扬，甚至争吵殴斗的市声街景此刻尚未再现，只有一条光秃秃的街道横陈眼前，安静寥落，干净无尘，却也冷冷清清。法尔克觉得自己也很寥落冷静，既丢了面子又独自向隅，心里很不是滋味。他把窗户和百叶窗一齐关上，掉转身来只见满屋子狼藉不堪，于是他动手打扫一番。他先把雪茄烟蒂逐个捡起来扔进壁炉里，又把桌面收拾干净把桌布撤掉。他把地板扫干净，把灰尘掸掉，又把每样东西放回到原处。做完这一切之后，他把脸和双手洗干净，又把头发梳整齐。倘若有个警察这时候闯进来，说不定会把他当成一个正在消灭自己作案痕迹的谋杀者。不过从收拾打扫时起，他一边在做这些事情，头脑里却不停地思索，思路清晰、明确而有条理。在把房间和自己都收拾干净的时候，他已经拿定了主意，其实他早就在酝酿，只不过如今付诸实施而已。他要把自己家庭所蒙受的羞耻洗刷干净。他要往上爬，要成为一个尽人皆知、权势显赫的大人物。他要开始一种新的生活。他有一个姓氏需要维护而且要使得这个姓氏更加拥有声望。他觉得这一晚上所受到的打击更是逼得他充满激情非要爬上高位不可。追逐荣誉的野心曾在他的胸中沉睡了很久，如今被唤醒过来了，他已准备就绪，整装待发了。

这时候，他醉意已过，完全清醒过来，他点燃了一支雪茄烟，喝了一杯干邑酒，然后上楼回到自己的房间去。他蹑手蹑脚，悄无声息，生怕惊醒自己的妻子。

第五章

在出版社里

阿尔维德·法尔克在那家富有权威的史密斯出版公司开始了他的新尝试，这个名字本身就表明了起名字者对美国的所有一切都吹捧上天，崇拜得五体投地。那位出版商年轻时曾经到那个伟大的国家旅行了一趟，便把美国那一套照搬了过来。此人像一尊千手之神一样地神通广大，令人不寒而栗。他可以变腐朽为神奇，把资质不高的文人在短短一年内就捧成有名的作家。他所用的方法是众所周知的，不过没有人敢于去尝此禁脔罢了，因为这样做需要空前未有的寡廉鲜耻才行。博得史密斯青睐而受到他照顾的作家声名鹊起，那不消说是指日可待的事情，因而无名的作家都趋之若鹜地蜂拥到他的身边。姑且举个例子来看看，他竟是怎样地不可抗拒，而且不顾公众舆论和书刊评论的指责，照样可以把一个人捧红，而且红得发紫。事情大致按以下步骤实施：有个毛头小伙子以前从来不曾写作过，忽然写了一部蹩脚小说，他把它送呈给史密斯，这位出版商浏览之后对小说的第一章大加赞赏，他向来只以第一章为限，再多就恕不浏览了。于是他拍板定夺：世界上应该增添一位作家新秀。这部书付梓出版了，在书的封底上写着数行大字赫然醒目：

古斯塔夫·休哥尔姆力作、长篇巨著《血与剑》。这位鹏程万里的年轻作家早已蜚声文坛，受到各界人士的一致好评、高度推崇。这部力作之中，人物刻画深刻，入木三分；情节分明有致，丝丝入扣；笔锋遒劲，力透纸背。凡是偏好小说的读者们莫不交口称颂，赞美不已。

4月3日这本书刚刚印刷出版，4月4日已有书评见诸报端，发行量很大的首都报纸《灰外套报》在当天刊登了洋洋洒洒的书评（史密斯拥有这家报纸的五十股股份）。那篇书评的结束语写道："古斯塔夫·休哥尔姆早已是成名作家，无须我们再赘言将他推荐，他的这部巨著我们非但要向爱好阅读小说的读者们，甚至要向有志于小说创作的公众们郑重推荐。"

到了4月5日首都全城大小报纸都刊出了这本书的广告，而且都引用了这一段话："古斯塔夫·休哥尔姆早已是成名作家，无须我们再赘言将他推荐。"（摘自《灰外套报》）

当天傍晚出版的、没有什么销路的《廉洁报》发表书评，指天发誓地说古斯塔夫·休布罗姆（名字是编辑故意拼写错的）根本不是什么成名作家，所推荐的那本书是不值得一读的下三烂文学作品的典型。可惜《廉洁报》几乎没有人看，所以这种反对的呼声也就没有人听得见。首都其他的大小报纸既不敢站出来同那份一呼百应、被人奉为圭臬的《灰外套报》唱对台戏，也不敢得罪那位史密斯先生，故而评论的口气都温和宽厚，点到为止，却也不过分捧场。他们相信只要古斯塔夫·休哥尔姆勤于笔耕，拿出好作品来，将来总有一日能够成名成家的。

此后评论平息了几天，不过大小报纸，包括那份《廉洁报》在内，都以大字粗体刊出大篇广告招徕呼喊"休哥尔姆已是成名作家！"云云。可是某个城市的《博览要闻报》刊登出一则通讯文章向首都报纸发难，指责他们对青年作家冷酷无情、横加刁难。那位怒气冲冲的通讯文章撰写者在结尾时大声疾呼："休哥尔姆简直就是个天才，尽管那些硬木疙瘩脑袋的教条主义者横加非难。”

第二天各家大小报纸照样刊登那部书的广告，重又招徕呼喊：“古斯塔夫 · 休哥尔姆已是成名作家。”（摘自《灰外套报》）而且又多了一句：“古斯塔夫 · 休哥尔姆是个天才！”（摘自某市《博览要闻报》）史密斯拥有的一份杂志《我们的国家》月刊在封面上刊登了以下的预告：

> 本刊敬告广大读者一则令人欣慰的好消息：久享盛誉的驰名作家已允诺在本刊上发表一部他的小说新作……

随后，大小报纸又日复一日地刊登这则广告，到了圣诞节压轴戏出台了，《我们老百姓》的所有历本，大到年鉴，小到随身带的小年历，在“当年作家”那一栏的首页上赫然出现几个名字：奥尔厄尔 · 奥德、塔利斯 · 奎瓦利斯、古斯塔夫 · 休哥尔姆，还有其余几个人。这是既成事实了：古斯塔夫 · 休哥尔姆仅仅在八个月内就一举成名。而公众却无可奈何，他们只得大度宽容地接受下来，因为他们只要走到任何有书架的地方总免不了看到那本书，直到他们读了它才算数；他们凡是掏出一张过期的旧报纸，那上面总归会有推销那本书的广告。这本书的广告真是做到了无孔不入的地步，在日常生活中那位作家的大名印在小广告纸上散发得满天飞，每星期六家庭主妇会在自己的菜篮里见到它，侍女们会从菜市场里把它带回家来，用人们会把它从街道上打扫起来，而先生们却往往把它顺手塞在睡袍衣兜里。

我们这位新近才入行的年轻文人阿尔维德·法尔克在顺着黑魆魆的台阶登上大教堂斜坡时，一想到自己听到的关于史密斯威力巨大的传闻，总是不免有点惴惴不安，心里没有底。他坐等了很长时间，听凭别人用最令人难堪的挑剔眼光打量自己，直到办公室的大门砰的一声打开，一个满脸懊丧的年轻人腋下夹着一捆稿纸跌跌撞撞地走了出来。法尔克战战兢兢地走进了最里面的那间房间，那个令人敬畏的大人物要在那里接见他。那位如同鬼神般的人物悠然自得地坐在一张矮沙发上，神情温顺随和，俨然是一位慈悲为怀的上帝。他胡须灰白，头戴蓝色便帽。他朝着法尔克友善地点头致意，一面安详地抽着烟斗，仿佛他方才不曾把那个人的希望彻底打碎，并且把那个倒霉鬼从自己身边撵走似的。

“早安，早安。”他嘴里说着，一边用上帝的眼光瞅了来者一两眼，把他周身衣着打量了一番，他觉察出来新来的这个人服饰整洁大方，但是却并不因此就请他坐下。

“我的姓名叫……法尔克。”

“我从不曾听说过这个姓氏……你的父亲是哪一位？”

“先父早已见背谢世。”

“哦，他已不在啦。请问先生来找我有何贵干？”

法尔克从上衣胸兜里掏出一卷稿纸递给史密斯，而那位“上帝”却端坐不动，连正眼都不瞅一下。

“喂，你是来求我出版这些玩意儿的吧？是诗稿吗？对的，我一猜就中，准没有错。可是先生知道不知道每张诗稿的印刷成本要花多少？唔，你不知道吧！”

他用烟斗把戳了戳那个无知者的胸膛。

“请问先生是否已经成名？哦，尚未成名！那么先生有什么出类拔萃的地方呢？”

“我的这些诗曾受到学院［即瑞典学院，系瑞典国王古斯塔夫三世于1786年仿照法兰西学院而创建。学院有院士十八名，任务是保持瑞典语言的纯洁，促进瑞典文化的发展，并编写出版瑞典语词典和语法书等。自1901年以来负责颁发诺贝尔文学奖金。］的赞扬。”

“什么学院？文史学院［即瑞典王家文史学院，成立于1753年，瑞典国王古斯塔夫三世于1786年予以重组，成为“王室文学历史和考古学院”，其任务是促进历史、艺术、钱币、考古、文物发掘和保存等，此外还研究古北欧语言文字、碑刻铭文和拉丁语、希腊语、法语、意大利语等。该院共有院士一百名，瑞典籍和外籍各占一半。］！是呀，他们倒是弄出了一些燧石之类的老古董，是吧！”

“燧石老石董？！”

“对呀，先生您知道，文史学院嘛！喏，就是坐落在斯特罗姆海滩边的那个博物馆［这里系指瑞典历史博物馆。］里。”

“不，史密斯先生，是证券大楼的那个瑞典学院……”

“哦，是吗？就是纹章上点着一支蜡烛的那一家！反正都是一样的货色！只有天晓得它们在干些什么好事！哎呀，这位先生，你必须明白，做人务必出名才行，比方说当个泰格奈尔［E.泰格奈尔（1782—1846），瑞典诗人，他的诗篇里充满了浓郁的宗教色彩和新古典主义。其代表作有《弗里乔夫萨迦》《进圣餐的孩子们》等。］啦，当个厄朗希莱格尔［在这里出版商史密斯讲的是A.欧伦施莱厄，但却把名字念错了，而且将他误认为是瑞典诗人，显示了出版商的无知和不懂装懂。A.欧伦施莱厄（1779—1850），丹麦诗人和戏剧家。1803年发表的长诗《黄金号角》成为丹麦浪漫主义诗歌的经典之作。］啦，当个……好啦，不说啦！我们国家出了那么多大文豪，我一下子记都记不过来，不过话又说回来，人非要出名不可。法尔克先生！嘿，有谁晓得法尔克先生呢？起码我是不识大名的，虽然我结交的大文豪倒有许多人。前两天，我对我的朋友易卜生［亨利·易卜生（1828—1906），挪威戏剧家，其代表作有《社会中坚》《玩偶之家》《群鬼》《人民公敌》等。］说：'喂，你听着，易卜生。'我同他素来是你我相称的，我说，'喂，你听着，易卜生，给我的杂志写点东西吧，稿费多少我都乐意支付。'他乖乖地写作，我大方地付钱，书稿一到手我就把稿费支付了，喏，银货两清，各不拖欠。"

那个年轻的刚入行的文人一听自己原来站在一个同易卜生都可以你我相称的人物面前，一下子吓瘫了，恨不得地板上有道缝隙可以让他钻进去匿身躲藏。他想要拿回自己的诗稿，拔脚就溜走，像方才的那个年轻人一样，溜之大吉，走得愈远愈好，投到另外的门户里去。但史密斯却已经把他看穿。

"好吧，这位先生谅必会用瑞典文写作吧！我相信必定如此！这位先生谅必对我国的文学要比我懂行得多！那么，好吧！我倒有个主意。我听说在很久以前的古时候，在古斯塔夫·埃里克森［指古斯塔夫·阿道尔夫二世（1611年至1632年在位），他是16世纪到17世纪瓦萨家族的国王，与13世纪到14世纪的埃里克家族王朝毫无渊源。史密斯混淆了两者，杜撰出了这个国王，表明他的不学无术。］和他的女儿克里斯蒂娜［瑞典女王，在其父古斯塔夫·阿道尔夫二世死后，她于六岁登基，自1632年至1644年为摄政公主，1644年至1654年为女王。］统治下出了不少伟大的宗教文学作家。嗯……嗯……他们名字都差不多，我只记住了一个，一个名气很大的，我想他大概写了一首上帝创造世界之类的诗篇。对呀，没错，他的名字叫哈康！"

“史密斯先生大概指的是哈克温·斯佩格尔［哈克温·斯佩格尔大主教（1645—1714），曾在瑞典天主教三位一体教会的建立中发挥过杰出作用，并编写出版了第一部瑞典语词典。］吧！还有他的长诗《上帝的劳作和休息》［哈克温·斯佩格尔于1695年出版了有五十六首赞美诗的福音书，《上帝的劳作和休息》（1685）为其中的一首。］！”

“呀，是的，我也已经想起来了，就是那一个！我们这个时代的人都争先恐后地信奉宗教，我已经注意到了这个现象，应该给他们出版点东西。我早先曾为他们出版过赫尔曼·弗朗基［赫尔曼·弗朗基（1663—1727），德国神学家，路德教的虔信派创始人之一，该教派大力举办平民学校，从事慈善事业，并设有“弗朗基慈善协会”。］和阿尔恩特［约翰·阿尔恩特（1555—1621），路德教神学家和启蒙作家，著有《真正基督教的四部经书》和《精神的宝藏》等。］的书。可是那个协会［指的是弗朗基慈善协会。］偏偏卖得比我便宜。这一回我要出点好书，而且价钱还要便宜。不知先生是否肯应承这件事情？”

“我真不晓得给我的差使是干点什么，因为这只是重新印刷的问题。”法尔克回答道，他不敢断然拒绝。

“哦，那倒不是，你是在说外行话啦！还需要编辑和校对嘛！我们已经达成一致了吗？那么就烦请先生出力了，难道不好吗？我们总该在一起写一小张书面合同吧！这部著作我们分卷出版，难道不好吗？先签个书面合同吧！去把那边的钢笔和墨水拿过来……喂，你去拿呀！”

法尔克顺从地按照吩咐做了，一点也没有反抗。史密斯写好合同，法尔克在上面签字画押。

“行啦，这件事情算是办妥了！还有第二件！去把书架上放着的那本小册子给我拿来！第三个书架！是的，看吧，瞧这里！一本小册子，书名叫作《守护天使》。喂，仔细看看书名四周的小花饰吧！一个天使在船和铁锚上飞翔，我想是一艘平顶的帆船，我们大家都知道海运保险使公众的社会生活得到多大的益处。所有的人不管哪一个总要用船运点什么东西，不管时间早晚、东西多少和次数多少，难道不是吗？因此所有的人不管哪一个都需要海运保险，难道不是吗？对呀，可是这一点恰恰是一般老百姓还没有认识到的。他们也没有！所以有识之士的责任在于开导那些糊涂的人，让他们明白过来。是呀，吾辈都是有识之士，这位先生和我本人都是如此，理应对他们启蒙开导。这本书概述了要海上托运物品的话，必须将自己的每件物品都保上海险。不过这本书写得却十分糟糕！是呀，所以我们要想把它写得更好一点，难道不是吗？拜托先生按这本书的原型给我改写成一篇小说，写成一篇十印张的小说交给我的杂志《我们的国家》月刊去发表。我要求先生明白，务必在这篇小说里让'特利登海运保险公司'这几个字出现，这是我侄儿刚开的一家新的公司，我必须帮他一把，自己的亲人哪有不提携相帮的道理！难道不是吗？记住，'特利登海运保险公司'这个名字要在你的小说里出现两次，不要多也不要少，这样就不露痕迹，不会引起人家的疑惑。这位先生，明白了吗？"

法尔克对于双手奉送上来的这份差使总觉得有点腻味，可是这个建议里倒也挑不出什么不正当的欺诈行径来，再说他要为这位叱咤风云的人物干活，而且所有的事情都来得那么易如反掌，简直没有花什么力气。所以他感谢一番之后便接受下来了。

“这位先生当然知道杂志的版面四开本，每页三十二行，总共给我写四十页！好吧，我们也许要再签个合同呢。”

史密斯又写了一份合同，法尔克再次签字画押。

“好啦，又了结啦！听着，这位先生对瑞典历史谅必背得滚瓜烂熟，是吧？那么，朝那边看，再看看书架上，那里有一幅木刻版画的原作模子，活像根粗原木！往右面看，对啦！先生是否可以惠予赐教，告诉我画面上的那位夫人是谁？那是位夫人还是位王后呢？”

法尔克起初没看见书架上有什么别的东西，只有一块黑炭似的木头，定睛细看，这才认出来四周确实有些人形的线条，于是他宣布说，他相信这是乌尔里加·伊莱奥诺拉［乌尔里加·伊莱奥诺拉（1688—1741），瑞典女王，系瑞典国王卡尔十一世之女，在她的哥哥卡尔十二世猝然去世后，她于1719年接位为女王，并发布诏书接受新宪法，废除国王独裁专制。1720年让位给其夫弗雷德里克一世。］的画像。

“我没有说错吧！哈哈哈……这段木头曾经被用来冒充英国的伊丽莎白女王像印在美国的畅销书上，吃香得很。我没有花几个钱就把版面原作还有别的不少东西一起买回来了。现在我要让乌尔里加·伊莱奥诺拉出现在我的《平民通俗丛书》里。我们这套丛书编得很好，买我的丛书的人很多。噢，对啦，要烦劳这位先生为她的传记一挥大笔，好不好？”

法尔克的那颗受过高等教育的良心虽然在这段话里挑不出什么不对头的地方来，可是他在情绪上却觉得十分别扭，似乎有些令人难受的地方。

“好吧，我们再签一份合同！一共是八开本十六页，每页二十四行。这桩事又了结啦！”

于是又签字画押。法尔克以为接见到此收场，便伸手做了个姿势，要拿回他的诗稿。直到这时候他的诗稿一直被坐在史密斯的屁股底下。可是那一位却没有打算让诗稿就此轻易脱手。他说他理应拜读一下，不过要拖点时日。

“这位先生是个通情达理的明白人，晓得时间就是金钱。方才来了个年轻人也带来了诗稿，厚厚一大捆，我根本无法受用。不过，我还是把方才烦劳先生的这些差使交给他去做。先生可知道他说了什么？他竟血口喷人，骂我在做说不出口的丑事！不错，说完之后他站起身就走。像他那样气鼓鼓的，保准活不长久，真是想不开！好吧，再见了！先生总会找到哈康·斯佩格尔的书吧！再见，再见。”

史密斯用烟斗柄指了指房门，法尔克识相地悄然退出。

法尔克在回家的路上脚步并不轻盈，那幅木刻版画的模子分量不轻，放在他大衣口袋里沉甸甸的直往下坠，他愈走步履愈发艰难沉重起来。他想起了那个脸色苍白、腋下挟着大捆稿纸的年轻人，那人虽然年轻，可是居然敢于对史密斯那样说话，未免狷介孤傲得过于迂腐。他的脑海中忽然涌现出了父辈祖先的遗教古训，还有那句老生常谈的欺世名言：“工作本无贵贱尊卑之分，只要做得好同样受到尊敬。”一想到这些谆谆教诲他不禁听从规劝告诫，收敛起自己的狷介孤傲，把陈腐的练达常理记在心上，回家去挥笔写作那篇十六页的乌尔里加·伊莱奥诺拉的传记。

他出去的时间很长，待到他坐在书桌面前时钟早已敲过九点。他在一支大烟斗里装满了烟丝，叠好两沓稿纸，把钢笔尖擦得干干净净，然后苦思冥想起来，搜索枯肠想要把自己所知道的乌尔里加·伊莱奥诺拉一股脑儿倾倒出来。他翻阅了埃盖隆德和弗里克塞尔〔安德斯·弗里克赛尔（1795—1881），牧师、历史学家和教育家，出版了《供青年阅读的瑞典历史故事》。〕所著的历史教科书，在乌尔里加·伊莱奥诺拉的条目下倒是洋洋洒洒，内容浩繁，可是关于她本人却不过寥寥数笔而已。到了九点半这个题目已经大功告成了：他大笔一挥写出了她的生卒日期，何时登上王位接掌政权，何时退位逊让，她的父母姓什么叫什么，她同何人结婚，等等，同教堂的户籍登记簿上的一般，履历摘要别无二致，而且只有不到三页，还有整整十三页没有着落。他搁笔陷入沉思，抽了几大口烟，他狠狠地把钢笔插进墨水瓶蘸个不停，似乎非要把藏匿在瓶中的米德加尔德蟒蛇〔据北欧神话故事，火神洛基与女巫私通生下一群怪物，其中有米德加尔德蟒蛇。米德加尔德即为人类居住的乐园，恶蟒环绕其外想伺机把米德加尔德吞噬。〕钓出来不可，他如此模样垂钓了老半天，却什么也没有上钩。他想到总该轻描淡写说上几句，把那个女人的品貌风度描述一番，他又觉得既然为她立传，理当对她的为人做出判断。不过这个问题同他毫无相干，他可以不偏不倚地直抒己见，这样一来反倒颇费踌躇，究竟应该颂扬她呢，还是把她抨击一通？他实在拿不定主意，直到时钟响了十一下，他这才决意要舍褒取贬，把她抨击得体无完肤，他奋笔疾书，对她大加挞伐，倒也战果赫赫，一口气写到了第四页的最末一行，还欠十二页。此刻他觉得自己才思枯竭，竟再也想不出半点新的主意来。他想讲讲她掌权执政时的作为，结果是无事可表。他又讲了讲当时的国家枢密院［系由大贵族组成的御前会议即秉国执政的政府。最初在1225年设置，仅是国王的咨询和监察机构，后来逐渐发展成权力极大的常设行政机构。在瑞典全盛时代（1654—1718）即卡尔十世、十一世、十二世在位时枢密院被摈弃而由国王独裁专制。1719年枢密院重振旗鼓，并规定国王可以过问枢密院政务，但枢密院只对议会负责。1789年古斯塔夫三世通过安全敕令解散了枢密院，1791年完全取消了该机构。］的状况，写了一整页，尚欠十一页。他又用纸笔来替戈尔兹［冯·戈尔兹男爵（1668—1719），德国人，曾任霍尔斯坦恩-石勒苏益格大公国宰辅。1715年后成为卡尔十二世的宠臣。他协助卡尔十二世独裁统治和对外扩张。1718年卡尔十二世死于异乡，乌尔里加·伊莱奥诺拉及其丈夫弗雷德里克立即逮捕并处死了他。］平反昭雪，挽回了他的声望名誉，又写了一页——这样就剩下十页还没有写，他吭哧吭哧写到现在连一半都还没有写到。他真是恨透了那个女人。往烟斗里添满烟丝，又换了新的笔尖。他又把时间往回推，对往昔做一回顾。由于心情烦躁不安，他竟然把自己往昔所崇拜的模范典型卡尔十二世［卡尔十二世，1697年至1718年在位，对内实行专制独裁，对外致力扩张，穷兵黩武以致连年征战不息。他曾于1700年纳尔瓦战役大败俄罗斯，但于1709年波尔塔瓦战役被俄罗斯彼得一世打得几乎全军覆没，此后长期羁留于土耳其。1715年重新返回瑞典，又发动入侵挪威的战争，于1718年阵亡。］亦痛加斥责一番，不过怒火发泄得太快，以致只给那堆写好的稿纸增添了一页。还有九页要写！他又把目光朝向前看，把自己的笔尖朝向弗雷德里克一世［弗雷德里克一世，瑞典国王，德国人，1720年至1751年在位。本是黑森-卡塞尔公国大公，1715年娶卡尔十二世之妹乌尔里加·伊莱奥诺拉为妻，1716年在对挪威战争中被卡尔十二世任命为大元帅。卡尔十二世死后，他立即逮捕并处死卡尔十二世的重臣戈尔兹，因戈尔兹拥戴卡尔十二世的侄儿，霍尔斯坦恩-石勒苏益格大公卡尔·弗雷德里克当储君。］刺了过去，又写了半页。他用渴望的眼神瞅瞅那沓写好的稿纸，巴不得已经写到一半，可是看看离一半还差得不少，似乎永远无法写到一半似的。他才写了七页加一小段。话又说回来，埃盖隆德的历史教科书上只有一页半的内容，自己居然大笔一挥写出了七页半。他把那块木刻画的原版朝地上一扔，一脚把它踢到柜子底下去，可是想想不对，又趴下身去钻到柜子底下把它捡回来，擦拭掉灰尘，把它供在书桌上。他觉得自己的脑袋已经像是晒干了的柴火那样干瘪，再也榨不出什么油水来。接这份差事真是自讨苦吃，活受罪！他绞尽脑汁想要构思一个观点，却偏偏他什么观点都没有。他想要引自己对那位已故的女王产生一点感情，可是刻在那块木头上的她那可憎的线条在他心上留下的印象同那块木头对他的印象都是一个模样。他开始觉得自己到了才思枯竭的地步，再也动不了什么脑筋，真是自找难堪！而且他居然把那份好差使弃之若敝屣，一心想改行，却不料投身于这么一个行当！他左思右想又渐渐气平了下来，恢复了理智，于是先把这边放下，转而动笔改写《守护天使》。原来这本小册子起初是为一家名叫纳里乌斯的德国公司编写的。内容梗概大致如下：

施罗斯先生和夫人早年移居美国，在那里发财致富置下了许多产业，可是大概为了方便讲述故事（否则这个故事就会讲不下去），这对老夫妻竟然那么不切实际，把所有产业都变卖成可以随身携带的金银首饰等贵重物品。而且为了不让这些财宝统统丢光，连一星半点儿也挽救不回来，他们老两口在动身回国之前把这些财宝先交由第一流的蒸汽轮船华盛顿三二六号海运。

这艘轮船曾被维里塔斯船级社评鉴为甲级轮船，船艏有铜皮包裹，还有防水密封的舱壁装置，还向德国最大的保险公司纳里乌斯公司以四十万塔勒尔保了海险。施罗斯夫妇带着孩子们乘坐白星定期班轮运输公司的蒸汽轮船波利瓦号回国，这艘轮船也在德国最大的保险公司纳里乌斯公司保了海险，基本身价为一千万美元，可是那笔海险只保到英格兰的利物浦，而他们的航程却继续往前。他们来到了丹麦的斯卡恩岬角。沿途的天气一直很好，一路上阳光明媚，这是不消说的。可是他们刚到斯卡恩岬角，天气骤然大变，暴风雪在这个危险地带一下子袭了上来，这也是不消说的。那艘船失事遭难。已经保了人身安全险的父母不幸罹难溺毙，而子女们却遇救脱险，他们可以从保险公司领取一千五百英镑赔偿金。子女们都觉得松了一口气，欣慰地到汉堡去领取父母亲留下的人身安全保险赔偿金，还有事先交付托运的那笔遗产，这也是不消说的。可是他们被告知华盛顿号轮船在十四天前在北海的多格浅滩搁浅沉没，他们在船上的那笔财产也沉入海底，但是因为没有保险而得不到分文赔偿，他们听到这个消息惊愕得如同五雷轰顶一般。如今唯一剩下的只有那笔父母的人身安全保险赔偿金了。他们急忙赶到公司的代理人那里，却又被告知他们的父母逾期未交最后一笔保险费，那笔保险费的最后付款期限正好是他们淹死的前一天，这真是造化弄人，命运多舛啊！他们惊恐万状却又无法挽回损失，心里难过，更加伤心地痛悼父母之灵。这老两口辛辛苦苦、精打细算干了一辈子，为子女置下了偌大一笔财产家当，到头来却落得一场空。子女们彼此抱头号啕痛哭并发誓说他们今后托运每件东西都要保海险，而且决不粗心疏忽忘记按期支付保险费。

这篇东西应该改写得本地味道十足，而且要适合瑞典的风土人情，还要编得具有可读性，要的确像一篇小说。可是那颗狷介孤傲的自尊心又重新露头作起怪来，在他耳边悄声说道：倘若他靠做这种事情去挣钱，那他就成了个下三烂。这种声音却被肚皮里发出来的叽里咕噜声压下去了，随之而来的是一阵阵异乎寻常的吮吸感和刺痛感。他喝了一杯水又抽了一斗新装的烟，可是那种不舒服的感觉却有增无减。他的脑袋愈来愈昏昏沉沉，觉得房间里令人憋气胸闷，时光漫长得难忍难挨，而且无聊乏味。他忽然觉得自己四肢麻木，几乎动弹不得，举手投足都要花很大的劲，他的思绪散漫而枯燥，想到的只是一些令人不快的鸡毛蒜皮的事情。而身体里那股如同绞割般的难受劲头愈来愈叫人受不了。他想来想去终于疑心起来，莫不是自己正饥肠辘辘吧。时间还只有一点钟，而他通常不到三点钟是不用正餐的。他惴惴不安地掏出钱袋来看看，总共三十五个奥尔！也就是说不够吃顿正餐的！这真是他有生以来的破天荒第一遭！他从来不曾有过为喂饱肚皮而犯愁的烦恼。不过还有三十五个奥尔在身边是用不着挨饿的。他可以叫人去买点面包和啤酒来。不行，他不能那样做，因为那不适合，那不适合他的身份。既然如此他自己到牛奶店去吃点什么权且充饥。不行，也不适合。那么出去问人借点钱？办不到，因为没有哪个人是他情愿去借钱的。可是肚皮里的饥饿却管不了那么多，如同一匹没有缰绳管束的野马在狂奔乱蹦，把他逼得坐立不安，在房间里来回走动。他抽了一斗烟又一斗烟，想要把这头野兽麻醉得平静下来，可是却无济于事。一阵咚咚的鼓声在近处兵营广场上如飓风般地急剧响了起来，他从窗户里瞅出去，看到警卫军列队行进，士兵们手里都端着铜水壶，他们是去吃饭的。他又瞅见家家户户的屋顶烟囱上炊烟袅袅。斯凯普哥尔摩码头上敲响了开饭的钟声。隔壁邻居家的厨房里炉子嗞嗞作响，那是个警官的家，油腻腻的煎肉味就从那扇朝向走廊打开着的窗户里飘出来，径直钻进他的鼻孔中去。耳边又传来了隔壁房间里刀叉碰击杯盘的叮当声，还有孩子们在饭桌上念祈祷的呢喃声。他又瞅见铺街沿石的石匠在饱啖一顿之后，便枕着团成一团的食袋躺在街道上呼呼睡去。他深信整个城市都在吃饭，这个时刻人人都在喂肚皮，唯独他却没有这个福气。他不由得暗自埋怨起上帝来了。忽然之间，一个清晰的想法闪过他的脑际。他拿起了乌尔里加 · 伊莱奥诺拉和那个守护天使，把它们用一张纸包好，写上了史密斯的名字和地址，然后他叫个小厮送去，那三十五个奥尔就统统给出去当了酬劳。这一下他觉得心情骤然轻松下来，躺到沙发上听凭狷介孤傲的自尊在头脑里趾高气扬，听凭肚皮里饥肠辘辘。

第六章

红房间

那天中午的太阳照亮了阿尔维德·法尔克第一次同饥饿之神突然交手而蔫头耷脑的凄凄切切的景象，却也同样照亮了里尔扬斯那间小茅屋里的高高兴兴的场面。塞伦身上只穿了件衬衫，卷着袖子，站在画架面前在为自己的画作润饰，这幅画务必在第二天早上十点钟前送到展览会上，务必装好框架，刷上清漆。奥勒·蒙坦纽斯坐在折叠椅上孜孜不倦地在念那本宝书，他忍痛牺牲了自己的围巾才借到手，用上一整天。他时不时地抬头朝塞伦的画瞟上一眼，发出赞许声，因为他素来崇拜塞伦，认定他是个伟大的天才。隆德尔安详地在继续画自己那幅将蒙难者从十字架上放下来的画。他在展览会上已经陈列出去三幅画，正在待价而沽，就像别的许多画家一样，心里不免有点紧张不安。

“画得真好，塞伦！”奥勒说道，“你画得出神入化，有一股子灵气。”

“让我看看你画的这一团菠菜泥。”隆德尔也插进来凑热闹，其实他从来就不推崇任何东西。

那幅画主题简洁而又画面宏大，画的是哈兰省海滩上的一片流沙地，以大海为背景。画面上的景色秋意盎然，金色残阳透过云层间的罅隙射出缕缕光芒。画面的前景部分突出了沙滩上的几根刚刚被冲刷上来的海草，海草上还在滴着水珠，阳光将海草映得油绿。紧靠沙滩的就是浩瀚的大海，多半笼罩在浓云的暗影中，而在近处波浪汹涌，惊涛裂岸，激起白色飞沫。可是在地平线的远方水天交接之处阳光重又普照，把极目无际的远景映衬得一片灿烂辉煌。画面上点缀着一群展翅飞翔的海鸟。这幅画意境深远，尽在不言之中，也只有淡泊明志、心境恬静的人才能领略其中的清寂淡雅、远离红尘而又似曾相识的奥妙情趣，也只有曾经亲眼看见过流沙把丰收在望的农田无情吞噬的人才画得出这样的意境。这是一幅灵感和天才交融而成的图画，是情调使得这幅图画色彩斑斓而不是相反。

“你总该在画面前景部位画上点什么，”隆德尔唠叨地劝说道，“不妨画上一头突出前景之用的奶牛！”

“哼，瞧你说的。”塞伦回答说。

“照我说的去做准不会有错，你这个疯子，否则你会卖不出去的。在这个地方画上点什么形体，画个姑娘吧，要是你不会画，我可以帮你一下，你看……”

“胡说！别干蠢事啦！请问那个穿裙子的站在大风里干什么？你准是想穿裙子想得入迷啦！”

“哎呀，那只好悉听尊便喽。”隆德尔回答道，暗地里心头一震，最后那一句玩笑话恰中要害打在他的软肋上，“不过你还是把那些灰不溜秋的海鸥换成洁白的鹳鸟吧，因为谁也说不清那些海鸟是什么种类的货色。你想想，鹳鸟的红色长腿被乌云一衬托，那才能形成对照呢！”

“唉，你真是一窍不通！”

塞伦不善于辞令，无法一下子解释清楚，不过他才艺精湛，对自己的本行把握得住，独到的直觉使他审慎地避免犯下各种错误。

“不过你会卖不出去的。”隆德尔又捡起方才的话头，满脸是为着同伴的经济实惠着想的神情。

“算啦，我怎么都能对付着活下去，再说我什么时候曾经卖出去过一幅画？我并不因此就更为糟糕！即使你不相信，我也明白：倘若我亦步亦趋地同别人画一样的货色，那我也能卖得出去。难道你不相信我可以画得像别人一样糟糕？哼，那是不在话下的！不过我不愿意！”

“可是你务必想想怎么来还清你的欠债！你已经赊欠了格吕登餐馆老板隆德先生约莫二百来个里克斯达尔啦！”

“哼，他也不会因此而更穷一些！再说他得到了我的一幅画，那幅画少说也值一倍多！”

“像你这样敝帚自珍的人真是少见！那幅画值不到二十个里克斯达尔。”

“按照眼下的行市计价，我的那幅画起码要值到五百以上。不过这个世上人们的喜爱和口味真是千差万别。哎哟，我觉得你那幅十字架蒙难图真是糟透了，而你却觉得它好得不得了。唉，也怪不得你！人的口味千差万别嘛！”

“不管怎样，反正你害得我们其他人都没法在格吕登餐馆赊账了，隆德老板昨天已经不许我再赊欠了，我真不晓得今天到哪里去吃饭。”

“唉，那桩事同你有什么相干！不吃正餐也照样可以活下去，我已经一年不吃正餐了。”

“哼，说得好呀！前两天那个地区法院推事做东请客，你还不照样狼吞虎咽，像是趁火打劫一样。你伸长了爪子什么都不放过。”

“是呀，这倒确实不假！那是一个心地善良的小伙子！而且还有几分才气！他的诗写得十分自然。前两天晚上我念了几首。不过我怕他出来闯世界还嫌太娇嫩，要在社会上混出个样来恐怕阅历还太浅。他的感情又是如此脆弱，那个小淘气！”

“他只要同你混在一起，就会变个模样的！不过我以为那简直是亵渎神灵的罪孽，只消看看那个年轻的雷恩叶尔姆，你在那么短的时间里便把这个孩子毁掉了。你拉他上戏院，害得他如今陷在戏院里不能自拔。”

“不是那么回事！他竟然那么说我！他倒真能血口喷人！倘若他能舒舒服服过惬意日子，他会变好的。可是那一来就不太妙喽，我们就糊不上口啦！谁来管我们吃饭！该死的，颜料又用完了，你还有白色的吗？上帝慈悲，我已经把所有的锡管都挤空啦！隆德尔，你非得给我点颜料不可。”

“我只够我自己用的，就算我有多余的，也不会拿出来白白地孝敬你。”

“好啦，废话少讲，你知道我赶时间急着要用。”

“我是一本正经的。我们有你要用的颜料。要是你早先精打细算点，说不定也就够了……”

“是呀，这道理我们都明白。那么拿点钱出来也行！”

“钱？哪儿来钱！方才还在叫穷哪！”

“站起身来吧，奥勒！你要出去上一回当铺。”

一听到“当铺”这个字眼奥勒顿时眉开眼笑，因为他知道去典当了东西又可以吃饱肚皮了。塞伦开始在房间里翻箱倒柜搜寻起来。

“你们说说有什么可当的？一双皮靴！可当二十五个奥尔，倒不如干脆卖掉还合算点。”

“那是雷恩叶尔姆的东西，你不许动它们！”隆德尔赶紧阻拦，他本来打算在下午穿着这双靴子进城去，“随便拿人家的东西，你觉得对吗？”

“是呀，有什么不得了。以后还他钱不就行啦！这个包裹里是什么东西？一件丝绒背心！真是漂亮！我自己穿上这一件，奥勒把我身上的拿去当了。还有衬衫衣领和袖口。唉，真可惜，是纸做的。一双袜子，还有二十五个奥尔，奥勒看见吗？先把这钱放在丝绒背心口袋里。还有一些空酒瓶，你可以拿去卖了。我想这些东西当了不值，统统卖掉算啦！”

“难道你真的要拿别人的东西去卖钱，你就没有一点点是非观念了吗？”隆德尔又匆匆出来阻挠说道。他已经动了很长时间脑筋，一直想要投机一下，通过说服的手段来占有这个包裹。

“唉，以后还他钱还不行！不过这些东西值不了几个钱，我们还要从床上拿一两条床单走！那有什么不得了，我们又不是非要床单不可的！奥勒，看看这条还可以，把它塞进去！”

奥勒欣然而又熟练地用床单当作包袱布，把所有其余东西全都裹在里面，隆德尔焦急地连声反对却阻拦不住。

包裹打好以后，奥勒把它夹在腋下。他把身上那件颇为寒酸的上衣纽扣一齐扣上，为的是遮掩里面没有穿背心，一切就绪之后就举步出门朝城里走去。

“他的样子看起来真像个小偷。”塞伦说道，他站在窗户旁边目送奥勒走上大路，一面胸有成竹地说道。“但愿他不要碰上警察，那就不会惹出麻烦了。喂，奥勒，”他说着又朝渐渐远去的背影大声叫喊起来，“跑快点！买了颜料还有钱剩下的话，再买六个法式长棍面包和两瓶半瓶装的啤酒回来！”

奥勒转过身来，挥舞他的帽子，好像表明不负重托，那顿聚餐已经装在他的裤袋里似的。

如今房间里只剩下隆德尔和塞伦两个人。塞伦站在那里摆弄着自己刚刚弄到手的那件丝绒背心，而隆德尔对那件东西也曾暗中虎视眈眈了很长时日。隆德尔一面刮着调色板，一面对那件被别人“捷足先得”的好东西投过去艳羡妒忌的眼光。不过他想讲的倒不是这桩事情，而是一件他很想在此时此刻要说的可是一时之间又难以启齿的事情。

“过来看看我的画吧！”隆德尔终于说道，“你的感觉如何，正正经经地说！”

“你不应该用色彩去涂抹去刷满这幅画布，而是应该绘画！你的画面上光线从哪里来？是从衣服上和人物赤裸的身体上来的，这岂不荒唐至极。那么一大群人在呼吸什么？颜料，亚麻籽油！我看连半点空气都没有！”

“不过，”隆德尔反驳说，“那是各人口味不同嘛，就像你所说的那样。不过你觉得我的构图如何？”

“人太多了些。”

“你真是一针见血！其实我倒还想加一两个上去呢！”

“我再仔细看看！这里有一处毛病。”塞伦用只有海边或平原上的居民才有的那种仔细的眼光，认认真真观察起来。

“是呀，这倒真是毛病，你竟能看得出来。”隆德尔不由得承认说。

“画面上清一色的男人，未免显得干巴巴！”

“对呀，果不其然！想想看，什么都逃不过你的眼睛！”

“原来你是想找个女人来，是吗？”

隆德尔被他一语道破，未免心虚，想要看看他究竟是不是在取笑自己，可是看了半晌，很难看得出来，因为这时候他吹起了口哨。

“不错，是缺少一个女人形象。”他回答说。

房间里沉静下来，那是令人难堪的沉静，两个朝夕相处的老相识在一起却无言以对，真别扭得很。

“可是我真不晓得我应该怎么办才能找得到一个模特儿。美术学院我是不敢去领教的，因为那些女人的尊容全世界都认得出来，再说这幅画又是宗教题材的。”

“你是要找一个秀气的，对吗？噢，我明白啦！若是她不需要赤身裸体，说不定我倒……”

“她不必赤身裸体，你真乱来，也不想想，这么一群男人中间冒出个裸女来，岂不是发疯，再说这又是一幅宗教画。”

“是呀，这我知道。无论如何她必须身着画面上的服装，有点东方韵味的。我想她应该站着朝前微微弯下身躯，装出要从地上拿起东西来，把双肩、颈脖和上半部背脊袒露出来。我看就这样！至于宗教嘛，嘻嘻，我们不妨把她当作抹大拉的玛利亚［抹大拉的玛利亚是个罪孽深重的妓女，因跟随耶稣改恶从良而得救，故事见《新约全书·路加福音》第七、八章。］，噢，鸟瞰透视的手法，嘻嘻。”

“你总是这样嬉戏人生、玩世不恭，什么东西到了你嘴里便变得一钱不值。”

“闲话少说，讲正经事吧！你应该找个模特儿，因为这是必不可缺的。而你自己却一个都不认识！好吧，你的宗教感情不允许你去找人，那么只好由雷恩叶尔姆和我这两个放荡不羁的海豹替你代劳物色一个。”

“不过要找一个正派的姑娘，我有言在先。”

“那不消说的。是呀，我们不妨等到后天，那时手头有了钱，再看看我们在这件事上能够做点什么。”

于是他们两人都又埋头作画，一声不吭，屋里静悄悄。时光一点点地在消逝，四点钟过去了，五点钟又已来到。他们时不时地朝大路上焦急不安地瞟上几眼。塞伦先开口打破这种令人心烦的沉默。

“奥勒去了那么久还没回来！他肯定遇上什么麻烦事了。”塞伦说道。

“是呀，看样子不大会有好结果。不过为什么你总是打发那个可怜虫出去跑腿呢！你本来可以亲自出马去跑一趟的！”

“噢，他闲着无事可干，况且他又乐意当跑腿。”

“你话可不能这么讲，我不妨对你明说吧，奥勒日后的归宿如何，我们都心中无底，说不定有朝一日他重振旗鼓、春风得意起来，凡是可以算成他朋友的人也会沾光不少。”

“不会吧，你在说些什么！他会干出什么轰轰烈烈的事业来！就算奥勒会成为一个大人物，不过他也当不了雕塑家。我看不知要等到哪辈子才能夸这个海口呢！你以为他会把到手的钱全都花光了才回来？”

“是的，他好久没有借到过一文钱，而这一回诱惑力太大，说不定他经受不住了。”隆德尔一边说话，一边把束腰的皮带往里收了两个洞孔，心里想要是把奥勒换成自己，他非把那些钱吃尽花光不可。

“真是的，人无完人哪，人总是先为自己着想。”塞伦又添油加醋地说了一句，他心里有数，自己处在那样的情况下会做出什么事情来，“我不能再白白等下去，急死人了，我必须有颜料用才行，哪怕去偷也要偷到手。我出去找法尔克。”

“你又要去吮吸那个可怜虫的血啦！昨天你刚刚从他手上拿到钱去配了画框，那可不是一笔小数目啊，那笔钱！”

“唉，你这个人呀！我这一回是走投无路，顾不得脸皮啦，这是没有法子啊。不得已而为之，顾不得许多啦！再说法尔克是个慷慨大方的人，他会体谅别人的尴尬处境。不管怎样，我要走了。等奥勒回来的时候，替我骂他几句，就说我骂他是头笨驴！再见吧，回头到红房间那边去一趟，看看我们有没有办法让上帝慈悲为怀，在太阳落山之前开恩赐给我们点东西吃。你出去的时候把房门关上，把钥匙塞在门槛底下，再见。”

他匆匆走了，半晌之后他来到玛格尼伯爵大街法尔克寓所的房门外。他敲了几下门却听不见应声。于是他推推门，门没有上锁，于是他走了进去。法尔克大概刚做完了梦，从熟睡中惊醒跳起身来，瞪大了眼睛瞅着塞伦发愣，却认不出来者是何人。

“下午好，老兄。”塞伦招呼说道。

“哎哟，天哪，原来是你！我方才肯定做了个稀奇古怪的梦！下午好，坐下，抽斗烟吧！怎么天已经快黑啦？”

塞伦对这类症状早已到了熟视无睹的地步，所以他佯装什么也不曾注意到，自顾自地聊起天来。

“老兄今天没有去锡纽扣餐馆？”

“没有，”法尔克有点手足无措地回答说，“我没有去那里，而是去了伊杜娜饭店。”

他弄不清楚自己是真的去了还是在梦里去了，不过他很高兴这样一来就可以掩饰自己在饿肚皮的窘迫难堪。

“是呀，那才对头，”塞伦言之凿凿地说，“锡纽扣餐馆的菜肴真不好吃。”

“是的，我倒并不想埋怨他们，”法尔克说道，“可是他们做的肉汤实在令人难以下咽！”

“还有那个当老板的老头一直站在那里盯住不放，要算清账，每个顾客究竟吃了几块三明治，那个黑心老板！”

一听到“三明治”这个字眼，法尔克的神志才彻底清醒过来，不过他这时候已不再觉得饿得揪心了，只是觉得两条腿软绵绵的没有力气。这个话题实在令人不痛快，必须当机立断，马上更换话题。

“怎么样？”他说道，“你在明天之前能把那幅画赶出来吗？”

“唉，背时霉气透顶，还没画完呢。”

“出了什么事情？”

“我来不及把它画完。”

“来不及？那么你为什么不安安生生待在家里赶一赶呢？”

“唉，还不是那个叫人伤透脑筋的老问题。亲爱的老兄！颜料用光啦！颜料！”

“哦，那倒是有办法补救的。你也许没有钱了，对吗？”

“这何必要问呢！”

“可惜我也恰好手头不方便！那么我们该如何是好呢？”

塞伦把眼睛低下去，直到视线正好处在同法尔克的紧身背心的口袋同一高度上。在口袋外面露出一根相当粗的金怀表链，挂到纽扣洞上。正是因为表链那么粗，塞伦反倒不大敢相信它是真金的，是经过成色鉴定的真金的，因为他无法理解怎么可以那样铺张，把值那么多钱的贵重物品随便挂在背心外面，真是太奢侈了。他的念头都集中到了这个目标明确的方向，于是接着说道：

“如果我手头上还有点东西的话，我起码还可以拿去典当。可是4月1日那天风和日丽，我们把冬季大衣全都送进了当铺，也只怪我们太不小心谨慎。”

法尔克已经禁不住赧然汗颜了，他从来没有过干这类事情的亲身经历。

“怎么，你们拿大衣去也能当钱？”他问道，“这样的东西怎么能做当头呢？”

“所有的东西都能做当头的，”塞伦在说所有的东西时故意加重了语气，“都能典当，只要手头上有东西可当。”

法尔克觉得自己眼前一黑，突然一阵眩晕，便急忙坐了下来，然后掏出了那块金怀表。

“你觉得这块表人家肯出多少钱，连表带一起？”

塞伦用手掂了掂那块即将成为当头的怀表的分量，摆出一副行家的神态仔细鉴赏了半天。

“是真金的吗？”他问道，声音有气无力，显得有点心虚。

“它是真金的！”

“有成色鉴定证明吗？”

“那上面刻有成色证明的印鉴！”

“表和表链上都有吗？”

“两者都有。”

“起码值一百个里克斯达尔！”塞伦宣布说，他的手哆嗦起来，抖得连那金表链也发出了丁当声，“不过这真是罪孽，老兄你不该为了我而把自己的东西糟蹋掉。”

“说哪儿的话，算是为了我自己吧，”法尔克说道，他不情愿硬要装出一副只为了他而牺牲自己的架势，他的头上并不拥有这样的光环，“我自己也需要钱用。你若是去把它当成了现钱，那是你帮了我一个忙。”

“就只好这样办啦！”塞伦说道，他不想再提出什么不得体的问题来使自己的朋友难堪，“我去把它当了。梳妆打扮换换衣裳吧，老兄。你看人生在世过日子是很艰辛苦涩的，不过我们还得把日子过下去。”

他拍拍法尔克的肩膀，显得十分亲切热忱。平素他总像是披上重铠厚甲来防范别人的攻击偷袭，因而这份亲切热忱很难露出苗头来。待到收拾停当，他们便一起出去。

直到时钟敲响七点，他们才把跑当铺的这码事办完。从当铺里出来他们又去买了颜料，然后直奔红房间餐厅。

伯恩斯沙龙大饭店〔伯恩斯沙龙大饭店系由德国糕点商亨里克 · 罗伯特 · 伯恩斯于1863年投资建造，1886年扩大改建成斯德哥尔摩最大的集餐饮和杂耍演出于一身的娱乐性饭店。由于它规模宏大，且哥特式建筑独具风格，成为19世纪瑞典首都的文化娱乐中心，亦是文人艺术家荟萃聚饮之地。〕在那时候刚刚开始在斯德哥尔摩的日常生活中崭露头角，开始在文化历史上起作用。它的出现扼杀了伤感多情的法国式艳歌俚曲的不健康的咖啡馆生活，在19世纪60年代曾经有很长一段时间里这类咖啡馆流行得很，如同鲜花盛开般争妍斗艳，或者说如同茵茵绿草般无处不在，非但首都如此繁盛，而且很快从首都扩散到全国各地。如今这类咖啡馆已是明日黄花，风光不再。每到黄昏，钟敲七点，华灯初上，伯恩斯沙龙大饭店里便宾客云集，而且都是成群结伙的年轻人，他们都是处在已经离开了父母的家但还没有踏进自己小家庭的门的非常时期的年轻人。这里坐满了一群群的单身男青年，他们是为了逃离孤枕寒衾、形影相吊的卧室，甚至是屋顶阁楼才来到这里，坐在流光溢彩、明亮暖和的沙龙里寻找个把朋友对酌晤谈，倾诉衷肠。饭店的主人想要使主顾们开心，便多次尝试安排了哑剧、杂技、芭蕾等等的助兴节目，不过他的主顾们都直言无忌地向老板表白：他们来到这里并不在乎找乐子、贪图开心，而是想要有个去处，有间供人会晤聚谈的房间，他们可以安静地交谈聊天，可以随便什么时候来都能见得到熟人交得上朋友。音乐倒是无伤大雅，不会打扰交谈的进行，可以被人容忍，所以后来音乐伴奏成了斯德哥尔摩各大饭店晚上用膳必不可少的助兴，如同潘趣酒和雪茄烟一样成为晚餐桌上的必需。于是伯恩斯沙龙大饭店便成了全斯德哥尔摩的单身俱乐部，而且每个小帮派都选定了自己人时常碰头的那个角落。里尔扬斯的居民们早已抢占了南面回廊前头的那个屋内棋室作为他们的据点。那间房间的装潢以大红为主色调，并且因为顺口，久而久之便以“红房间”叫出了名。尽管那些人在白天像谷糠一般星散在四处，可是黄昏之后总是能在这里见到他们的身影。他们如果身上一文不名，实在到了山穷水尽的境地，也会在这里策划谋略，到沙龙大厅里去干一下子名副其实的劫富济贫的事。他们先要侦察动静，窥探清楚哪个家伙身上有钱。然后两个人到南面回廊里去接应，另外两个人从沙龙大厅正面进去，他们是去收紧围网，捕捞大鱼的，而且很少有空手而归的时候，因为整个晚上那段时间里新的顾客不断地蜂拥而来，总归会有人被他们哄骗破财的。今天晚上他不用干这种营生，连提都不要提起，正因为如此，塞伦神气十足而又怡然安详地紧挨着法尔克在靠墙的红色丝绒沙发上坐下来。

然后他们在究竟应该喝什么酒的问题上吵吵嚷嚷争论了一番，不过他们都同意还是先吃饱了肚皮再说。他们刚吃了不久，法尔克就顿时觉得自己的精力恢复了不少。这时候一个长长的身影投到了他们的桌面上，他们的面前站立着伊格堡，跟往常一样脸色苍白、形容枯槁。塞伦在碰巧交上好运的时候，心境总是十分开朗而且对人也待之以礼。他立即询问伊格堡可愿意和他们做伴共进晚餐。这一来法尔克也只得勉为其难地应声附和了。伊格堡嘛嘛嘴算是应承了，心里却在估算，这么小一个冷盘究竟够不够自己吃饱，或者是吃个半饱。

“地区法院推事先生果然大笔如椽，笔锋犀利遒劲。”他说道，为的是把别人的注意力转移开去，免得他们看到自己的叉子像雨点般落在盘子里片刻不曾停过。

“怎么回事？我写了文章？”法尔克回答说，脸上露出了愠色，因为他根本不相信有人能够如此熟悉他的文笔。

“那篇大作鞭辟入里，精彩之至！”

“哪一篇文章？我一点都不明白。”

“哦，就是《人民旗帜报》上登的那篇披露文官薪俸支付署的文章。”

“那篇文章我不曾写过！”

“可是那个衙门里的人个个都认定是你写的。前两天我遇到一个在那里充当编外雇员的熟人，他也一口咬定你是文章的作者。听说他们都咬牙切齿，愤怒不已。”

“你说的当真吗？”

法尔克渐渐有点觉得罪过还是在自己身上，起码有一半如此，他心里明白过来，那天傍晚斯特鲁弗坐在摩萨贝克坡地的小花园里，一个劲往衣服袖口上做记录。不过斯特鲁弗仅仅是个记者。要命的是法尔克自己滔滔不绝地讲了那么多，而他认为自己必须对所讲的每句话负责，可是如今已祸从口出，被人误认为是专门揭露丑闻的下流文人。此时此刻他才恍然大悟，自己今后的退路已经被切断，如今只有唯一的出路摆在他的面前，那就是一往直前，硬着头皮走下去。

“真是的，”他说道，“就算我是那篇文章的始作俑者吧！让我们谈点别的什么吧。估价师先生对乌尔里加·伊莱奥诺拉感觉如何？难道不是一个挺有趣的人物？还有，听说过没有那家特利登海运保险股份有限公司？再不然谈谈哈克温·斯佩格尔？”

“乌尔里加·伊莱奥诺拉乃是瑞典历史上最为引人入胜的人物，”伊格堡一本正经地回答说，“我正好刚刚接到订单要写一篇关于她的论文。”

“是史密斯订的吧？”法尔克问道。

“不错，正是。您怎么知道？”

“这么说来谅必您对《守护天使》也有所知晓？”

“您怎么连这也知道？”

“我今天上午刚刚把他们退了回去。”

“好逸恶劳恐非正确的为人之道。你日后会懊悔莫及的，请相信我。”

法尔克听了这句话脸上有点挂不住了，他被这句话噎得脸红耳赤，连说话也有点近乎谵妄。塞伦安安逸逸地坐着自顾自抽烟，他不大留意他们说的什么而更醉心于倾听那悠扬的音乐，因为他们的讲话既引不起他的兴趣，也如同对牛弹琴。他坐在沙发的拐角处正好朝着通往南面回廊的两扇门，从那两扇门的门洞里望过去，沙龙的大厅尽收眼底，而且还可以一直看到北面的回廊。透过积聚在那两条回廊进出口的咽喉地带的缭绕而经久不散的雪茄烟雾，他可以分辨得出对面的人的面貌。忽然间，他的注意力被远处的什么东西所吸引，他捋捋法尔克的胳膊说道：

“嗨，快看，那个骗子手！快看那左面窗帘背后。”

“隆德尔！”

“不错，就是他！他出来寻找抹大拉的玛利亚。瞧瞧他正在跟她搭讪呢！那个妞儿还挺标致。”

法尔克听得脸上飞起了红云，却被塞伦看在了眼里。

“他竟然到这里来找模特儿？”法尔克大惑不解地问道。

“是呀，否则他到哪里找得到她们？他总不能在黑灯瞎火的地方去找她们吧。”

片刻之后，隆德尔走了进来，塞伦摆出屈尊俯就的架子朝他点了点头，他这种摆弄隆德尔一看心里就明白，所以更加彬彬有礼地对法尔克深深一鞠躬。他转脸见到伊格堡也在场，故意装出一副惊讶的样子，骨子里其实是瞧不起人。伊格堡早已看在眼里，便不失时机地询问隆德尔是否乐意给他们殊荣同他们共进晚餐。这口气听得隆德尔瞪直了眼睛发愣，好像他真是厕身在腰缠万贯的大富豪面前。不过他还暗自庆幸晚饭有了着落，态度上也变得谦恭温顺起来，不再拒人于千里之外。他在吃完一盆热菜之后，觉得很有必要表明一下自己的心迹，他有话要对法尔克讲，那是不说自明的，可是他在沉吟思索，怎样才能把话头引到他想讲的事情上去。正在此时，乐队却不识时务地高声吹奏起了《听我们歌唱吧，瑞典》，紧接着又演奏了《吾主上帝是坚固的堡垒》。

法尔克又点了不少酒来喝。

“地区法院推事先生谅必同我一样也喜爱这些古老而好听的教堂歌曲吧。”隆德尔开始说话了。

法尔克竟然也不晓得自己原来还喜欢什么教堂歌曲，于是他并不接茬，只是一味询问隆德尔是不是喜欢喝潘趣酒。隆德尔不由犯了踌躇，他心里没有底能不能再往深里捅下去。倒不如先多吃一点再说。他的酒量非常有限，这是他抱定宗旨想要在大庭广众之下予以证实的美德，所以他喝完了第三杯后便佯装不胜酒力，发出了一阵剧烈而短促的干咳。

“《宽容的火炬》这首赞美诗名字起得好，”他继续说道，“它寓有深刻的教义哲理，既弘扬了赎罪献身的自我牺牲的教义，同时又昭示了光明来到人世间这个在已发生过的所有显圣奇迹之中的最伟大者，那是历尽万劫不复的苦难之后所达到的最辉煌圣洁的无上荣光。”

他叉了一个肉丸子放到最后一颗臼齿那里，一边咀嚼，一边细细观察这番侃侃之词起到什么效果。可惜结果却不大令人满意。他只见三张茫茫然的面孔朝着他直发呆，神情全是惊愕不已。他觉得必须把话说得更清楚一点才不至于对牛弹琴。

“斯佩格尔真是大名鼎鼎。他不像法利赛人［法利赛人系犹太人十二支派中的一支，坚信摩西教规戒律，时常站出来同耶稣作对，见《新约全书·马太福音》第二十至二十三章。］那样，他有话就直截了当地说出来。我们大家想必还记得他写的那首了不起的赞美诗《哀声如今止息》，真是找不出能与之媲美的绝唱佳作。干杯，地区法院推事先生，我非常高兴看到您是这样一位多才多艺的代表性人物。”

话已出口，刚要举杯，隆德尔猛然发觉自己的酒杯里早已点滴不剩了，只得轻声加了一句：

“我想我能再要半杯吗？”

有两个想法在法尔克的脑海里盘旋开来。其一，这个家伙准是嗜酒如命，而且是爱喝烧酒的酒鬼。其二，他怎么会听到斯佩格尔那桩事情的风声？一团疑云犹如晴天霹雳似的在他头脑中轰鸣了一下，不过他不情愿开口打听，只是淡淡地应酬说：

“干杯，隆德尔先生！”

这一场令人不愉快的交谈本来大概还不会罢休，亏得奥勒在这时候露面了。这位仁兄倒真来得是时候，可是身上的衣着却比往常更加寒碜，比往常更加肮脏。从外表上就可以看得出来，他的大腿瘸得更加厉害了，像是帆船上的斜桅樯一样往两边歪。身上的那件上衣只剩下了第一根肋骨以上的那颗扣子，总算把两片衣襟还扣到了一起。他一眼瞅见席面上有那么多好吃好喝的，便禁不住心花怒放，眉开眼笑，甚至乐得咯咯笑出声来。他不理会塞伦的厌恶和慌张，自顾自开口讲起他这趟跑腿出了不利的惨状，而且还把托他去典当的那些物品和钱财都掏了出来。这一回他果真被警察逮个正着。

“这里是你的收据！”

他把两张当票隔着桌子递给了塞伦，塞伦接了过去，立刻就把它们揉成了一团。

他说他被扭送到一间空气污浊的拘留室，他展示给大家看身上那件上衣一侧衣领已被撕掉。拘留之后先是录口供，他报上了姓名，警方说那当然是捏造的假名字，因为还没有人叫蒙坦纽斯这个名字的。然后又报上出生地点：威斯特曼兰郡。那肯定也是捏造的，因为警官本人就是那里的人，他认得出自己的同乡。然后又报年纪，二十八岁。那也在说谎，“因为他的模样看上去至少有四十岁”。家庭住址：里尔扬斯。那也是在说谎，因为那个地方只住了一个园丁，没有再住其他人。职业：艺术家！那也一定在说谎，“因为他看样子就是个码头上扛苦力的”。

“你要的颜料在这里，一共四管，你点点看。”

奥勒说他手上拿的那个包袱被撕裂了，有条被单被撕得粉碎。

“所以两样东西我只得到了一里克斯达尔二十五奥尔。只消查一下当票，你就可以看得出这笔账是一清二楚没有错的。”

他接着又告诉说：他被审问这些东西是从哪里偷到手的。奥勒回答说，他不曾偷窃这些东西。那个警官立即警觉起来，说审讯的问题并不是他有没有偷这些东西，而是在什么地方偷的，在什么地方？什么地方？什么地方？

“这里是找回来的零头，二十五奥尔，我没有将分文中饱私囊。”

他接着又说，“那些被窃的赃物”逐件登记在案，并且加盖了三个印章。奥勒再三为自己的清白无辜作出辩解，却徒劳无益。他也再三呼吁他们要尊重法律和人道观念，却也是徒劳无益。最后一次呼吁得到的效果似乎是，那个警官提出作案记录报告上应该写明：该拘留犯（他已经被当作犯人了）被拘留之时因“饮用烈酒类饮料过度”而有醉酒的表现，不过这种写法似乎难以自圆其说，于是又把“烈酒类饮料”画掉了。然后警官几次三番地要求那个警察回想一下他在执行公务时那个犯人有没有拒捕行为。那个警察信誓旦旦地说，他不能起誓保证说该犯拒捕（亏得那个家伙不曾这么做，否则凭他那五大三粗的身材和凶神恶煞的尊容，后果怎样真不堪设想），不过他“猜想”该犯有拒捕之企图，并试图窜入一门洞里逃逸。于是便按这个警察的证词笔录在案。

最后写成了一份案情报告，奥勒被叫去签字画押。那份报告写道：一个长相凶恶、身材粗壮之男子于下午四时三十五分自诺尔兰街左边一排房屋中潜出，遂被截留盘查，此人随身携带来路不明的包袱一个，疑是所窃之赃物。该男犯被拘留之时，身着绿色的宽条纹花呢上衣（未穿紧身背心），蓝色粗呢裤子，衬衫的镶边上缀有P.I.两个字母的记号（此记号足以证明该衬衫若非偷来之赃物，便是该犯在拘留时作了假口供、谎报姓名），脚上穿灰色条纹羊毛袜，头戴插有鸡毛的浅檐毡帽。拘留犯自报姓名为奥勒·蒙坦纽斯，谎报出生于威斯特曼兰郡的农夫家庭，自报职业为艺术家，家庭住址为里尔扬斯，已经证实均系伪造谎报。该犯在被扣时企图窜入一门洞借以拒捕。

然后将被窃的赃物逐件详细载明列出清单，也就是把那个包袱里的东西都倒出来一件件点清登记。奥勒直到最后都一口拒绝承认这份案情报告是符合事实的，因而警方立即打电报通知监狱把犯人移解过去。他们叫来了一辆出租马车，除了要递解的那个犯人外，车上还放着那个赃物包袱和坐了一个押送的警察。在那辆马车驶经弥恩特街的时候，奥勒一眼瞅见了他的救星，来自特莱斯考拉的彼尔·伊尔森先生，他是瑞典议会的议员，也是奥勒的同乡。奥勒叫住了那位大人物，向他讲述了一切经过，并且证实那份案情报告是与事实不符的。这样一来奥勒终于得到释放并且索回了那个包袱。这也就是为什么他姗姗来迟，直到这会儿才露面的缘故。

“你们吃法国式长棍面包吧！可惜只剩了五个，我已经吃掉了一个，啤酒在这里。”

他真的从背后裤兜里掏出五个长棍面包和两瓶啤酒，这一来他的裤子口袋掏空了，下身不再鼓胀了，体形又恢复到平时那样毫不均衡对称。

“法尔克老兄，请原谅奥勒，他不习惯于同人应酬交际。奥勒，快把面包收起来，看你做的什么傻事。”塞伦赶紧说道。

奥勒乖乖地顺从了。隆德尔早已把那盘热菜吃得干干净净，连一点汤汁都不留，以致根本辨认不出那个盆子方才盛的是什么菜肴，可他仍然不肯让人把盘子收走。可是那瓶烧酒对他却情有独钟，老是爱往他的杯子上靠，而隆德尔连想都不想举杯一饮而尽。他过一会儿就站立起来，扭身朝椅子背后张望，说是“要看看”乐队在演奏什么。他的一举一动都受到塞伦的细细观察，哪里能逃得过塞伦的眼睛。果然不久之后，雷恩叶尔姆便来了。他已经醉醺醺，一声不响地坐了下来，任凭隆德尔唠唠叨叨地埋怨训诫个不休。他的目光迷茫而恍惚，飘忽不定，似乎要寻找个能盯住瞧一会儿的目标，那双慵懒困倦的眼睛终于落在塞伦身上，而且停在那件丝绒紧身背心上一动不动，整个晚上的后半段时间里这件背心就成了他目不转睛盯住不放的大好目标，于是他闷声不响地盯住这件花里胡哨的漂亮衣服细细观赏起来，一会儿他的脸蛋光彩起来，仿佛见到了一个老朋友，可是刚刚焕发出来的容光却又马上阴沉下去，因为塞伦忽然注意到“有股穿堂风”吹得叫人受不住，便把外套的纽扣全扣上了。

伊格堡悉心照顾着奥勒，照料他吃了一盘热菜，还不厌其烦地一遍又一遍朝奥勒劝酒，叫他自斟自饮，顺便也把自己的杯子倒满。随着夜阑更深，伴奏的乐队吹奏起了更轻松活泼的曲调，众人的谈兴也愈来愈浓。法尔克十分中意这种醉生梦死、飘飘欲仙的境界，这里温暖熙和，灯火通明，流光溢彩，四处是欢声笑语，人们围坐在烟雾缭绕的餐桌旁边高谈阔论，喝酒谈心，真乃人生之中的赏心乐事，岂不快哉！而他身边的那几个穷朋友就像在缕缕阳光之中重新苏醒的苍蝇一样，笑逐颜开地庆幸好运气，正是仰仗了自己，他们的生命才能又延长几个小时。他忽然觉得自己同他们休戚相关，息息相通，因为说到底他们全都是一批不幸的苦命人。再说这些人都是有真知灼见的精英人士，他们听得懂他言谈的意思，他们开口说话正是有血有肉的活人在吐露心声，而不是照本宣科搬弄书上的那一套。甚至他们的粗野蛮横也有几分讨人喜欢的地方，因为是那么自然，那么天真，而并不矫揉造作。甚至隆德尔的那种假装正经的伪君子做派也不大引起他的反感，因为隆德尔的假道学是那么幼稚可笑，而且面具又戴得一点不牢，随时都会被人撕掉。那天晚上就这样度过去了，逼得法尔克走上文字生涯这条荆棘丛生的不归路的头一天就这样度过去了。

第七章

模仿耶稣

第二天清早，法尔克被清洁女工叫醒，她递给他一封信，信的内容如下：

敬请查阅《新约全书·提摩太后书》第十章第二十七至二十九节，《哥林多前书》第六章第三至五节。

亲爱的教友：

我在昨天的《灰外套报》上获悉尊驾意欲出版《宽容的火炬》。务请于明日上午九时前移驾屈就敝人的业务所来一晤为快，至嘱。

你的等待得救者

拿但业·史考莱

但愿耶稣基督怜悯宽恕庇佑平安。但愿吾主上帝赐予恩宠慈爱。但愿圣父、圣灵、圣子与尔同在。阿门。

如今隆德尔讲到的那个谜团算是解开了，也只解了一部分。他与那位名气很大的布道家史考莱本人缘悭一面，对《宽容的火炬》更是毫无所知，不过他非常好奇，于是决意要对这份硬加到自己头上来的通知予以响应。

九点钟时，法尔克已经站立在政府大街那幢高大的四层楼大厦面前，大厦的门面从地下室一直到屋顶的檐口全是琳琅满目的招牌：

平安基督教图书印刷有限公司，一层；

《上帝子民的遗产》编辑部，一层半；

《末日的审判》期刊发行所，一层；

《平安的小号角》期刊发行所，一层；

《喂饱我的小羊》儿童报刊编辑部，一层；

基督教三位一体会所股份有限公司

——承办支付和发放房地产首期按揭的借贷业务，三层；

《皈依耶稣》编辑部，三层

——本所招聘：

正规推销员若干名，交足押金即予录用；

隼鹰教会股份有限公司，二层

——凭股息印花发放1867年之红利；

佐鲁鲁基督教会轮船办事处，二层半

——蒙主俯允本轮船于本月28日起航

凭轮船货单和有效执照承接货物托运

轮船装货地点：

斯凯普桥码头办事处；

蚂蚁之家缝纫救济会

——接受各界捐赠的衣物，一层门面；

本大厦传达室承接以下业务：

——代客浆洗熨烫牧师服衣领

——出租领圣餐礼用的圣饼

每匣一里克斯达尔五十奥尔

——出售全套黑色大礼服

亦非常适合初领圣体的青年穿着

——出售无酵圣酒

《马太福音》第十九章第三十节

提到过此酒

每壶七十五奥尔，酒壶自带。

在第一层的大门左首，有一家基督教书店。法尔克停下脚步，浏览橱窗里陈列书籍的书名。都是一些老掉牙的陈旧而常见的大路货。这些书籍往往轻率地提出一些问题，不得要领地却又装腔作势地论述一番，再就亲切委婉地劝人为善。所有的都是耳熟能详的老生常谈。不过更加能够吸引他注意力的倒是那些插图不少的杂志，它们翻开放着，用以招徕顾客，所有大幅的英国木刻画都摊着，任凭人们细细观赏。尤其是儿童图书更是五光十色，令人赏心悦目。书店的店员必定会娓娓道来，告诉人们那些白发苍苍的老者和老妪如何驻足凝视，站在橱窗外欣赏这些插图，久久不肯离去。这些插图似乎在他们虔诚的心灵上留下了令人感动的温馨的印象，唤醒了他们对逝去的韶光年华的追忆，使他们回想起那一去不复返的、愣头愣脑的青春时代。有那么一瞬间，法尔克心头忽然冒出了一个不敬神灵的念头。可是转眼之间他又为这个亵渎神灵的想法而觉得脸红，便把它扔到了儿童图书上画的那些讲究伦理道德却又以喝血为生的荒岛居民中间去。

他沿着宽阔的楼梯拾级而上，楼梯两边全是画着庞贝古城［庞贝系古罗马的一个城镇，公元79年被维苏威火山爆发所吞噬，在1748年被发掘出来，古城里的街道、房屋、器皿和人物均和毁灭前一模一样。］的壁画，它们正好提醒人们说，这绝不是通向得救的生路。他走进了一间布置得很像银行营业大厅的宽大房间，只是一张张办公桌上还空空如也，大概那些会计、出纳、簿记等等办事人员都慵睡未起，尚未到来。房间的中央有一张办公桌，大得如同教堂祭坛一般，可是却又有点像是管风琴，因为上面插着标明不同音域的音管，这些音管后来归并到一个布满按钮的键盘上，那些按钮形状都像电报机上的气压按钮一样。后面还有一个喇叭形状的扬声器，原来这是用来同大厦里别的房间通话的对讲机。只见房间里有个粗壮大汉足蹬马靴站在房间里的镶木地板上。他身着牧师装束，白色的衣领围脖底下只扣了上衣的第一粒纽扣，所以那套法衣看起来倒像军队制服的长外套一样。白色的衣领围脖上面是一张海船船长般的假面具，因为被办公桌的折边和包装纸箱层层阻挡已经难以看到他的真面目了。原来那个腰圆如桶的粗壮大汉竟然弯下腰去，正在用一根鞭梢象征性地做成马蹄形状的马鞭，抽打着早已锃光雪亮的靴跟上的马刺。他嘴上叼着一根名贵的莱加里亚优质大雪茄烟，而且不停地在咬嚼，似乎存心要保持嘴巴不断活动。法尔克十分惊讶地打量着眼前这位大胖子。

眼前的这一位正是眼下最时髦的那一类人，因为人类本身也有流行的时尚。这一位是个了不起的传道士，他把犯下罪孽说成是当下最流行的现代“风气”。渴望宽容祈求饶恕、沉沦于卑鄙无耻不能自拔、自甘堕落乃至精神空虚等等，总而言之一句话，凡是一切做坏事的到他的嘴里便成了现代风尚！这个人使得大家相信等待得救是上流社会的时髦，他为大花园街的富豪们发明了一种福音！祈求宽恕的名次排列成了放浪形骸的热门体育消遣，人们竞相比赛，在犯下罪孽的赛马场上哪个人可以独占鳌头，也就是说谁十恶不赦，谁就可以赢得奖杯。人们把等待得救的可怜的灵魂当作猎物展开了一场不必带猎狗探路的围场狩猎。不过也必须承认，有时候那些人为了表示自己弥补愆尤、痛改前非而到处寻找个把能在大庭广众之中充当献祭牺牲的人，他们在这些人身上所花掉的做慈善事业的费用，那真是不惜工本，毫不心疼的。

“哦，来的大约是法尔克先生吧！”那个假面具开口说道，“欢迎，我的朋友。你也许乐意参观一下我的活动。对不起，请问法尔克先生，是不是也在等待拯救？好吧，这里是印刷厂的发行所……请稍等一下，对不起。”

他走到那座管风琴旁边，拔出一两个按钮，听到了一阵叽里咕噜的回答声。

“请法尔克先生随便走走看看吧。”

他把嘴巴凑到一个喇叭口上大呼小喊起来：“《第七个号角和第八样灾难》[见《新约全书·启示录》第八章，耶稣基督将神赐给他的启示“叫他将必要快成的事指示给他的众仆人”晓谕给约翰。于是约翰看到有七位天使逐个吹起号角，并且把盛有神的大怒的七个金碗依次倾倒在地，便有七种灾难降到世上。又有一位有大权柄的天使举起石头好像火磨石扔在海里，说“巴比伦大城也必将这样猛力地被扔下去决不能再见了”。这就是第八种灾难。]，喂，纽斯特罗姆，用中等纸，八开连张叠印。标题用粗花体字，作者姓名要留出行距。”

同一个喇叭口里传来了回答：“没有原稿啊！”

假面具在管风琴面前坐了下来，抽出纸和笔，随手写了起来，同时从咬着雪茄烟的嘴角里断断续续地朝着法尔克吐出这些话来：

“这项活动……规模十分浩大……过不了多久就会超出……我的精力，我若是再不好好保养……我的健康亦会大不如前……唉……”

他跳起身来，拔出另外一个按钮，朝着另一个喇叭口大呼小喊起来：

“快把《你的债还清了没有？》的校样送过来……”他一面讲，一面又写，然后又从嘴角里断断续续地挤出声音来：

“你会觉得奇怪……为什么……我……穿着马靴……是这么回事……因为一来……我必须练习骑马……为了我的健康……”

这时一个毛头小伙子拿着校样走进房间。假面具接过来就顺手递给了法尔克，同时声音从鼻孔里出来，因为嘴巴正忙着，没有空。

“念念这个。”

同时他又用眼睛吩咐毛头小伙子：

“等着！”

“二来嘛……”嘴角继续吐出了声音（他耳朵抽搐了一下，似乎在夸口说：“您听我还记得一清二楚呢。”），“一个圣灵的仆人……不应该……在外表上……显得……和别人与众不同……高人一等……因为那是……那是精神上的……自尊自大……会给别的货运承包商有可乘之机。”

一个簿记员走了进来，假面具皱皱额头，算是打了招呼，这是他脸上剩下的唯一有空的地方。

法尔克觉得无所事事，呆坐着闷得慌，便拿起那份校样来看。“雪茄烟”却一翘一翘地继续在唠叨：

“所有别的人……都穿马靴……我也不肯与众不同……在外表上……因为我……不是爱炫耀自己的人……所以我只好勉为其难……穿上了马靴。”

说到这里他把一直在奋笔疾书的手迹墨宝交给了那个毛头小伙子，又扯开嗓门对着喇叭口大呼小喊起来：

“喂，纽斯特罗姆，《第七个号角》给你！分四个排字盘排。”

“现在我有五分钟空闲工夫啦！您是否有兴趣跟我一起到库房里去看看？”他朝法尔克说道。

然后又转向簿记员问道：

“‘佐鲁鲁号’的货装上船啦？”

“装的全是烧酒。”簿记员用嘶哑的声音回答说道。

“没有惹麻烦？”假面具问道。

“没有惹麻烦。”簿记员回答说。

“那就祝它一帆风顺吧，以上帝的名义。来吧，法尔克先生。”

他们两人踏进一间房间，四壁都是书架，书架上堆满了成捆成捆的书籍。假面具用马鞭抽打着书脊，十分傲慢而开门见山地直说道：

“这些书都是我写的，怎么样？不算少吧！您也写作，在写一点小东西吧？不过您若是刻苦写下去的话，有朝一日您也会写出这么多的。”他使劲地咬咬雪茄烟，把碎烟末子吐了出来，那些碎末子像苍蝇一样四散飞扬了一会儿，然后飘落在书脊上。他忽然想起了什么不大看在眼里的事情。

“《宽容的火炬》？嘿！我觉得这个书名真是愚蠢到家了。难道您不觉得吗？是您自己瞎想胡诌出来的吧？”

这是法尔克第一次有机会来回答他的长篇大论，因为如同所有的大人物一样，假面具也是自己提出问题之后就自己来回答，容不得他人插嘴。

回答倒也简短，只有一个“不”字，因为再多他来不及说了，假面具又自顾自说了下去：

“我觉得这是一个十分愚蠢的书名！哼，您真的以为这个书名会一炮打响吗？”

“我对这件事情毫无所知，您在说些什么我也莫名其妙。”

“毫无所知？”

他拿起一份报纸递了过去。

法尔克诧异不已地看到报纸上登了这样一则广告：

> 征求预订启事：
>
> 《宽容的火炬》
>
> 基督教教友大众的期刊，
>
> 近日内由瑞典文史学院大奖荣膺者、作家阿尔维德·法尔克编辑出版。
>
> 创刊号将登载哈克温·斯佩格尔的《上帝的劳作和休息》。
>
> 这首传世佳作是举世公认的福音赞美诗，全诗之基督精神莫不至深至诚哉。

糟糕！他陡然想起来，自己在取消合约时竟然把斯佩格尔疏忽忘记掉了，如今弄得他站在那里无言以对。

“发行量有多大？呃？我想大概两千本吧……太少啦！不够开销的！我的《末日审判》每期销路已经到了上万本，可是落进我腰包的也只不过区区的……我怎么说呢？净利百分之十五吧！”

“百分之十五？”

“一千里克斯达尔，小伙子！”

假面具似乎得意忘形，竟然回到了生意经的老路上去，却把眼前扮演的角色搁诸脑后。

“好吧，”假面具继续说道，“您知道，我是一个受人欢迎的布道家。我可以毫不夸张地说全世界都知道。您知道，我既然非常受人欢迎，那也是没法子的事情，我只好认账吧，因为木已成舟了嘛。我若是硬说我不知道自己是举世闻名的人物，那岂不成了睁眼说瞎话的伪君子吗？好吧，您创业伊始，我愿意助您一臂之力！您看到那个麻袋了吗？我不妨告诉您实情：那里装的都是读者的来信，全是女人们写来的……是的，没错……不要大惊小怪嘛，我已经是有妻室的人喽……她们都向我讨照片，再多我就不便奉告啦……”

说是麻袋，其实他用马鞭敲打的只不过是一个小提兜而已。

“为了免得她们纠缠我不休，省掉不少麻烦，同时为了帮您一把，我已经想好了，要准许您写我的传记，带有我的照片。这样一来您的杂志创刊号销路就必定会达到上万本，而您从这一期就可以有一千里克斯达尔的净利落进腰包。”

“不过牧师先生（法尔克差点脱口而出，想要称呼他为‘上尉先生’）……对于这笔生意我是毫不知情的。”

“那没有关系，一点关系都没有！出版商亲自写信向我约稿，还索要了照片。而您就是我的传记的执笔撰稿人。为了减少您的麻烦，我已经叫一个朋友把这部传记的主要内容编写出来了。您只消写个前言，要写得短小精悍、表达有力，至多只占一两个排字盘的篇幅。现在您明白了吧！”

法尔克碰上了这样的老谋深算之人，不禁畏缩踌躇起来。他还惊诧于那张照片上的雍容气派同眼前这个真人的风度竟然如此之不同，而且也认出来“那个朋友”的笔迹同假面具本人的如出一辙。

假面具把那张照片和那摞稿纸递了过来，同时伸出手来准备接受对方的感恩戴德。

“请向出版商……问好。”假面具差点脱口而出提到史密斯这个名字，所以小胡子旁边的双颊上有点赧然。

"我的牧师先生，恐怕您不明白我对此事的意见……"法尔克如鲠在喉不得不说。

"意见？嘿，真是笑话！我征求过您的意见吗？我从来不向什么人征求意见。上帝保佑！我需要征求意见吗？决不！"

他再挥舞马鞭抽打了一下书脊，然后打开房门，领着自己的传记执笔撰稿人走了出来，自己又回到了那座管风琴旁边。

法尔克犯了跟往常一样的毛病，他直到事情过后才悟出了对付得体的答复，可惜为时已迟，他早就来到了街上，这正是他为人处世吃亏的地方。有一扇地下室的通风气窗恰好打开着（而且上面还没有贴满广告），执笔撰稿人便把那份传记底稿连同照片一股脑儿扔了进去。

然后，法尔克走到最近的一家报社去对《宽容的火炬》的事实真相做了澄清更正。做完这些事情之后他心安理得地踏上了只能等着活活饿死的道路。

第　八　章

可怜的祖国

这件事情发生几天之后，里达哥尔摩屿钟敲十点时，法尔克来到了议会大厦，他是帮《小红帽报》的采访员来收集议会下院开会现场实况资料的。他加快了自己的脚步，因为他心里暗想在这个俸禄优厚的机构里人们谅必按时上班、准点出勤的。他沿着通往议会委员会的路线走去，被人引向下院顶层左侧边座的记者席。他怀着庄严肃穆的心情健步走过那不多的几级木踏板，跨进像是悬挂在屋檐底下的鸽子棚那样的记者旁听座，在那里“享有言论自由的人士可以亲耳聆听到对这个国家的最神圣利益的各项大事的讨论，由它的最尊严高贵的议会议员来商议”。

对于法尔克，这是破题儿第一遭的全新经历，这一回真是开了眼界，可是这样的大场面却没有把他压得抬不起头来。他从自己的座位上往下俯视，但只见他身下的大厅空空荡荡，阒无一人，活像一所兰开斯特学校〔系由英国教育家约瑟夫 · 兰开斯特（1778—1838）于1798年在伦敦创办的一种平民学校，学校采用所谓“更迭教育法”，即不分班次，年纪大的学生协助教师给年幼的学生教课。这种方法在19世纪40—50年代在瑞典被广泛采用，并引发了是否需要建立正规小学的辩论。〕一样。时钟已是十点过五分，议会大厅里除了他自己之外，竟连个人影也不见。有好几分钟整个大厅鸦雀无声，就像农村里的教堂在讲道之前一样寂静。后来一阵窸窸窣窣的声音慢悠悠地在大厅里回荡起来。

“一只老鼠。”法尔克想道，可是旋即发现那声音是从空当中传过来的。原来在正对面的记者旁听席上有一个身材瘦小、弯腰曲背的人倚在栏杆上削铅笔，法尔克看见铅笔的木屑飘落下去，掉在下面桌子上发出了窸窸窣窣的声音。法尔克举目四顾，朝大厅里环视了一圈，可是除了空空荡荡的四壁之外却没有什么东西值得注目凝视的。最后他的眼光落在那座拿破仑一世时期的壁钟上，钟上镶嵌的王室徽记大概不久之前刚又镀过金，所以虽是旧货翻新，依然光华熠熠，显示出昔日的帝王气派。可是钟上的指针都毫无象征意义地指向十点十分，其实这也分明是一种象征，真是令人啼笑皆非。终于，大厅后侧的几扇门打开了，有一个人走了进来。那是一位老人，他的双臂已不堪公众事业的重任而低垂下来，他的背脊在地方事务的压力下佝偻了。他的颈脖耷拉着再也直不起来，那是在潮湿的官员办公室、委员会的会议室、银行的金库等地方苦熬资格，待的岁月太长的缘故。他在通往主席台的棕榈丝编的长地毯上步履蹒跚而又老态龙钟地走着的时候，已俨然是个靠领取退休金生活的养老者。如今他悠然自得地走过了走廊的一半路程，来到了那只帝王气派十足的座钟面前，他停下了脚步，似乎已经习惯成自然地走到半路就停下来环视四周，甚至回头看看。这一回他停下来掏出自己的怀表同那只座钟对对钟点。他大为不满地摇摇自己那童山濯濯的脑袋，似乎在说：时光过得太快啦，太快啦！他的脸上显出了一种超凡脱俗的从容镇静，丝毫不怪自己的那块怀表不能走得慢一点。俄而他举步往前，以同样的步伐继续蹒跚，似乎要一直奔向人生历程的最终目的地，可是那边主席台上显赫辉煌的高背座椅上是不是果真就能找得到做人的目的地，这倒是个大可置疑的问题。

当他终于抵达目的地的时候，他站稳身躯掏出手帕，立得笔直地擤了擤鼻子，接着目光四射，在由一排排桌子和座位所代表的尊贵显赫的听众面前亮了个相，仿佛要张嘴宣布某件意义非同寻常的大事，诸如“诸位议员先生，本议长在此时此刻业已擤过鼻子”等等。亮相之后，他从容安详地坐了下来，那种恬静安详是只有议会议长才能够沉醉其中的，那是一种似睡非睡、似醒非醒的迷糊状态，而且是孤家寡人般单独一人高高在上。这样空空荡荡的议会大厅里只有他单独一人与上帝共在，他要养精蓄锐来应对这一天即将纷至沓来的各种烦恼。他正在闭目养神，忽然从左边天花板底下的高处传来一阵窸窸窣窣的声响，他突然惊醒过来，扭过脖子，那双眼睛似睁非睁，半开半合，那目光却威严得足以把那只胆敢在他的面前发出窸窸窣窣声响的老鼠活活吓死。法尔克不曾料到对面发出的动静竟会在自己的鸽子棚里发出如此响的回声，他只好自认晦气，默默地接受了那杀气腾腾、似乎要把人生吞活剥的目光，幸好那目光在投到天花板楣檐底下时已经开始温和下来，似乎在轻声低语（大声直说那是没有胆量的），似乎在说：“原来只是一位记者，我方才生怕那是一只老鼠。”接下来那位想要用目光把人生吞活剥的行凶者似乎为他的目光所犯下的罪孽悔恨莫及，竟然用手捂住了脸。难道后悔得哭了起来？才不是哪，他是在揉眼睛，想把掉落在他视网膜上迷糊了他视线的那点讨厌的碎末子揉出去。

这时候大厅里的几扇大门开始不断地被打开，议员们陆续来到，座钟上的指针仍旧蹑手蹑脚地不断往前爬行。议长对他心目中的好人不惜给予优厚礼遇，那就是又点头打招呼又紧紧握手，而对那些被认定的坏人则转过脸去不予理睬，因为他身为最高首脑，务必要是非明辨，赏罚分明。

《小红帽报》的记者终于姗姗来迟，此人相貌平庸，衣着简陋而且酒气喷人，他的神志倒还算清醒，尽管宿醉未过，但他对新来的帮手出力扶掖，乐于相助，对法尔克提出的问题非但有问必答，而且还说得十分中肯。

大厅的门又一次被砰的一声打开，进来一个人，步伐如此自信，好像他是在自己家里走动一样。来者不是别人，正是税务局的报表统计员兼文官薪俸支付署的统计师。他径直走到高背座椅面前，像老相识那样同议长毫不拘礼地招呼了一下，就伸手把议长桌上的那摞文件拿了过去，仿佛是他自己的东西一样。

“这是什么人？”法尔克问道。

“他是首席录事。”《小红帽报》记者答道。

“什么？他们这里也要人记录？”

“也要人记录？你马上就会看到！他们有整整一个楼层归录事占用，屋顶阁楼全都是录事的天下，已人满为患，只好马上又要把地下室腾出来给他们用。”

如今大厅里人头攒动，一片嗡嗡声。开会的槌声敲响了，会场里立时肃静下来。首席录事宣读了上次会议的记录，大家一致同意，没有人反对。然后又是那个人宣读了来自莱尔巴克的议员荣·荣松请事假离职半个月的事情。

“同意请求，准假！”

“这里也可以请事假？”新来的帮手法尔克大惑不解地问道。

“是呀，怎么啦！荣·荣松要回莱尔巴克家乡去种土豆。”

这时候，主席台上挤满了年轻人，都全副武装，随身带着纸张和钢笔，里面熟面孔居多，原来几乎都是文官薪俸支付署的编外雇员，都是老相识、老熟人。他们围着几张小桌坐了下来，好像是按不同题目而分成小组的。

“那些都是当记录的录事，”《小红帽报》记者对法尔克说，“他们好像认识你！”

他们果然认识他，因为他们都戴起夹鼻眼镜朝上看，对着这个鸽子棚瞅过来，那副倨傲无礼的神情活像剧院里坐在正厅池座里的绅士淑女朝上看那些在顶层楼座的观众。他们又交头接耳悄声议论说他们圈子里有一个人缺席了，而从一切迹象看来这个人正坐在法尔克的座位上。法尔克看到有这么多人在注意自己，未免心里暗自烦恼起来，以致当斯特鲁弗走进鸽子棚里时，他不大友好地打了个招呼，态度很冷淡。而斯特鲁弗一如往常那样城府很深而又不拘小节，衣着寒酸却要摆出一副保守党的架势。

首席录事高声朗读一份协议，申请批准拨款为议会大厦的衣帽间购置走道上铺的长地毯和套鞋架上的号码铜牌。

同意申请，准予拨款！

“反对党都坐到哪里去了呢？”这个一窍不通的门外汉追问说。

“唉，你这个人哪！鬼才知道他们坐在哪里。”

“他们对所有的事情都一片赞成声，没有人反对嘛。”

“等不到晌午时分，你就会听到的。”

“难道说他们都还没有来？”

“这里想来就来，想走就走，随你的便。”

“那么说来，议会也不折不扣像个衙门一样！”

这一句离经叛道的挖苦正好刮到了如今摆出一副保守党架势的斯特鲁弗的耳朵里，于是那位仁兄认为自己责无旁贷要站出来代表政府说话。

“法尔克你真是少不更事，信口胡说些什么？你不该乱发牢骚！”

法尔克一时语塞，要思索一会儿才能想出话来回答，这工夫楼底下却紧锣密鼓，正戏开场了。

“你犯不着同他去计较，”《小红帽报》记者安慰他说，“这个人有奶便是娘，只要吃饭的钱到手他就当他的保守党。他刚刚还向我借了五块钱呢！”

首席录事宣读说：议会拨款审议委员会第五十四号专题申请报告：关于乌拉·希卜森议员提出拆除森林地带原有围栅〔围栅系在北欧海盗时期陆续兴建的粗大原木栅栏，用做界沿及防御屏障，约有一人高，延绵曲折有如迷宫，对交通运输和伐木业形成很大的妨碍。〕的动议。

诺尔兰郡议员，锯木业巨子拉尔森表示无条件赞同。“我们的森林该怎么办！”他勃然发作道，“我只想问一句，不然我们的森林怎么办！”说完他气得呼哧呼哧地坐到座位上。这一句言简意赅的警句在最近二十年里早已成了不再时髦的老生常谈，所以没有落个好，非但没有人喝彩，反而招来阵阵嗤笑，于是诺尔兰议席上的那一阵阵像是弥留之际病榻上发出的呼哧声也马上寿终正寝了。

厄兰郡议员提出用沙石墙来代替，斯考纳郡议员们则倾向于灌木丛树篱。诺尔布登郡的议员们也众口一致地声称那里没有耕地因而围栅毫无必要。斯德哥尔摩地区的发言人提出将这个问题交由专门委员会去研究解决，他强调了委员会必须由懂行的专业人士组成，他的建议却招到一阵狂风骤雨般的反对，说是成立委员会乃是很不可取的下策。这项动议付诸表决，结果遭到了否决，那围栅得以苟延残喘直至腐烂圮塌，寿终正寝。

首席录事宣读说，议会拨款审议委员会第六十六号专题申请报告：关于荣·荣松议员提出削减给予议会圣经发行委员会的拨款。这个神职机构成立至今已有上百年，一提到它的名字莫不令人肃然起敬，大厅里嬉皮笑脸的情况一扫而空，顿时陷入了虔敬的沉默。有哪个家伙竟然胆大包天，敢于从根基上去攻击宗教呢？有哪个家伙竟然敢冒天下之大不韪，出来向公众叫阵作对呢？伊斯塔德教区的主教要求发言。

“我要不要做摘记？”法尔克问道。

“不必，他爱怎样信口雌黄不干我们的事。”

可是那位如今保守党架势十足的斯特鲁弗却做了以下的摘记：

“祖国的神圣利益……宗教与人类统一的名义……公元829年［德国安斯卡尔主教在公元826年赴丹麦传道成功之后，又受德皇路德维希敕令到瑞典传教。公元829年安斯卡尔来到瑞典，并在比尔卡城觐见了瑞典国王比约恩，得到允许进行布道和建立基督教堂，因而瑞典皈依基督教自公元829年开始。］和1632年［瑞典国王古斯塔夫·阿道尔夫二世与德皇作战，1632年11月6日在吕岑战役中阵亡。瑞典军先胜后败，这一日期被认为是瑞典和新派的耻辱，因瑞典当时成为新教徒国家的盟主。]……大逆不道的反宗教英雄……迎合新闻口味……圣经是上帝圣谕人类福音……经历了百年沧桑……安斯卡尔［安斯卡尔（801—865），德国传道士，汉堡和不莱梅大主教，被称为“北欧的使徒”。公元826年被派到丹麦传教取得极大成功。公元829年被德皇路德维希派到瑞典传教，在比尔卡城觐见了瑞典国王比约恩，获得兴建教堂的准许，852年安斯卡尔再次来瑞典，建立了比尔卡教区并兴建一座更大的新教堂。]……为人正直不偏不倚……精明能干学识渊博……教会得到鼎力相助……瑞典古老久远的光荣……古斯塔夫一世［古斯塔夫一世（1496—1560，1523年至1560年在位），即古斯塔夫·瓦萨一世。瑞典国王，曾反抗丹麦人的统治并赢得瑞典的独立和统一。]、古斯塔夫二世［古斯塔夫二世（1594—1632，1611年至1632年在位），瑞典国王。在法国支持下，古斯塔夫·阿道尔夫二世联合萨克森的新教贵族出兵参与“三十年战争”，在波兰和德国北部屡战屡胜，1631年布兰登费尔德战役大获全胜，成为“三十年战争”的转折点。1632年11月6日在吕岑战役中阵亡，以致瑞典军队先胜后败，新教国家在政治军事上都遭受重大挫折。]、喋血吕岑山丘［德国萨克森地区莱比锡西南的一个小镇，人口六千余，因1632年古斯塔夫二世率领的瑞典军和瓦伦斯坦恩率领的德国军队在此血战而闻名于世。]，欧洲为之侧目……功过留待后人评说……万民痛悼举国蒙羞……饮恨泥炭地草丛中……理应掬水洗尽本教的耻辱［掬水来洗尽耻辱是基督教的一种仪式。]……不肖子孙却背道而驰。”

卡尔·荣松议员要求发言。

“现在我们做摘记。”小红帽说道。

于是，他们两人奋笔疾书，而斯特鲁弗却在主教的发言摘记上精雕细刻、锦上添花起来。

荣松议员发言的摘记是：

“无稽之谈……自吹自擂……该委员会虚闲了上百年……

耗资十万里克斯达尔……有九个大主教……三十个教授领取报酬……积压书籍累计达五百年销量总和……大批秘书……助手拿钱不干活……只有样品还差强人意……书籍质量一团糟……要钱，要钱，要钱……每件都离不开个钱字……欺世盗名……纯系官僚衙门……榨取民脂民膏……体制上不符。”

没有人站出来提高嗓门做出辩解，不过在寂静的表决之中，这项动议得以通过。

在这段时间里，小红帽这老于此道的行家将荣松议员佶屈聱牙的发言稿加以润色理顺，并且加上醒目的通栏标题，而法尔克插不上手只得陪在旁边闲坐着。可是当他无意之中抬头朝向公众旁听座上看过去时，视线却落在一个老熟人的脑袋上，那颗脑袋倚在栏杆上，而它的主人却是奥勒·蒙坦纽斯。他此时此刻活像一条狗趴在地上等待赏赐一块骨头啃啃，若是没有骨头可啃，他是决计不会来旁听的，这一点法尔克却蒙在鼓里，毫不知情，因为奥勒做得十分秘密。

如今右边楼座底下的那排议席上，也就是方才那个身材瘦小、弯腰曲背的人把自己削铅笔的碎屑纷纷扬扬撒落下去的地方，有一位身着文官制服，腋下夹着三角帽的先生显出了身形，他的手上捧着一卷纸。

议长的木槌敲了下去，全场陷入讽刺挖苦和恶意作对的沉默之中。

“要做摘记，”小红帽说道，“不过你只消把数字记下来就行，其余的让我来对付。”

“那个人是谁呀？”

“他是宫廷法案大臣。”

那位大臣打开手上的纸卷，高声宣读：

“国王陛下颁发敕令恩准：增加拨款给正在进修尚活着的古代语言的贵族青年改善待遇，项目是文具费和杂费由原来的五万里克斯达尔增加至五万六千里克斯达尔三十七奥尔。”

“什么是杂费？”法尔克问道。

“购置饮水壶、雨伞架、痰盂、软百叶帘、在哈塞尔坡大饭店的聚餐费用、奖金等等。闭上嘴巴不要再问了，快接着听还有更多的！”

纸卷大臣接着宣读说：“国王陛下颁布敕令恩准：拨款给西哥特骑兵团［成立于1628年，1792年改组为龙骑兵团，1927年取消。该骑兵团即宫廷禁卫军。］增加六十名新的军官编制名额。”

“是六十名吗？”法尔克又问道，他对国家大事一窍不通。

“是六十名，只管记下来吧！”

纸卷大臣把手上的那卷纸愈拉愈开，拖下来的纸愈来愈长。

“国王陛下颁发敕令恩准：给文官薪俸支付署拨款增加五个特任官员编制名额。”

主席台上做记录的小桌子上一阵骚动，法尔克的座位上也一阵骚动。

纸卷大臣把那卷纸重新卷好。议长站起身来向他鞠躬致谢，仿佛在问：“不再多讲点吗，敬请自便好不好？”纸卷的拥有者昂昂然在那张议席上坐了下来，开始把那个身材瘦小、弯腰曲背的人撒落下来的碎屑掸掉，不过他那件制服的硬邦邦的绣金竖领妨碍了他抬头往上瞧，所以他也就没有像方才议长那样受到诱惑而犯下了用怒气冲冲的眼光去杀人的罪孽。

议案的审议和答辩继续进行。来自托尔罗萨的议员斯汶·斯汶森要求发言，讲一讲救济贫民的问题。仿佛是得到了预定的暗号一样，所有的现场实况采访记者都站起身来，打打哈欠伸伸懒腰。

“我们现在下去吃早饭，”小红帽对自己的被监护者摆出老资格说道，“我们有一小时十分钟的时间。”

斯汶·斯汶森开始讲话了。

下院议员们也开始离座走动起来，有几个干脆走了出去。议长本人同几个要好议员凑到一起闲聊起来，借以代表政府表明对斯汶·斯汶森要讲的内容决不能苟同赞成。有两位年长的斯德哥尔摩议席上的议员带领着一个从外貌上就可以一眼看出是新近才当选议员的年轻后生走到那位讲话者的面前，像展览什么珍禽异兽似的指给那个年轻人看。他们三个人睁大眼睛左瞧右瞧，除了觉得此人有点可笑之外，没有再看出什么名堂来，于是他们便扭头走开。

小红帽出于礼貌觉得还是要向法尔克阐明一下那个发言者是下院的“瘟神”，他为人既不冷淡也不热情，不能为任何一个党派所利用，也不能被一些利益所争取过去。他就是一直在讲，不断地讲，可是究竟讲了些什么，谁也讲不出来，因为从来没有哪家报纸刊登他的发言摘要，至于要去查看当时的会议记录，那会大费周折，没有人会耐烦的。不过那些趴在桌上苦苦记录的录事们却发誓诅咒地说，倘若有朝一日政权落到了他们手里的话，他们为了他也要重新修改根本大法。

可是法尔克却偏偏喜欢刨根究底，把事情弄个一清二楚不可，所以他待着不动仍旧坐在自己的座位上。想不到他竟然听到了一篇很久不曾听到过的精彩讲话。那是一个胸襟坦荡、光明磊落的正人君子在为民请命，他泰然自若地不顾险阻艰难，一往向前，为那些受压迫、受欺凌的人呼出了不平的哀鸣，可是却没有人肯听他半句。

斯特鲁弗一见是那个农夫走上讲台，站起身来拔腿就走，借以表明自己站在哪一边。他走到地下室餐厅去享受一番。其余的记者亦纷纷效尤，他们在餐厅里可以见到半个下院的议员们欢聚一堂。

他们吃饱喝足之后醺醺然地回到自己的座位上，一屁股坐了下去，还要活受罪听一会儿斯汶·斯汶森的讲话，或者更正确地说是看他讲话，因为饭后会场里的闲聊是那么活跃，人声喧杂得只看见讲话者在动嘴巴却半点都不闻其声。

那篇讲话总算结束了，没有人出来表示异议，也没有导致采取什么措施，就如同什么事情都不曾发生过一样。

首席录事方才抓紧那段时间到自己的署里去了一趟，挑开壁炉烤火取暖，还翻阅了一会儿《邮报》。这时候他已经回到自己的位子上，又高声宣读：

“议会拨款审议委员会第七十二号备忘录，事由：来自特莱斯考拉的议员彼尔·伊尔森提出动议，申请拨款一万里克斯达尔用以修葺特莱斯考拉的古老雕塑。”

趴在公众旁听席上的那只狗头警觉起来，样子凶狠吓人，似乎打算为保卫即将到嘴的骨头而不惜一战。

“你认识旁听席上的那个相貌畸形的汉子？”小红帽问道。

“奥勒·蒙坦纽斯，我想我认识他。”

“你知道他是特莱斯考拉的当地人吗？哦，那是个狡诈成性的机灵鬼！只消看看一提到特莱斯考拉的时候，他脸上那副虎视眈眈的模样，就不言自明了。”

彼尔·伊尔森走上讲台发言。

斯特鲁弗对讲话者不屑一顾，转过脸去从烟草盒里拿出了一撮烟丝。可是法尔克和小红帽却拿起笔来准备投入行动。

“你记词句，”小红帽吩咐道，“我来记事实！”

一刻钟之后，法尔克的笔记本上记下了以下的文字：

> 祖国文化传统……经济利益……物质保护，根据费希特的观点一切皆物质……祖国文化传统并非物质……Ergo［拉丁文：因而由此。］受到责难……理应回顾……神圣的殿堂……在朝阳的光辉之中……它的螺旋形尖顶直插天空……信奉异教的上古时代……哲学……无法梦想……民族的神圣权利……神圣的利益……祖国的文化传统……文史和考古学院……

这一堆乱七八糟的大杂烩部分地引起了哄堂大笑，尤其是把谢世已久的费希特也从坟墓中挖掘出来，不过还是招来了首都议席上的应答，还有从乌普萨拉议席上也有人起来回答。

前者说道：他既不晓得特莱斯考拉教堂，也不认识费希特，因而也不知道那几个古老的石膏人像值不值去花费一万里克斯达尔，不过他作为多数党的议员，第一次听到有人申请拨款不是用于供行人走路的小桥、围栅、平民学校等等，而是用于别的项目，为了对下院议员的这一良好的举动予以鼓励，他认为应该批准这笔拨款。

乌普萨拉议席的发言者认为（根据斯特鲁弗的笔录摘记）该动议的提案人将轻重缓急区分得井然有致，他的动议大前提是祖国文化传统必须得到维护，这是非常正确的。所以结论是：一万里克斯达尔必须照付不误。其用心、其目的、其意向都是十分良好的，值得赞许的，热爱祖国的，可惜偏偏犯了一个错误。是谁犯下的错误？是祖国吗？是国家吗？是教会吗？不，都不是，而是提案人自己！其实按常理说，提案人自己也无可非议，因而那位发言者请求重复说一遍他认为该动议的用心、目的和意向都值得赞许，他必须以最大的同情来关注该动议的命运。他极力主张议会下院以祖国的名义、以传统文化的名义、以艺术的名义投下赞成票。至于他本人嘛，那位发言者说，他认为这项动议从逻辑上来说是偷天换日的、无法自辩和情理不通的，因为那项动议把原来应该是地方上的事务放到了国家的名义下来解决，因而这项动议理应否决掉。

公众旁听席上的那颗脑袋瞪圆了双眼，嘴唇不断牵动抽搐，在表决进行之时那脸上的表情就像大难临头一般。直到表决结束，那笔拨款终于获得批准，那颗脑袋像是引信起爆一样直蹿起来，推开大为不满的旁听公众，旋即便不见了踪影。

法尔克似乎终于领悟出彼尔 · 伊尔森的动议和奥勒前来

旁听又匆匆离去之间的暧昧关系了。斯特鲁弗在吃完饭回来之后保守党的架势拿得更足，肆无忌惮地高声谈论着这件那件事情。小红帽却平心静气，无动于衷，他早已见怪不怪了。

可是在乌云般黑压压的旁听人群之中方才被奥勒左推右搡挤出来的空当，又被填满了，那是一张白胖细嫩、满是油光的面孔，就像太阳那样光焰四射。阿尔维德·法尔克正好将视线朝着那个方向射过去，便急忙又将眼睛移了开去，并且把脸也转了个向。原来那是他的长兄，这个家庭的精华，这个姓氏的荣耀，注定有朝一日会干出一番大事业来、会飞黄腾达的卡尔·尼古拉斯·法尔克。在卡尔的肩胛背后还露出半张黑黝黝的脸来，那张面孔貌似温顺，内藏奸诈。那半张黑脸正凑在白脸背后在咬耳朵，似乎有天大的秘密非讲不可。

阿尔维德·法尔克惊诧不已，想不到他的长兄也到这个议会大厅里来旁听，因为他知道他的哥哥对新的国家体制颇多訾议，深为不满。这时候议长宣布说由安德斯·安德森议员发言，提出一项协议。

那位获得发言权的议员便借此机会大声宣读那项协议："鉴于有足够的理由，我在此要求本议会必须做出决议：凡是经国王敕令批准其章程的所有大小公司，国王陛下亦应分担利害攸关的法律责任。"

公众旁听席上的那个太阳顿时失去了耀眼的光芒，而在大厅里却刮起了一场飓风。

冯·斯普林特伯爵站起来发言：

"Quousque tandem Catilina! [拉丁文：你胡说些什么，卖国的奸

贼!]真是无法无天！你们忘记了自己的身份，胆敢动辄责怪政府，或者说把责怪政府当作儿戏，没事找事，这是粗野的恶作剧，因为这个协议除此之外不可能是别的。我说就是存心寻衅闹事来寻开心，不，简直就是唯恐天下不乱而搞破坏，是卖国的行为！哦，我的祖国！你的不肖子孙竟然把对你应负的责任抛到脑后！可是能指望什么别的结果吗？你如今已失去了贵族骑士军团，要知道那是你的盾牌，你的捍卫者呀。我要求那个家伙，不管他名叫彼尔·安德森还是什么别的名字，立即收回他的动议。否则以上帝的名义，他会亲眼看到国王和祖国至今还有忠贞不渝的保卫者，他们会朝卖国奸贼扔石头，哪怕他是条有许多个脑袋的毒蛇，也要把它砸个稀巴烂。” 148

公众旁听席的边厢里发出了一阵赞成的喝彩声，而大厅里却群情激昂，众皆忿然了。

“哈，难道以为我怕你们不成！”

那个大声疾呼的贵族挥舞起双臂，仿佛他真的在扔石头，可是眼前这条长着上百张脸的毒蛇却只对着他笑。于是大声疾呼的贵族又去寻找一条新的、不会笑的毒蛇，他终于在记者席的边厢上找到了。

“那里，那里，”他手指着鸽子棚，眼光盯住了不动，好像看见那边墙上裂开了一个无底的深渊，“那边是一排乌鸦窝，我听到了它们聒噪乱叫，可是它们吓不倒我！起来吧，瑞典的子民们，把那棵树砍掉，把那个边厢的梁柱拆掉，把边厢的木板卸下来！把座位踩个稀巴烂，把他们面前的小桌子砸成火柴棍这般粗细就行……”

他竖起了一个小手指来比画尺寸。

“然后把这个魔窟连人带耗子统统烧个精光，于是我会亲眼看到这个王国重新繁荣昌盛起来，国泰民安，永享太平。这就是一个瑞典贵族的誓言。记住吧，泥腿子们！”

这篇讲话若是放到三年以前去讲，那么在里达尔大厦广场[瑞典议会上院，即贵族所在地。]会受到热烈的欢呼，而且还会逐字逐句地记录下来，不久之后会刊印成单行本，发给王国的平民学校和其他公益慈善机构，可是如今却只能成为人们茶余饭后消磨空闲时光的花边新闻，不过这还要仰仗记者的笔录得当和润色得法才行。值得玩味的是，登载他讲话的，清一色全是反对党的报纸，而这些报纸历来是不情愿刊登这类东西的。

紧接下来乌普萨拉议员要求发言。那个议员表示完全赞同前一个发言者讲话的实质部分，而且从他自己的听觉良好的耳朵中似乎分辨得出弦外之音，从那一篇讲话中听出了往昔金戈铁马、刀剑铿锵的不祥的声音。现在他想讲一讲自己对公司的想法，只是他本人的想法。他阐述说：所谓公司这个概念指的并不是一大堆金钱，也不是许多人集合在一起的聚会。公司乃是某种道义的人格化，所以它无法对自己的行动负责……

此言一出，整个大厅里哄笑喊话顿起，喧闹成了一片。记者们听不清他在讲些什么，直到最后才总算听清了这样几句结束语，那就是：倘若这个动议不遭到否决的话，祖国的利益便危若累卵，从逻辑上推论的话，祖国的利益被忽视了，那么整个国家也危在旦夕了。

在他之后又有六个议员发言，他们引经据典，摘引了瑞典的官方统计、《瑙曼根本大法》[约翰·瑙曼(1741—1801),德国作曲家,被瑞典国王古斯塔夫三世重金聘至斯德哥尔摩,著有歌剧《古斯塔夫·瓦萨》(1786)等歌剧。此处作者借用这个姓名是为了挖苦讽刺。]《法律手册》《哥德堡商报》[全名为《哥德堡商务与海运报》,1832年在哥德堡创刊,系自由党报纸。]等等不一而足,其结论却都是:倘若要宣布国王陛下对由他颁发敕令批准的所有公司都分担利害攸关的责任的话,那么必将天下大乱,祖国利益岌岌可危。有人勇气十足地说,这项动议不惜用祖国利益来掷骰押宝。有人指责这项动议丧心病狂地把祖国利益孤注一掷。也有人说得更为邪乎,说是祖国利益已危若累卵,而最后的讲话者更生动地说是祖国利益已处于挂在一根细线上的险境之中。

晌午已过,快到进餐时分,大家都拒绝再对这项动议继续审议。也就是说:祖国被从议案委员会的磨盘上卸了下来,搁置起来。它不用再被办事员们捧进捧出、盯住不放,不用再送进国家的铡刀架下像干草一样被铡断切碎,不用经受议长手上那柄形状像是弩弓的木槌的敲击,也不用在报章上被吵骂得沸沸扬扬。祖国总算得救了。可怜巴巴的祖国!

第九章

把灵魂卖给恶魔

在上一章节所发生的事情过了不算太久，有一天早晨卡尔·尼古拉斯·法尔克陪着他的娇妻端坐在咖啡桌旁。男主人一反邋遢的习惯，并没有身着睡袍、趿着拖鞋，女主人却身披一袭贵重的晨衣。

“喂，你听着！她们昨天都来过了，五个人都对那桩倒霉事情表示十分难过。”那位太太咯咯地娇笑起来，一副开心的模样。

“真是活见鬼……”

“尼古拉斯，记住，现在你已不再是蹲柜台的角色啦。”

“那么我恼火使性子该说什么？”

“要紧的是不许恼火使性子，只可以心里不痛快。那时候可以嘟囔一句：‘真是稀奇！’”

“好吧，真是太稀奇了，你总爱唠叨那些让我心里不受用的事情。不要再谈那桩倒霉事了，一提起，我心里就有火。”

“又在恼火使性子了，我的老公！我总是把我的烦恼埋在心里独自承担，而你却总是使人心里更烦……”

“那是替你分担烦恼。”

“不，使人心里更烦，你把满肚子怒火都朝我发泄出来了。你听着，在我们结婚的时候你是怎么答应来着的？”

“又来了，真是没法讲道理，真是毫无逻辑！好吧，你说下去，她们五个都来了，你妈妈和你的五个姐妹。”

“四个姐妹！你对我娘家的亲戚真是无情无义。”

“你的娘家！你也不见得对她们有情有义。”

“不错，我不喜欢她们。”

“好啦，她们到这里来了一趟，对你的小叔子让法院里撵出来表示难过，这是她们从《祖国报》上念到了消息才知道的。就这些对吗？”

“不错。她们还竟然厚颜无耻地对我说，我再也没有权利可以目空一切、不可一世了。”

“你只不过有点傲气罢了，我的老婆。”

“她们说我是不可一世。我倒是不会自贬身价说出这种话来，真亏她们说得出口。”

“那么你是怎样对付的呢？你大概狠狠地回敬了她们。”

“是呀，那是没错的！结果老太婆气得扬言说，她今后决不踏进我的家门。”

“哦，她这么说来着。你觉得她会说话算数吗？”

“不会，我相信她不会。不过那老头倒十有八九……”

“你不应该把你父亲叫成老头，别人听见了不好。”

“你以为我会在别人面前也这么称呼他吗？咱俩之间说说，反正老头是再也不会登门了。”

“你母亲是不是也很傲气？她是不是很容易被别人触怒？我向来不愿去伤害人，这你是知道的。你必须把她的最碰不得的软弱之处告诉我，这样我可以避开，免得触犯。”

“她是不是挺傲气？这你自己肚里有数，她有自己的那一套傲气。比方说吧，要是我们大请客而偏偏却把她和我的姐妹们撇下不请，那她就肯定再也不会踏进这里一步了。”

“果真如此？……”

“毫无疑问，不会有错的。”

“真是太不可思议了，像她那样没有身价的人居然也……”

“你嘴里在说什么话？”

“哦，哦！女人就是太多心。听着，你的那个协会如今办得怎样啦？你给它起了个什么名字？”

“争取妇女权利协会。”

“争取哪些权利呢？”

“噢，妇女应该享有可以支配自己财产的权利等等。”

“咦，难道你没有这样的权利？”

“不错，我没有这样的权利。”

“那么你究竟拥有哪些财产，而你又无权支配的有哪些呢？”

“你的财产一半归我所有，我的老公，这是法律赋予婚姻的权利。”

“天哪，以耶稣的名义，是谁教会了你这些乱七八糟的一派胡言。”

“这不是什么一派胡言。你要明白，这是时代的精神。新的法律明文规定，从我们结婚那天起，我就理所当然地拥有这个家的一半财产，我可以把这一半财产花费在购买我想要的东西上。”

“在你把这一半财产胡乱花光之后，我还得来养活你，是不是？我凭什么要这样自讨苦吃！”

“你不得不这样，否则你就要吃官司，去服苦役！法律上明文规定：凡是不情愿拿出钱来养家的男人都是犯法的。”

“行啦，你听着，这些话讲得太过分了。可是也就算啦。你们开过会了吗？来的究竟是些什么人？说说看。”

“我们只是开过筹备会议，正在起草章程。”

“那都是什么人呢？”

“有会计师霍尔曼女士和尊敬的雷恩叶尔姆夫人，到目前为止就只有她们两个人。”

“雷恩叶尔姆，这可是个相当显赫的姓氏。我觉得我早先听说过这个姓氏。不过你们还要开办一个缝纫协会，对吗？”

“不是‘开办’，正确的说法是‘创建’。不错，你怕是想都不敢想，史考莱牧师要来给我们布道讲一个晚上呢。”

“史考莱牧师是一个了不起的布道家，他结交的都是大场面上的人物。这是对的，我的老婆，你没有同那些不三不四的人交朋友。做人之道没有比交上坏朋友更危险的事情了。我父亲生前总是叮嘱说：择友乃人生大事，这句话成了我最严格的原则之一。”

女主人捡起掰碎的面包顺手扔在自己的那个空咖啡杯里，男主人从紧身背心衣袋里去寻找牙签，想把钻到牙齿缝里的咖啡碎渣剔出来。

他们两口子坐在一起反倒有点局促不安起来。他们都知道彼此的想法，也知道那个最先打破沉默的人总是要讲一些违心的废话，讲一些迁就折中的话来取悦对方。他们坐在那里一声不吭，却暗暗地在寻找新的话题，可是左思右想却一时之间找不到合适凑趣的来，因为所有的话题都是翻老账，都早已说过不知多少遍了。法尔克想要挑剔出一些仆佣们伺候不周到的地方来发泄一通他心里的怒火。女主人美目流盼，盯住了窗外，想看出点天气会骤然大变的迹象来。可是，他们两人都徒劳了。

就在这个当儿，男仆却走进来递上“一块溺水时救生用的木板”，那是一卷报纸，并且同时通报说莱汶录事先生来了。

“叫他等着。”男主人吩咐说。

随后他让自己脚上的那双靴子在地板上咯噔咯噔地响了几个来回，这样让那个在门厅里等候的可怜虫心里明白他的大驾不久就要下楼来了。

第一回被晾在门厅里等候老半天的莱汶谅必对这样受到冷遇留下了深刻的印象，因此当他被引进男主人在楼下的那间办公室里的时候，竟然不由自主地簌簌打了个寒战，在那里他被当作一个上门告贷者来接待。

“你把空白支票带来了吗？”法尔克问道。

“我想是带来了。”那个神色慌张的邮务官回答说。他从口袋里掏出一卷期票和汇票，大小不同的票面金额都有，“您老兄爱上哪一家呢？我这里几乎每家都有，唯独缺了一家。”

虽说整个气氛带有郑重其事的性质，法尔克仍不禁面露喜色，高兴得笑了出来。他看到那些期票上各个项目都已注明，只有持兑人那栏还是空白，填写工整的汇票上也只缺少收款人的姓名，也有的汇票各栏都已填好，都是已遭拒付的。

“我们不妨去制绳业银行吧。”法尔克说道。

“偏偏就是这一家不行，因为……唉……那里的人都认识我。”

“算啦，制鞋业银行、缝纫业银行随便哪家都行，不过要快！”

后来他们选定了木工银行。

“现在，”法尔克说道，目光炯炯，那眼神似乎表明他已经把另外那个人的灵魂也收买过去了，“现在你去做几件新衣服，不过要到制服缝纫店去做，以后你的制服都可以在那里赊欠。”

“制服？通常没有人……”

“别开口，我说话的时候你别插嘴。你的新衣服务必在下星期四之前做好，那时候我要大摆筵席了。你知道我已经把我的店铺和存货全都转让出去了。明天我就可以得到当批发商的特许经营权啦。”

“是吗？我祝贺……”

“别开口，我说话的时候你别插嘴。现在你到斯凯普哥尔摩去跑一趟，去登门拜访我丈母娘。你已经凭着你的虚情假意和擅长讲废话的才能赢得了我丈母娘的欢心。这一回，你是跑去问问她，她觉得上星期天在我家里举行的大请客怎么样。”

“什么？难道你……”

“别开口，叫你别插嘴你就要照办不误！于是她会气得眼珠都发绿了，还追问你是不是被邀请了。你当然不会在被邀请之列，因为根本就没有举行过大请客！你们两个可以彼此发点牢骚，这样你们就可以成为好朋友。你不妨说我几句坏话，我知道你有信手拈来的本事，可是你对我妻子一定要赞不绝口！你弄明白了没有？”

“不，不大明白！”

“你不用弄明白，只要照办不误就行。还有一件事：你可对纽斯特罗姆露点口风，说我已变得如此目空一切，以至于不肯再屈尊同他往来。你可以直截了当地讲，也算你这辈子说过一回真话。不，且慢，我们不妨弯弓不发，先等等再说。你去对他讲清楚星期四的大请客乃是非同小可的要紧事，要晓以利害，他若是呕心沥血写出好的诗篇来，必将得到重酬厚报，还要向他当面指点一番：他不仅仅赞颂以往的那么多业绩，而且还要点出今后光辉远大的前途，诸如此类等等。你明白吗？”

“我明白。”

“你拿到诗稿以后就交给印刷厂付印。然后……”

“然后我们就把他撇到一边去。”

“噢，你如果愿意用这个说法倒也无妨。”

“由我在盛大宴会上朗诵颂诗和把颂诗分赠给到场的宾客。”

“嗯，可以。还有一件事，你想法子去同我弟弟碰个面。去打听清楚他近来的境况如何，同哪些人在交往。你要讨好巴结他，套取他的信任……他是容易对付的，你要成为他的朋友！不妨讲讲我欺骗了他，还要对他说我倨傲蛮横。还要相机询问他要多少钱才肯改姓更名。”

莱汶苍白的脸上泛起了一层轻淡的暗绿色阴影，大概是脸红了的缘故。

“最后那句话未免有点过于露骨了吧。”

“什么？听着！还有件事。我经商总是要按部就班的。凡是由我替人担保的，不管款额有多少我是非付不可的……这是不用说的。”

“噢，噢，不过……”

“噢，不过别插嘴。万一遇到死亡这类意外，我手上连抵押品都没有。所以你要给我立个借据，写明借款人和到期即付。这只是一种手续罢了。”

一听到借款人这几个字，莱汶浑身的关节不由得轻轻地颤抖起来，虽然他明知道自己早就没有后路可退，他抓起笔来的时候仍然十分犹豫。他的眼前仿佛出现了这样的情景：衣冠楚楚、花哨华丽的上流社会人士成群结队蜂拥而来，他们都持着手杖，戴着夹鼻眼镜，上衣的胸袋因装满了盖有印章的借据凭单而鼓了出来。他听见了嘭嘭的敲门声，然后是橐橐的脚步声登上楼梯。粗声大气的逼债声、威胁的叫骂声，再有要求缓宽期限的苦苦哀求声……猛然间耳边传来了市政厅召集开会的钟声。于是那群蜂拥而来的男人们一齐挥舞起手上的西班牙藤手杖，而他脚上钉了镣铐被押送到刑场上去。在那里，他的身躯倒侥幸苟存下来，而他的布尔乔亚的荣誉尊严却被刽子手的斧头斫得身首异处，成了刀下之鬼。周围看热闹的人们欢声雷动，喧腾一片。

他终于签字画押，一切就绪。这次会见到此结束。

第　　十　　章

《灰外套报》报业股份公司

瑞典人孜孜奋斗了四十年［系指19世纪20年代起瑞典自由党激进派提出改革要求以来的那段动荡时期，从1830年起瑞典亦受到欧洲政治局势的影响与冲击，自1834年至1862年间相继通过了不少增加市民阶层参政和保障他们权利的法律。］才获得了如今每一个到达成年年龄的人都可以享受的权利。在那些年代里，人们奋笔疾书写出了多少小册子，办起了多少家报纸［瑞典政府曾于1812年取消印刷自由，可不经审判便任意禁止出版权利，后迫于改革压力，又开禁。1830年瑞典自由党便率先创办了作为自己喉舌的报纸——《晚报》。］；人们扔石头，在一起聚餐和慷慨激昂地讲演；人们召开大会，发表呼吁，请愿；人们乘上火车［火车是当时的新兴事物，也是改革中的重要项目之一，1854年瑞典议会通过在全国建立铁路干线的决议，此后铁路问题一直是议会的重大议题。］出去转悠，所到之处都被人紧握双手，甚至还发起了志愿当兵扛枪［防务问题也是改革的一个内容，当时自由党主张缩小军队编制，改革旧式军队征兵和各郡分散负担军费等陈旧制度，而采取统一义务兵役制。］的活动，不一而足。那段时期举国上下喧嚣纷扰，闹成了一片。其热情之高涨，倒也无可非议。歌剧院地下厅大饭店的古老的桦木餐桌竟变成了政治论坛，改革的潘趣酒上冒出的热腾腾的蒸汽培育出了为数不少的政客，他们后来都曾经喧扰一时。改革的雪茄烟上升起的袅袅烟雾勾画出多少个雄心勃勃的梦想，这些梦想到头来虽然都没有变为现实，但是都用了改革的肥皂把陈旧的污垢洗涤了一下。于是人人都以为大功告成，在这么喧腾了一番之后回家去躺下来高枕无忧，只消等着那些辉煌的结果自天而降了。这一睡不要紧，待到梦醒，两三年早已过去，而现实却依然如故，这一下才觉得上当受骗，过于轻信了，［在大改革期间自由党激进派提出了一系列改革创议，如税制改革、防务改革等，1865年至1866年议会由原来的四个等级会议改变为代议制，自此之后改革运动即趋于没落，直至消亡。］于是这里那里都是怨声载道。于是刚刚在不久之前还被捧上天的政治家们也开始受到人们的审视监督，甚至有的在校青年学生发现整个创议都是从另外一个国家照搬而来的，而那个国家同创议人又有千丝万缕的关系。［系指当时的首相德·吉尔伯爵（1818—1861）和财政大臣雅可布·格里本斯坦特男爵（1813—1874），两者同法国都有密切关系。德·吉尔家族原来系法国波旁王朝贵族。格里本斯坦特在1865年主持签订了同法国的自由贸易协议。两人均是自由党激进派改革运动的领导人。］而这些创议的原文在一本为人所熟知的手册上可以逐字逐句地找出来念诵。于是受人戏弄欺骗而如梦方醒的沮丧失望情绪成了那个时期的标志，这种点缀很快转化演变为公众的不满，或者说是形成了反对派。不过这是一种新型的反对派，因为它并不像通常那样针对政府，而是同议会对着干。那是一种因循守旧的反对派，不管是自由党人士还是保守党人士，不管是年轻的还是年老的，统统都投身到它的麾下。这样一来整个国家就乱作一团了。

《灰外套报》报业股份公司就是在这样的年代里应运而生的，在自由党行情走俏高涨的日子里，它的业务也蒸蒸日上，而如今却开始僵化瘫痪了，因为它必须站出来为那些丝毫不得人心的观点做辩护（其实那些观点不过是这家公司的观点）。于是董事会向公司全体股东大会提出一项建议：要修改一些不再能够为确保企业生存而吸引来订户数目的观点。股东大会采纳了这项建议，因而《灰外套报》如今也跻身到因循守旧的那些保守派的行列之中。不过（这里有个“不过”，虽然对于公司的脸面还不至于造成太大的破相伤残）主编却是非换不可的，因为总不能自己把自己臭骂一通吧，而用不着出头露面的报社编辑部则可以原封不动地保留下来，编辑部里人人都觉得这是理应如此的。那个主编倒是个珍惜荣誉的谦谦君子，二话不说便辞了职。

报社编辑部听到这个消息莫不兴高采烈，因为长期以来它蒙受着“带有赤色眼光”的不白之冤而备遭冷落猜忌。这一来他们便不用破费分文就摇身变成“好人”了。当务之急在于要尽快找到一个新主编。按照公司新纲领的规定，他应该具备以下资格：

首先，他必须享有公众的一致信任，被不折不扣地认为是个好公民；

他必须是文官队伍中的一员，拥有爵位头衔，不管是冒充盗用的还是货真价实的都可以，一旦需要便可以拿出来炫耀一番；

他必须仪表大方，相貌堂堂，可以在宴请酬酢和其他正式的交际活动中露脸亮相；

他不能独立不羁，而要唯命是从，最好有点迟钝颟顸，因为公司知道大凡真正颟顸者总是思路上也迟钝，抱残守缺，因循保守主义那一套，所以也要有几分伶俐，甚至有点狡猾，这样他可以从空气当中琢磨出顶头上司的愿望，而且还要须臾不忘所谓公共利益乃是集个人私利之大成，也就是说务必要理解得法，不可偏废；

此外，他还必须是半老不老的，因为人过中年易于操纵把握；

他还必须是有妻室的，因为公司的股东大会由清一色的商人所组成，这些过来人深知已婚男人比起未婚者行为上毕竟还是要检点些。

这个人居然被发现了。他在很大程度上拥有上述所说的种种 164
品德。此人长相俊秀清逸，器宇轩昂，风度不凡。一部浓密细长、卷曲成波浪形的连鬓长髯把他脸上所有的缺陷都遮掩住了，否则的话便可以一眼把他的灵魂都看透。他那一双坦率诚恳的、其实是虚假狡诈的眼睛，一下子便笼络住听众，而且赢得他们的信任，然后他会以体面的方式来滥用这种信任。他那柔声细气的嗓音只娓娓讲述博爱、自由、和平、正义，尤其是热爱祖国的话题，吸引了许多不明真相而受到迷惑的听众围在他的那张潘趣酒桌子旁边，同那位了不起的杰出人物一起共度傍晚，听他娓娓地讲述弘扬正义和对祖国的热爱。

只消听听这位时代的骄子到了那个环境恶劣的新的工作单位产生了什么影响，那简直像奇迹似的惊人。可惜这样的奇迹无法让人目睹，不过还是可以亲耳听说的。整个编辑部这一群人肆无忌惮地反对一切古老悠久、值得尊敬的事物，他们煽动民众去抨击政府和身居要职的官员，甚至攻击议会里的贵族院会议，如今他们却不再做声，还大送秋波，不过却转而反对自己的昔日旧友起来。他们满口大讲荣誉、道德伦理和正义等等，却不知道他们心里是怎么想的。他们全面推行那位新主编在上任伊始向政府提出的新纲领，其要点简而言之是这样的：

迫害一切新的、好的，鼓励一切旧的、坏的；

拜倒在权势面前，吹捧奉承飞黄腾达者；

将想要一步登天者打下去，对功成名就者顶礼膜拜，对时运乖蹇者冷嘲热讽。

这些要点在纲领里便名不符实地转化成了这么一段文字:

本纲领“仅对于久经考验的、众所公认的优秀事物予以承认并给予赞许，抵制一切标新立异炮制的新闻。毫不留情而又遵守法律地批判一切想通过不正当的手段来赢得成功的个人奋斗，只有安分守己地工作才能取得成功”。

最后那一点暗中蕴藏的弦外之音也正是编辑部人人耿耿于怀的感慨。能够对此做出解释的原因不必往太远处的地方去找。也就是说，编辑部是由一批落魄文人所组成的，他们人人都经受了这样那样的人生失意，个个曾经抱有的奢望都遭到了破灭。这是因他们过于放浪形骸而造成的，比方说慵懒散漫或者贪杯纵酒，也有几个人是所谓的“学院的才子”，他们当初在大学里曾出尽风头，比方说当过歌唱家、演说家、诗人或者是才思敏捷的智囊等等，可是时过境迁，他们风光不再，终于被放逐到“被忘却的荒原”上去。年少时名噪一时，后来就不甚了了，乃至湮没无闻，这种事原本很公平，无可厚非，可是他们却硬说这是人间的不平。他们在许多年头里不得不将伤心哀怨埋在心底里，强颜欢笑地鼓励和赞扬所有后起之秀的脱颖而出，以及所有新事物的蓬勃兴起。如今他们得到大好机会可以打起各种各样最神圣不过的幌子来扑向所有新的事物，哪管它好的坏的，不加区别地统统拿来出气，这也不足为奇。尤其是这位刚刚走马上任的新主编，他果然是个本事非凡的高手，能够一下子就把骗子手和人间不平事暴露在大庭广众之下。如果有哪位议员挺身而出，反对某项旨在为个别公司牟取私利而不惜让国家破产的议案的话，那么这位议员会立即在报上被骂成是“骗子手”“一心想标新立异”“渴望穿上部长的大礼服”等等。那位主编不说此公“渴望夹起部长的公文皮包”，因为他自己就非常讲究衣着穿戴。

不过搞政治并不是那位新主编的拿手好戏，或者说得更坦率一点，而是他的软弱之处，因为他是搞文学出身的。有一回他在北欧国家大学生宴会上作了一首打油诗来为妇女干杯，从而为韵律文字做出了重大的贡献，这首诗在许多地方报纸上纷纷转载，作者以为凭自己玩弄的这一手便可以名垂千古了。

于是他以为自己是功成名就的大诗人，在毕业考试结束之后买了一张二等的火车票南下斯德哥尔摩，开始人生事业的第一步，并且接受以诗人身份来说有权享有并向别人索求的欢呼拥护。不幸的是，首都的居民们从来不看地方报纸。这个年轻人默默无闻，他的才华也就得不到赏识了。好在他为人还机灵，不曾陷入漫无边际的想入非非之中而不能自拔，他想出人头地的那点见识尚未被摧残殆尽。于是他把鲁莽行事所留下的浑身伤痕隐藏起来，成为他终身的秘密。他眼看自己辛勤耕耘到头来得不到分文报偿（这是他自己说的），未免怀恨在心，这种苦涩的经历把他造就成十分称职的文学作品识别家。不过他决不肯亲自撰写书评，因为他的地位不允许他参与到这类个人活动中去。他只好把这项工作交给报社聘用的评论员去写，那人奉了旨意，铁面无私而又毫不妥协地把每个作家都批评得体无完肤。此公本人写了十六年的诗，却没有一个人念他的诗。他写诗用的都是笔名，没有人想去打听一下作者的真名实姓是什么。每年到了圣诞节，他的那些诗会被人从尘封的报纸中翻出来重新发表，而且在《灰外套报》

总会有一位不抱有偏见的（这是理所当然的）正人君子撰文赞美这些诗篇，文章末尾还有此人的签名。这样一来公众便无法相信颂扬文章竟然是出自作者自己的手笔。不过他终究还是希望公众认可作者的真名实姓，于是到了第十七个年头上，这位作者认为已经到了火候，可以在一本新的诗集（其实是一本旧诗集的新版而已）上署上他的真正的大名。岂料这一来却招来了灾祸。那些在《小红帽报》上写文章的年轻人从来不曾听说过那个老笔名的真名实姓，他们把诗篇的作者当成了一个初出茅庐的新手，他们撰写文章表示惊愕不已，说哪有这样一个初学者刚一露脸就胆敢署上自己的真名实姓，还说想不到这样一个初学者年纪轻轻就写得如此干瘪枯乏，而且笔调如此老气横秋。这一记当头闷棍力量非同小可，直打得那个“老笔名”急火攻心发了一场高烧，不过总算康复过来。后来《灰外套报》又载文替他恢复名誉，昭雪平反，文中充斥溢美之辞姑且不说，还同时旁敲侧击把矛头指向整个公众，指责他们道德沦丧、寡廉鲜耻，因为像这样一本堂堂正正、健康向上而又充满道德的作品哪怕放到孩子手上都无伤大雅的，而他们却居然不懂得欣赏。有家连环漫画杂志抓住了最后那句话，刊登出不少令人发笑的讽刺漫画，这又把“老笔名”气得半死，害得他旧病复发。在此之后他咬牙切齿把从这一刻之后创作出来的所有国内文学作品都骂得死去活来，不过也并非所有的作品都遭受此厄运。有位目光犀利的观察家就眼光雪亮，注意到《灰外套报》经常吹捧一些低劣鄙俗的文学作品。同一个观察家还注意到（虽然他说得十分婉转含蓄和模棱两可），那些低劣鄙俗的文学作品都是某个出版商的出版社印刷发行的。这并非说那位“老笔名”主编先生受到了某些外界的偶然因素的影响和摆布，比方说酒宴席上珍馐佳肴的美味，什么匈牙利式的煎菜肉卷啦、腌制鲱鱼〔瑞典北部特产，用波罗的海鲱鱼腌制而成，有极为熏人的酸臭味，类似我国的臭豆腐。〕啦等等，因为他和整个编辑部的人都是奉公守法、洁身自好的正人君子，因为他们本人如果并非白璧无瑕的话，岂敢对别人如此咬牙切齿地恶狠狠痛斥不已。

再来说说报社的戏剧评论员。他在X市一家戏院的票房办公室接受了他的戏剧启蒙教育。在那段日子里，他一厢情愿地暗恋上了一个大角儿，其实那个女角儿在到X市演出之前并不走俏，可是从那时起一炮打红而且红得发紫。他在《灰外套报》当上了戏剧评论员后，还是把他自己的同公众舆论的爱憎好恶混为一谈，无法区分开来，因而他第一次写专栏文章的时候就不顾一切地向当时已成为全国首屈一指的那个女角儿扑了过去，恨不得将她诛之食肉而后快。他硬说这个女角儿最近演的那个角色亦步亦趋地模仿了某某小姐（姑且隐其姓名）。此人的发泄非常粗鲁而下贱，这是不消多说的；这件丑事发生在《灰外套报》随风转舵之前，这也是不消多说的。不过这一来却给他带来了名气，可以说是一种令人憎恨的、叫人蔑视的名气，不过总归还是出了名。至于说他激起了公愤，那对他来说是毫无损害的。他与众不同的突出之处还在于新近才发现一项他非常适宜于当戏剧评论员的宝贵特征，那就是他竟然失聪！他的耳朵已经聋了这桩事情是拖了好几年之后才被人发现的。人们弄不清楚这桩事情是不是同一场争风吃醋的双人决斗直接有关系。反正那场厮打是由他写的剧评引起的，有个晚上在歌剧院的过道里煤气灯熄灭之后，他在黑灯瞎火中被人飨以老拳。如今他只敢对那些刚出道的年轻人动手动脚，那些熟悉内情的人从他的剧评的字里行间就可以看出他又在幕后做了什么伤天害理的缺德事，因为这个来自偏僻小镇、头脑里充满了猎艳求爱的幻想的笨伯，曾经在某一份下流杂志上念到过：斯德哥尔摩风流得同巴黎一样。这正中他的下怀，他也就信以为真了。

美术评论员恰恰相反，是个年迈的老学究，他从来不曾拿起过画笔，却是最著名的密涅瓦［罗马神话中的智慧女神。］艺术家协会的会员。他可以在那里捷足先登，有机会在那些艺术品尚未完成之前就向公众描述形容一番，省得他们再去自己做出判断。他总是温和宽厚的——对他的熟人而言，而且在报道艺术展览会的时候决不会少掉他们一个。他多年来的习惯是把他们写得十分美好，况且他也没有胆量写出一些别的东西。他有本事在半栏的空间里一口气提到二十幅作品，而他的批评总使人忍不住联想到那个“往图画上贴标签”的尽人皆知的游戏。此公对年轻人故意从来不提，因此公众在整整十年之中，除了那些老朽之外从不曾听说过别的名字。于是他们对艺术的前途很为失望。可是他最近居然开了个先例，而且还是刚刚做出了这个例外的举动，不过很不幸的是做得不是时候，酿成了大祸，所以那一天清晨《灰外套报》报社里人心惶惶，群情激愤。

事情是这样的。

本书上文在毫不起眼的地方曾经提到过塞伦这个微不足道的名字，这个无名小卒在最后一刹那终于把自己的那幅画送到了展览会上。由于作者既不曾荣获过国王的奖章，也不是美术学院的，因而那幅画被挂在最不引人注意的偏僻角落里。画刚挂好不久，“卡尔九世［卡尔九世（1599年至1611年在位），瑞典国王，古斯塔夫·瓦萨之子，曾任斯维厄公国大公，经过多年权力斗争取得王位，并于1600年发动“林巧平大屠杀”，镇压了反对他的右翼贵族势力。他在位期间抑制四等级议会，并取消了国务会议制度，实行君主专制独裁，他的政府以“秘书团”的恶名而著称于史。］教授”便大驾光临。他之所以得此雅号，是因为他除了以卡尔九世的历史业绩之场面为题材的画作之外，别的题材的画一概不画。说来也巧，他有一次在拍卖会上购得卡尔九世时代的一只酒杯、一块桌布、一把椅子和一卷羊皮纸文稿。他就用这些遗物作画，一画就画了二十年，有时候画面上有国王，有时候画面上没有国王。如今已功成名就，身为教授又被册封为骑士。他同那位在报社当美术评论员的老学究联袂而来，孰料在不经意之中他的眼光竟然扫到了那个一声不吭的反对派身上，还有他的那张画上。

“哎哟，您这位先生怎么溜进这里来了！”他举起了自己的长柄夹鼻眼镜，“哎哟，这一幅就是时髦的新风格吧！哼，听我说，先生！快听从一个长者的忠告，把那东西拿下来吧！快把那东西拿掉，否则我真替你害臊死啦，先生！你还是识相一点，就算是帮自己的忙。喂，你以为这幅东西怎么样，老兄？”

那位老兄认为这幅画简直是一塌糊涂，一无是处，他作为朋友规劝那位先生还不如改行去当个油漆匠。

塞伦不慌不忙地做了反驳，他态度还很克制拘谨，可是说出的话却语带锋芒，句句尖锐刺骨。他说已经有那么多体面人改行当了油漆匠，所以他宁可选择搞艺术这一行。虽说他明知改了行可以轻而易举地爬上去出人头地，眼前就有人在现身说法。这些让人当场出丑的尖刻话一出口，那位教授被噎得扭转身来拔腿就走，而且还对那个因为顶撞得罪了他而后悔莫及的年轻人做出了恫吓的姿势，那个老学究马上把这个姿势转化成要出气的几项承诺。

在此之后，那个见多识广的收购委员会举行了会议，当然是关起门来开会的。在门被重新打开的时候，有六幅画被选中收购，收购的款项来自国家为鼓励本国艺术家而设置的专项拨款，也就是说仍是老百姓支付的钱。报纸上发表的会议记录摘要是这样说的：

> 艺术家协会昨日收购以下绘画作品：
>
> 第一件，风景画《水与公牛》，作者：批发商人K君；
>
> 第二件，历史题材画《马格德堡[德国易北河上的一座古城。三十年战争期间，该城于1631年被德意志、西班牙、比利时的天主教联军统帅蒂利所焚毁。蒂利此举是为了阻止瑞典国王古斯塔夫二世步后追逼，但并未奏效，仍然在布兰登弗尔德遭到大败。]焚毁之前的古斯塔夫·阿道尔夫[即瑞典国王古斯塔夫二世。]》，作者：亚麻织物推销商人L君；
>
> 第三件，风俗画《一个擤鼻涕的孩子》，作者：步兵中尉M君；
>
> 第四件，海景画《波尔埃号蒸汽轮船靠港》，作者：船只进出港手续承包商人N君；
>
> 第五件，风景画《穿针线的娘儿们》，作者：国王内书房侍从大臣O君；
>
> 第六件，静物写生《蘑菇炖母鸡》，作者：演员P君。

每件艺术品平均价格卖到一千里克斯达尔上下，然后《灰外套报》对它们逐件都用二或三个四分之一的篇幅予以赞美（每栏稿费十五个里克斯达尔）。这本来并不是值得大惊小怪的事情，可是这位老学究在他写的那篇评论里却扯到别的事情上去了，一来是为了拼凑篇幅，二来也是想要及时整肃一下日益增长的恶劣风气，还有在偷偷摸摸地滋长起来的不良现象，那就是有些年轻的、无名的冒险家居然离经叛道，背弃了美术学院的精神又不肯潜心钻研，只凭借一味追求感官效果和卖弄技巧来败坏公众的口味和判断力。说到这里便揪住塞伦的耳朵，把他拉出来示众，并且大加鞭笞，其穷凶极恶之势甚至连塞伦的冤家对头都觉得太不公平而为他叫屈起来，这篇评论抨击的剧烈程度可见一斑。文章中矢口否认塞伦身上有半点才华，并且把他说成只会招摇撞骗的骗子手，这场攻击居然还把塞伦的个人经济状况揭露一番，说他只能跑到那些劣等餐馆里去填饱肚皮，又说他身上穿的衣服褴褛无比，又说他德道沦丧，说他好吃懒做，等等。文章结尾以宗教和风化的名义预言他的前途必将是靠出卖劳力谋生，因为他至今还无意更改，不思悔悟。

这是因随心所欲和自私自利而犯下的一场摧残艺术、攻击他人的暴行，而在那份《灰外套报》出版的当晚，报社里竟然没有一个人发现什么毛病，这也是一桩天大的奇迹。

一昼夜之后，《廉洁报》刊登评论，仗义执言了。那篇评论指责说，老百姓交给国家的民脂民膏落到一帮宗派者的手上，在最近一次用公款采购的绘画作品中竟没有一幅是由画家所画的，全是官员和商贾的涂鸦之笔，他们要同艺术家竞争的话，恐怕只能望尘莫及，而这些强盗们居然连这个唯一的绘画市场也想占为己有。他们这种巧取豪夺的行径不仅败坏了鉴赏的口味，而且也涣散了艺术家们的士气，因为今后倘若他们不甘心活活饿死的话，他们必须画得和那些人一样糟糕才能够找到买主。那篇评论也把塞伦提了出来，说他的绘画作品是近十年来真正用灵魂创作的第一人，因为过去十年里的所谓艺术无非是颜料加上画笔的产物，而塞伦的画却是发自内心的、朴实无华的佳作。只有直面洞察出大自然的气魄精髓，才能画出意境如此宏大深远的精湛作品，因为他的画充满了灵气和返璞归真的超脱。那篇评论还告诫那个年轻人不必与那些老画家一般见识，少同他们计较，因为他已经超过了他们，并且鼓励他要抱有信心和希望，因为他负有使命，任重道远。

于是，《灰外套报》编辑部泛起了恶意怨怼的泡沫，人人恨得牙痒痒的。

“倒要看看那个家伙能不能功成名就！”主编高声狂喊道，“真是活见鬼！我们当初干吗要那样同他过不去。想想看，倘若他真的功成名就，那么我们岂不是自己打自己的嘴巴！”可是那个老学究信誓旦旦地说此人决计不会功成名就。他心绪不宁又忐忑不安，一回到家就赶紧钻到他的书堆里去考证，经过旁征博引，他又写出一篇评论来证明塞伦确实是个名副其实的骗子手，而《廉洁报》却名不副实，大概收到了好处，甘愿被他蒙混哄骗。

《灰外套报》终于喘了口气，不料新的打击接踵而至。

第二天报上登出一则新闻，宣布说：国王陛下已经收购了塞伦的出色名作，“那幅风景画在几天之内便吸引大批观众前往美术展览会去一饱眼福”。

如今《灰外套报》编辑部的风帆再也兜不住风，鼓不起来了，像挂在栅栏杆上的一块破布，随风飘荡。究竟应该转舵改向呢，还是照直往前？这关系到报纸的存亡，也关系到那个评论员的去留。于是主编先生当机立断（在此之前执行总经理已面授了机宜）做出决定：那个评论员只好当替罪羊而牺牲，报纸则无论如何必须保全。可是怎样能挽救局面呢？就在这个紧急关头，他们想到了斯特鲁弗。

斯特鲁弗其人倒确实熟悉办报纸的诀窍和奥妙，凡是报界的七拐八弯的迷宫般的曲径他无不心知肚明。他被请到编辑部里来，不消多少时间，三言两语便问明了情况，他一口答应用不着几天工夫就可以使这艘船化险为夷，重新航行起来。为了要弄明白斯特鲁弗葫芦里究竟卖的什么药，他的生平履历之中有几处最紧要的资料不可不知。他天生是个留级生的坯子，到了上大学也还如此，结果阴差阳错念了文学，因为那是很少人问津的冷门专业，还有空余的名额。他起先当上了社会民主党的《人民旗帜报》的编辑，后来这家报纸请他另谋高就，他便转而投向保守党的《农民之敌报》，可是时间不长这家报纸连同它的所有资产、印刷厂和编辑人员一齐搬迁到另外一个城市去，而且还改名为《农民之友报》，这一来连报纸所采取的观点也变成另一种色彩。斯特鲁弗则被转让给了《小红帽报》，他由于不久前刚熟悉了保守党的一切伎俩谋略，便有资格献计献策，正如《灰外套报》这时候向他屈尊求教一样，因为他洞悉它的死对头《小红帽报》的所有秘密内情，这是他的最强有力的撒手锏，而他也就不受约束地将这个撒手锏使了出来，还无所不用其极。

斯特鲁弗着手为这家报纸洗刷罪名了。他先是投给了《人民旗帜报》一篇通讯，然后《灰外套报》用几行的篇幅摘要转载了那篇通讯，内容无非是艺术展览会盛况空前，观众如潮，蜂拥而至，等等。然后他又在《灰外套报》的“来函照登”栏里发表了一篇文章，他在文章里把那位老学究美术评论员狠狠地痛骂了一顿，不过在结尾还是说了几句安慰的话。文章的后面附有“本报编辑部”的按语，其中有这样几句稀奇古怪的话：

> 对于塞伦先生的那幅受到高度赞扬而且是当之无愧的风景画，我们始终不能苟同本报的可尊敬的美术评论员的见解；而另一方面，我们不便于人云亦云地对那位可尊敬的读者致本报的大作中的各项论断做出应声附和的表态。因为本报的基本原则是允许人家讲话，尊重一家之言。也正是出于这一初衷我们毫不迟疑地在本报栏目中将上述这篇文章予以发表。

一场轩然大波总算消弭于无形，坚冰终于被砸碎，迎来了解冻。据说，所有这些文章全是斯特鲁弗一个人写的，也真难为他把满肚子的学问都倾囊倒了出来，除了库费钱币［库费钱币是一种古钱，在巴格达以南约一百四十公里处的古城库法出土，库法于公元638年建城，以誊写《可兰经》的库法书法而闻名于世。库费钱币是瑞典所搜集的外国古币中数量最多的一种。由于“库费”在瑞典语中的本意是“皮里阳秋”“诡谲欺诈”等，因而作者一语双关对斯特鲁弗作了挖苦。］实在牵扯不上而没有写进去之外。最后他又七拼八凑写出了一篇洋洋洒洒、耀眼生辉的评论文章来赞扬塞伦的画，署名是十分富有特性的“狄克西”［瑞典语中的“诗神”的谐音。］。这样一来大功告成，《灰外套报》终于得救了。不消说的，塞伦也因而出足了风头，不过那已无关紧要了。

第　十　一　章

幸　运　的　人　们

黄昏时分钟敲七点。伯恩斯大饭店的乐队开始吹奏起《仲夏夜之梦》里的《婚礼进行曲》。在悠扬、欢快的音乐声中，奥勒·蒙坦纽斯步履轻快地踏进了红房间。时间还早，他们那个小帮派的成员还没有一个露脸出现的。奥勒今天非同寻常，漂亮得简直惊人。他头戴高顶大礼帽，自从在领受坚信礼的时候戴过一次就再也买不起这种帽子来戴了。一身光鲜的新衣服，脚上蹬着一双长统马靴。他已经香汤沐浴把身上的泥垢洗得一干二净，而且头发还用火钳烫卷，看模样他似乎是正在走向自己的婚礼一样。一条沉甸甸的黄铜怀表链垂在紧身背心外面，背心上左边那个口袋明显地鼓了出来。他的脸上笑容可掬，宛如骀荡着春风，那副派头就好像舍得把预支得来的那一点点钱都施舍出来，广济普天下的贫寒之士一样。他把平时一直小心地扣牢每一颗纽扣的那件外衣脱了下来，一屁股坐到靠墙的那一排沙发上，敞开上衣的双襟，把自得耀眼的衬衫硬胸襟露出来，让它只给一颗扣子扣住而鼓胀得形成了往外凸出的拱形。他每走动一下，身上那条新裤子和新背心的衬里便会发出窸窸窣窣的响声，这使得他心里着实受用，惬意得很，还有他的长靴后跟碰击到了沙发腿上发出啷啷的声音更使得他心里美滋滋的。他掏出怀表来看看，那只可爱的旧怀表在里达哥尔摩屿的典当行的尖顶阁楼上禁锢了将近一年，而赎当的最后期限又在本月内，因此这一次赎回来恢复了自由，真不啻是老友重逢，欣喜万分。那么究竟发生了什么事情使得这个可怜的人儿一下子有如此说不出的幸运呢？我们知道他没有中过彩票的头奖，不曾得到过遗产；也无缘受到荣耀十足的表彰或者赢得过超越其他一切的笔墨可以形容的那种情爱幸福。那么究竟发生了什么呢？事情再也简单不过：他找到了工作！

塞伦终于姗姗来迟，他身着天鹅绒夹克衫，脚上穿着漆皮皮鞋，一袭苏格兰方格呢披肩代替了外套，脖子上用细皮带挂着小巧的旅行用双筒望远镜，手持香樟木手杖，金黄色的围巾同绯红色的皮手套色调匹配，相映成趣，胸前的纽扣洞里还别了一朵鲜花。他像往常一样从容不迫，怡然自得，丝毫没有什么心烦意乱的情绪所留下的痕迹。这几天可把他折腾得够呛，从他那张瘦削而透着机灵的脸上可以看得出来。雷恩叶尔姆同他一起来到，他比往常更加沉默寡言，因为他隐约感到自己即将要同一个知己、一个保护人分道扬镳了。

“嘿，塞伦，”奥勒见面就说，“如今你可是走运啦，不对吗？”

“走运？这从何说起？我不过才卖出了一张画而已，而且是五年中卖出的第一张！难道这算太多了吗？”

“不过你谅必看报了吧，你已经出名啦！”

“唉，我们不应该在乎这些！难道你以为我只在意于小试锋芒吗？我知道得很清楚，我还要苦熬多久才能有点出息。大概还要有十年工夫，奥勒老兄，等到那时候再来说说这个话题也还不迟。”

奥勒对这番话的前一半深信不疑，而对后一半却不相信。他把衬衫的硬胸襟的纽扣解开，弄得衣服衬里发出窸窸窣窣的响声。这一下吸引住了塞伦的注意力，他不由得故作惊奇地发出一声赞美：

“天哪，老兄穿得真挺呵！”

“哦，是吗，你也这么觉得？不过你的打扮看上去甜美得像头雄狮！”

塞伦用香樟木手杖敲打自己的漆皮皮靴，又低下头去闻闻纽扣孔上插的那朵鲜花，只当没有听见他的这句不伦不类的好话，神色十分冷淡，表情无动于衷。

奥勒掏出怀表来看看隆德尔是不是该来了。于是塞伦也举起了他的双筒望远镜朝回廊上看过去，说不定他会在那里盘桓。这时候奥勒得到允许，可以让他用手指摸摸那件天鹅绒夹克衫究竟有多么柔软，因为塞伦诅天咒地保证说，就价钱而言，这样上好的天鹅绒通常是很难找到的。于是奥勒只好问问它的价钱，塞伦随口做了回答，而且还很领情地做了回报，他把奥勒衬衫袖口上缀着的那副用贝壳精制而成的袖扣大大称赞了几句。

隆德尔到底露面了，他在这一回艺术展览会的盛大筵席上虽然享受不到佳肴美食，毕竟也分到了一块骨头来啃，那就是替特莱斯考拉教堂绘制祭坛圣像画，虽说报酬十分菲薄，却也聊胜于无。不过在他外表上察觉不出这对他有多少影响，他的那张胖圆脸显得红润，泛起了油光，大概饮食上大有起色的缘故。他是同阿尔维德·法尔克一起来的。法尔克脸上严肃持重，心里却充满了高兴，为了人世间是非曲直终于得到了公道的评判而由衷地高兴。

“我祝贺你，塞伦，不过这也仅仅是你应该得到的。”他说道。

塞伦不以为意，说道：“我五年来画的画跟这幅一样好，可是他们对我嗤之以鼻。直到前天，他们还对我嗤之以鼻。可是如今！这些人真是活见鬼啦！看看这封信，我收到了那个白痴，‘卡尔九世教授’的这样一封来信。”

在场的人一个个瞪圆了双目，目光锋利如割，他们同仇敌忾，恨不得亲眼看到这个压迫者的嘴脸，恨不得由他们亲手来将他痛打一顿。如果这些都做不到的话，那么起码也要把那张上面有他签名的信纸撕得粉碎，以解心头之恨。

塞伦念道：

“我的最要好的塞伦先生……”

有人插话说：“听听，真是肉麻！”

塞伦接着念道：

“我欢迎您跻身艺坛跃居吾辈之列……”

有人插嘴说道：“他心虚害怕啦，这个混蛋！”

塞伦又念下去说：

“我素来推崇足下之天资禀赋，诚乃一奇才耳……”

有人说：“真是个十足的伪君子！干脆把这封惹人讨厌的信撕掉算啦，让我们把他的胡言乱语统统忘得精光。”

接着大家向塞伦劝酒，塞伦举杯要同法尔克对饮，并且希望他能早日见到法尔克笔耕有成，扬名文坛。法尔克不禁迟疑起来，他脸涨得通红，答应说只要功夫到了家他自会有所作为，不过他潜心苦练的时日谅必十分漫长，因此他请求他的朋友们不要心急，不要因为拖得太久而不耐烦。他又感谢塞伦，说他们志趣相投、情深意笃，他从塞伦身上学到了怎样才能吃苦耐劳，怎样才能淡泊寡欲。塞伦却听得不耐烦了，叫他不要再讲这些冠冕堂皇的废话啦，什么叫作吃苦耐劳的本事？人到了走投无路的时候就会有这种本事。淡泊寡欲又有什么值得大惊小怪，因为没有名利可欲的时候不淡泊一些能活得下去吗？

可是奥勒却粲然一笑，他这扑哧一声笑得衬衫的硬胸鼓胀出来，把红色的背带也露在外面。他举杯同隆德尔对饮，并且规劝他要借鉴塞伦的成功之道，不要只想到埃及的肉汤好喝而偏偏把乐土迦南忘掉了［乐土迦南为希望之乡，以牛奶蜂蜜流淌满地而著称。上帝把这地方赐给好人亚伯兰作为领地。亚伯兰率全族迁徙至此设坛为祭，但发现当时的迦南旱灾饥荒频繁，濒于绝境的亚伯兰便只得又迁往埃及尼罗河一带，央求埃及法老收留他们。见《圣经·创世记》第十二章。］，因为隆德尔具有才华，这是奥勒看得出来的。隆德尔在发扬自己的风格，按照自己的思路来作画的时候他还是不错的，可是他一味模仿他人的时候却比别人画得还要糟糕，因为这个他不得不依赖画教堂画来维持生计。但愿他在这笔生意中能够有机会可以用自己的头脑和心灵来作画。

法尔克打算在这个场合倾听奥勒谈谈他自己的身世和对艺术的看法，因为很长时间以来这对他仍然是云遮雾罩的一个谜，可惜终究未能如愿，因为就在他刚要张嘴发问的时候伊格堡踏进了红房间。于是众人争着邀请他作为自己的客人，因为在这几个暴风骤雨的昼夜之中大家似乎把他忘却了，所以这时候个个显得十分亲热，以此来表明自己不是出于什么个人私利而存心冷落他的。奥勒急忙把手伸进紧身背心的衣兜里，用一种不易引起别人注意的姿势掏出来一卷钞票塞进了伊格堡的外套口袋里。伊格堡明白了怎么回事，便感激地朝他瞥了一眼。

伊格堡举起杯来为塞伦祝酒，说他认为一方面正如他早已说过的那样，可以说是塞伦取得了成功。可是从另外一方面来说，也可以说还没有取得成功。塞伦还有待发扬踔厉，尚需要许多年的磨炼才能达到炉火纯青的地步，因为艺术之路漫无止境。

伊格堡自己对此未尝不觉察，命运早已安排了一连串的失败使得他成了人生的失意者。正因为如此，他的这番讲话便不能被理解为对塞伦这样众所公认大获成功的人抱有妒忌。

可是伊格堡这番讲话之中所流露的妒忌眼红的那股酸溜溜的味道有如一朵不祥之云飘过了晴空丽日的苍穹，不过这也是转瞬而过而已，因为大家都明白这股酸溜溜的妒意背后凝结着多少年来人生失意、命运乖蹇的辛酸苦涩，因而只能是对他宽宏谅宥，多担待一些吧。

正因为这样，伊格堡的心情渐渐开朗起来，他带着卖弄才学的劲头递给了法尔克一本很薄很薄的小册子。法尔克惊奇地看到小册子以乌尔里加·伊莱奥诺拉的木刻画的黑色拓本作为封面。伊格堡告诉说：史密斯收到了法尔克的退约信和看到信上所吐露的不满之后表现得极其镇静，毫不在意地换了人，他自己在当天就得到了这本小册子的约稿信。他还告诉说史密斯正在斟酌是不是要出版法尔克的诗集。

煤气灯的火焰在法尔克眼里顿时失去了光华，他陷入了沉思，因为他的整个心胸被这个突如其来的消息填满了，甚至无法用语言吐露出来。他的诗集快要出版了，史密斯不惜工本出版这样一部作品，可见这部诗集毕竟有它的独到之处，这件事就足够他深思整个晚上了。

对于这群走运的人来说，晚上这几个小时几乎是飞逝而过，悠扬的音乐伴奏早已停止，煤气灯也开始被逐个熄灭。打烊的时候到了，顾客们非走不可了。可是他们此刻就分手却又嫌太早了一些。于是这一群人便沿着码头一边溜达，一边漫无目的地高谈阔论，对一些哲学命题争个无休无止。到了后来他们又累又渴，隆德尔便自告奋勇带领这一伙人到玛丽亚的寓所去，他们在那里可以略作休息，还有啤酒可喝。于是他们朝拉迪高德空旷地走去，不久他们进了一条小巷，巷子尽头处一道栅栏挡住了去路，栅栏背后可以见到一片烟草地，那就是拉迪高德的养牛场的边缘了。在小巷深处的一幢陈旧的砾石砌成的老式两层楼房面前停了脚步，奇怪的是那幢楼房的山墙却是面向大街的。在大门上端饰有两颗砂石雕刻的人头，深深地嵌入墙壁里，人头上的耳朵和下巴渐渐隐没在枝叶繁茂的呈螺旋状的藤萝之中，在藤萝中间交叉斜插着一柄利剑和一把利斧。原来这里是昔日行刑的刽子手的寓所。隆德尔似乎对这个地方是轻车熟路，他在楼下底层的一扇窗户外面给了个暗号，旋即窗户上的卷帘被卷了上去，有扇玻璃窗被打开了，一个女人伸出头来问是不是阿尔伯特来了。隆德尔用这个化名作了应答。随后大门也被那个女人打开。她把这群人放了进去，不过要他们答应蹑手蹑脚地走路，不要弄出动静来。这个允诺轻而易举地被他们做了出来，于是红房间的这一伙人马很快就进到屋里，并且逐个介绍给玛丽亚，当然用的都是为了这个场合临时起的化名。

房间不大，早先曾是厨房故而炊具一应俱全。房里陈设十分寒酸，只有一个通常是供侍女用的五斗橱，在橱顶上摆着一面用白色平纹细布窗帘罩着的镜子，镜子上边的墙壁上挂着一幅石版印的彩色图画，画面上描绘了救世主在十字架上蒙难受苦。五斗橱橱顶上还摆满了零星杂物，有瓷器小摆设、香水瓶、一本福音诗集、一支雪茄烟筒等等。两支蜡烛明晃晃地点燃着竖立在镜子两侧，连同上端的圣像画形成了一个居家摆设的圣龛祭坛。那张沙发床还没有铺上被褥，背后的墙上挂着卡尔十五世［卡尔十五世，瑞典国王，1859年至1872年在位。］跃马驰骋的画像，画像四周贴满了从《祖国报》上剪下来的画片，多半是警官的形象，真想不到所有的抹大拉的玛利亚的死对头在这里竟被当作恩客给供了起来。在窗台上，一盆倒挂金钟、一盆天竺葵和一盆桃金娘都已半死不活，真想不到高傲的爱神的草木竟然沦落在贫民窟里。在缝纫桌上摊着一本照相集，第一页上国王的英姿赫然可见，第二和第三页是爸爸妈妈，模样看得出是两个贫穷的乡下人。第四页是那个大学生，就是初次勾引她的冤家。第五页是她的孩子，最后是她如今的未婚夫，一个手艺工匠的学徒。这就是她的身世，她们多半如此才沦落风尘。在炊灶旁边的铁钉上挂着一件精致优美的带褶边的裙袍，一件天鹅绒外套和一顶插着大把羽毛的女帽，这套华丽服饰是用来打扮成淑女遮掩掉神女的真实身份的，她就穿着这套漂亮衣服出去捕猎那些涉世不深的年轻男人。再看看神女本人吧！她年已二十四岁，身材属于高头大马那一类，姿色也很寻常，绝非是什么天生丽质。慵懒和放荡的夜生活使得她皮肤白得透明泛青，通常只有养尊处优的富人才能有那种一眼就能辨认出来的特殊的肤色，可是她的那双手并不嫩滑如脂，留下了年轻时候辛勤劳作的痕迹。她身上套着一袭漂亮的睡袍，卸了妆的长发蓬松披散，这副姿态倒又是抹大拉的玛利亚的本色了。相比较而言，她的举止言谈都还稳重清白，并不淫狎放荡，性情也还开朗愉快。

这群人三三两两地继续聊天，把打断了的话题拾起来，又找出来新的话题，谈兴丝毫不减。立志想当个诗人的法尔克如今对一切事物都有兴趣探讨，哪怕是最平常的生活琐事，他坐在玛利亚身边同她娓娓交谈起来。他说话低声细气，一副多愁善感的样子，立即赢得她的欢心，因为她被当作一个人来相处交谈，谈话之中像往常一样，也提到了她沦落风尘的经过和原委。对于第一次被勾引，她不肯多讲，只说道："那回事没有什么可谈的。"倒是对当侍女那段暗无天日的生活诉苦十分详细，在一个整天闲着无所事事的女主人手底下过着被呼来喝去的奴隶生活真是不堪忍受，且不说粗活重活干个没完没了，而且女东家又喋喋不休地责骂呵斥、吹毛求疵，这就让人受够了，哪怕有点自由也行。

"可是当您有朝一日把眼前的生活过得腻味了,那又怎样呢?"

"那时候我就同威斯特格林结婚过日子。"

"他不会嫌弃您吗？"

"他等到那一天高兴还来不及呢，再说我在储蓄银行里存了点钱，我打算用它来开家小店铺。不过这些事情早已有许多人问过啦。你有雪茄吗？"

"有，我有的。看看这里，我可以问问这个人吗？"

他拿起她的照相册，翻到那个大学生的照片那一页。这个人也和别的大学生一样围着白色丝巾，学生制帽放在膝上，神情呆头呆脑。不过靡菲斯特［德国歌德1808年所作诗剧《浮士德》里诱惑人类的魔鬼。］这个角色偏偏总是由大学生来扮演的。

"这个人是谁？"

"哦，他呀，他是个挺善良的小伙子。"

"是勾引你的那个人，对吗？"

“你给我闭嘴！要说有错的话，我的过错同他的一样大。你知道，这类事情哪能一厢情愿，总归是男欢女爱的。你看看那是我的孩子。他已经蒙主宠召，或许这样是最好的结局。我们还是谈点别的吧。今天晚上阿尔伯特带来的那个滑稽可笑的家伙是干什么的？就是坐在炉灶上的，挤在那个脑袋快顶着烟囱的瘦高个子旁边的那个人。”

她所问到的那个家伙正是奥勒。奥勒听说他的外貌风度如此吸引异性的注意，竟受宠若惊，不好意思起来。他赶紧用手抹平自己的头发，因为那一头新烫过的头发在喝酒之后又翘了起来。

“那是助理教区教师蒙恩森。”隆德尔赶紧亡羊补牢，插进来说道。

“哎哟，老天爷，原来是位牧师，是吗？怪不得目光显得那么尖刻，我本当猜得出来的。不妨告诉你们，上星期也有个牧师到这里来玩。亲爱的蒙恩森，到这里来，让我看看你。”

奥勒本来同伊格堡一起坐在炊灶上探讨着康德的绝对规则是不是有纰漏。他并不习惯于受到异性的注意，所以他一听到玛利亚的叫唤顿时觉得自己年轻了不少，立即从炊灶上爬了下来，绕过众人身边来到他心目中的美人面前，他早已暗暗观察鉴赏，觉得这个女人委实可爱，有一股令人怦然心动的魅力。他潇洒地用手指捻着唇髭，把它尽量捻紧，又壮着胆子朝她深深一鞠躬，不过鞠躬的姿势看得出来他没有在舞蹈学校接受过训练。他用矫揉造作的最温柔的嗓音问道：

“小姐真的以为我的模样像个传教士？”

“不，我这会儿才看到原来你还胡子拉碴。我看你的双手像个手艺人，可是身上的衣服却又太挺括光鲜，你大概是个铁匠吧！”

奥勒显然受到了伤害，不免动起气来。

“难道我真是那么一副丑模样吗，我的小姐？”他的嗓音忽然变得凄楚。

“你的长相倒真是不好看，不过你看上去很憨厚可靠！”玛利亚瞅了他半晌后说道。

“哦，我的小姐，您可知道你的话像尖刀一样刺伤我的心。从来不曾有过哪一个女人喜欢过我。我曾经见到过不少比我长得更丑的男人却有福气得到女人的情爱。可见女人是鬼都猜不透的谜，没有人能够解开这事的谜底，所以我瞧不起女人。”

“你这番话讲得好，奥勒，”从烟囱那边传来一个声音说道，伊格堡的脑袋就快要顶到烟囱上了，“这番话说得真好！”

奥勒想要回到炊灶上去，可是他已经触动了一个玛利亚心坎上思绪万千而不得其解的问题，所以她不肯话没有说完就被打断了。她忽然觉得他拨动了她心上的一根弦，而那根弦奏出来的声音正是她所熟悉的。于是她把他拉到自己的身边。他们两人很快就沉浸在一场关于女人、关于爱情的广泛而又认真严肃的讨论之中。

可是那个雷恩叶尔姆，他整个晚上都很少吭气，一味喝着闷酒，他比平时更加沉闷，没有人能够猜透他的心思，弄明白他在想些什么。此刻他好像忽然苏醒过来一般变得活跃起来，站在法尔克身边的沙发角落前。刚才他好像心事重重满肚子的委屈，可是拖了很长时间却发泄不出来。他拿起自己的啤酒杯，又用手敲了敲桌子，好像他要致辞了。待到最靠近他的人停止说话的时候，他便以颤抖而又口齿不清的声音说道：

“先生们，你们都把我看成是窝囊废，我心里很明白。法尔克，我知道你认为我浑浑噩噩，不过你们等着瞧吧，小伙子们，你们会看到我……会看到我……”

他扯直嗓门喊了这么几声，把啤酒杯往桌上一砸，那只杯子顿时碎裂，而他自己却朝后一仰，倒在沙发上呼呼地睡了过去。

他的酒后失态，对于他们这几个人来说早已是习以为常了，可是引起了玛利亚的注意。她站起身来中断了同奥勒的交谈，正好那位仁兄已经把这个问题谈得开始越过纯抽象的界限了。

“哦，看看一个多么俊俏的小伙子，你们从哪里把他找来的呢？可怜的小后生！他睡得那么香！真怪，方才我怎么没有看见他！”

她在他的脑袋底下塞了一个枕头，还把自己的大围巾披在他的身上。

“看看那一双小手！你们诸位就没有这样细巧的双手，你们这些农家子弟！再看这张清秀的脸蛋，那么天真无邪！真是该死，阿尔伯特，一定是你哄着他把他灌醉了。”

在眼前的情况之下去追究是隆德尔还是别人把雷恩叶尔姆灌醉的已经没有多大意思，反正这个人是喝醉了，也肯定用不着别人去哄他把他灌醉的，因为他内心深处垒结着焦躁不安，要经常不断地用酒去灌浇才能使得自己麻木安静，否则做什么事情都没有心思。

隆德尔因为他的俊俏朋友而惹来一身骚，他挨了这顿埋怨心里真不是滋味，况且酒劲涌起，一阵阵头晕，他的宗教情绪也随之高涨起来。今晚佳肴丰盛，饕餮之余竟把宗教冷落在一旁。如今人人虽已醉醺醺的，他还是要借此机会讲几句话来提醒大家今晚聚会的意义，并且唤起依依惜别之情，他从自己坐的地方站起身来，为每人斟满了啤酒，将自己的身子靠在五斗橱上，然后叫大家静下来他有话要说。

“先生们，”他忽然想起了抹大拉的玛利亚也在场，于是又补充道，“女士们，今晚我们欢聚一堂共度良宵，举杯畅饮，饱餐美食，这是一次主题明确、意义重大的盛会，我们在吃好喝好之余可以不必再为物欲的这一面而分心劳神了，因为饮食毕竟只是为了满足人生之中起码的果腹解渴的肉体生理上的物质需求。当分手惜别之际岂能忘乎所以，一味贪杯。我们将这种罪孽斥之为酗酒的恶癖，而且我们在这里看见了应该引为儆戒的实例。这样的现象发生在此时此刻真是不堪忍受，其实是对今晚的如同宗教般的虔诚心情的亵渎，因为我们相聚在一起共同度过了一个夜晚，大家觉得豪情满怀，非要举杯为一个已经显出自己拥有很高的天分的人，我指的是塞伦，频频祝酒以示庆贺。可以相信，愈是在推杯换盏互敬劝饮之时，愈是要当心自己，把握住自己的酒量。否则的话就会有方才我提到的那样的实例发生，以致在这里出了丑，害得大家扫兴……好了，不说这些……我会把我们之间说过的那些豪言壮语牢记在心里，那些话只要我一回想起它们，便会萦绕在我的耳畔。我深信我们每个人都会牢记在心的，虽然这里不是谈论豪言壮语的最合适的地点。至于说这个年轻人，他已经沦为我们斥之为酗酒的恶癖的一个牺牲品。我已经十分遗憾地看到这种恶癖正在悄悄地荼毒我们的社会，简而言之，它所显示出来的相当令人沮丧的后果有理由使得人们无法对它容忍。

“干杯，塞伦，高尚的朋友，我祝愿你得到你的高尚品德所应该得到的一切幸福！

“干杯，还有你奥勒·蒙坦纽斯，我也敬你一杯！

“干杯，法尔克也是一个高尚的人，当人们认为宗教情绪已牢牢扎根到他们性格中去的时候，他便会在更高的层次大有一番作为。

“干杯，伊格堡，我不想多谈到他，因为他已经做出了选择。让我们祝愿他在他的开端如此良好的道路上取得成功，那条哲学之路，这是一条荆棘丛生的生活之路，可是我要像大卫王［大卫原来是个牧童，皈依上帝后，耶和华将他从羊圈中救出，历经千辛万苦终于成为以色列的国王，并建都于耶路撒冷。见《圣经·撒母耳记》。］那样说：‘世上的事情谁能说定！’正因如此我们有一切理由可以预料我们将会前途远大。我相信只要我们不去贪图不义之财，保持住高尚的情操，那么在任何时候我们人人都可以指望有同样的前途。因为，先生们，只有缺乏宗教信仰的人才是浑浑噩噩的窝囊废。正因为如此，我请在座的各位先生们一起举杯，为了我们努力奋斗以求实现的一切高尚的、美好的和神圣的事情而干杯！干杯，先生们！”

隆德尔已经完全被宗教情绪所支配，满口说教，人人都觉得乏味，想要分手告别。

黎明的晨曦早已透过窗户卷帘的缝隙照进了房里，墙壁上贴着的绘有骑士城堡的风景画和圣处女的画像，被清晨第一缕亮光照耀得熠熠生辉。待到窗帘卷上去之后，大亮的天光泻了满屋，把坐在窗户跟前的那几个人的面孔照得一片惨白，看起来活像一具具僵尸。伊格堡趴在炊灶上睡熟过去，双手还紧攥着啤酒杯，蜡烛上发出的晃晃悠悠的红光反倒给他的脸上增添了一层悦目的光彩。奥勒仍在大口喝啤酒，为了女人干杯，为了春天干杯，为了阳光干杯，为了宇宙万物干杯，如此等等忙个不停，后来他不得不去打开窗户，为自己的高昂情绪呼吸点新鲜空气。

终于，他们把睡熟的人推醒过来，向主人告辞。这一群人出了大门，沿着小巷迤逦而行，法尔克回过头去，但见抹大拉的玛利亚俯伏在那扇打开的窗户上。明媚的阳光照亮了她的白嫩的脸蛋，她一头秀发随风摇曳，原本是乌黑的头发却被金灿灿的阳光染成了暗栗色。那头长发如同瀑布一般倾泻而下，淌过她的颈后，似乎分成了许多股涓涓细流，一直淌到了街面上。在她的头顶上依然高悬着利剑和斧头，以及两张龇牙咧嘴的丑脸。不过小巷另一侧的一棵苹果树上栖着的一只翎毛黑白相间的鹟鸟，却展开它的不大动听的歌喉，啁啁啾啾地起劲啼鸣，好像在欢唱漫漫长夜总算熬过去了。

第　十　二　章

特利登海运保险股份公司

有个名叫莱维的年轻人，出身于商人家庭，而且从小家里就培养他要经商学做生意。可是天不遂人愿，他刚刚在据说是很有钱的父亲扶掖之下有了一番作为、立起门户的时候，他的老子却两腿一蹬撒手人寰了，身后却没有留下什么家产，甚至连这个家庭的日常用度也没有了着落，手头十分拮据。家道中落使得这个年轻人的所有期望统统破灭，因为他已经到了那个年纪，就是凡事用不着自己去操心烦神、自会有别人听命代劳的年纪。他如今二十有五，却身无长物，只有那一表人才。他相貌英俊，的确很讨人喜欢，不但肩膀宽厚，而且髋骨瘦削，臀部几乎完全看不出来，他这种上宽下窄的体形特别适宜于穿全套燕尾服，整个风度就像他曾多少回暗中崇拜的某些外国的外交官一样，他的胸膛天然生成弓形，挺了起来，所以哪怕他随随便便往董事会的那张会议长桌的横头的高背座椅上一坐，身体就深深陷在座椅里，所有董事们把长桌四周全都坐满，像众星拱月一般将他围住，可是他的衬衫的硬胸上的四颗纽扣会更加分明地凸现在他们的眼前。他脸上留着连鬓络腮胡须，从嘴角分向两边，把下巴露了出来，更增添了几分男性魅力，又显得老成持重，使人觉得可以信赖。他的那双脚尺码很小，天生就只能踩在经理办公室里的布鲁塞尔地毯上。他那双保养得细嫩的双手特别适宜于做一些轻松的工作，比方说在单据，尤其是在现成的支票上签上自己的大名。在那个时候，一个伟大的发现刚刚为人所知，那也是本世纪最大的发现，时至今日这一发现还被人称道，其实说到底它给许多人带来了不幸。这个发现就是：用别人的钱来过日子，比起靠自己去干活赚钱过日子要省劲得多。许多人便凭借了这个发现来从中渔利。既然这个发现并未受到专利权的保护，所以像莱维这样的人如蚁附膻一般把这个发现当作活命的法宝，那就丝毫也不令人奇怪了，尤其是如今他自己既没有钱，又没有兴致为了养活父亲留下来的这一家人（也就是说不是他的家庭），去辛苦挣钱。

有一天他穿上自己最漂亮的衣服，安步当车去他的叔父史密斯那里。

“哦，你有了个主意，说出来让我听听！有主意就会有法子！”

“我想开一家公司。”

“这个主意不错。那么会计可以让艾伦来当，西蒙当秘书，伊萨克当出纳，别的几个毛头小伙子当簿记员。这是个好主意。说下去，你打算开一家什么样的公司？”

“我打算开一家海运保险公司。”

“好，好，这想法不错，所有人在海运货物时都必然会办理保险的。可是你的高招是什么？说来听听！”

“这就是我的高招。”

“这哪里算什么高招！我们不是早就有了那家大公司了吗？尼普顿海运保险公司。听听那个响当当的名字［系罗马神话中的海神。］，那是一家很好的公司。你既然要开一家公司，就非要办得更好不可，如果你要同它竞争的话。你的公司能拿得出什么新的招数来吗？”

“噢，我打算降低保险费，这样一来我就可以把尼普顿的所有客户都拉过来了。”

“好，好，这才是一个主意。这样吧，创办发起书我去叫人承印，这是当仁不让的。发起书要登一段缘起，说明很久以来訾议纷纷冀求降低海运保险费，然而这一需要拖到今日还未能满足，这是缺少竞争的缘故。为此发起人恳请诸位踊跃认购本公司的股份，喂，那家公司名字叫什么？”

“特利登！”

“特利登，这又是个什么样的人物？”

“是个海神［系希腊神话中的海神。］。”

“好，不错，特利登这个名字很讨口彩。应该做成一块招牌，你不妨到柏林的劳克商店去订做一块。以后我们把这块招牌印成插图刊登在《我们的国家》杂志上。对啦，这发起人我可以带个头！可是要有个把众所周知的名人才好！把那本《国家年鉴》递给我！我来挑挑看！”

史密斯把那本《年鉴》翻阅了很长时间。

“一家海运保险公司必须要有个海军将官才行。噢，这样的将官叫作海军上将，让我看看……”

“唉，他们拿不出钱来的。”

“怪啦，怪啦，怪啦！想不到你对生意经竟然一窍不通，我的孩子！他们认购股份用不着拿出钱来，日后他们照样可以分到红利，可以出席股东大会和董事会的晚宴。哦，查到啦！《年鉴》上有两个海军上将！一个是佩戴北极星绶带勋章的，另一个是荣膺过俄罗斯安娜女皇勋章的。到底要哪一个？好吧，我们要那个俄罗斯的，因为俄国是个海运保险搞得不错的国家。”

“可是亲爱的叔父，他们肯这样听任摆布吗？”

“噢，别插嘴！我们必须找一个主管这事的部长……噢，应该称呼他为阁下。好，就是他！还要找一个伯爵！这倒有点麻烦，伯爵们都是很有钱的。我们还要找个教授，他们倒是没有钱的货色。有教航海的教授吗？这对招徕生意大有益处！在南城剧院地下室大饭店旁边不是有一幢航海大厦吗？公司可以设在那里。噢，我把最重要的忘掉了，要个律师！找个最高法院的法官。好，找到了，就是这一个。”

“哎呀，这个那个都行，可是我们至今一个子儿都没有弄到手。”

“钱！开办公司还用得着什么钱？难道不是来为他们的货物上保险的人自己掏腰包吗？是的，要我们付给他钱吗？休想，就是说他们是用保险费在支付所有的一切。明白吗？”

“不过基本股金呢？”

“噢，开出基本股本票就行了。”

“不错，可是还必须支付部分现金！”

“哪里的话！用基本股本票作为现金支付也可以嘛。难道这不是支付吗？说给你听听！倘若我给你一定数额的本票，你就可以在任何一家银行兑换成现款。明白了吧，一张本票难道就不是现金吗？明白了吧！再说有哪条法律明文规定现金非要是钞票不可？各家银行的支票难道不就是现金吗？”

“那么基本股金应该是多少呢？”

“很少，不必占用大量资金。一百万就行！其中三十万以现金支付，其余部分用本票来交付。”

“可是……可是……可是这三十万里克斯达尔毕竟还是要现金支付的啊！”

“哦，造物主呀，你真是个呆子！钞票？难道只有钞票才是钱吗？手头上有钞票固然很好，可是手头上没钱，照样行得通，明白吗？这就是为什么要拉小市民来入股的原因，因为他们手头上只有钞票！”

“可是大人物呢？他们用什么来支付？”

“当然是拿股票喽，本票、期票什么都行。不过这都是后话，眼前最要紧的是拉他们认购入股，其余的事情由我们来一手操办。”

“不过手头上只有三十万是真实的，是吗？这只不过是一艘蒸汽轮船的价钱，倘若要有一千艘轮船来投保呢？”

“一千艘？嘿，尼普顿公司去年就收了四万八千张保险单，不是照样固若金汤吗？”

“唉，那样就更糟糕！想想看要是真的遇险失事……”

“等着清算就是啦！”

“清算？”

“噢，就是破产，如今都这么个说法！倘若公司真的要破产那又有什么不得了呢？出事的又不是你，不是我，也不是哪个人所造成的。不过通常的解决办法是再扩增新的股份，或者是印发本票，在困难的时候由政府出个好价钱赎付偿清。”

“这么说来连一点风险都没有？”

“一点都不会有！再说你有什么风险呢？你拿出了一个子儿吗？没有！那么我有风险吗？五百个里克斯达尔！因为我最多只买下五股，你看，五百块对我来说只不过是这点点……”

他挑起一撮鼻烟末塞进自己鼻孔里，于是这桩事情就算是敲定了。

这家公司终于成立起来了，而且不管你信与不信，在公司开办的十年中，事业蒸蒸日上，红利节节攀高，逐年的分红状况是百分之六、百分之十、百分之十、百分之十一、百分之二十、百分之十一、百分之五、百分之十、百分之三十六和百分之二十。这家公司的股票成为你争我夺的抢手货。为了扩大经营，进行了一次扩股活动，随后又召开了股东大会。法尔克就是作为《小红帽报》的临时雇用记者前去采访报道这次股东大会的。

6月的一个阳光明媚的下午，他来到了证券交易所的小会场，那里早已人头攒动，拥挤不堪。这次集会真可谓是群英荟萃、冠盖云集。出席的有政治家、文人学者、最高等级的文职官员和将领等等。宾客之中有身着制服的，也有穿着博士大礼服的，有的佩戴着星形大勋章，有的披着爵士绶带，五光十色，不一而足。所有这些人济济一堂，都是为了一项造福于公众的伟大事业，一项奉献人类博爱之心的善举而来，这项公益事业就是海运保险。想想吧，舍得掏出大把钱财，甘冒天大的风险来为遭受不幸的同胞排忧解难，减少损失，这需要多大的爱心。法尔克从来没有见到过那么多献爱心的人一下子会聚一堂，因而他不免暗自吃惊，虽然他此时幻想还尚未破灭。不过更叫他吃惊的是他居然看到了那个瘦小、狡诈的前社会民主党人斯特鲁弗也在其中。斯特鲁弗在人群之中钻来钻去，活像一只跳虱。那些身居高位的达官贵人竞相同他握手，拍他的肩膀，向他点头致意，还要凑过去交谈两句。他特别注意到有个身披爵士勋章绶带的、上了年纪的长者也在向斯特鲁弗点头致意，而斯特鲁弗反倒面红耳赤起来，闪到了一个穿绣花制服的人身后。这一躲闪便站到了法尔克的身旁。法尔克立即一把揪住了他，向他打听方才同他打招呼的那个人是谁。

斯特鲁弗越发尴尬不已，忸怩了半晌才厚着脸皮说："这个人你应该认识，他就是文官薪俸支付署的署长呀。"

话刚说完，他就匆匆走到大厅尽头处，似乎那里有桩急事非等着他马上过去似的。于是法尔克不由得心生疑窦："他是不是因为同我在一起觉得很丢脸而匆匆离去的？一个无耻之徒反而耻于同正人君子为伍，难道不是咄咄怪事？"

这时大厅里的贵宾纷纷坐到座位上，不过主席的座位依然空着。法尔克举目四顾寻找记者席，他看到斯特鲁弗和那个保守党的记者并排坐在秘书右边的那张桌子边，他便硬着头皮，鼓足勇气，从一排排的精英们中间穿过去，他刚走到桌子旁边，却被那个秘书挡住了去路。"你是哪家报社的？"秘书问道。

大厅里霎时间鸦雀无声，法尔克声音颤抖地回答道："《小红帽报》的。"因为他认出来那个秘书原来就是文官薪俸支付署的。

精英们之间响起了一阵压低了嗓门的叽叽喳喳说话声，那个秘书高声说道："先生的座位在那头。"他把手指向门口，那里果然放着一张小桌子。这会儿法尔克才明白当保守党人究竟意味着什么，当个文人又意味着什么。既然不是保守党，法尔克只得重新穿过这一排排用讥讪的眼光盯住他的人群，凭着第七种感觉返回到原来的地方。他抬起头来，用喷射着火焰的目光注视着这一群人，似乎表明他要向这群人挑战。可是他的目光却不期同大厅尽头墙角处射过来的另一双眼睛的目光相遇。那双眼睛长得同另外一双眼睛一模一样，那双曾经用母爱关切注视过他的眼睛，而这人却早已溘然长逝了。不过眼神却大不相同，这双眼睛露出凶光，宛如利刃一般想把他当胸刺通，他心头一酸，不由得悲从中来，险些儿潸然落泪，真想不到兄弟之间竟会这样怒目相向，横眉冷对。

他没有转身就走，而是坐到了门口的那个卑微的座位上去，因为他不情愿临阵逃逸。不久之后他就被人从半睡半醒的状态之中完全推醒过来。有一个人疾步匆匆踏进门来，在脱外套的时候把法尔克的脊背撞了一下，那人却毫不理会，还把一双套鞋塞到法尔克坐椅底下。那人进来后全场所有人都一致起立。原来此公就是特利登海运保险公司董事会主席，但他显赫的头衔却远不止于此。他是前任宫廷侍从长，男爵，瑞典学院十八院士之一，有“阁下”的荣誉称号，膺获国王陛下勋章绶带，等等。

槌声敲响过后全场顿时肃静无声，这位主席讲话致辞，嗓音有气无力，细若游丝，因为他刚刚在手工艺学校礼堂召开的精煤股份公司的股东大会上致辞后赶到这里来的，所以致辞的内容也大体相同。

“先生们：在所有热爱国家并且造福于人类的企业之中，很少有目标如此崇高而明确，以使人类得福为宗旨的事业，如果要有的话那就是保险事业。”

“说得好，说得好……”喝彩声卷过了大厅，可是见惯大世面的前任宫廷侍从长自顾自地说下去：“什么是人类的生活呢？无非是一场搏斗，是生与死之间的搏斗，也可以说是同大自然中的各种恶势力拼搏，我们没有人能够置身于事外，迟早会同这些势力相遇而拼搏的。”

“说得好！”

“长久以来就在大自然的角斗场上，人类一直是这些恶势力的猎物，是被它们玩弄于股掌之间的皮球，是被它们弃之于地的手套，是随它们任意摆布摧残的芦苇。如今这种局面改观了，真正大变样了。人类进行了革命，是一场不流血的革命，并不是那种无耻的卖国贼有几次发动起来同合法的统治者作对的闹事，不是的，而是要同大自然作对。先生们，人类已经向大自然宣战，并且向它喊阵：‘你只能到此为止，不许再往前了！’”

“好哇，好哇。”全场一片掌声。

“商人们派出了他们的船只，蒸汽轮船、双桅帆船、纵帆船、三桅帆船、快艇等等。可是我听到了什么消息呢？暴风雨把他们的船只打坏了，不错，船只遭了殃。可是商人们却说：‘听凭大海怎么肆虐吧。’因为商人一点不受损失。这就是保险的想法的立足基点，或者说一种全新的主意。先生们，想想吧，我们的商人们已经向暴风雨宣战了，而且商人们赢得了胜利。”

欢呼声像暴风雨卷过全场，刮到了这位大人物的双唇上，把那两片嘴唇吹得露出了胜利的微笑，看起来这场暴风雨还是使他觉得十分惬意的。

“不过先生们，我们不应该把保险事业称为一种生意。保险绝非做生意，我们也都不是生意场上的买卖人，压根儿不是！我们大家集资筹款，无非是我们乐于出钱去冒这个风险，对吗，先生们？”

“是呀，是呀……”

“我刚才说，我们集资筹款无非是掏出钱来凑在一起，随时准备着去接济遭到不幸的人。因为失事者交纳的款项，我相信大概是货物总值的百分之一，那真是零星小钱，称不上什么筹款集资，所以我们给交来的款项起了十分正确的名称，叫作‘保险费’，也就是说为了办理保险而需缴纳的费用。这个现成的单词本来有两层意思：可以解释为‘奖赏’，也可以是‘佣金’‘酬劳’的意思，这并不是说我们想要赚佣金或者奖赏。就个人来说，我参与其事纯粹是出于对公益事业的一片热心。让我再重复一遍，是对这项义举的赤诚之心，而不是为了求得报酬。我相信在座的诸公亦已毫不含糊地表明了这样的态度，而且我也相信我们之中决计不会有人对掏出钱来用于公益事业而有什么舍不得，甚至心疼肉痛的。”

“不会，不会。”众口一致地呼喊道。

“现在就烦请总经理宣读本年度经营状况报告。”

总经理站起身来，他脸色铁青，似乎刚从暴风雨中疾驰赶到这里。他衬衫上的宽边袖口和玛瑙袖扣都掩盖不住他的那只手在微微颤抖。他的那双狡诈多端的眼睛老是盯住史密斯的那张胡子蓬松的脸，想从那里找到安慰和精神力量。他敞开了上衣，听凭硕大的衬衫硬胸鼓在外面，仿佛准备被一阵阵利箭射得七穿八透似的。他开始宣读报告：

“真是世事风云莫测，祸福殊难逆料，上帝之罚［美索不达米亚的所多玛和娥摩拉两城罪恶深重，秽声闻于上帝。上帝耶和华派两名天使去查，却被全城的人所围，幸得义人罗得相救脱险。上帝遂决意降罚，将硫磺和火从天上喷下来，顷刻之间毁灭了两城。“上帝之罚”的故事见《圣经·旧约全书·创世记》第十八、十九、二十章。］无人躲得过去……”

一听到“上帝之罚”这个要命的名词，大厅里一多半人莫不大惊失色。那位宫廷侍从长双眼发怔，盯住了天花板，好像是准备迎接最坏的打击，那就是他出资入股的二百里克斯达尔这下子要泡汤啦。

“刚刚结束的这个保险年度将如同不幸罹难者的坟头上的十字架一样，长久地保留在记录上。它嘲弄了最明智的预测，超越了最谨慎的计算。”

那位宫廷侍从长举起双手捂住眼睛好像在祈求什么。可是斯特鲁弗却料定是那堵雪白的防火墙太刺眼的缘故，便急忙跳起身来去把窗帘放下，可是那个秘书早已抢先了一步。

宣读者喝了一口水，这一停顿使得听众更加不耐烦，于是喧哗声四起。

“说得扼要中肯点！”

“把数字讲出来！”

宫廷侍从长把手从双眼上挪开，惊讶地发现房间里光线柔和得多了。在片刻的窘迫之后，急风暴雨骤然变得更加剧烈，人们似乎忘记了尊敬和自重。

“说得直截了当点！”

“快讲点实在的！”

总经理不得不跳过洋洋洒洒的长文章，直截了当地讲述数字。

“好吧，先生们，我就长话短说了！”

“别啰嗦，真是见鬼！”

主席的槌子敲了下去，还叫了一声：“先生们！”仅仅这一声

"先生们"就不怒自威，大有议会贵族院的气派，这一声提醒了这些大人先生们要顾及自己的身份和体面。

总经理宣读道："本公司这一年度所承担的保险责任金总额大致在一亿六千九百万左右。"

"哦，哦！"

"本公司收入保险费一百五十万。"

"好！"

法尔克匆匆地算了一笔粗账：保险费总收入一百五十万，再加上开办时的基本资金一百万（账面上如此），两者远远无法同公司大言不惭所说的责任金总额相抵，尚有一亿六千六百多万的亏空。他渐渐明白过来"上帝之罚"的含义了。

"在赔偿金方面，遗憾得很，本公司必须支付一百七十二万八千六百七十里克斯达尔八十奥尔。"

"真是可耻的丑闻！"

"先生们，正如我方才所讲的天谴神罚……"

"行啦，别讲什么上帝的惩罚啦，要讲数字！讲数字！红利的数字！"

"处在当前十分惨淡的经营状况之中，敝人又忝居总经理这一苦苦支撑局面的位子上，真是心里充满了难过，我愧疚得无地自容地建议：红利为每股已缴股本金的百分之五。"

大厅里顿时掀起了一场暴风雨，其势头之猛烈，世界上任何商人都不能够战胜它。

"真是可耻！"

"闻所未闻的丑闻！"

“才百分之五！”

“骗子手！”

“真是活见鬼，倒不如把钱施舍出去！”

可是也能听到几句悲天悯人的慨然长叹：所有的小资本家们真太可怜，他们只能靠他们手头上的钱去过日子。如今叫他们怎么活下去？上帝啊，竟然遇上了这样的不幸！事情到了这个地步，国家应该站出来相帮相帮。唉，真是的！哦，真是的！

待到喧哗声稍微平静的时候，那位仁兄赶紧把董事会表扬总经理和全体同仁的感谢信宣读了一遍，内容无非是称赞他们“殚精竭虑不遗余力地将整个身心都奉献给一桩费力而无利可图的事业”云云。听众们对此报以一阵毫不掩饰却又发自内心的嘲笑。

然后由审计师来宣读年度审计报告。这份报告在喋喋不休地埋怨了一番“上帝之罚”以后，说公司的经营状况良好甚至可以说是管理得精心周到、有条不紊。他们经过审计决算，查账盘存后，发现原始股本的基本资金分毫不曾亏损，因此要求股东大会同意宣布本届董事会在其任期之内没有责任问题需要加以追究，同时还要衷心地表彰本届董事会的正直诚实、大公无私和艰苦奋斗。

宣布董事会没有责任问题的要求自然获得通过了，随后总经理又当众宣布说：他觉得自己不应该接受分到他股份名下的红利（一百里克斯达尔），所以他把这笔款项退出来用以充实公司的储备金。他的这一举动赢得了掌声和笑声。会议结束之前，全体做了一个简短的晚祷，也就是说谦卑恭顺地提出了一个小小的要求，那就是但愿上帝快息怒，明年能宽宏大量，赐给他们百分之二十的红利。然后宫廷侍从长宣布股东大会结束。

第十三章

上帝的惩罚

就在她的丈夫前去出席特利登公司股东大会的当天下午，法尔克夫人订做的一套蓝色丝绒裙袍送到了家里。她在正式场合穿出去之前，先要拿它来卖弄一番，气气住在街对面的审计师的妻子霍尔曼夫人。这是再轻而易举不过的事了，她只消穿上新的裙袍在窗口一站，就足以使那个人眼馋气恼不已。再说她有千条理由这么做，因为她要在晚上七点钟集会开始之前把家里一切东西摆得井井有条，她准备露这一手，要把客人们全都“镇住”，为了这个她也必须在窗口前走过来走过去。今天晚上，“伯利恒”育婴堂的董事会要在她的家里开会，审议第一个月的工作报告。董事会的董事有霍尔曼夫人，在法尔克夫人看来她的丈夫是个鼻子朝天的高傲自大的家伙，因为他是个文官。还有尊贵的雷恩叶尔姆夫人，她是个贵族，自免不了盛气凌人；还有那个史考莱牧师，他是上流社会的家庭布道师，出入于富贵人家，所以务必先要把他“镇住”。总而言之，董事会里这些董事个个都是目空一切的高傲家伙，非要用阔绰的排场和亲热的姿态，把他们一个个地“收拾”掉不可。其实这场戏早在发出邀请的时候就已经开始上演了。为了这次大场面能尽量显得阔气一点，凡是陈旧破残而又没有古董或者艺术价值的老家具统统被卖掉，再买了新的来代替。那些前来参加这场演出的大小角色全由法尔克夫人亲自精心照料，而且是从头到尾直到这场戏演结束。这场演出的压轴戏应该是在快到结束时，客人们不期然地与法尔克照了个面，法尔克已经答应了妻子，一定要带一个全副戎装打扮、身着制服、佩戴勋章的海军上将回来为她增光添彩。法尔克和那位海军上将应该向董事会提出申请并且交纳会费，成为育婴堂的赞助会员。法尔克还要当场捐出一笔款子来，其实那笔钱是法尔克在特利登公司分红得来的，他本来并没有权利去接受这笔红利的。

法尔克夫人在窗口旁边来回走动炫耀总算暂告一段落，现在要伤脑筋的是把那张镶嵌有螺钿珠母的花梨木桌子摆放在什么地方更合适，因为月份工作报告的校样就要在这张桌子上宣读并且审议通过。她把玛瑙墨水瓶上的积尘掸刷干净；再在做成乌龟形状的笔架上插好了银笔帽；又把绿色玉石柄的印章扭转过去，可以免得中产阶级人家的那股子俗气一下子露在人家的眼皮底下；然后小心翼翼地摇晃那只用最细的钢丝编织成的钱匣子，把面额大小不等的有价证券像是关押在囚笼里的犯人一样竖立起来，尽量让客人们一看便知这是她手头上的少许备而不用的私房钱。最后她再把已经穿戴整齐准备迎接大场面的仆役女佣都叫来又吩咐了一番才算放心。她做完这些事情，之后就在客厅里坐了下来，装出一副消消停停的样子，只待禀告说她的朋友，审计师太太已经来了，她才露出诧异的样子，似乎在奇怪她为什么来得那么早，虽说她早已料定第一个来的准是霍尔曼夫人。她猜得一点不错，最先来到的果然是霍尔曼夫人。

法尔克夫人在餐厅里迎接霍尔曼夫人，也就是她的伊弗琳。女主人拥抱了客人并且亲吻了她的前额。霍尔曼夫人也拥抱了女主人，她的欧吉妮。宾主搂抱在一起，显得十分亲热，法尔克夫人请客人在餐厅里稍留片刻，想问问她对那套新家具的看法。而那只卡尔十二世时代的橡木食橱像座城堡似的巍然耸立，两边还有高大的日本花瓶做陪衬。霍尔曼夫人觉得自己在食橱和花瓶面前仿佛矮了半截，所以根本就没有停留，而径直走到枝形蜡烛台前。她觉得那蜡烛台过于时髦，同古色古香的餐桌的风格毫不相配。她又发现了石印油画和古老的家族人物画像并排挂在一起显得不伦不类。于是她花了很长时间，来谆谆教诲女主人，不厌其烦地解释石印油画和用颜料手工绘制的真正油画之间的天壤之别。法尔克夫人存心在每一件家具的边沿磨来蹭去，弄得身上那套新裙袍发出窸窸窣窣的声响，可是那位客人却充耳不闻，抱定宗旨只当听不见。女主人又问她的女友，铺在客厅的新买的布鲁塞尔地毯花色如何，那一位回答说，地毯同窗帘的颜色调和不起来，显得那么乡里乡气。女主人憋了一肚子的气，索性就不再问了。

宾主两人在客厅里的桌子旁边坐定，总算马上就找到了救生圈，把她们从尴尬的境地之中解救出来，那就是放在桌上的照片啦，无聊的诗集啦，诸如此类摆设。审计师夫人顺手拿起了一份金边玫瑰信笺纸印刷的柬帖，标题是：敬贺批发商人卡尔·尼古拉斯·法尔克四十华诞。

“哦，这就是那天在你丈夫的生日酒宴上朗读的那首诗！我问你那人是谁呀，就是写诗的那个人是谁呀？”

“哎哟，他可是一位天才，也是我丈夫的好朋友，名字叫纽斯特罗姆。”

“咦，这真是奇怪，怎么他的名字从来不曾听人提起过？一个这样的天才！不过为什么那天生日酒宴上他不曾露面呢？”

“亲爱的朋友，那天太不凑巧，他正好病了，所以不能来。”

“哦，原来如此。好吧，我亲爱的欧吉妮，你的小叔真是叫人腻烦透啦，他好像景况很糟糕！”

“不要提到他啦，他是这个家族的耻辱和悲哀，一提到他，就叫人起鸡皮疙瘩。”

“是呀，这真是家门的不幸，弄得在生日酒宴的大场面上都要出一番丑。你要知道，宾客一来就先向我打听他的景况，问这问那，非要刨根究底不可。哦，亲爱的欧吉妮，我真替你羞得要命……”

这句话是审计师夫人想要报方才在卡尔十二世的食橱和日本花瓶上蒙受耻辱的一箭之仇而说的。

“替我？哦，你是说我不得不为了我丈夫而代他受过吧？”法尔克夫人匆匆插嘴说道。

“嗯，反正我想怎么说都一样。”

“不，完全不一样。我才不肯去替我丈夫受过哪，谁叫他老是把他那没有出息的败家子弟弟放在心上！”

“是呀，是呀，不过那天生日酒宴的大场面，可惜你的父母也凑巧都生病了，没能来风光一番。现在你的父亲病好了没有？”

“谢谢你的关心，他已经好多了。你真想得周到，心眼好，又会关心人。”

“那倒是的，人生在世不能光顾自己，要多替别人着想才是。听说你那个老的，就是你的父亲病得可不轻呢！对啦，我该用什么头衔称呼他呢？”

“如果你愿意的话，你可以称他为船长。”

“船长！我记起来了，我丈夫好像说过他是旗舰上的一个上尉，不过说不定就是一码事。不过你家的那几个姐妹那天晚上怎么一个也没有露面呢？”

霍尔曼夫人眼睛盯住了布鲁塞尔地毯，有感而发地故意问道。

“没有来，她们都是反复无常的，说话不算数，全都靠不住。”

法尔克夫人抓起了照相本，从头到尾乱翻一遍，把装订的地方弄得窸窸窣窣响个不停。她气得满脸通红。

“听着，小欧吉妮，”审计师夫人乘胜追击，毫不懈怠，“那天晚上朗诵这首诗的那位令人生厌的先生又是谁呢？”

“哦，你说的是莱汶，王室的特任官，也是我丈夫最亲密的朋友。”

“哦，是吗？真太离谱啦！我的丈夫是那个衙门里的审计师，而那个人只是个小小的录事。我说出来不是想得罪你，弄得你不高兴，再说我也从来不在人家面前说长道短。我丈夫倒是一口咬定那个人的景况实在太不妙了，甚至是一团糟，所以他并不是你丈夫最合适交往的朋友。”

“哦，你丈夫真是那么说的吗？我倒对这类事一无所知，也不想去插手这类事。我的亲爱的伊弗琳，我从来不去管我丈夫的闲事，虽说有的人是喜欢这么做的。”

“对不起，亲爱的朋友，我告诉你，本当是为了你好才这么做的。”

那枝形蜡烛台和那套餐具所带来的满肚子闷气总算是出够了。现在还剩下那件丝绒裙袍的气还没有出呢！

“唉，”审计师夫人重新捡起了方才的话题，“我听说，你的那个小叔子真不争气，他竟然……”

“快饶了我，别再叫我气破肚皮啦！不要再去提到那个堕落的家伙啦！”

“他真的堕落了吗？我曾经听说他总是同那些最卑劣下流的家伙来往……”

就在这当儿，法尔克夫人总算获得了赦免，因为用人们禀报说尊贵的雷恩叶尔姆夫人已来到。

哦，她来得正是时候，太受人欢迎了，她真是太赏脸了，竟然肯亲自驾临。

那位上了岁数的老夫人确实大为赏脸，她平易近人，和蔼可亲，一眼就可以看得出来，只有饱经沧桑、经得住大风大浪而勇往直前的人才会有这样的气魄和度量。

“好哇，亲爱的法尔克夫人，”那位尊贵的夫人就座之后就说道，“我带来了你小叔子给你们的问候。”

法尔克夫人听得一头雾水，心里莫名其妙，弄不清楚自己究竟在什么地方得罪了这位尊贵的人物，以至于她刚进门就老实不客气地刺了她这么一句。所以她只好蒙头转向地用一种怨愤满胸的声调说了一句：“是吗？”

“是呀，他是一个挺可爱的小伙子，他今天来过我家，是来看望我的侄儿的，他们俩是很要好的朋友。哦，你的小叔子是个真正出色的年轻人。”

“是呀，难道不是吗？”善于看风使舵的审计师夫人马上插嘴说道，“我们正好还谈到他哪。”

“是吗？最值得我钦佩的是他有那么一股子勇气，敢于豁出去踏上这样一条荆棘丛生的人生之路，在那条道路上是很容易被人一脚踩在地上爬不起来的。不过我们用不着为他担心受惊，因为他是一个有骨气有原则的热血男儿。难道你不以为如此吗，亲爱的法尔克夫人？”

“是呀，我倒一向是这么说来着，可是我丈夫却不见得和我的看法相同。”

“哎哟，”审计师夫人说道，“算了吧，你的丈夫向来总是固执己见的。”

“那倒也是。这么说来我那个小叔子同您的侄儿子在做伴结交？”

“是的，他们有个小圈子，有几位艺术家也参与了。你们在报上看到了那位年轻艺术家塞伦的消息了吗？他的绘画作品被国王陛下收藏了。”

“是呀，我们也到展览会上去看了那幅画。他也是那个小圈子里的人？”

“不错，他也是他们当中的人。听说他们的日子有时候很不好过，烦恼不少。这些年轻人嘛，像要在世上闯出一番事业来的青年一样，在起初总免不了吃苦遭罪的。”

“听说你的那位小叔子是个诗人，是吗？”审计师夫人问道。

“是呀，我想他是的。噢，他写诗倒写得非常出色。今年他荣获了文学院的大奖呢。他早晚会大有出息的。”法尔克夫人满怀信心地回答说。

“是呀，难道我不是一直这么说来着？”审计师夫人应声附和道。

现在阿尔维德 · 法尔克的种种优点美德像被大拍卖一样地

被竞相叫拍，他仿佛是一脚踏进了名誉声望的神庙，身价陡然猛增起来。就在这时，用人来禀报说，史考莱传教士已来到。史考莱牧师步履匆匆地走了进来，又匆匆忙忙地同女士们打了个招呼。

“我请求你们原谅，我迟到了。不过我在这儿也不能够待得太久，因为我没有几分钟空闲，八点半要赶到冯·法布尔克朗兹伯爵夫人府上去出席一个聚会。我是从我布道活动中途退场赶到这里来的。”

“唉，牧师先生真是忙得不可开交。”

“是呀，我的活动过于广泛，以致从来就没有片刻的安宁休息。因此我们最好言归正传，马上就谈正题吧！”

用人们端来了茶点饮料。

“在我们开始之前，请牧师先生先喝杯茶好不好？”女主人问道，她为自己的盘算不周到而暗自埋怨，心里有股子闷气。

那位牧师朝茶点盘子里瞟了一眼。

“我不喝茶了，谢谢。不过既然盘子里有潘趣酒，我倒不妨来一杯潘趣酒。女士们，我早已给自己立下了一个规矩，那就是我在世上的世俗生活之中决不可以显出比别人高出一头。如今人人都喝潘趣酒，尽管我并不喜欢这种饮料，可是我也决不肯让尘世上的凡夫俗子说我比他们高出一头。假装虔诚的伪善是罪孽，我对它深恶痛绝。我现在可以宣读这次会议的报告内容了吗？”

他在写字桌旁边坐下来，把钢笔在墨水瓶里蘸了蘸，然后开始念道：

“‘伯利恒’育婴堂5月份收到的捐赠款项和物品由本堂董事会登记如下：董事会董事签名：欧吉妮 · 法尔克……对不起，我可以请问一下你娘家的姓氏吗？”

“哎哟，那用不着。”法尔克夫人回答得很干脆。

“下一个是伊弗琳 · 霍尔曼，请问你娘家的姓氏是……”

“冯 · 巴耳。亲爱的牧师先生。”

“下一个是安东尼特 · 雷恩叶尔姆。请问您娘家的姓氏是……”

“雷恩叶尔姆，牧师先生。”

“不错，对啦，您是嫁给本家族的表兄的。您的丈夫已经去世，膝下无子女。好啦，我们再念下去：‘兹收到……’”

在场的人，或者说除了宣读者之外，几乎个个感到诧异。

“可是，”审计师夫人开口表示了异议，“难道牧师先生不打算签上自己的名字？”

“我是生怕会显得高人一等，不过既然女士们都想要我签上名字，我也只好勉为其难啦，好吧，我签上了自己的名字：拿但业 · 史考莱。”

“干杯，牧师先生，在您开始宣读之前，先喝一点滋润喉咙吧。”女主人满脸堆笑地说道。可是她的笑容倏地消失了，因为她看见牧师面前的那个酒杯早已空空如也，她赶紧又替他斟满了一杯。

“谢谢你，夫人。不过我们也不可以喝得太快了。我们现在开始宣读，请你们各位核对一下底稿。

“兹收到捐款和赠物如下：王后陛下，四十里克斯达尔；冯 · 法布尔克朗兹伯爵夫人，五里克斯达尔和一双羊毛袜；批发商人施查林二里克斯达尔和一束信封，一瓶墨水和六支铅笔；阿曼达·利伯特小姐，科隆香水一瓶；安娜·弗依芙小姐，一副袖扣；小克莱，从自己的储蓄罐里捐出二十五奥尔铜板；侍女约翰娜·彼德逊，半打手帕；爱米丽·比约恩小姐，一本《新约全书》；食品批发商人彼德逊，一袋燕麦片，四分之一木桶马铃薯和一瓶腌洋葱；商贩施杰克，羊毛护膝两副……”

“诸位女士们，先生们，”尊贵的雷恩叶尔姆夫人打断了他的宣读，“我是否可以冒昧地询问一句：这份捐赠者的名单是否打算刊登在月刊上呢？”

“是呀，当然如此喽。”牧师回答说。

“既然如此，我请求退出董事会。”

“难道尊贵的夫人您以为，如果我们连捐赠者的名字都不予刊登，我们的育婴堂就可以随时得到乐善好施者的捐赠款项和物品吗？”

“那么乐善好施岂不成了满足那些最为浅薄无聊人的虚荣心，为他们去扬名求荣的幌子了吗？”

“不会的，话不能这么说！不错，虚荣心固然是一种罪恶，可是我们把罪恶变成慈善之举，难道不好吗？”

“不错，可是把这种浅薄无聊的罪恶用一种美丽的名字掩盖起来，那不就是伪善吗？”

“尊贵的夫人言重了，太过于苛求啦！圣经教诲我们要善于原谅他人，那就原谅这些虚荣心十足的人吧。”

“可以，牧师先生！我可以原谅这些人，不过我却不能宽恕我自己。那些饱食终日、无所事事的空闲女人想要做点慈善事业来消遣消遣，这也是可以原谅的，毕竟是桩好事情嘛。可是她们把明明是一种消遣娱乐，偏偏要说成是伟大的恻隐之心的高尚善举，非但如此，还要到报刊上去张扬，用印刷出来的报刊去让公众知道。这种捐赠只不过是为了沽名钓誉，真是可耻。”

“哦，这么说来，”法尔克夫人开动她的全部脑筋，用足她的全副可怕的逻辑，冲口而出反驳道，“尊贵的夫人，您莫非想说做善事是可耻的？”

“不是，我亲爱的年轻的朋友！可是捐了两双羊毛袜，就要把名字印出来登报，我觉得那真是叫人恶心。”

“那么，捐出两双羊毛袜子难道就不算做了善事？而做了善事却要叫人恶心？”

“不是的，我是说要人家把自己的名字印刷登报，我的孩子，你应该把我说的话听清楚才行。”尊贵的夫人在纠正那个脾气执拗的女主人。那个被宠得恣肆泼辣的女主人却自顾自地说下去：

“哎哟，印刷登报原来是桩见不得人的丑事。那么说来圣经也是见不得人的丑事啦，圣经不是也印刷刊登出来的吗？”

“不妨请牧师先生继续往下念吧。”尊贵的夫人看到女主人如此蛮横耍泼，便立即打断了她的话头，免得纠缠下去有失自己的身份。却不料那位女主人竟然不肯就此罢休，非要胡搅蛮缠下去不可：“哎哟，尊贵的夫人怕是同我这样的卑微不足道的人交换看法会有失自己的身份……”

“不，我的孩子，可是你的看法还是你自己保留着吧，我不想同你交换什么。”

“我倒非要问个明白不可，难道这就叫开会讨论吗？也许牧师先生肯对此给我一个明白的交代，如果一方拒绝回答另一方的证词，这难道还能算是讨论吗？” 218

“最善良的法尔克夫人，这个会本来就不能称之为讨论会的。”牧师先生模棱两可地回答说，还晦涩不明地涎着脸似笑非笑，把法尔克夫人气得连泪水都淌了下来。牧师先生接着说道：

“各位女士，千万不要因为我们的意见不合弄得一桩好端端的慈善事情毁于一旦。在目前我们不妨把印刷刊登事宜暂时搁置一下，等到我们基金更为壮大之后再作定夺。我们已经看到这个年轻的机构像一颗种子那样生根发芽、茁壮成长，我们也看到了许多热心肠的人伸出慈善之手来护卫这棵幼苗，不过我们必须为未来着想。本协会有了一笔基金，这笔基金必须要有人管理才行。换句话说，我们必须要考虑寻找一个管理者，一个能办实事的人，他要把捐来的财物变换成现款入账。也就是说，我们必须要有一个会计师。要找这样一个人我怕我们不花费点钱财是做不到的。不用花钱找人来恐怕不知道上哪里才能找得到。各位女士是不是有合适的人可以提名推荐呢？”

“没有。”那几位夫人面面相觑地回答说。

“既然如此，我倒有一个年纪虽轻但为人老成持重的人可以推荐，我相信他完全适合担当这一重任。我建议董事会以合理的酬劳聘请录事员埃克隆德担任育婴堂的会计师，诸位是否赞成？有人反对吗？”

没有，各位夫人都没有反对，尤其是史考莱牧师亲自推荐的。史考莱牧师非常热衷于此事，肯如此出力，那是因为录事员埃克隆德是他的一个近亲。于是育婴堂有了一位会计，每年的酬劳是六百里克斯达尔。

“女士们，”牧师说道，“我们今天在上帝的葡萄园里是不是已经耕耘完毕了？”

全场沉默。法尔克夫人朝门口瞟了几眼，却不见她丈夫回来的身影。

“我的时间十分紧迫，不能在这里耽搁得更久！有哪一位要作什么补充吗？没有……那么让我们祈求上帝降恩赐福，保佑我们的育婴堂吧，它已经有了这么一个良好的开端。我也希望我们人人都能得到上帝的恩宠和赐福。我想用上帝教会我们的语言来向他祈祷是最恰当不过的了。我们仁慈的在天之父，吾主上帝啊……”

牧师说到这里，忽然停了下来，仿佛他生怕听见自己的声音似的。而在场的夫人们都用双手捂住自己的眼睛，仿佛不敢正眼彼此打量似的。这样心口如一地默默祈祷持续了很长一段时间，要比人预计的长得多。默祷的时间拖得实在太久了，可是没有人敢从手指缝里往外偷窥一眼，看看是不是有人站起身来。

正在这个当儿，门廊里铃声大作，把在场的所有人从天上又请回到地上。

牧师先生一把抓起了帽子，一口喝光了杯中酒，一副想马上拔腿就溜的架势。法尔克夫人却满脸生辉，眉开眼笑，她要把所有的人都比下去并镇住他们的时刻终于来到了。她要报复，要出气，她的眼睛里跳动着忽闪忽闪的火焰。

报复和出气的时刻的确来到了。因为仆佣送来一封信，信上的笔迹是她丈夫的，至于内容嘛，客人们当然无从知道，不过他们一看女主人的脸色骤然大变，便知道再要打扰下去就会自讨没趣，于是一个个说家里有人在等着回去便起身告辞。

那位尊贵的夫人一见年轻的女主人神色大变，估摸着出了什么祸事或者变故，便不禁动了恻隐之心，想再待一会儿并好话相劝安慰一番。不料女主人却毫不领情，一股劲儿地帮她披上外套，好像恨不得要她尽快离开此地走上街头一般。

宾主双方在非常尴尬的气氛之中不欢而散。客人们刚刚下楼脚步声还没有消失，就听见大门在他们身后砰然关上，钥匙匆匆插进钥匙孔里，慌慌张张地把门锁好，可见那可怜的女主人恨不得客人们立即离去，她可以把强压的情感发泄出来。她也确实这么做了，客人一走，她孤零零地站在大房间里号啕大哭，不过这泪水却不像一颗枯萎得快要死的心所盼望的久旱之后的甘霖雨露，而是怒火和歹意掺和起来的毒液，这样的毒液喷射得她心灵的镜子上布满了一层云翳污垢，然后又流淌下来，像酸性溶液那样侵蚀她的健康和青春的玫瑰。

第十四章

苦艾酒

一日下午炎日高挂，把X城的大矿区的石板街道晒得滚烫。城里餐馆的店堂却仍然寂静无声。餐馆的地板上铺满了枞树枝，使人觉得有点像葬礼的味道。各种品牌的利口酒分门别类排列成行，站在酒柜的隔板上打盹，在它们的对面是琳琅满目的烈酒瓶子，瓶颈上挂着勋章绶带般的装饰物，挺胸凸肚等待着黄昏来临，因为它们只准许供应晚市。摩拉出产的大座钟却从来睡不成午觉，它像个达拉那郡来的壮汉那样倚立在墙边，身体里不停地摇晃着钟摆，把时间一分一秒地报了出来。与此同时它仿佛又在不停地阅读一份大幅戏院海报，那是不知什么人挂在它旁边的一个衣架上的。餐馆的店堂门面狭长，沿着两旁长长的墙边摆放着一排排橡木餐桌。那些橡木的餐桌都呈长条形状，从墙边凸出来，弄得整个店堂像个马厩。餐桌伸着四条腿，有如拴在墙边的马匹一样，一匹匹马都把屁股撅起来朝向店堂里面。这会儿所有的“马”都在安详地睡觉，间或有一两匹“马”没有四脚都落地，那是因为店堂的地板已经十分不平整，所以有条腿架空了。不过它们的确睡熟了，因为苍蝇在马背上爬来爬去，它们也浑然不知。只有那个十六岁的小跑堂把脑袋倚在戏院海报旁边的大座钟上，他端坐在那里，却没有睡着。因为他时不时撩起他的白围裙来赶苍蝇。这些苍蝇刚刚在厨房里大吃一顿，吃饱了肚皮，这会儿到这里来悠闲地消遣。过了一会儿，小跑堂的脑袋徐徐往后仰，忽然头一歪把耳朵撞在摩拉大座钟的凸出的大肚皮上，好像是为它听诊，要听听它午饭究竟吃了什么。他很快就听出了名堂，因为这个“壮汉”竟然打起饱嗝来，不多不少正好过了四秒钟，它又打起饱嗝来，从它的肚皮里发出一阵轰隆轰隆的咆哮声，然后又是稀里哗啦的嘈杂声。小跑堂惊醒过来，当他跳起身来的时候，听见一阵呼哧呼哧的喘息声，然后这钟丁当丁当地敲了六下。于是一切归于沉寂，大座钟又嘀嗒嘀嗒地重新继续它的工作。

可是小跑堂却不能再闲着了，他必须开始自己的工作。先是在“马厩”里走了一圈，一边用自己的围裙把那些“马匹”擦拭了一遍，再摆放整齐，看起来他是在等待顾客上门。接着他掏出火柴，放到店堂的最里面。有人坐在那里只要抬头一看，便可以观察到整个店堂。他又把一瓶苦艾酒和两个玻璃杯（一个喝水用，另一个喝酒用）放在火柴旁边，又去打来一大壶井水放在容易着火的酒和火柴旁边。在做完了这几桩事情之后，他就在店堂里踱来踱去。他做出种种奇怪的姿势来，似乎是在模仿什么人。有一会儿，他双手交叉在胸前，脑袋耷拉下来，左脚往前挪，又怒目圆睁地环视四周墙壁上那些已经陈旧得皱巴巴的糊墙纸。一会儿又双脚交叉地站着，右手钳住餐桌的边沿，左手拿起用啤酒瓶塞上的铁丝做的观剧望远镜，神情傲慢地瞅着天花板。正在这时，店门忽然被推开了，走进来一个三十四五岁的中年人。他走路姿势大摇大摆，一望便知是当家的回来了。来者脸上光溜溜的没有留胡须，面孔的轮廓宛如刀削斧砍一般十分鲜明，这种特征通常只有经常训练脸部表情的演员和传教士一类的人才能拥有。在下巴的被胡楂衬得黑糊糊的皮肤上，可以看得出所有的肌肉和青筋，可惜就是看不见能够使得脸上各个部位起伏跳动起来的那些脉络系统，因为到底不是一架要靠踩动脚踏板才能发出声响的风琴。他的前额高凸，不过太阳穴在两边朝里侧陷了下去，因而天庭并不饱满而是颇嫌狭窄，就像是多林式的圆柱柱头一般。从那个圆柱顶般的前额上垂下来了一绺绺蓬松凌乱的黑色鬈发，在这些乱蓬蓬的野草一般的鬈发之间，也有几绺笔直的长发，好像是出没在草丛之间的小蛇一样，它们想要钻进眼窝里去，却怎么也爬不到那里。一双乌黑的大眼睛平时总是半张半合，眼神显得温和忧郁，可是也有的时候，那一对眼珠忽然变成了手枪的枪口，会朝外面开火的。

他在那张摆好了酒瓶和杯子的餐桌旁边坐定身体，朝着那个水壶投过去深恶痛绝的一瞥。

“为什么你总是要在桌上放一壶水，古斯塔夫？”

“这样可以免得法兰德先生被烧酒烧坏了。”

“我挨不挨火烧，同你有什么相干！难道不能想干什么就干什么吗？”

“难道法兰德先生今天想当个虚无主义者吗？请不要那样！”

“虚无主义者！是谁教了你这些新名词？你从哪里学来这一套的？难道你发疯了不成，你这个傻小子，快说！”

法兰德从餐桌旁边跳起身来，脸上那两个黑洞洞的“枪口”一齐喷射出几发子弹。

古斯塔夫看到那张演员般的面孔说翻脸就翻脸，不禁心头悚然一惊，吓慌了神。

“喂，回答我呀，小伙子！这个名词你是从什么地方学来的？”

“前几天蒙坦纽斯先生从特莱斯考拉回来的时候，曾经来过这里。就是那天他告诉我的。”那个吓得慌了神的古斯塔夫说道。

“哦，是吗！原来是蒙坦纽斯！”那个神色忧郁的人重复说了一遍，旋即又坐下来，“蒙坦纽斯是我结交的人，因为他能理解别人在说些什么。听着，古斯塔夫，你快告诉我究竟戏院里的那些贱货坏坯子把我叫成什么来着，也就是那些戏子给我起了个什么绰号？喂，告诉我吧，用不着害怕。”

“不，那么难听，我说不出口！”

“为什么你说不出口呢？你只消说这么一句话，就可以使我很开心。难道你不觉得我要解解闷气吗？看我样子高高兴兴就没有苦闷了吗？快点讲吧。他们问起我在不在这里是怎么说的来着？难道他们不是这么说的：‘这个……’”

“魔鬼……”

“嘿嘿，魔鬼？这倒是个好名词！你觉得他们恨我吗？”

“是的，恨得要命！”

“好极啦！不过为什么呢？难道我做了什么得罪他们的事情了？”

“没有，他们没法子那样说！”

“是呀，我也这么想。”

“不过他们说法兰德先生把人教坏了！”

“教坏了？”

“是的。他们说法兰德先生把我教坏了，因为我张口闭口就是我觉得什么东西都陈旧过时。”

“唔，唔，你是不是对他们说了，他们的俏皮话全部都是陈词滥调？”

“是的，不止这些，他们嘴巴里说出来的台词句句都是陈词滥调，全都是老掉牙的话！叫人倒胃口。”

“哦！难道你不觉得当个跑堂的也是陈旧过时的吗？”

“不错，当然是的。生也陈旧，死也过时，一切都是陈旧过时，不对，只有当演员才不陈旧过时。”

“不对，我的朋友，这个行当恰恰是所有行当中最古老的。不要再吱声啦，我要使自己麻木一会儿。”

法兰德先生把头往后仰，靠在墙壁上，饮起了苦艾酒。墙壁上留着一道长长的暗褐色的斑痕，那是他的雪茄烟烫出来的，在漫长的六个年头里，他一直就坐在那个位置上喝酒抽烟。夕阳衔山，脉脉余晖从窗口映照进来。那夕阳的光芒先透过窗外的白杨树的浓荫照射进来，扶疏的枝叶随着晚风摇曳摆动，在对面的墙上留下了清晰的树影，真有点像一张临风飘荡的蜘蛛网，而那张网的底下角落里，那个神情忧郁的人的一头蓬松的鬈发投过去的影子活像一只大蜘蛛。

古斯塔夫也坐了下来，身子又歪斜过去，凑到摩拉大座钟的肚皮上去给它听诊。他保持着虚无主义者的沉默，同时双眼直愣愣地盯住了围在顶灯四周跳圆圈舞的那些苍蝇。

“古斯塔夫。”从蜘蛛网那边发出来的声音说道。

“唔。”摩拉大座钟那里回答说。

“你父母还在世吗？”

“不在了，法兰德先生您知道。”

“那算你走运。”

一阵长时间的沉默。

“古斯塔夫！”

“唔！”

“你晚上睡得着觉吗？”

“法兰德先生您这是什么意思？”古斯塔夫回答说，他的脸唰的一下子红了起来。

“我随便问问。”

“睡得着，我当然睡得着喽，为什么我要睡不着？”

“为什么你想当演员呢？”

“这我可说不好。我相信我当了演员会非常开心的。”

“难道你现在不开心吗？”

“我自己也不知道！反正我不觉得。”

“雷恩叶尔姆先生到这里来了以后，有没有再来过？”

“没有，他没有再来过。不过他打算在这时候来跟您碰碰头。”

又是一段长时间的沉默。这时候店门打开，一个人影进来了，好像是只自投罗网的苍蝇一样。墙上的那张蜘蛛网也旋即动弹起来，那只蜘蛛猛的一下扑了过来。

“是雷恩叶尔姆先生吗？”神色忧郁的人问道。

“是的，您是法兰德先生吗？”雷恩叶尔姆应声反问说。

“欢迎大驾光临。您今天已经找过我一次了，是不是？”

“是的，我中午一到这里马上就来找您。您可以猜得到我的来意，我打算在剧院里找点事情做。”

“哦？是真的吗？这倒让我没有想到。”

“您觉得奇怪吗？”

“是呀，深感意外。不知道您为什么要先来找我。”

“那是因为我知道您是最杰出的演员，也因为我们共同的朋友蒙坦纽斯在我面前把您大为夸奖，说您是个非常出色的人物。”

“哦，他是那么说的吗？那么我能为您做点什么呢？”

“请您给我出点主意。”

“您愿意和我一起喝一杯吗？”

“感谢之至，不过要我做东道主才行。”

“这是断然不可的……”

“那么我支付自己的一份，您总不能反对吧？”

“悉听尊便。您是来要我出点主意？嗯，您是要听听真心话吗？是呀，当然是如此喽！不过您要听得进去并认真对待我跟您讲的话，一辈子都不要忘掉，哪天哪天我对您说了什么什么，因为我是一本正经的，讲话要对您负责。”

“好吧，请不吝赐教，我洗耳恭听。”

“您是否已经跟人说要雇匹马？还没有！那么赶快去谈，雇匹马趁早回家去！”

“难道您认为我没有资格当演员？”

“不是，绝非如此！我不认为天下会有哪个人不配当演员。恰恰相反！人人都或多或少具有当演员的气质。”

“此话怎讲？”

“唉，这个行当同您所想象的完全不是一回事。您年纪还轻，正是血气方刚的时候。您的脑海里印下了数以千计的图像，美丽动人，光辉灿烂，彼此重叠着挤压在一起，像童话故事的图画一样积存在您的脑子里。您不愿将它们忘怀，您要把它们捧在手上向大家展示，把它们放到大庭广众之中。您首先一心想到的是要让世人欣赏一番，而您就会从中享受到莫大的乐趣，难道不是这样吗？”

“一点不错，哎哟，您真是把我的所有想法都一言说透了。”

“我现在说的是那些最好的和最为常见的想法，因为我不愿过于苛求，去挑剔别人做事情的动机，虽说我通常是以小人之心去看待他们，把他们的动机都看得很低下，起码大多数人是如此！话又要说回来，这种最好的冲动是如此强烈，以至于您会不顾一切地全身心地投入进来。您不在乎困苦潦倒，您甘心受到凌辱，您情愿被吸血鬼榨去膏血，您顾不得被视为下贱，丧失掉体面的市民们对您的信任。您宁愿破产、身败名裂，也不愿就此打道回府，半途而废，难道不对吗？”

“是的，完全说对了，您真是把我一眼看透了。”

“我有一次认识了一个小伙子，现在我已经对他视同陌路了，因为他变得不像样了。他从那个教养院出来的时候才十五岁。这类教养院是每个教区为那些犯有最常见的罪孽的孩子们所开设的，所谓罪孽，就是他们不明不白地出生到人间来。于是这些原本无辜的小孩子必须关进教养院里替他们堕落的父母赎罪，其实他们呱呱坠地又犯了什么罪呢？

“我的话说得太离题了，请您随时提醒我务必切题！他后来又进了乌普萨拉大学，在那里一待就是五年，他勤奋攻读，成了一位满腹经纶的饱学之士。他有一肚子的学问，脑子里装满了六个专业的知识，就像堆栈里堆满了六个不同种类的货色，脑子里装满了各种各样的资料消息，数字资料、名字资料，林林总总。于是整个脑子就成了一个大仓库，里面装满了各种现成的推论啦、结论啦、理论啦、奇谈怪论啦、无稽之谈啦等等不一而足。这样也还不要紧，因为脑子里的空间很大，不过脑子这东西素来是照单全收的，它也把别人的想法一股脑儿全都收下，那些早已过时、陈腐不堪的想法也要接受下来不可，要知道那些陈词滥调是别人咬嚼了一辈子，嚼得只剩下渣了才吐弃出来的。他偏偏去拾人牙慧，而且还如获至宝似的。于是他腻烦透了，干脆就进了剧院当演员，那时他才二十岁。

“看看我的这具大座钟，看看它的秒针，要走六十格才能成为一分钟，六十乘六十才能成为一个小时；再乘以二十四，才能成为一昼夜，一昼夜乘以三百六十五才能……唉，那也仅仅才是一年。您想想看，岁月悠悠，十年时间是多么漫长啊！

“先生，不知道您是否有过这样的经历，就是站在门口等候一个亲爱的熟人？第一刻钟，若无其事地过去了。第二刻钟，你也不觉得有什么，因为等候的是你的亲爱的朋友。第三刻钟过去了，那人却还没有来。第四刻钟，心就在期望之中隐隐焦急起来。到了第五刻钟，您再也忍不住扭身走掉，不过很快又回来了。第六刻钟，您会口出怨言，说道：‘上帝啊，我白白地浪费了多少时间！’第七刻钟，你不免自嘲自慰地说道：‘既然我已经等了那么长时间，索性就待在这里等下去吧。’到了第八刻钟，您忍无可忍，怒不可遏，破口大骂起来。第九刻钟，您才往家走，回到了家里往沙发上一躺，心平气和，仿佛已经同死神打了不少交道。他都等待了十年，整整十年！我说到十年，我的头发都竖了起来，难道不是吗？十年漫长的岁月熬过去了，他才得到一个角色，他终于获得了成功，而且是一下子走红的。不过他已经虚掷了十年大好时光，他为了失去的年华而痛心疾首。他为了成名苦苦熬了十年，却又暗自悔恨，徒然悲叹为什么非要到十年之后才成名出头，岂非太晚了。他十分惊诧地发现，出名走红竟然没有使他觉得幸福，而是抱憾终身，喟然长叹。”

“您的意思是说他用不着花费十年工夫去学习表演艺术？”

“他根本没有学习过。由于他从来没有机会上台演出，他就成了一个笑柄，成了海报上的渣滓。导演说他是一个毫无用处的废物，他转到另一个导演那里，那个导演却说他以前没有扮演过什么角色，所以上不了台面！”

“那么他既然已经功成名就，为什么不快乐呢？”

“您以为一个不死的灵魂会为了功成名就而沾沾自喜吗？不过为什么谈起这些呢？您的决心是无可挽回的，我的主意也是多此一举的！没有哪个教师比经验更好了，它像学校里的老师一样两面三刀和诡计多端。有些人从一生下来就是一帆风顺的，而另一些人出了娘胎就注定总是要挨打受罚的。您生下来就一帆风顺，您不要以为我这么说是因为您出身高贵而恭维您。我还是有点见识的，不会因为出身而把人说成好得上天或者坏得一无是处，因为若是那样说的话未免牵强附会的因素太多了，因为人毕竟是人嘛！我祝愿您尽快功成名就，这样您就会有些见识，越快越好！我想您是会成功的，而且越快越好，对不对？”

“不过您为什么对自己的艺术毫不尊重和珍惜呢？要知道您是如今最伟大的、红得发紫的演员呀。”

“这是过分的捧场而已，就像给人树碑立传的书籍总是充斥着溢美之词一样。这是很危险的，因为捧场总是会坏事害人的。一个说得无懈可击的谎话往往会使人长久地信以为真。在各级议会中总是由那些没有教养的大多数人所操纵的。所以艺术算什么，越肤浅越好，越糟糕越好，不过我并没有因此就说这门艺术毫无用处。”

“这不会是您发自肺腑的话吧。”

“这就是我想要说的意思，当然只是一家之言，未必正确。”

“难道您真的一点都不尊重您的艺术吗？”

“我的艺术？为什么我非要把我自己的艺术看得比别人的高出一头呢？”

“您总是扮演那些思想深沉的角色，你演过莎士比亚的戏，是吗？你扮演过哈姆雷特，是吗？难道您在念诵那段深沉的独白‘是活着还是死亡’的时候，您的内心深处从未有过震撼吗？”

“您说的深沉是什么意思？”

“就是思想深邃、深思熟虑的意思。”

“那么您自己来解释一下吧！倘若有人念诵这样一段独白：‘我是自杀还是不自杀？我自己倒宁可自杀，如果我能事先知道死后会发生什么事情的话。别的人大概也会如此。不过现在我们并不知道身后之事，所以我们不敢贸然自杀。’那么这是不是深沉呢？”

“不，那恐怕不能算是深沉。”

“是嘛，您肯定曾经有过念头，想要一死了之，一了百了。难道不对吗？”

“是的，所有的人都会有过这种念头。”

“那么为什么您没有去自杀呢？那是因为您同哈姆雷特一样，由于不知道身后会有什么处境，所以不敢贸然自杀。好吧，那么您的思想深邃吗？”

“当然并不深邃喽！”

“岂止并不深邃，而且是平庸的陈词滥调。古斯塔夫，那该称为什么呢？”

“陈腐过时啦。”大座钟那边回答说，就像是在背台词一样。

“是呀，陈腐过时啦！不过若是作家们能把来世的模样描绘得符合情理而又栩栩如生的话，那就有新意了。”

“难道新的东西就那么不得了吗？”雷恩叶尔姆听得心灰意冷，快快地问了一句。

“新的东西起码有一样好处，那就是它们是新的！您不妨试试另辟蹊径，想出点新的主意来，那么您就会觉得自己焕然一新了。您愿意相信在您踏进门之前，我早已晓得您想来同我谈些什么吗？而且在我们快要谈到莎士比亚的时候您会问我一些什么问题？”

“您真是一位古怪得出奇的人。我必须承认您说的话句句在理，虽然我不见得赞同这些话。”

“好呀，您觉得安东尼乌斯在恺撒葬礼上的大段讲话［莎士比亚的悲剧《恺撒大帝》第三幕第一场，恺撒遇刺身亡，安东尼乌斯在他葬礼上的讲话。］怎么样？是不是气吞山河，声势令人回肠荡气！”

“我正想请教您这个问题！您似乎已经完全看透了我的心思。”

“我方才已经说给您听了，说来也怪，所有人的想法都是如出一辙的，或者更确切一点，所有人讲的话都是如出一辙的。不过您觉得那段独白深沉吗？”

“我不知道怎样才能用言辞表达……”

“好吧，不过您是不是觉得这是一篇相当俚俗的冷嘲热讽之辞？他口是心非，嘴里说的跟他心里想的全不一样，而且语带杀机，人人听了全都会不寒而栗。还有，您念到过比罗密欧和朱丽叶在缱绻缠绵之后的喁喁情话更优美的对白吗？”

“哦，在那时候他说他以为是夜莺啼鸣，结果是百灵鸟在歌唱，是不是那一段？”

“既然全世界都公认了那段对话，我指的也是那一段。那段对话无非是被割裂得支离破碎的，已经耳熟能详的被人早就用滥了的词句而已，它的诗意在于不少语带双关的隐喻，而这些隐喻是有感染力的。难道您不认为莎士比亚之所以伟大就在于这些隐喻吗？”

“为什么您总要把我的心爱之物统统砸个粉碎？为什么您非要把我所有的支柱都夺走不可？”

“我把您的拐棍扔掉，是因为我要教会您自己来迈步走路……自己走！再说，我又不曾要硬逼您相信我讲的这一套。”

“您倒确实不曾强迫我赞同您讲的话。”

“其实您本来就不应该同我结识往来……请问您的父母对您想当戏子是不是伤心得很？”

“是呀，当然不消说的！您是怎么知道的呢？”

“可怜天下父母心呀！为什么您对我的判断能力推崇到了过分的地步？一般说来，千万不要过高评估别人才好。”

“您以为这样一来就可以快活一点啦，是吗？”

“快活一点？您看世上有哪个人是快活的？要用您自己的想法来回答，不要去拾人牙慧！”

“没有！”

“好吧，既然您并不相信世上有人是快活的，那么您怎么会张口询问要人快活一点呢？……哦，我明白了，您是有父母的，这是再糟糕不过的事情啦！”

“此话从何说起？您的意思是什么？”

“难道您不认为这是不合情理的吗，就是说老的一代养育起新的一代的时候，把他们的那一套陈腐过时的糊涂想法一股脑儿灌输给了下一代。噢，您的父母要求您对他们非常孝顺吗？是不是这样？”

“那倒没有，不过作为子女理应孝顺自己的父母嘛！”

“理应孝顺？他们依仗着法律在自己这一边，任意地把人降生到这个乱糟糟的世界上来，生了下来之后，给孩子吃粗粝的食物，鞭打他们，压制他们，凌辱他们，还要处处同他们的愿望作对。难道为了这些就理应孝顺他们？难道您不认为理应来一次革命吗？不对，要来两次才行！

“您为什么不喝苦艾酒呢？莫非您怕喝醉了？不会的，瞧瞧，酒瓶上的日内瓦红十字标志！它能在战场上用来治疗伤兵，不管是友是敌一概都医治。它能使痛苦麻木，使人的思维淡漠，让人把记忆忘却，窒息一切引诱人们干出种种蠢事来的高尚情操，直到最后把人们的理智的光芒浇得熄灭。

“您知道什么是理智的光芒吗？乍听起来，似乎是一句老生常谈的口头禅，其实它是一团飘忽不定的鬼火，就是黑夜里在荒野上时常见到的磷光。您知道，哪里堆着烂掉了的鱼虾，哪里就会发出忽隐忽现的磷光来，那是脑壳里的灰色的脑髓所产生的磷火。说来也奇怪，凡是世上好的东西倒是容易消失和被人遗忘。

在我浪荡江湖，似乎无所作为的整整十年里，我有的是空闲时间，所以我差不多把这一带小城镇的公共图书馆的书籍报刊全都翻遍了。我发现它们之中所有的毫无意义和晦涩难懂的书籍往往被人旁征博引而且一再重新印刷，而真正的好书却撂在那里无人问津。我又扯开去了，说得离题的时候您该提醒我一下。我本来想说……"

就在这个当儿，大座钟又是一阵乱响，然后当当地敲了七下。店门砰的一下打开，一个壮汉风风火火地冲了进来，脚步橐橐发出响声。这人大概五十来岁，长得脑满肠肥，两个肥厚的肩膀之间夹着一颗又肥胖又笨重的大脑袋，活像一尊迫击炮，那炮架已经调到四十五度的角度，看样子时刻待命准备开火，把炮弹射向星空之中。他的那副尊容令人一看就觉得此人有本事筹划出种种犯罪的高招来，也有本事别出心裁地搞点阴谋诡计，只是由于秉性懦弱、胆小怕事，才没有做成什么坏事。他朝那个神色忧郁的人睥睨了一眼，仿佛掷过去一颗手榴弹。接着又对那个小跑堂暴风骤雨般地大呼小喊，要一杯朗姆酒和托第酒掺兑在一起的混合烈性甜酒，他用的语言硬邦邦，讲话的腔调活像一个军曹在喊口令。

"此人就是掌握你的命运的人，"那个神情忧郁的人对雷恩叶尔姆悄声耳语道，"他是个悲剧演员，又是舞台导演，又是剧院经纪人，他是我的敌人。"

雷恩叶尔姆不禁浑身战栗起来，他又朝那个人瞟了一眼，只见那人深恶痛绝地瞪着法兰德先生，坐在那里朝着走道里啐唾沫。

这时候大门又敞开来，一个年纪不太轻也不太老、有点风度却也不太多的中年人侧身溜了进来。这人头发上抹着油，胡须上打着蜡，他一进门就亲热地坐到导演身边，导演伸出中指戴着红宝石戒指的手同他握手。

“进来的人是本城保守党报纸的编辑，是王冠和祭坛的卫道士。他可以随意出入剧院的后台，凡是导演看不上眼的所有女孩子他都去勾搭。他原本是王室政府的一个文职官员，不过因为丑闻而不得不离开职位，至于为了什么连我都羞于说出口。”法兰德先生娓娓道来，介绍了这么一遍，然后他又说道：“我真不想同这两个家伙一起待在这里，太丢人啦。再说我已经邀请了几个朋友今晚到我那里小酌一番，庆祝昨晚义演的成功，其中有两个声名狼藉的女人，还有一个衣着寒酸的老头，要是您不嫌弃同这些下贱的戏子交往的话，欢迎大驾光临，时间是晚上八点钟。”

雷恩叶尔姆连片刻的迟疑都没有，便接受了邀请。

那边墙上映出来的蜘蛛网里，那只蜘蛛在来回爬动，仿佛在寻找有没有自投罗网的小虫子。后来那只蜘蛛不见了，那只苍蝇又在墙上待了一小会儿。太阳徐徐隐没到大教堂的背后，墙壁上的蜘蛛网也就消失了踪影，似乎它从来不曾在那里出现过，窗外的白杨树依然随风摇曳，轻摆枝叶。那个肥痴高大的舞台导演扯开了嗓门一味叫嚷，因为他已经忘记了日常怎么说话，只会发号施令。

“哼，你看到了这一期的《星期周刊》了吗？又写了文章把我攻击得体无完肤。”

“唉呀，您老兄大人大量，不必去在乎这些废话。”

“叫我不要在乎！你这是什么话？难道全城的人都不曾读这

些奇文吗？哼，我敢说这早已尽人皆知了。我非要出这口恶气不可，我要到他家去狠狠揍他一顿！他居然如此厚颜无耻，一口咬定我矫揉造作，过于装腔作势。”

“算啦，不要同他一般见识，不要把事情弄成一桩丑闻。”

“你的意思是出点钱封住他的嘴？我何尝不曾这样想过，你以为我没有做吗？这帮自由党报纸的文人墨客，只要有人同他们沾亲带故，他们就为亲友不遗余力地大写捧场文章，可是想要出钱收买他们，即使他们穷得丁当响，却也不肯接受贿赂。”

“唉，那是你还没有找对门路！千万不能直截了当地塞钱过去，而要送给他们一些可以典当出钱来的贵重礼物。倘若要送现款给他们，那就务必要匿名，而且事后再也不要提起此事。”

“就像人家对你做的那样？不行呀，告诉你吧，那一套也不灵光啦，用在他们身上一点用处也没有，我早已试过啦。同那些抱定宗旨的家伙打交道真叫人一筹莫展。”

“现在不妨改个话题。方才看见的那个被恶魔抓到魔爪之中的牺牲品是谁呀？”

“这不关我的事！”

“说不定大有关系哪！古斯塔夫，方才同法兰德先生坐在一起的那位先生是谁？”

“哦，他要到剧院去讨生活，名字叫雷恩叶尔姆。”

“哦，他想进剧院，是想当演员吧？”舞台导演嚷道。

“对啦，他是想当演员。”古斯塔夫回答说。

“不消说的必定是想当悲剧演员！想要靠法兰德的庇护？他怎么偏偏不来找我？是想来同我抢角色？我怎么一点风声都没有听到？我是怎么啦，居然有人敢到我面前来叫阵示威？哼，我非要给点颜色让他瞧瞧不可！光凭这一点我就要他好看！

“不过那个小伙子要倒大霉啦，真是令人觉得可惜！他将永无出头之日！当然他倘若登门央求，我还是乐意做他的靠山的，可以由我来庇护他，替他撑腰。虽说我自己没有能够飞上天，可是翅膀还是强有力的，庇护个把人还是不成问题的，尽管有时也会发生摩擦，惹出麻烦来。

“那个小伙子长得倒挺秀气，是个很英俊的小伙子，漂亮得有如安提格努斯〔安提格努斯（？一前301），是亚历山大大帝手下的主要将领，曾是马其顿国王并统治西亚大片土地。〕！可惜他没有先来投靠到我的门下。他要是先投靠了我，他就可以把法兰德的所有角色都抢到手，所有的角色，把那个家伙顶替掉！哼哼，不过现在为时还不太晚！哈哈，让那个恶魔先下手断送他的前途吧！他涉世不深，阅历尚浅，还嫌太嫩了一点。他看样子倒还没有被娇惯坏！

“唉，可怜的孩子！我只能说一句，但愿上帝保佑他吧！”

最后一句祝福祈祷却被淹没在店堂里的嘈杂人声之中，因为此刻餐馆早已门庭若市，城里所有爱喝托第甜酒的客人都到这里来求沽买醉。

第十五章

凤凰剧院股份公司

第二天，雷恩叶尔姆在旅馆里闷头大睡，一觉睡到了晌午时分才醒来。昨天晚上的情景仍旧像幽灵一般在他的床头萦绕，虽然这时早已是骄阳当空的夏日中午。他的眼前又显出了那间摆满了奇花异草的精致的房间，房间的百叶窗全都关得死死的，他们的狂欢就是在那间房间里进行的。

他的眼前又出现了那个三十五岁的女演员，她争宠夺爱却竞争失败，被冷落到只派给她演老妇人这种角色的地步。她走进来的时候，满肚子的牢骚怨气，为新近受到的种种羞辱而怒火中烧。她借酒浇愁，结果喝得酩酊大醉，把两条腿跷到了沙发扶手上。后来房间里的温度太高了，她便满不在乎地把裙袍前襟解开到腰际，随便得就像一位男士酒足饭饱之后把背心的纽扣一齐解开那样。

他的眼前又闪现出那个年老的喜剧演员，此人曾经红极一时，可惜好景不长，风光不再，他很快就停止扮演小生情人的角色，降格以求充当插科打诨的小角色，他还讲述自己大红大紫、扮演小生的那段风花雪月的轶事，并且还唱唱那时候自己唱的歌曲，来博得市民阶层的欢心。

可是在弥漫的烟雾和熏人欲醉的阵阵酒气之中，他看到一个十六岁的妙龄姑娘娉娉婷婷地走了进来。她泪眼汪汪地对满脸忧郁的法兰德说，那个肥痴高大的导演三番五次地向她提出下流的要求，在遭到她断然拒绝后，那个家伙扬言要进行报复，说从今以后她只能去扮演女佣的角色。

他看到法兰德在听取了每个人倾吐的悲哀和烦恼之后，总是好言好语地相劝安慰，给他们消除了苦恼。他看到法兰德怎样仗义执言，替朋友们化解一桩桩的心事，无论是他们诉说受到了欺侮凌辱，遭到他人暗算中伤，遇到了不幸和事故而陷入困境，还是诉说因贫困而走投无路，他都认真谛听并且代为筹划谋算。他还谆谆教诲朋友们振作起来，不要去过分仰仗他人鼻息，把他人看得高大无比，尤其是悲哀之事更要靠自己来解决而不能依赖他人。

在整个晚上，他一次又一次地见到了那个娇小玲珑的姑娘，她那张天真无邪的脸上神情是多么淳朴。他很快就同她结成了朋友，在临别之际，他得到她的一个吻，那是一个多么奔放热烈、刻骨铭心的狂吻呀！他回味起来还觉得脸红耳热，脑袋发烧。那个亲吻是那么真诚，真是他始料未及的。可是她的芳名叫什么呢？

他起身下床，去拿那个大水壶，却伸手摸到了壶边上有一块酒渍的小手绢。啊，对啦，手绢的一角上用不褪色的墨水写着：阿格纳丝。啊，这就是她的芳名。他拣手绢上干净的地方吻了两下，赶紧把小手绢塞进自己的手提箱里。在此之后，他便仔细穿着打扮起来，要去拜会剧院导演，因为只有在中午十二点到下午三点之间才能十拿九稳地见到他。

雷恩叶尔姆早早地在钟敲十二点的时候就来到了剧院，以免临时有事冒出来横生枝节而耽误时间。他来到剧院却只见到了一个门房。那个门房问他的来意，并问有什么事情要帮忙。雷恩叶尔姆觉得不必太麻烦别人，便又问了一遍可不可以见到导演。

门房对他说导演这时候该在工厂里，要过一会儿才能来。雷恩叶尔姆起先以为“工厂”是剧院的爱称，后来还是那个门房告诉了他，他才明白过来，原来导演本人其实还经营着一家火柴工厂。剧院的会计是导演的小舅子，此人在邮局上班，在剧院里也只是个兼职，所以不到两点是不会露面的。会计的儿子是剧院的秘书，他在电报局里上班，剧院里的差事只是兼职，所以根本就说不好什么时候能够见得到他。

不过门房似乎听明白了雷恩叶尔姆的来意，他便自作主张地代表剧院把剧院的成立章程递给了雷恩叶尔姆一份，让这个未来的演员可以消磨时间，静心等候剧院导演顺路走过来。

雷恩叶尔姆无可奈何，只得在一张沙发上坐了下来，耐心地拜读那份章程。他把章程从头到尾细细研读了一遍，可是时间还只有十二点半。他又同门房闲聊了几句，看看时钟上还只有十二点三刻，于是，他只好又坐了下来，从头开始细细地研读章程的第一条到底说些什么。

那第一条说：“本剧院乃是一个发扬道德之公共场所，凡是剧院的成员均需敬畏上帝，勤勉奋发，且需恪守操行，品德高尚。”他把这句话细细揣摸玩味，却左思右想不得其解。既然这家剧院早已是一个发扬道德的公共场所，那么就用不着它的成员们（当然包括经理、会计、秘书、道具师、布景师等等）再勤勉奋发来发扬道德了，也用不着讲那一堆冠冕堂皇的漂亮话了。

反过来说，倘若这第一段开门见山便陈述说：“本剧院乃道德沦丧之风月场所，所以务必……”这么说意思就一清二楚，语气也通顺得多。可是这样讲肯定是和董事会的初衷大相径庭的。他忽然想起了哈姆雷特的台词：“空话、空话、空话。”［见《哈姆雷特》第二幕第二场，哈姆雷特在装疯时与波乐纽斯的对话。］可是他马上又提醒自己说引用哈姆雷特的话已经陈旧过时了，如今人们必须要用自己的语言来表达思想才行。他挖空心思才想出了一句词——“胡说”，可是他当即就摒弃了，因为这个词毫无新意可言。

接着，雷恩叶尔姆足足花了一刻钟的时间去攻读第二条的条文。那第二条写道：“本剧院之宗旨并不是为了消遣，更非为了娱乐。”下面又写道：“剧院并非专门为了消遣。”下面又写道：“剧院并不排斥娱乐，它视娱乐为己任。”看完之后他不禁想到：观众们若不是为了娱乐，他们又何苦上戏院呢？不过也不单单为了找乐子。他们上剧院可以看到什么有趣的事呢？是呀，观众们可以看到子女，尤其是儿子们，怎样骗取爹妈的钱财。那些做父母的人克勤克俭，到头来却被不肖的儿子玩弄花招，坑骗钱财，甚至弄得倾家荡产。还有，看看妻子怎么欺骗丈夫，尤其是那些丈夫已经有一把年纪了，而那些丈夫要靠妻子来支撑养活的，那就更有笑话可看了。

雷恩叶尔姆记得他看过一出滑稽戏，讲的是两个老头儿做生意失败，险些当了街头饿殍的故事，他几乎笑破了肚皮。这个剧本是一位古典作家写的，至今一上演便会招来许多笑声。他还记起了他非常欣赏的另一出戏，写的是一个老头子遭到了不幸事故，双耳忽然失聪。当时他同全场六百多个观众都看得津津有味、乐不可支。他又记起了看得极为开心的另一出戏，那是描写一个牧师道貌岸然，口口声声说恪守清规戒律，可是背后却干下了许多见不得人的荒唐事，所以他千方百计遮掩自己的行径，力图避免偿还他的风流孽债，他之所以成为伪君子，无非是因为要达到自己向上爬的目的。

“那么观众们究竟为什么会发笑呢？”他自己问自己道。既然他必须枯坐在这里等人，不能做别的事情，何不探讨一下这个问题，找出答案呢？他细细思忖，终于有了答案，原来非常发噱的大多是：不幸、贫困、患难、灾祸、伤风败俗、好人遭殃、坏人当道。这个答案对他来说也有几分新奇，因而他兴致勃勃，觉得这个游戏十分有趣，足以自娱解闷。既然导演连踪影都还不见，看样子一时半会儿还不会露面，他就把这个游戏继续玩下去。可是不到五分钟工夫，他便发现，原来人们看悲剧的时候为之痛哭流涕的恰恰也就是在看喜剧时开心大笑的那几个主题，这一来太扫兴了。幸好他用不着再玩下去了，那个肥痴高大的导演像一阵风似的直撞进来，走过雷恩叶尔姆身边连正眼都不看他一下，自顾自大摇大摆地冲进了左首的一间房里。片刻之后，从那间房间里传出来一阵急促的唤人铃声，听声音那只摇铃的手必定是强而有力的。门房忙不迭地奔过去，在半分钟之内跨进了那间房间，一转身又立即出来，大声宣布说尊敬的导演先生现在开始接待客人。

雷恩叶尔姆走进那间房间的时候，导演先生已经把开炮的准备动作全都做到位了，迫击炮一般的脑袋昂得高高的，炮口的角度调得那么高，以至于战战兢兢进来的那个后生根本就看不清他脸上的五官。导演先生大概听到有人进来了，因而盛气凌人地粗声粗气地发问，那副骄横恣睢的架势简直就是对人的侮辱。

雷恩叶尔姆说自己想登台演出。

“嘿，多大的口气，想登台演出，真是对戏剧热情横溢。这位先生演过哪几个剧目？演过《哈姆雷特》《李尔王》吗？演过理查·谢里丹〔理查·谢里丹（1751—1816），英国著名戏剧家，擅长写讽刺喜剧。他1777年创作的《丑闻学校》是欧洲喜剧中的经典之作。〕写的戏吗？演过《自愿从军记》吗？在你演完第三幕的时候，观众是不是长时间欢呼，以至于你必须出台谢幕十次，呃？”

“我从来还不曾登台演出过。”

“哦！那又是另外一码事了。”

导演先生在一张有银色扶手、蓝绸缎椅面的安乐椅里坐了下来，满脸蒙霜，一副肃穆庄重的神气，活像是《斯维托尼斯》杂志里的传记插画。

“我可以向这位先生说出我的真心话吗？什么？那就是千万不要干这个行当。”

“那是不可能的。”

“我再重复一遍：千万不要走上舞台。这是所有行当之中最可怕的！这个行当里充满了屈辱欺凌，演艺路上荆棘丛生，毒刺漫野。这位先生请相信我一句：有朝一日您会觉得吃这碗饭是那么艰辛，倒不如一死了之更为干脆。”

他看样子倒是在说真心话，可是雷恩叶尔姆的决心是不可动摇的。

“唉，还是把我的话认真听进去吧。我是一本正经地规劝您不要走上这条绝路，这一行前途渺茫，真是一片苦海。您说不定要先当好多年跑龙套的角色。三思而后行吧，不要以后再来埋怨我没有把话说在前头。这个行当真是要熬尽苦痛，可是并不见得一定会熬出头。这位先生若是知道个中的苦楚，谅必就不会情愿来自讨苦吃了，我把话都给您说清楚了。”

导演先生的话说了也是白搭。

“既然这位先生不肯回心转意，那么倒不如眼下就应聘，用不着等到首次公演以后，这样风险可以小一些。”

“好呀，这当然好，我只是不好先提出来而已。”

“好吧，那么签一份合同吧！合同期为两年，年薪一千二百里克斯达尔。不知尊意如何？”

导演先生取出一份早已拟就的合同，在剧院董事会一方先签上了自己的名字，用吸墨水纸把墨水吸干，然后递给了雷恩叶尔姆来签字。雷恩叶尔姆被一千二百里克斯达尔的年薪弄得有点头晕目眩，飘飘然了，他便毫不迟疑地签上了自己的名字。

签字手续办好之后，导演先生向雷恩叶尔姆伸出了他那只中指戴着红宝石戒指的手来，说了一句“欢迎”，并且露了露上颌的牙肉，还有那两只嵌在血丝密布的黄色眼白上的暗绿色的眼珠子也一齐突了出来。

接见到此结束，一切圆满。可是雷恩叶尔姆却还不大放心，觉得整个这桩事情未免过于顺利，因而待在那里不走，想问问是不是要等到董事会开完会之后再来听回音。

“什么，董事会？”那个自己是悲剧演员的导演先生冲口而出，叫嚷说，“那就是我！若是有什么问题，只管来找我好了！你若是想要求教，也来找我，喂，只许来找我，不要去找别人！明白吗？好啦，走吧！”

雷恩叶尔姆刚要举步往外走，忽然觉得外套的后襟被铁钉钩住一般，于是他急忙停下脚步，转过身去看看究竟是怎么回事。但只见到那导演先生嘴里依然露出在外的血红的牙肉，那张血盆大口活像随时要折磨他的酷刑架一样，还有那一双充满血丝的鱼肚白的眼睛。他不禁打了一个寒战，也不敢再去多问那人一句，赶紧走下楼梯，到城里的餐馆里去吃饭，并且要同法兰德见面。

那一个早已坐在他的那张餐桌旁边，神色安详，泰然自若，似乎他已经做好了最坏的打算，哪怕天塌下来他也会满不在乎，因此雷恩叶尔姆告诉他说已经签订合同，他也毫不惊讶，只是在听的时候疾首蹙额，一副愁眉苦脸的模样。

“除此之外，你觉得那个导演怎么样？”法兰德问道。

“我真想给他一记耳光，不过我不敢动手罢了。”

“董事会也奈何他不得，所以他敢于如此一手遮天，以后你会尝到他横行霸道的滋味。你可知道他还是个剧作家哪！”

“我已有耳闻。”

“他写点历史剧，这类东西总是能够叫座的。况且他写出来的是一个个角色，而不是具有性格的人物。他很会讨巧，让角色下场之前宣泄一通所谓热爱祖国的情绪，这样便会赢来一阵阵喝彩。更有甚者，他不让角色好好地讲话，而是一上场就吵架，扯开嗓门叫喊喧闹一通，不管男女老幼都是如此，他那出有名的历史剧《古斯塔夫［即古斯塔夫·瓦萨（1496—1560），1523年至1560年为瑞典国王。］之子》其实不应当叫作历史剧，而应该称为五场历史谩骂活报剧，因为这出戏根本就没有法子分出一幕一幕，而只能够按照吵架的形式和场合来分出场次，比方说在家庭里的吵架，在街头巷尾的吵架，在议会里的吵架，等等，依此类推吧。戏里的角色也用不着抑扬顿挫地念诵台词，而是你朝我恶吼几句，我朝你狂叫几句，这样引出来的不是一段段情节，而是大叫大嚷的吵架。整出戏里没有什么对白，若是两个角色有对话的时候，那也无非是彼此谩骂而已，整出戏的高潮，也是靠了大打出手来达到的。

“有的剧评家说他最擅长描绘历史人物的性格，那么且看看方才我谈到的这出戏里他是怎样描绘古斯塔夫·瓦萨这个人物的吧！在这出戏里，古斯塔夫·瓦萨被描写成为熊腰虎背、美髯齐腰、声如洪钟、膂力过人的一个无法无天的粗野无赖。他在威斯特洛斯议会上砸碎了一张桌子，又在瓦斯蒂那摄政会议上一脚踢破了门口的穿衣镜。

“有一回剧评家指责说他的戏剧缺乏内涵、没啥意思。于是他怀恨在心，写出了一个富有内涵的喜剧来挖苦那个剧评家。他有个正在上学的儿子，说来也奇怪，像他那样的色鬼居然还结婚！他的儿子在学校里品行不端，被学校开除了。于是做父亲的马上写了一个道德喜剧，把学校里的老师们描写得不像人样，真是叫人无法看下去，说是如今的青年人在学校里备遭非人道的虐待。还有一回，他被剧评家不偏不倚地评论了一番，于是他马上又写了一出道德喜剧，把本城自由党报纸的撰稿者全都臭骂一顿。唉，算啦，我不想再去谈他啦。”

“那么他为什么对你那样恨之入骨？”

“因为有一次在排戏的时候，我念出了‘堂·帕斯奎莱’［堂·帕斯奎莱系意大利著名作曲家多尼泽蒂（1797—1848）的同名歌剧中的主人公。该歌剧1843年上演后风靡整个欧洲。］这个名字。而那位导演先生硬要找茬儿，说我咬字不准确，应该念成‘帕斯克尔’，那场争论的结局是我挨罚被克扣了工资，而且还要按照他吩咐的那样去念。他还口口声声说，不管那在全世界叫什么，可是到了这里就非得按照他的吩咐叫帕斯克尔不可。”

“他是从哪里来的？他过去曾经干过什么？”

“难道你看不出来他曾在马车作坊里当过学徒？不过要是他发觉你晓得他的低微出身，他非暗害你不可。行啦，咱们谈点别的吧，昨天晚上玩得痛快吗？”

“非常痛快！我忘了先向你表示感谢。”

“用不着客气！那很好！你喜欢那个姑娘吗？阿格纳丝？”

“对，我很喜欢她。”

“她倒已经爱上你啦，你们俩挺合适，你就要了她吧！”

“你说到哪里去了，我同她认识时间很短，根本还谈不上结婚。”

“谁叫你同她结婚来着！”

“那你的话是什么意思？”

“你十八岁，她十六岁，你们俩又情投意合，那不就行啦！至于如何结成良缘，那是你们两人之间最秘密的隐私。”

“我不明白你的意思，莫非你在唆使我去干坏事不成？”

“我是在鼓励你顺应自然的本能的伟大召唤，而不是拘泥于愚昧无知的凡夫俗子的一般见识。若是有人谴责你的行为不检点，那也是出于妒忌而已。他们鼓吹的道德，其实是一种冠冕堂皇、拿出来给别人看的幌子，而他们在背后干下的勾当却龌龊得很。难道你们两个还没有长成发育吗？要知道自然的人体本能早在几年之前就已经赋予你们这种能力，去饕餮人生的欢娱盛宴，这也是众神纵情享受的情欲的欢乐。可是社会上对此会大惊小怪，会怕得如同见了洪水猛兽一般，因为一旦生儿育女，社会非要负担认领养育的费用不可。”

“为什么你不劝我们结婚呢？”

“因为结婚又是另外一码事了。不能够光凭一夜的风流就把终身捆绑在一起。况且能在一起放纵情欲、欢娱人生的未必就能够相濡以沫、甘苦与共地厮守一辈子。婚姻是灵魂上的结合，与肉体上的情爱毫不相干！再说男女之间的情爱是用不着我来教唆你们的。人生苦短，岁月易逝，趁着年轻赶快相爱吧，切莫辜负了青春。快像两只小鸟一样无忧无虑地去相爱吧，用不着为衔泥筑巢而伤脑筋，或者是像两朵鲜花一样地相依相偎吧，这类花儿有个专门名词，叫作‘雌雄异株’。”

“你不可以如此轻佻地亵渎这位姑娘！她是那么善良，那么天真无邪，只能得到我们的怜惜疼爱才是。若是有人敢于说她一些不正经的下流话，那么他必定是信口雌黄。只消看看她的那双天真无邪的眼睛，还有谁能比她更纯洁？她说话的嗓音难道不就是在倾吐真理的声音？她值得人真心真意去爱，那是一种伟大的爱情、纯洁的爱情，而不是你嘴里所说的那种肉欲的欢娱。我希望这是最后一次从你嘴里听到这类下流话。你可以告诉她，我认为这是我的最大幸福和最高荣誉，如果有朝一日我能够配得上她，并且向她求婚的话。”

法兰德连连摇头，以至于脑门下的那些鬈发像小蛇一般来回摆动。

“要配得上她？要向她求婚？亏你想得出来，你在说些什么呀？”

“我说的话是算数的。”

“真是骇人听闻！那个姑娘并不像在你心目中的那样美好，你硬加在她身上的种种美好的素质，她连一样都不具备，反而倒有许多不良的品行。我若是告诉你这些，谅必你不会相信我，还会把我视为仇敌！”

“是的，一点不错！”

“唉，世间充满了谎言，有人要说句真话，反而没有人相信了。”

“你自己毫无道德可言，叫别人怎样才能相信你呢？”

“听听！‘道德’这个名词又搬出来了吧。这真是个妙不可言的名词，它威力无穷，它回答了一切问题，它平息了一切争论，维护了一切过失，当然是自己的过失而不是别人的。它可以把任何对手打倒在地。它可以首鼠两端，活像讼棍、刀笔吏那样正说反说都有理。这一回你用‘道德’打得我哑口无言，而下一回我又用‘道德’来回敬你。

“再见吧，我必须赶回家去，三点钟我还要教课。再见，祝你走运。”

雷恩叶尔姆只好独自一人坐在那里，一边吃午饭，一边想心事。

法兰德一回到家里就换了装，他披上晨衣，趿着拖鞋，似乎根本没有想到有人会登门拜访。可是他却又一阵阵心神不宁，坐立不安，焦躁地在地板上踱过来又踱过去，有时候还在窗帘背后停下来，这样他可以一眼望得见街上而又不会让别人看见。然后他又走到穿衣镜跟前，干脆把衬衫上的硬领也摘了下来，放在小茶几上。他来回踱步很久，终于在沙发上坐了下来，从放来宾名片的盘子里抽出一张女人的照片来，放到一个放大镜底下细细端详，看得那么仔细，仿佛是在显微镜下观察玻璃上的切片一样。他端坐在那里观察良久，才听见楼梯上传来一阵脚步声。他匆匆地把照片放回原处，跳起身来走到写字台旁边正襟危坐，这一来便背向着房门了。他装出一本正经的样子，似乎正在奋笔疾书。门上传来了两声短促而轻微的敲门声。

"进来。"法兰德说道，那副腔调听起来不像是欢迎人家进来，而更像是拒人于门外。

走进房间来的是一个年轻姑娘，长得娇小玲珑，体态窈窕，一张俊俏的椭圆形脸蛋。一头金黄色的秀发飘拂在脸蛋旁边，那头发的颜色被太阳光映照得非常之淡，显不出它原来的灿灿光辉。小巧的鼻子和线条优美的嘴唇搭配在一起，形成了一条勾魂摄魄的曲线，显得那么调皮挑逗。她的脸上一颦一蹙，无不令人销魂，就像万花筒里的图形那样千变万化，绚丽多姿得让人无法捉摸。比方说吧，她翕动鼻翼的时候，鼻孔里的粉红色的软骨就像秋牡丹的花瓣一样绽开。她朱唇半启的时候，就露出了那一排碎玉般的牙齿，那么细巧，排列得那么整齐，而且洁白得令人难以相信，也只有这样的佳人才配有这么好看的牙齿。眼窝很深，顺着鼻根朝向两侧太阳穴形成了斜角，这就使得她的脸庞一直带着如泣如诉的幽怨表情，同她那张脸上挑逗性十足的下半部极其不协调，也正因为如此却产生了更令人心醉神迷的魅力。她的那双明眸显得有点躁动纷乱，一会儿眯成两道缝，眼珠小得像针尖一样，一会儿又瞪直了双眼，像是望远镜那样看东西。

她走进房间，顺手把钥匙插在锁孔里，锁上了房门。来者原来是阿格纳丝。

法兰德依然端坐不动，照样奋笔疾书。

“你今天来迟啦。”他说道。

“是的，我来迟了，怎么样？”她摆出一副兴师问罪的架势。

“哦，昨天晚上我们玩得太晚了。”

“你为什么不站起来同我打个招呼？你总不见得累到站都站不起来吧！”

“哎哟，对不起，我忘记欢迎你啦。”

“忘记？我注意到近来一段时间里你总是失头忘脑的。”

“是吗？你注意到有多长时间了？”

“多长时间？你这是什么意思？你先把晨衣和拖鞋换掉了再说！”

“亲爱的姑娘，今天这样的事情在我来说还是第一遭，而你却已经注意到了很久！这岂非咄咄怪事，你说呢？”

“你是在取笑我！你究竟是怎么一回事？近来一段时间里你总是这样怪怪的。”

“又是近来一段时间！为什么你总是把近来一段时间挂在嘴边上？那是因为你嘴里说的不是真心话，可是为什么你不说真话呢？”

“天哪，原来你竟责备我说假话！”

“哦，那倒不是，仅仅一句戏言而已。”

“你不要以为我看不出来，你存心在冷落我。昨天晚上的情景难道你以为我没有看在眼里吗？你对那个贱骨头詹妮那么大献殷勤，可是整个晚上连一句话都不同我说。”

“哈哈，原来你在吃醋。”

“我？才不会呢！你要明白我一点点都不会吃醋的。你要是喜欢她而不喜欢我，你就尽管找她去好了，我一点也不在乎！”

“真的，你没有吃醋？按照常理来推度，那情况可是大不妙！”

“按常理来推度？你在说些什么呀？”

“我的意思是说，简而言之，就像方才你自己说过的那样，我确实在存心冷落你。”

“你说的不是真话，你不会是那样的。”

“让我们谈点别的吧，”他说道，“你觉得雷恩叶尔姆怎么样？”

阿格纳丝翕动几下鼻翼，露出了碎玉般的牙齿，眼睛眯成了缝，两只眼珠子像针尖一般地盯住了他。

“非常好！他是一个很善良的小伙子，人也长得很出色。”

“他已经深深地爱上你啦！”

“你这是在瞎说。”

“最糟糕的是他想要同你结婚哪！”

“你别拿这些傻话来气我啦，好不好？”

“他如今年方二十［前面说他十八岁，此处又说他二十，可能是作者笔误。］，他口口声声说等他有了出息、能配得上你的时候，就娶你为妻。”

“真是一个不明事理的白痴！”

“他说的配得上你，意思是他要成为一个真正的名演员！不过他在扮演一连串角色之前是出不了名的。你有本事替他弄到几个角色吗？”

阿格纳丝一听顿时脸蛋羞得通红，她蜷缩到沙发的角落里，露出了一双漂亮的、带着金色穗子的小皮靴。

“我？我连自己都弄不到一个角色演演。你是在取笑我吗？”

“是呀，我是在挖苦你哪！”

“你真是个魔鬼，古斯塔夫！你愿意相信吗？”

“也许是，也许不是！要拿定主意去做这样一桩事情是十分犯难的！不过你是一个懂事的姑娘。”

“闭嘴！”

她从桌上拿起一柄锋利的裁纸刀，做出一副威胁人的样子，神情却很当真。

“你今天真美，阿格纳丝！”法兰德说道。

“今天？你这是什么意思？今天？难道在你眼里看来，我以前都不美吗？”

“不不，以前我也觉得你很美。”

“那么你为什么要唉声叹气？”

“纵情痛饮之后总会闷闷不乐的。”

“让我看看你的脸色，你的眼睛有刺痛感吗？”

“那是睡眠太少的缘故，亲爱的姑娘。”

“那么我走了，你可以睡个午觉。”

“不要离开我，反正我也睡不着。”

“我想我还是走的好！我其实不过是拐过来告诉你我今天待不长。”

她的声音变得柔和也很软弱无力，眼皮子也耷拉了下来，就像舞台上的死亡场面之后大幕徐徐落下来一样。法兰德说道：

“谢谢你还专门跑来说一声。”

她站起身来，在穿衣镜前系好帽子上的缎带。

“你这里有香水吗？”她问道。

“没有，我只在剧院里才用。”

“你应该戒掉抽烟斗，抽烟把衣服熏得一股臭气。”

“好吧，我会戒掉的。”

阿格纳丝弯下腰来，重新扣了一遍吊袜带。

“对不起。”她说道，朝着法兰德投过去乞求原谅的一瞥。

“什么事？”法兰德心不在焉地回答说道，似乎他什么也没有看见。

那个姑娘没有吭声回答。他便深深地吸了一口气，鼓足勇气问道：

“你这是上哪里去？”

“我要去试件新衣裳，你用不着为我担心。”她回答说道，口气那么轻松自然。可是他听得出来那像排演时背台词一样虚假。他只是说了一句：

“那么再见！”

她走到他的跟前同他吻别。他把她抱到自己的怀里，紧紧贴在自己的胸前，似乎想把她闷死一般，然后他在她的前额上吻了一下，搀着她走到房门口，把她推出门外，又短促地说了一句：“再见啦！”

第十六章

在白山

8月的一个下午，法尔克又坐在摩萨贝克坡地小花园里。如同整个夏天一样，他依然是孑然一身。他对自己以往这段日子的经历做了一番回顾评估。他来到这里已经过去了三个月，时间真是一晃而过，在那时候他还是满怀壮志、意气风发，如今他却觉得自己一下子老了许多，心力交瘁，对人生充满厌倦，对周围一切都漠然处之。

他已经走进过山下那些星罗棋布的房屋，看到了里面的真实情况，那些真相却总是同他信以为真的那一套完全不一样。他已经踏进社会，步入人生，在各种场合观察了世间人群的众生相，看到了只有给穷人治病的江湖郎中和报馆里派出去抢新闻的采访员才有机会目睹的真实情况，两者之间也大有差别：新闻采访往往只能见到外表的皮毛，而医生则可以观察到体内的真相。他还有机会从各个场合将人类社会属性观察得真真切切，他曾经列席旁听过议会开会、教会会议、公司董事会、慈善机构的集会、警方传讯、婚丧喜庆、大宴小酌、公共集会等等不一而足。到处听到的都是一串串的大话空话，铺天盖地而来的都是豪言壮语，而且讲得津津有味，侃得滔滔不绝。那种话是另外一种语言，满嘴文绉绉的，讲起来佶屈聱牙，为了装饰门面而不是表达思想，起码不是让真实想法从嘴里说出来。他由此看到了人类社会属性的欺骗性，不过也只有这样才能行得通，因为人类文明禁止公开的战争。

他很少与人往来，缺乏交际，这就使得他忘记了还有另外一批人的存在。这些人长袖善舞，同朋友应酬周旋的时候总是春风满面，殷勤备至，只要他们不被触犯，他们总是挺讨人喜欢的，而且也毫无顾忌地显露出自己的弱点和毛病，只要没有旁人在场可以站出来作证。他正是把这批人忘在脑后了，所以总是忿忿然抱怨不休。然而还有另一个情况更使他感到颓唐沮丧，那就是他无法树立自尊心。这倒并不是因为他在行动上做出了什么见不得人的丑事，以至于他羞愧难当瞧不起自己。那是因为不管他到什么地方，别人都会鄙视他，他从小就受到压制，被剥夺了自尊的感情，如今还是人人都鄙视他，那么怎么叫他自尊得起来呢？然而更使他痛心疾首的还是那批保守党的新闻记者。那些人为社会的不平和丑恶涂脂抹粉，狡辩维护，起码是不去触碰它，可是他们却被人待若上宾，礼仪周到。这么看来，人家的抬举和鄙视并不取决于报馆派来的采访员这个行业，而是这个人笔头上写出一些什么东西来。有不少时候，他成了招人嫌忌猜疑的牺牲品，比方说最近在报道特利登公司召开股东大会情况的时候，他用了“欺诈”这个字眼，以至于闯下了大祸，惹火烧身。《灰外套报》立即刊出一篇洋洋洒洒的冗长评论，明白无误地证明这家公司是一家充满慈善之心的民族主义、爱国主义的企业。那篇文章讲得如此头头是道，连他自己几乎都要信以为真，认为自己分明是在冤枉好人。在此之后很长一段时间里，他一直受到良心的谴责，觉得自己不应该把别人的名誉如此轻浮对待，当成一场儿戏来任意处置，真是太不应该。所以，他现在是处在狂热和冷漠交替的状态之中，这全要看他下一步如何动作而定。

那年夏天的日子对他来说过得真是苦涩难熬，所以每逢阴霾下雨的坏天气他倒反而幸灾乐祸地表示欢迎。此时此刻他看到黄沙铺路的甬道上有一两片枯黄了的叶子在随风旋转飘舞，他的心情反而比较开朗了一些。

他安详地坐在那里，回想着自己这段时日以来疾恶如仇地奋笔疾书，以求为民请命，不由得暗自宽慰，让一切不痛快的事都见鬼去吧。蓦地他觉得有一只瘦骨嶙峋、关节粗大的手在拍自己的肩膀，还有另一只手抓住了他的手臂，就像鬼把他的话当真，找到他头上邀他共舞似的。他抬起头来一看，不禁吓了一大跳，原来是伊格堡站在那里，脸色苍白活像一具僵尸，骨立形销，面容枯槁憔悴，两只眼睛干瘪塌陷进去，深深嵌在眼窝里。他的尊容叫人一望便知，只有饥饿才能把人销蚀成这副模样。

“向你问好，法尔克。”他说道，声音轻得几乎听不见，身子却在哆嗦个不停。

“你好，伊格堡老兄，”法尔克说，见了熟人不免分外高兴，“快坐下来喝杯咖啡！你近来景况如何？看样子怎么像是刚从冰窟窿里爬出来似的。”

“哦，一言难尽，我一直在生病，病得十分厉害。”

“这么说来，你同我一样，这个夏天过得很不愉快啦！”

“难道你也像我那样不如意吗？”伊格堡问道，他那张蜡黄泛青的脸上明白无误地流露出幸灾乐祸的神情，希望能听到情况果真如同他期待的那样。

“我只想说，谢天谢地，这个可诅咒的夏天总算快过去了。对我来说，但愿全年都是冬天才好！在夏天里，我不仅自己热得难受，还要看着别人去避暑休闲消夏作乐。整个夏天我还没有出过城哪！你出过城吗？”

“自从今年6月间隆德尔离开之后直到现在，我连一棵枞树都还没有看见过。可是话又说回来，为什么非要看看枞树不可呢？真是的，一点不错，不是什么不可或缺的必需品嘛。再说枞树又不是什么了不起的东西，无非因为看不到心里才有些悻悻然而已。”

“是呀，我们不必再为这些事情去烦神操心了。东边天空中云层已经堆积上来，明天我们大概会有个下雨天。当太阳再出来的时候，那已经是秋天喽，来，喝一杯！”

伊格堡瞅了潘趣酒一眼，似乎觉得这是毒药一样，但是他仍然一饮而尽。

“那么说来，你到底还是为史密斯先生编写了那本保护神或者明着说就是特利登公司的捧场小册子。你难道不觉得违背了你自己的信条吗？”

“信条？我没有任何信条。”

“难道你真的没有吗？”

“没有，只是愚昧的蠢人才会有哪。”

“那么你是毫不讲道德，伊格堡，是吗？”

“不是。你要明白，倘若一个愚不可及的人一旦有了一个想法，不论是他自己想出来的还是别人塞进他脑袋里去的，他都会把它奉为自己的信条，并且终生不渝地遵守它。这并不是那信条本身有多么高明，而是因为那是他的信条！就公司而论，我深信不疑那家公司是他们搞的一个骗局！它必将损害许多人，害得那些股东们大蚀其本。可是另一些人却也从中渔利，比方说经理、职员等等都因此笑逐颜开，可见它毕竟还有可取之处。”

“难道你连一点点道义都不讲了吗？”

“可是做人为了自己的天职起见，务必不惜一切牺牲。”

“是的，这句话我也同意。”

“做人最优先的也是最大的天职就在于活下去，不惜花费任何代价但求能活下去。神的教谕如是说，人的生活法则亦如是说。”

“不过也不能因此就牺牲掉道德。”

“方才提到的两种清规戒律都明白无误地提出为了求生宁可牺牲一切。它们宁愿要贫困者求得生存，而不在乎牺牲那些所谓的道德。这是十分严酷的，可是穷人别无生路。”

“你对活下去的看法一点点乐趣都没有。”

“那么请问我的乐趣从何而来呢？”

“是呀，这倒是真的。”

“不过还是谈点别的话题吧。我最近收到雷恩叶尔姆的来信，倘若你有兴趣呀，我不妨念几段给你听听。”

“我听说他在那里的剧院里找到了工作。”

“是的，他似乎日子过得并不顺心。”

伊格堡从自己衣服的胸兜里取出一封信来，又朝自己嘴里塞了一块方糖，然后念了起来：

> 人死后有没有一个地狱在等着，这是大可令人怀疑的。

“他倒成了一个自由思想家了，这个孩子。”法尔克插进来说了一句。

伊格堡继续念那封信:

那个地狱我想也不会比我眼下的处境更坏到哪里去。我在这里度日如年，才干了两个月却如同熬了两年。有个恶魔把我的命运控制在他的魔掌之中，那个恶魔早先曾当过马车作坊的学徒，如今是剧院的导演。他把我管束得如此令人无法忍受，以至于我一天之内动过三回脑筋想要逃跑，可是合同上的处罚规定是那么严酷，以致要打起官司来我怕我父母的名声要毁在我的手上。你只消想想我每天晚上都要上台去跑龙套，一直到现在连一句台词都没有说过。一连二十个晚上，我必须身穿一套吉卜赛人的服装，用雨伞抽打自己的脸。那套衣服对我来说一点也不合身，针织的裤子太长了，鞋子太大，外套又太短。那个被人称作精灵鬼的侧幕提词员还注意盯着不许我更换一套稍微合身一点的衣服。而且每一次我钻到人群背后去的时候，那人群便会分出一条缝来，把我又晾在舞台的最前面，这些人全都是那个开着火柴厂的剧院导演手下的马屁精。我朝着侧幕那边瞅瞅，但只见那个精灵鬼站在那里看着我出乖露丑而捧腹大笑。我再朝大厅里扫了一眼，只见导演那个恶魔自己也瞪圆了两只牛眼在狂笑，似乎他雇用我就是为了他自己取乐子的。有一回我大着胆子提醒导演说，如果我要成为一个演员的话，就必须有机会来扮演有道白的角色，这样才能得到讲台词的锻炼。他一听就突然大骂说，先要会爬才能学走路。我回敬他一句说，我早已会走路了。他说我信口雌黄，并且诘问我对表演艺术的看法，因为它是所有的艺术之中最优美、最高超的，然而也是最困难的，难道能够不骂就会，无师自通吗？我回答他说，这正是我想说的意思，因此我迫不及待地等着锻炼自己对这门艺术的修养。他又骂我是条不学无术的狗，因此要把我一脚踢开。我坚决抗议他的谩骂，于是他反问道，难道我以为他的剧院是拯救举止不端的失足青年的教养院吗？我就堂而皇之，毫不犹疑，而且非常响亮地回答说："是的！"这下子他气得嚷道，他非宰了我不可。事实上他也正在不断地收拾我。

我觉得现在我的灵魂像是一支在大风中摇曳着火光的蜡烛，随时都会被风吹灭。我也深信：尽管邪恶还躲在云端，它却最终赢得胜利。或者像教义问答手册上所说的那样。不过最糟糕的是，我如今已对这一门艺术失去了尊敬，须知它曾是我青年时代的热爱和梦想啊！否则的话，怎么可能连我自己都开始贬低起这门艺术的价值来了？可是我免不了做出这种贬损，因为我目睹了有一些没有受过良好的家庭教养，也没有受过良好的学校教育，而是直接从干体力活或做生意、在大街上跑腿改行进剧院的，他们从事这门行当既无热情，也无理解的才能，仅仅是随心所欲，想出出风头。可是再看看他们过了一两个月之后，又是演性格角色，又是演历史人物角色，而且演得还蛮像那么回事，尽管他们对自己扮演的角色所处的时代背景一无所知，对自己扮演的人物在现实中所代表的信念一窍不通。

这里人们是在慢慢地将我折磨至死，我已经被列入了“暴民群氓”的行列之中，被打入这个圈子里的人有不少是曾经因为违反了合同上的规定而受到处罚。我如今面对那些压制我的人摆出一副我从未有过的贵族派头，因为要叫受过教育的人去让那些目不识丁的大老粗吆来喝去、专横地压制，那真叫人咽不下这口气。

不过在这片黑暗之中也有一个光明的亮点，那就是我在恋爱。在一片渣滓之中竟然有一位像黄金一般纯洁的姑娘，她当然也遭到作践和过着同我一样被人家用钝刀子割肉般的痛苦的日子，可是她天生傲骨，不屑一顾地拒绝了导演的无耻勾引。她是在这个烂泥潭里苟且求生者之中唯一有活生生灵魂的女人，她全心全意地爱着我，可是至今还只能悄悄地答应嫁给我。哦，我真等待着获得成功的那一天，那时候我就能向她公开求婚，可是要等到哪一天呢？我们俩曾多次想要一起殉情，可是又禁不住那自欺欺人的希望，于是又只得好死不如歹活地熬下去。看到那个天真无邪的姑娘，她被逼着穿上不成体统的衣服上台去表演，以至于痛苦不堪，羞惭难当，我真是心如刀割，无法再忍受下去！可是这桩伤心事我暂且只说到这里。

奥勒要我向你转致问候，隆德尔亦然。奥勒已经大有变化，他如今接触到一种新的哲学，这种哲学旨在打倒一切，把所有的事物都颠倒过来。乍听起来倒也很有趣，而且有时也觉得颇为真实，可是长此以往将会愈来愈危险的。我相信他的这一套思想是从一个演员那里学来的。那个同他交往密切的演员很有头脑，学识也还渊博，可惜就是道德败坏，我既很喜欢他，同时又很恨他。他真是个古怪得出奇的家伙！说到底，这个人心地还善良，肯做出牺牲，为人诚挚，宽容大度，用一两句话说不出来他有什么恶劣的品质。唯独就是道德败坏，可是做人若是道德沦丧，那么毕竟还是个坏蛋。难道不对吗？

恕我就此搁笔，因为我看到我的善良的天使来了，我满肚子的邪恶会消失一段时间，我又会觉得自己是个相当不错的好人。

请代向法尔克问候，并且要他在灰心丧气的时候想想我的遭遇。

你的朋友

雷恩叶尔姆

"念完了，你听了这封信有何感触？"

"这是由来已久的弱肉强食的老故事啦。你要知道，伊格堡，想要在这个世道里出人头地的话，必须先当个坏人才行。"

"不妨试试，可是坏人也不是那么容易当的。"

"你同史密斯先生近来还有什么交易吗？"

"没有啦，你呢？"

"我曾为了我的诗集的事去找过他。他肯以每页十个里克斯达尔的价钱把那本诗集买下来。看样子他大概也想像当过马车作坊学徒的那个导演对待雷恩叶尔姆那样把我也一刀宰了。因为自从买下诗稿之后至今不见有什么动静。这个人是随心所欲的人，所以我也做好了最坏的打算，我只消知道一下这部诗集最后的下落就行啦。不过你怎么啦，老兄，你的脸怎么变得刷白？”

“唉，你看出来了，”伊格堡回答说，双手紧扶着栏杆，“这两天里，我除了方才吃了五块方糖之外，什么东西也没有入肚！我想我快要晕过去了。”

“如果吃点东西对你有帮助的话，那倒好办，幸亏我身边还有点钱。”

“有东西下肚那当然大有好处。”伊格堡有气无力地低声说。

结果却毫无好转，因为他们走进餐馆要了饭菜后，伊格堡却更加头昏目眩，支撑不住了。法尔克不得不扶他的腋下，把他搀回到他居住的维塔贝格山丘去。

在一个低矮的小丘上有一幢破旧不堪的小木屋，那幢房子好像是得了佝偻症似的摇摇晃晃，半瘫不瘫地孤立在那里。房子的外观惨不忍睹，浑身上下一片斑驳，花花搭搭的，活像害着麻风病一样，因为它本应该用油漆刷一遍，结果却省掉了这道工序，于是油灰啦、泥子啦全都裸露在外面。这幢房子上上下下、里里外外全都是一副穷极潦倒的寒酸相，以至于很难令人相信钉在它墙上的火灾安全标志所显示的内容。那块铜牌钉在那里不知道经过了多少岁月，早已铜绿斑斑，锈蚀得无法看清，可是仍还忠心耿耿地满口承诺，遇到大火时，这幢房屋将会像凤凰那样在烈焰中复活永生，因为铜牌上就铸着这只不死鸟的图形。在这幢陋房的墙根下长满了蒲公英、荨麻和蓼草，这些杂草倒是人在穷途末路之时总会肃立在房前屋后的忠心耿耿的跟班。麻雀三三两两地在暖融融、臭烘烘的污泥里打滚，把污水拍打得飞溅起来。一群小孩子在奔来奔去，他们个个脸色苍白、腹胀如鼓，似乎刚生下来的时候身体里十分之九都是水分。他们用蒲公英的茎做成了项圈和手镯戴着，而且好像还嫌这样的日子不够难过似的，照样彼此谩骂争吵，扭打成一团。

法尔克搀着伊格堡，踩着左右摇晃、吱嘎作响的木楼梯走进一间大房间，那间房里居然住着三户人家，各家各户所占的地盘都是在房间的地板上用白粉笔画出三个圆圈来加以界定。这三户人家当中有两户是手艺工匠，一个木匠和一个鞋匠，只有第三个圈子里才住着一个母亲和几个孩子，倒是大人小孩一应俱全。那几个孩子还小，每隔十几分钟就大呼小叫地哭闹起来，于是木匠就被吵得怒火冲天，张嘴就骂个不休。这一下又惹得那个鞋匠出面来好言相劝，并且还引经据典地搬出圣经上的语言来，还请他吸上一小撮鼻烟。孩子们却不管那一套，到差不多的时候照样大呼小叫地哭闹起来，大人呵斥管教，有时候大人之间也吵起嘴来。木匠本来想要忍气吞声不再发怒骂人，可是没完没了的哭闹把他的神经都要闹得垮掉，于是顾不得鞋匠请他吸了“请君息怒”的鼻烟不过五分钟，便又大发雷霆了。木匠就这样整天怒气冲冲地熬日子，有一回闹得最凶的时候，他竟然责问那个女人说：

“你们这些见鬼的女人干吗要生出这么多孩子来？”

既然妇女问题被搬到了桌面上，那个孩子的母亲岂肯善罢甘休，说出话来也是颇为不堪入耳的。

法尔克搀着伊格堡要先穿过这间大房间才能走到他住的那间阁楼里去。他们虽然走得很慢而且放轻了脚步，却还是惊醒了两个孩子，那两个孩子哭闹起来，做母亲的连忙唱起催眠曲。木匠刚刚同鞋匠理论完毕，又不禁勃然发作起来。

“把嘴闭上，臭婆娘！”

“你自己闭上臭嘴吧，难道不让孩子们睡觉啦？”

“让这些小崽子们统统见鬼去吧！反正他们又不是我生下来的孩子！人家偷鸡摸狗，生下了这么一堆孽种，倒叫我陪着受罪，真是岂有此理！什么，难道说我也在干这些勾当，说我也生下了孽种？闭嘴，要不然我把刨子扔过去砸烂你的脑袋！”

“好啦，木匠师傅，”鞋匠张嘴说话了，“千万不要辱骂孩子，孩子是上帝让他们降生到人间来的。”

“那是在撒谎，你这个臭皮匠！不是的，那些孽种是魔鬼送到世上来的，是魔鬼送到世上来的。而那些不要脸的爹妈只图偷情痛快，却把一切过失都推给了上帝。哎呀，难道你们连这种鬼把戏还弄不明白。”

“木匠师傅，你不要再骂骂咧咧啦，圣经上说得很明白，小孩子是可以进入天国的。”

“哼，天国里都是这类有妈没爹的孽种！”

“上帝啊，他骂得有多难听！”那个当母亲的忍不住火从心头起，又开腔说道，“有朝一日他要是生下自己的孩子，我诅咒他的孩子若不是跛足就是瘸腿，若不是哑巴就是聋子，再不然就是瞎子。我诅咒他的孩子被送进反省院，被送上绞刑台。是的，我就是这样诅咒他们。”

“哼，随你怎么诅咒好啦，臭婊子！我根本没有打算生孩子，免得他们生下来就要吃苦受罪过着苦日子。真该把你送到女子监狱里去，那里关的都是烂污货。光凭你到处同人家胡搞乱来生下了那么一大堆崽子，就该把你关到那里去。什么，你们是结了婚的，真是结了婚的吗？哼，就算如此，难道结了婚就可以放任胡来，生下这么一堆孩子？”

“木匠师傅，孩子原本是上帝送到世上来的嘛。”

“这是胡说八道，你这个臭皮匠。我曾经在报上读到过一篇文章，文章说穷人家孩子生得多全是被土豆坑害的。那些魔鬼般的土豆吃多了就会多生孩子。你要知道土豆里含有两种物质，或者说是两种躯体，一种叫酸，另一种叫氮。这两种物质吃到肚里去就会在某个时候起化合作用。所以穷人光吃土豆，女人就拼命地生孩子。”

“哎呀，那有什么法子可以防一防呢？”那个怒气未消的母亲听到这样一番饶有趣味的讲课之后，心思全都转到这里来了，情绪也平静了一些。

“不吃土豆就行了，难道你连这都弄不明白？”

“土豆都吃不得，那么叫人吃什么来塞饱肚皮呀？”

“吃煎牛排好啦，蠢女人！你可以吃那个嘛，洋葱煎牛排！怎么样，这道菜好不好吃？要不然再来杯布里安干红葡萄酒？你知道这些酒菜的滋味吗？哼，没吃过。真是没见识！前一段《祖国报》上登过这么一条新闻，说是有个女人吃麦角打胎，结果胎倒是打下来了，可是女人差点儿也送了命。”

“你方才说她吃了什么来着？”那个女人问道并竖起了耳朵细听。

“哈，这下子倒引起了你的好奇心啦！”

“你说吃麦角打胎，真有其事吗？”鞋匠问道，双眼盯住了他看。

“是真的，那玩意儿可是厉害，一吃下去连肝和肺都会呕吐出来。再说这是犯法的，要判以重刑的。这倒也应该判刑。”

“应该判刑吗？”鞋匠瓮声瓮气地问道。

“怎么不应该，当然应该！那些好色之徒就该得到处罚。再说杀害儿童更是天理不容。”

“杀害儿童？胎儿和儿童毕竟是大有区别的两码事。”那个方才怒气冲冲的女人这会儿显得十分低声下气，“方才师傅你说的究竟是种什么药呀？”

“哦，有了这东西你就用不着担心再怀上几个啦是不是？你虽说是已经有五个孩子的寡妇，可是你还是那么犯贱。你千万要当心这个臭皮匠，不要看他那样虔诚地敬畏上帝，对女人却从来是心狠手辣的。喂，臭皮匠，光凭这句话你就该犒赏我一撮鼻烟。”

“其实要打胎倒是有一种草药……”

“谁说那是一种草药？我说过那是一种草药吗？真是见鬼，那是一种动物性的物质。你们要知道，自然界里大约有六十来种物质，所有的物质都可以分成化学性的或者动物性的。这种物质的拉丁文名字叫作CORNUTIBUS SECALLAS，而且只有在外国才能找得到，比方说在意大利的卡拉布里亚半岛。”

“请问木匠师傅，你觉得这种药是不是很贵？”鞋匠问道。

“贵得很！”木匠重复了一句。把手里的刨子举得高高的，仿佛士兵举枪瞄准一样。

法尔克听到了这一段对话，听得津津有味，险些儿笑出声来。就在这时候，那扇打开的窗子里传来了马车在门口戛然停下的响声，他从窗子里往下一看，只见有两个女人从马车上款款地下来，一边下车，一边交谈。法尔克定睛一看，那两个女人他都认识。有一个开口说道：

“这幢房子看上去还不错嘛！”

“看上去不错？”那个年纪稍大的女人说道，“我倒觉得看起来样子实在吓人。”

“我的意思是这样的房子正好合乎我们的用场。请问马车夫知道不知道，这幢房子里有没有穷人居住？”

“不大清楚，不过我敢赌咒，住在那里边的人恐怕都是穷光蛋。”

“赌咒不是桩好事，再说也用不着。你在这里等着，我们上去办点事情。”

“听我说，欧吉妮，我们难道不好先在这里稍停片刻，同孩子们讲上几句？”霍尔曼审计师夫人对法尔克夫人说道。

“好吧，我们就这样做吧！来，这个小男孩，你叫什么名字？”

“阿尔伯特。”一个脸色苍白、个子瘦小的男孩子回答说，看样子他大概有六岁光景。

“你知道耶稣是谁吗，小朋友？”

“不知道。”那个小男孩笑着回答，又把手指伸进了嘴里。

“这真是不得了！”法尔克夫人大为惊骇，掏出了她的记事本。“卡塔林娜教区，维塔贝格山丘，小孩子精神上仍是一片黑暗。可以说是一片黑暗吧！喂，你们想不想认识他？”那位夫人问道。

“不想！”

“那么你想要得到一个铜板吗，小孩？”

“要！”

“应该说，谢谢你，我要。”

那位夫人又在记事本上记下了：

“孩子们极其缺乏教养，没有人照管。通过乐善好施，终于使他们得到了较好的教养。”

“这里的气味真难闻，呛死人啦！欧吉妮，我们快进去吧！”霍尔曼夫人催促说。

她们两人踏上楼梯，走进那间大房间，进门的时候连门都不敲一下。

木匠正在用刨子刨一块节疤很多的木头，噪音响得那两位夫人只能大声嚷嚷，别人才能听得见她们在说些什么。

“这里有人渴望得到拯救和主的恩典吗？”霍尔曼夫人叫喊道。

与此同时，法尔克夫人取出清凉剂来朝着小孩的身上喷洒，孩子们被喷洒得刺痛了眼睛，开始哭闹起来。

“哦，你们是来拯救人的？”木匠停下了手上的活计，张嘴问道，“那么你们从哪里弄来主的恩典呢？说不定还有点什么施舍吧！你们到这里来大发善心，所以就不可一世，把人不放在眼里，是不是！”

“你这样出言不逊的粗人是注定要罚入地狱永受毁灭之苦的！”霍尔曼夫人回答道。

法尔克夫人在记事本上写下了这句话：“回答得好！”

“说下去呀。”审计师夫人朝着木匠说道。

“你们的那一套我们全都知道。你们这两个女人谅必要同我谈谈宗教吧！好吧，我就奉陪你们，反正所有的事情我全一清二楚，都可以谈得头头是道。请问你们这两个女人知道公元829年召开的尼卡亚宗教会议［指公元325年召开的尼卡亚基督教大会，这次会议发表了《尼卡亚教条》，其中规定圣子享有与圣父同样的灵性。《尼卡亚教条》于公元381年被基督教大会康士坦丁堡会议通过采纳。此后“圣父圣子圣灵”三位一体学说便成为基督教的主流神学。］吗？在这次会议上把圣灵列入了施玛克尔敦［指德国施玛克尔敦。1531年路德派新教徒在该地成立施玛克尔敦联盟，1536年发表《施玛克尔敦教条》，但未被旧教所接受。1546年新教与旧教之间爆发施玛克尔敦战争，新教被击败，联盟亦旋即瓦解。］教谕的条文之中，你们这两个女人知道吗？”

“噢，我们倒还不知道，善良的人。”

“你们把我叫作善良的人？要知道圣经上说：除了上帝自己之外，世上没有什么善良的人。哼，你们两个女人连829年的尼卡亚会议都不知道，是吗？你们自己什么都不知道，怎么能到处去教别人？哼，你们若是现在就要给予施舍的话，我马上就摆出冷脸子给你们看，因为乐善好施向来是悄悄地给。你们要施舍的话，送点东西给孩子那倒还说得过去，反正他们还保护不了自己，可是不要给我们来这一套。给我们工作好啦，如果你们真心做善事的话。只消给我们工作干，而且出够工钱就行啦，那么你们也用不着装腔作势地在这里转来转去啦！喂，鞋匠，该奖赏我一撮鼻烟吧！”

“可以这样记载下来吗，伊弗琳？”法尔克夫人问道。她是这样写的：“这类人严重地丧失信仰，中邪很深，冥顽不化……”

“亲爱的欧吉妮，不如写成‘不可救药’！”

“你们这两个女人在乱写些什么？难道是记我们的罪过吗？那么这本记事本未免嫌小了吧！”

“这都是那些所谓工会造成的恶果……”

“写得很对，亲爱的欧吉妮……”审计师夫人说道。

“你们还是对工会多留点神吧。”木匠说道，“二百多年来大家一直在咒骂国王们，可是现在我们已发现不能把一切罪恶都归咎于他们。下一步我们就要起来对付所有靠别人劳动来享受的不劳而获的寄生虫，到时候统统叫你们见鬼去……”

“别说啦，别说啦……”鞋匠说。

那个方才曾经怒气冲冲的母亲从这场交锋一开始就双眼盯住了法尔克夫人。她觑了一个空子开口问道：

“对不起，您是法尔克夫人吗？”

“不是，当然不是。”那个当事人斩钉截铁地否认，连霍尔曼夫人都被弄得莫名其妙，不由得惊诧起来。

“哦，天哪，夫人您同我说的那一位长得一模一样。我认识她的爸爸，是在伦诺克号船上掌舵的船老大。早先她爸爸在码头上当打零工的水手的时候我们就混得很熟了。”

“哦，是吗，那倒挺有趣的，不过这同我们这里毫不相干……

那边里屋还住着人，他们也许要蒙受圣恩获得拯救……”

“用不着，”木匠一口回绝说，“他们不需要拯救，倒是需要衣服和食物，最好给点工作，活计越多越好，工钱要高一点。再说两位夫人要进去是很不合算的，因为有一个人出天花躺倒在床上……”

“天花？”霍尔曼夫人尖叫起来，“怎么也不早说一声！来，欧吉妮，我们快走，去叫警察来收拾他们。哼，真是要命，这些人……”

“可是抓走了他们，孩子怎么办？谁来照管这几个孩子？你们说！”法尔克夫人扬扬手上的铅笔做出一副威胁的样子。

“我会照管的，好心的夫人。”那个母亲说。

“可是男人呢？那个男人在哪里？”

“他这会儿正在外面忙着哪。”木匠回答说。

“是吗？那么我们去叫警察把他也抓起来。把他们送到感化院去干苦活。这里非要变成另一种模样不可。这幢房子真是十分适用，就像我说的那样，伊弗琳！”

“女士们请坐下来谈好不好？”木匠问道，“坐下来说话总归方便一些，可惜我们没有椅子可以请你们坐，我们连张床都没有。他们把床都搬去作为修建煤气路灯的捐款，说是自愿捐献的。这样你们从剧院里看完戏出来就用不着再瞎灯黑火地摸黑走道了。这还仅仅是开头哪，可是你们看看我们哪里用得上煤气，我们这里连煤气管道都没有。接着又来了第二桩，说是要捐款铺设自来水管，这样就省得你们的侍女上下楼梯去拎水。可是我们却连水管影子都见不到。后来又来了第三桩，说是要捐款建造花柳病医院，省得你们的儿子们躺在家里受罪……”

“走吧，欧吉妮，上帝啊，这真叫人受不了……”

“女士们，说到受不了，我可以向你们保证，这样的生活早就叫人受不了啦，”木匠说，“总归会有一天，来个大祸临头、在劫难逃。到了那一天，从维塔贝格山上，从斯根纳维克山上，从德国面包师傅山上，从四面八方我们会冲下来，像是瀑布一样浩浩荡荡、声势雄壮，把你们打个落花流水，把我们的那些床都讨回来。不对，不是讨回来，而是夺回来才对。到了那时候，你们就要像我现在这样晚上睡在木工的刨床上，吃的饭食只有土豆，把你们的肚皮也吃得像鼓一样地胀出来。活像刚刚灌过肠一样，就像我们现在这副模样……”

那两个女人倏忽不见了踪影，只留下一沓传播福音的小册子。

“真是见鬼，这股子法国古隆香水的味道太呛人啦，活像狐狸拉屎的臊臭味道。”木匠说，“喂，鞋匠，该赏一撮鼻烟犒劳犒劳了吧！”

他用身上的蓝色罩衫擦了擦前额，又拿起了刨子，屋里那两个人都一声不吭地看着他。

躺在里屋的伊格堡这段时间里都在昏睡着，这时他苏醒过来，准备起身再跟着法尔克一起出去。从敞开的窗子里再一次传来了霍尔曼夫人的声音：

“方才那个女人说的‘船老大’是什么意思？你的父亲不是说当船长的吗？”

“唉，人家这样称呼他就是了，反正船长和船老大本来就是一码事。这你是知道的，难道你不觉得那幢屋子里的人都是下流的粗坯！我再也不会到那里去了。不过这份工作报告会非常出色，一定会非常出色的。车夫，回哈塞尔巴克坡地去。”

第十七章

顺乎自然……

有一天下午，法兰德正在家里念一个角色的台词，忽然听见门上笃笃响了两下。他跳起身来披上外衣，把门打开。

“阿格纳丝，很久不曾光临寒舍啦！”

“是呀，我务必跑来看看你，这段日子真是腻烦得快要把人闷死啦，真是见鬼！”

“瞧你张嘴就骂街。”

“让我骂几句吧，真是痛快。”

“嘿嘿……”

“给我一支雪茄烟，我已经一个半月没有抽烟了。这一套教育人的方法快要把我逼疯了。”

“难道他对你这么严厉？”

“他真是个混账东西！”

“唉，阿格纳丝，不要张嘴骂人嘛。”

“不许我抽烟，不许我说粗话骂街，不许我喝潘趣酒，不许我晚上出去。可是等我结了婚，哼，有他好瞧的。”

“他是真心真意的？”

“他是全心全意。你看看这块手帕。”

“A和R这两个起首的字母，还都戴着王冠，而且都是九颗珠子的。”

“我们两人名字的起首字母一样，所以他把他的印记也给我用了。你说这有多气派！”

“唔，倒是挺气派。哦，原来你们的交情已经那么深了。”

阿格纳丝身上穿着一袭蓝色的裙袍，她放荡地撩起裙袍倚坐在沙发上，大口地喷出一朵朵雪茄烟云。法兰德色眯眯地盯住了她丰满的身躯，不断地来回打量，仿佛在欣赏一件艺术品似的。然后他说：

“你来一杯潘趣酒吗？”

“好呀，正想要哪！”

“那么请问，你爱你的未婚夫吗？”

“他是那种叫人没法真正去爱的男人。再说我也不知道到底爱还是不爱。爱情？哼，究竟什么才是爱情呢？”

“是呀，到底是什么哪？”

“噢，你一定知道……他是个十分令人尊敬的好人，同他待在一起真是叫人难受，不过，不过……”

“不过什么？”

“他真能叫人销魂。”

她妖冶地朝着法兰德娇笑起来，那副淫荡的媚态真会使得那个不在场的未婚夫吓一大跳，如果他能亲眼看到的话。

“难道他对你已经不再要求讲究礼仪了吗？”法兰德用一种好奇而又不安的口气问道。

她一口喝完了杯中的潘趣酒，沉思了半晌，然后摇摇头，用舞台上演戏的腔调长叹了一声说：

“唉，不是。”

法兰德对这个回答似乎颇为满意，心情好像宽慰了不少，于是他便继续盘问下去。

“你要结婚嫁给他不晓得还要熬多少日子，他直到现在连一个角色都还没有弄到手。”

“是的，我何尝不知道。”

“那样苦等真是难为了你。”

“那也没法子，只有耐着性子等吧！”

到了这个地步该上刑折磨让她吃点苦头了，法兰德暗自思忖道。

“喂，你可知道这段日子里珍妮成了我的情妇。”

“那个又老又丑的骚货？”

她的面色顿时变得刷白，宛如所有白色的北极光一下子全都照到了她的脸上。非但如此，她脸上的所有肌肉都抽搐起来，好像遭到了一股电流的猛击似的。

“她一点也不老。”法兰德冷酷无情地说，“你可曾听说城里那家餐馆的小跑堂要在新的剧目里扮演堂·狄阿果，而雷恩叶尔姆却扮演他的仆人。那个堂倌会演得成功的，因为那是谁演都能演得精彩的讨巧角色。不过可怜的雷恩叶尔姆却要出乖露丑难以做人啦。”

“天哪，你所说的是真的吗？”

“那还有假！”

“这种事情决不能发生！”

“有谁能阻止呢？”

她从沙发上跳起身来，又喝了一杯酒，然后就号啕大哭起来。她喊道：

“哦，在这个世界上做人真苦，苦得要命，就好像有个邪恶的势力把我们的欲念统统勾引起来却不能让我们弄到手似的，把我们心头的希望偷看得一清二楚，再设法扼杀它们，把我们的心思猜得一清二楚，为的是彻底葬送它们。如果有人敢冒天下之大不甦甘愿惹祸的话，那就非要让这种恶势力也上当受骗不可。”

“说得很对，我的朋友，所以总是要做好打算，认定今后的日子只会更糟，不过这还不是最令人悲哀的，听着，我要给你一点安慰。你知道，你每次交好运都是以别人倒霉为代价的。你若是弄到一个角色，另一个人就失去了演这个角色的机会。那个人只好像条被踩在脚底下的小虫一样在地上扭来滚去。这样你就受到了走运的荼毒，而不知不觉地伤害了别人。所以你可以庆幸自慰的是，你在每一次遇到逆境倒霉的时候，你也就在不知不觉之中做了一桩好事。而我们能够聊以自慰的也只有我们正在做的这些好事啦！”

“我不要做什么好事，我也不要得到什么安慰。我想要的就是我有权同别人一样走红成名。我应该走红成名！”

“不怕牺牲吗？”

“不怕牺牲，不怕付出一切代价，只要我不再给你的情妇充当侍女就行。”

“哎呀，还是在妒忌呀！你要学会失败了也不气馁，我的朋友，这样就更伟大，也更有情趣。”

“你把真话告诉我好不好，她真心爱你吗？”

“恐怕是的，她认真地黏上了我，不肯放手哪！”

“那么你呢？”

"我？我不会再去爱别人了，除了你之外，阿格纳丝。"

他一把抓住了她的纤纤素手。

她从沙发上跳起身来，连长袜子都露了出来。

"你相信有种感情叫作爱情吗？"她瞪圆了双眼逼视着他。

"我以为爱情有好几种。"

她在地板上转过身去，跳到门边站住了脚步。

"那么你是不是真心爱我，全心全意地爱我？"她问道，手放在门锁上。

他沉思了两秒钟，回答说：

"你的灵魂是邪恶的，而我不爱邪恶的女人！"

"我毫不在乎灵魂！你真爱我吗，爱我吗？"

"是呀，爱得简直发疯……"

"那么你为什么还要派雷恩叶尔姆来缠着我？"

"因为我想尝尝失去你究竟是什么滋味。"

"那么你说过的你已经对我感到厌倦了，这是在说鬼话，对不对？"

"是的，我是在瞎说。"

"哦，你这个魔鬼！"

她从里面将房门反锁上，而他已放下了百叶窗。

第十八章

虚无主义

9月的一个淫雨霏霏的傍晚，阿尔维德·法尔克踽踽独行返回寓所。当走到玛特尼勋爵大街的时候，他不由得惊愕起来，因为他一眼瞅见自己房间的窗户上居然亮着灯光。当他走得更近一些时，从窗下朝房里一望，只见房间的天花板上映出了一个人影，这个人好像是他的熟人，不过一时之间想不起来究竟是哪一个了。这个人影看样子可怜兮兮，走近一看似乎是一副狼狈相。当法尔克推门而入时，原来那个在房间里的人影是斯特鲁弗，他坐在写字桌前，双手支撑着脑袋。他的衣服被雨淋得湿漉漉的，水珠从潮湿的衣服上滴落下来，涓涓细流沿着地板缝往前淌过去。他的头发一绺绺地紧贴在脑袋上，平日里修剪整齐的英国式腮须也像钟乳石一样耷拉在潮湿的外套上。在他身边的桌上放着他的黑色大礼帽，不过那只高顶帽似乎已经被自身的分量压弯了腰而塌陷了下去。它也好像早已青春不再，因为帽檐上围着一圈吊唁哀悼时才用的黑纱。

"晚上好，贵客临门，蓬荜生辉。"法尔克打招呼说道。

"不要挖苦我啦。"斯特鲁弗央求说。

"干吗不挖苦你呢？我不知道有什么理由要我不挖苦你。"

"唉，你也变得无可救药啦。"

"是吗，你倒可以相信这一点，说不定我很快就会加入保守党的。你家里有丧事吧，我看得出来，我但愿能向你祝贺道喜才好。"

"我的一个小孩夭折了。"

"噢，那倒应该恭贺那个孩子摆脱了你这个父亲。请问，你找上我门来究竟有何贵干？你知道得很清楚，我对你的为人向来蔑视，你大概连自己也瞧不起自己的吧，对不对？”

“就算如此吧！不过听我说一句，我的朋友，难道你不觉得人生纷繁，活得已经很艰辛，何必彼此再苦苦折磨不休。倘若上帝下了圣命，天意非要如此，难道我们这些凡夫俗子还非要如此执拗，相互折磨吗？”

“哎呀，总算说出了几句还有点理智的话来。你的上装已经湿透了，要不要换上我的睡衣？你这样坐下去非感冒不可。”

“谢谢你，不过我马上就要走的。”

“哎哟，你既然来了，不妨就多待一会儿，我们总算也有那么一回在一起促膝交谈。”

“我不想多谈我遭到的不幸。”

“那么谈谈你所犯下的种种罪行吧！”

“我没有犯过什么罪行。”

“哼，还说没有！你对被压迫者威胁恫吓，痛加鞭笞，你对受损害者施虐践踏，你对遭不幸者嘲弄取笑！还记得最近一回大罢工吗，你站在当权者那一边气势汹汹，为虎作伥。”

“那是为了伸张法律，我的老兄。”

“哈哈，法律！你这个糊涂虫，请问是谁为穷人制定出法律？是富人，也就是说是主人给奴隶制定了法律。”

“法律乃是属于全民的，是由公众的法治意识所共同制定的，这是上帝制定的戒条。”

“你总是大言不惭，不过同我交谈最好还是把这一套收起来吧。请问1743年的法律是由谁制定拟写的？是克朗海姆先生。是谁拟就出笞刑法律的最后文本？是萨勃曼上校，连提出法律动议案的也是他本人，再由他的亲朋好友鼓噪起来成了声势，于是赢得了多数。须知萨勃曼并非属于全民，他并不是什么平民百姓，他的朋友也不是代表了什么公众的法治意识。那么公司法又是谁制定出来的呢？是郡长斯汶德格林。新的议会程序法是谁制定的呢？是代理法官瓦伦尼乌斯！法律保护法又是谁制定的呢？是批发商克吕德格林［姓名大抵是杜撰的，但各有谐音以示讽刺。］，这项法律干脆保护富人不让他们受到穷人的合法要求的侵犯！你最好还是免开尊口吧，因为你的那一套我全都一清二楚。请问制定出新的遗产继承法规的是哪些人？是那些法律破坏者。是谁拟就了森林法？是那些盗伐者！又是谁拟定了私人银行印制发行钞票权利法案？是那些骗子手。而你口口声声硬说是上帝制定的戒条！可怜的上帝啊！”

“我是不是可以向你进一句忠言，这是我切身的经验之谈，或许会让你终身受用。你如今狂热过激，无法自拔，迟早会自己断送了自己。为了防患于未然，应该尽快对所有的事物换一种新的观点去观察，要试图高瞻远瞩，从宏观上鸟瞰整个世界，那么你就会觉得眼前发生的一切都是那么微不足道，从这点出发去看透一切，就会觉得人世间不过是一个垃圾堆而已。周围的人们不过是行尸走肉而已，再不然把他们当作垃圾堆里的碎蛋壳啦、胡萝卜梗啦、卷心菜帮啦、破布烂纸啦，反正什么都行。这样你就不会被纷争骚乱搞得头昏脑涨而被人踩到脚底下去，你也决不会因为失去某种幻想而痛心疾首。相反，你倒可以得到不少乐趣。每一次你见到有人在做好事，有人见义勇为，你就会以淡漠的蔑视人世的观点冷静以对，你就不会因此而感情冲动、大惊小怪了。”

“我至今还没有你所说的那种观点，这是真的。至于说到蔑视人世我倒还有一点。不过这恰恰是我的不幸。因为我只要看到世人哪怕有一点点行善之举或者高尚美德的迹象，就又会热爱他们，并且对他们推崇备至，于是再一次地上当受骗。”

“你就不妨当个利己主义者，不要去管他人的闲事。”

“我怕这我做不到。”

“你倒不如改行另谋高就。同你的哥哥携手合作。他似乎在社会上很吃得开。昨天我在尼古拉教堂的教区教务会议上见到了他。”

“教区教务会议？”

“可不是，他当了教区的教务委员还能不出席？哦，这真是个长袖善舞、必将飞黄腾达的人物。连本堂主持神父普里玛里乌斯都对他点头致意。他很快就会像所有的地产拥有者那样成为市政要员的。”

“最近一段时日里，特利登公司景况如何？”

“他们发行了本票，稳住了局面。你哥哥没有受到什么损失，也没有赚进什么。他做的是别的生意。”

“我们不要再谈这个人了吧！”

“可是他毕竟是你的哥哥！”

“难道就因为他是我的哥哥，就要对他歌功颂德吗？不过我们东拉西扯，你却还不曾说明来意！”

“噢，我明天将要为我的孩子举行葬礼，可是我连件大礼服都没有。”

“好吧，你可以借去用。”

“谢谢你，老兄。这就了却我面临的一场大尴尬。除了这桩事情之外，还有一件更为棘手的事……”

“为什么你遇到麻烦偏偏就来找我呢？我不是你的冤家对头吗？你怎么居然肯把这些棘手的事向我和盘托出呢，我对你的轻信未免感到惊讶！”

“那是因为你是一个心肠很好的人。”

“不要再指望我会相信这一套啦！好吧，说下去。”

“你怎么也变得那么神经质了，一点也不像以往的你。记得你向来是脾气随和的谦谦君子。”

“其中的道理我方才已经说得很清楚啦。你有话就直说吧！”

“我是来问一句，你肯不肯明天陪我去教堂墓地？”

“啊，我？为什么你不去找《灰外套报》报社里的那些志同道合者呢？”

“因为有种种不便启齿的隐情！我可以向你和盘托出。我没有结婚。”

“没有结婚？你这样的人居然不结婚就生孩子？你这样道貌岸然，俨然是神圣的祭坛和道德的护卫，你难道有必要败坏这种神圣的婚姻纽带关系吗？”

“没有法子呀，只怨我一贫如洗结不起婚呀！不过尽管没有结婚，我仍然有幸福美满的家庭。我的妻子温良贤淑，对我非常体贴，我也非常爱她。这样的伉俪情深已经足够了。不过其中还另有一层隐情：那个夭折的孩子由于种种不便而没有受过洗礼。他只活了三个星期。正因为如此，所以下葬的时候也不会有牧师到坟墓上来，而这一点我却不敢告诉我妻子，若是她知道了更会伤心绝望。我已经告诉她说牧师要直接到坟地去。事情的原委我已全都告诉你了。我妻子当然自己待在家里，你将会见到的有两个人：一个叫莱维，是特利登公司的经理的弟弟，在那家公司里坐办公室，他是一个很讨人喜欢的年轻人，脑筋非常灵活，可是心肠却很善良。不怕你见笑，从你脸部表情我看得出来，你是在琢磨我有没有向他开口借过钱。一点不错，我真向他借过钱用，不过这个人你是会喜欢的。还有一个是我的老朋友，堡格医生。他一直替我的孩子看病，是一个不带偏见、思想十分先进的人，你们必定会十分投缘，你也能理解他的思路。好啦，我一心指望你来，我们四个人乘一辆马车，当然还有躺在棺材里的孩子。”

“好吧，我会来的。”

“不过我还要求你一件事！你要知道，我妻子对宗教是十分虔诚的，因此对于孩子未曾受洗礼就夭折能不能获救永生这个问题总是耿耿于怀。所以她见人就要问这个问题，要听听他们的想法来求得自己心灵上的平静。”

“噢，你大概是知道《奥格斯堡忏悔录》[《奥格斯堡忏悔录》是路德派新派最根本的信条，由马丁·路德等人起草制定，并在1530年德皇卡尔五世主持的奥格斯堡议会上通过生效。]的信条吧！”

“我们现在谈的不是信条。”

“可是你在报上写起文章来，总是扯到正式信仰的问题上去。”

“在报上写文章……我总是那么说的，一点不错。不过那也是奉命办事，按报社的意思去动笔而已。报社一心要维护基督教，他们吩咐下来我就奉命行事，那是替报社干活……至于这件事，那是另一码事……她若是说起相信孩子获救永生，务请你随着她的意思，敷衍附和一下。”

“好吧，为了使一个人得到安慰我就遵命吧！尤其是这种信仰本来就不是我的信仰。不过你最好告诉我你住在哪里！”

“你知道维塔贝格山丘吗？”

“知道，我知道这地方。你大概就住在山丘顶上那幢满是油灰的木头房子里吧？”

“你怎么会知道的？”

“我到那里去过一次。”

“你大概同那个社会主义者伊格堡熟识吧！他在那里妖言惑众煽动别人起来对付我。史密斯先生是这幢房子的房东，我代理他来照管这幢房子，所以可以不交房租，条件是我必须替他收齐房租。可是如今他们非但交不出房租，反而还说得出伊格堡教给他们的一大套关于劳资关系的邪说恶理，还有诸如在那些唯恐天下不乱的小报上刊登的一派胡言。”

法尔克默不作声。

“你认识伊格堡吗？”斯特鲁弗问道。

“是呀，我认识他。你要不要试试大礼服合不合身？”

斯特鲁弗穿上了礼报，又把淋湿了的外套罩在礼服外面，把纽扣一直扣到颏下。他点燃了一支插着火柴杆的、已经咬得有不少牙齿印的雪茄烟屁股，便起身告辞。

法尔克举着灯为他走下楼梯照明。

“你还要走很长一段路哪。”法尔克没话找话说道，为的是使告别的气氛更缓和些。

“是呀，上帝见怜，淋雨的滋味真不好受，我连把雨伞都没有。”

“也没有大衣？那么你要不要把我的冬季大衣先穿回去？”

“谢谢，谢谢，那是太好了。你真太好心啦。”

“到时候我会有机会去取回来的。”

法尔克又反身走进房间，拿出了大衣来，把它递给了站在门廊里的斯特鲁弗。在相互讲了一句晚安之后两人就分手了。他走进了房间里，觉得房里空气浑浊，十分憋闷，于是他打开窗户。屋外沥沥秋雨正下得起劲，把铁皮屋顶敲打得噼啪有声，雨水顺着屋檐冲刷下去，汇入泥泞的街道。街对面的兵营里传来了回营熄灯的号声，然后营房里传来了晚祷的歌声，赞美诗的词句断断续续地从窗户里飘了进来。

法尔克觉得自己形影相吊，凄凉孤寂，而且浑身倦怠已经精疲力竭。他本来以为见到了这个代表着他所仇视的一切的冤家对头必定会有一番唇枪舌剑的恶斗苦战，却不料这个对头一上来就躲开锋芒，而且在较量之中还略占了他的上风。他想要寻找出他们为什么非要如此你死我活地彼此相拼的根本原因，可是想来想去也想不出一个所以然来。于是他开始疑惑起来，心想他视为己任、正在为民请命的那一番事业莫非是不现实的？可是他随即又埋怨自己过于卑怯优柔。那股持续燃烧着的狂热又在他的身体里重新蹿出了火苗。于是他暗自责备自己懦弱成性，正是这个毛病才害得他到处怜悯别人，事事替他人着想。拿方才的情况来说，自己的冤家对头明明已经落入自己的股掌之中，听任自己摆布处置，可是他非但没有深恶痛绝地肆意作践对手，反而还显出一片热诚，真心表明了自己的同情。今后这个冤家对头会对他抱有什么想法呢？他的一味宽容忍让不会给他带来什么好处，却只会妨碍他义无反顾地做出决断，所以这并不是士气旺盛而恰恰是意志脆弱的表现。

他觉得有迫不及待的需要来把自己身体里积聚得过多的激情发泄出来，就好像锅子里积聚了大量水蒸气却没有地方可以用掉，以至于锅子本身快要承受不住这样大的压力一样，因而当务之急是快把锅子底下的炉火熄灭掉，只有这样釜底抽薪才能保全锅子本身。他想起了斯特鲁弗的那一番忠告，想来想去觉得说的并非毫无道理。他思索到最后，脑袋里几乎成了混沌一片，是耶？非耶？真理耶？谎言耶？所有一切都乱糟糟地统统混淆在一起，统统随心所欲地打成一片，无所谓什么是非对错。他那受过高等教育、善于把各种概念分门别类区分得井井有条的头脑很快变成了一副洗得十分彻底的扑克牌，所有牌都各不相干却又混杂在一起。

可以说是桩咄咄怪事，到了后来他的思想竟然进入了一种与世无争的冷漠主义之中。他从冤家对头的行动之中去寻找他们的美好善良的动机，然后再找找自己的不是，竟然发现自己一无是处。觉得自己应该对这个世界抱着一种宽容大量的态度去对待。他的思想最后升华到一个很高的境界，认为遇事先要分出青红皂白真是毫无意义，再说也无法确定什么就是白的，什么必定就是黑的，那么对他来说只要听之任之就行了。他一旦开窍便豁然开朗，觉得这种心绪正是自己所需要的，可以别无所求了。这样的自我意识正是他所需要的愉悦，他觉得自己的身心放松下来，处在多年来不曾有过的心平气和的安静状态之中，因为他不必为人类而操心担忧。他点上一袋劲儿很厉害的烟草，悠然自得地享受这样的平静安宁。

就在这时，清洁女工走进房间，递给他一封刚刚送来的信。信上署名是奥勒·蒙坦纽斯，信写得很长，信的内容使法尔克看了很有感触，思绪联翩，信上是这么写的：

亲爱的老兄：

隆德尔和我已经完成了在此地的工作，不久之后即可返回斯德哥尔摩重叙旧谊。虽然如此，我仍觉得有必要把我在此间所得到的种种印象做一回顾，因为它们对我来说意义至关重大，而且给予我心灵上的启迪莫不大焉。我终于悟出了一个道理，如今我像是一只刚刚啄破蛋壳出世的小鸡，以刚刚睁开的眼睛打量这个世界，并且在蛋壳碎片上跳来跳去，而正是这层厚厚的蛋壳才时日长久地遮蔽住光线使我见不到天日。

这个结果本身虽然并无任何新鲜之处，柏拉图早在基督教问世之前就曾经说过：现实，也就是肉眼可见的这个世界，仅仅是一种外表现象，它乃是思想概念的侧影轮廓而已。也就是说，现实乃是某种低级的东西，是毫无意义的，是从属性的和为时短暂的。言归正传，我接着要对以往的时日做一综合叙述，先从个别事件谈起，再行展开，乃至扩伸到全面一般的状况。

首先，我要谈谈我的工作，这项工作在议会和政府的共同关怀之下得以顺利进行。在特莱斯考拉教堂的祭坛两旁站着两个木雕人像。一个已经毁坏破碎，另一个却还完整，那个完整的木雕像是个女性，手里举着一个十字架。那个毁坏破碎的木雕像如今只剩下了两大袋碎木头，保存在圣具法衣贮藏室里。有个考古学家曾经把那两大袋里保存的东西进行了彻底检查，为的是能够确定这个人像的容貌，可是直到最后他也没有弄清楚，只能大致猜测，不过他毕竟做了基本的调查。他把人像身上打底用的白色油灰泥子刮了一些下来，当成样品送到化学研究所去化验，化验结果证实这个人像中含有铅而不含锌，也就是说这个木雕像是1844年以前的货色，因为从那一年起含锌的泥子才被采用（请问对这个结论有何评说？那具人像说不定在那一年以后还重新着色过）。在这以后，他又将碎木头的样品送到斯德哥尔摩木制品行会去做鉴定。得到的答复是这些木头是桦木。也就是说那个人像是用桦木雕刻的，而且在1844年之前着了颜色。可是这并不是他想得到的结论，因为他基于某种理由曾经宣布过这个人像是1500年之前的雕刻。非但如此，而且是由伟大的雕塑家伯查特·冯·施登海纳所制作的。那位大师曾经制作了威斯特洛斯大教堂里的十字架座椅，而且在那些座椅上都刻上了他的大名。这位博学的考古学者继续深入调查，他从威斯特洛斯大教堂的木雕人像上偷偷地捏下一块石膏泥子来，再把这块泥子连同特莱斯考拉教堂里的木雕人像碎片上的油灰泥子一起送到巴黎的埃考勒工艺专科学院（恕我不会拼写这个字）。出来的答案给予那些在背后流言中伤者以迎头痛击，因为根据化验的结果证明这两种泥子的成分含量完全相同，都是由等量的百分之七十七石灰和百分之二十三硫酸组成。也就是说这两个木雕像是同一时代的作品！于是那尊木雕人像的制作年代就这样被确定了下来。所有的东西全都记录留存后运到考古文物学院去审核。那位博学者怀着强烈的激情汲汲奔走于这些学府之间，因为剩下来的事情只有等着确定那个木雕究竟是哪个人像，并且将它重新复制出来。

在随后的两年时间里，这两大袋木头碎片一直在乌普萨拉和隆德这两座大学之间送来送去。碰巧，那两所大学的教授又各执一词相持不下。隆德大学的教授不久就荣升该校校长，他以那个支离破碎的木雕为主题写了一篇论文，作为他出任大学校长的就职辞。在这篇论文里他把乌普萨拉大学的那个教授批驳得体无完肤。乌普萨拉大学的那个教授也不是好惹的等闲之辈，他立即写出一本小册子来反唇相讥。事也凑巧，在这个时候斯德哥尔摩艺术学院的一个教授提出了一个崭新的观点。这一来局面顿时改观，如同以往一样，彼拉多同希律王〔《圣经 · 新约全书 · 路加福音》第二十三、二十四章。罗马驻犹太巡抚彼拉多和犹太王希律有宿怨，但当耶稣被囚禁审讯时，两人尽释前嫌，共同对付耶稣并将他钉死在十字架上。〕总是可以彼此妥协，放弃一些自己的观点，同仇敌忾来对付这个闯入者，他们要施展出小市民的全部本事，把这个斯德哥尔摩人淹死在他们嘴里喷出的毒液之中。他们终于证明了那个斯德哥尔摩教授是满嘴胡说八道的小人。而大家一致认定那个被打碎的男性木雕像是代表了“无信仰”，而那个完整的女性木雕像则是“信仰”，因为她举着信仰的象征即那个十字架。而那个隆德大学的教授还猜测那个破碎的木雕像是代表着“希望”，因为在那两个大口袋的碎片中，人们在一个口袋里发现了一只锚钩，然而这种假设却遭到了批驳，因为如果是这样的话，那就必须有第三尊雕像“爱情”一起存在。不过在那个教堂里却找不到任何痕迹，再说地方太小也放不下三尊雕像。后来又鉴定证实那个锚钩并不是什么锚上的钩子，而是一个箭镞，历史博物馆里收藏着许多这类箭镞，而这个箭镞正是“无信仰”手里拿着的兵刃的一部分（见《圣经 · 新约全书 · 希伯莱书》第七章第十二节，那里提到没有信仰就像漫无目的地射箭一样，还有《新约 · 以赛亚书》第二十九章第三节可资比较，那一节里曾多处提到没有信仰如同无的放矢一样〔上述章节中均无此内容，显系杜撰。〕）。那个箭镞的式样是斯图列摄政王时代的，这样也就打消掉了对那个木雕像的制做年代的最后一丝疑虑。

我要干的工作是遵照教授们的思路，制作一个能和那个“信仰”雕像相配的“无信仰”的木雕像。制作大纲早已给了我，上面看不出有任何疑问。我便着手寻找一个男性模特儿，因为那个雕像是男的。我找了很久，终于找到了他。真的，我相信我找到了“无信仰”本人，我真走运，这个化身如此惟妙惟肖！因而我的作品也大为成功！因为这个，如今教堂祭坛的左首站的是演员法兰德，手里举着一张墨西哥弩弓，那是从话剧《费迪南德·寇兹》[费迪南德·寇蒂兹（1485—1547），西班牙贵族，殖民主义者，曾征服墨西哥、古巴和中美洲及一些岛屿，并出任西班牙驻这些地方的总督。]借来的道具，身上披着话剧《侠盗狄阿伏罗》[外号“魔鬼大哥”，真名为米契莱·彼萨，是意大利著名强盗，曾领部众与拿破仑进行游击战，后被法国军队俘获处死。1830年意大利音乐家奥伯尔兹特根据他的故事编成同名歌剧。]里那个强盗的大氅。不过人们都说这个雕像活灵活现地显示出“无信仰”向“信仰”交出了武器。主持雕像揭幕仪式的郡主教在他的讲道里说上帝恩宠子民常常赐予他们才华，而我就是这样的人。有位伯爵为雕像揭幕而大摆酒宴，我们就在他的府邸里举行庆祝晚宴。他席间致辞宣称我完成了一件杰作，同他在意大利见过的出土文物可以媲美。有个由伯爵出钱资助上学并且寄居在他家的大学生抓住这个机会写出了诗歌，在美的升华这一概念上大加发挥，并且对魔鬼老怪的神话故事做了历史回顾，他把这首诗印刷出来到处散发。

我大概成了一个名副其实的自我主义者了，因为我一直在滔滔不绝地讲述着自己。至于隆德尔的那幅祭坛画像，叫我说点什么才好呢？那幅画是这个模样的基督（由雷恩叶尔姆当模特儿）被钉在画幅正中的十字架上；左首是那个无可救药的强盗（我充当模特儿），那个坏蛋把我画得比我的本来面目还要难看；右首是那个幡然悔悟的强盗（隆德尔的自画像，用那双伪善的眼睛盯住了雷恩叶尔姆）；跪在十字架底下的是抹大拉的玛利亚（就是你认识的，上衣领口开得很低，几乎露出半个胸脯的那一个）；还有一个罗马百夫长骑在马上耀武扬威（模特儿是演员法兰德），那匹马是法院检察官奥尔逊家的纯种良驹。

我无法形容当时我的心情，在讲述结束之后，罩在画上的幕布一揭开，那一张张熟悉的面孔高高在上地从圣坛上俯视本教区的芸芸众生。那一瞬间的印象真是令人不寒而栗，因为这些善男信女方才刚刚聆听了那位郡主教讲道时以美妙的词藻谈到了艺术的崇高意义，此刻又满怀虔诚来朝着这些为弘扬宗教而献身的艺术形象顶礼膜拜。对于我来说揭幕这一瞬间真是令人大开眼界，它揭露出许多许多东西，以致我对信仰和无信仰的想法也受到启迪而大有改观，你迟早会听得到我阐述的。至于艺术及其崇高的使命等等，我将会做一次演讲，打算一回到斯德哥尔摩就找一处公共场所发表这个演说。

在这些“宝贵的”日子里，隆德尔的宗教情绪越发火上浇油，做作得淋漓尽致，这一点你不消问就可以想象出来。相比较而言，他是幸运的，因为他沉醉在自我欺骗之中，况且他自己都不明白自己是个骗子手。

我想此间的事情已大多说到，未曾言尽的容后当面再谈。

希望尽快见面并祝安好。

忠诚的朋友

奥勒·蒙坦纽斯

又及：我忘记讲一下那段文物考证的最后结局了。结局是这样的：当地济贫院里住着一位名叫让的老人。他还记得清楚在童年时代曾亲眼见到过这些木雕像，一共有三尊，名为“信仰”“希望”和“爱情”，其中“爱情”的个子最大（见《圣经·新约全书·马太福音》第十二章和第九章），所以它只好站在祭坛上。1810年前后这尊雕像和那尊“信仰”的雕像一起被雷击毁了。这三尊雕像都是他父亲雕刻制作的，他父亲生前是在卡尔斯克罗纳专门制作雕像的木匠。真是有意思。

法尔克念完这封信后，便坐到写字桌前，查看了一下台灯，里面的灯油还灌得满满的。他点燃了一袋烟，从写字桌抽屉里取出一张稿纸，动手书写起来。

第 十 九 章

从新教堂墓地到诺尔巴克

9月的一天下午，整个首都都笼罩在一片灰蒙蒙的阴霾之中。法尔克步履安详地登上城南的小山坡。在卡特琳娜教堂墓地里找了一张长凳坐下来憩息片刻。他放眼眺望，但见枫叶经过几晚的霜冻已经变得像火焰似的通红，不由得感到一阵由衷的舒畅。他如释重负似的欢迎秋天的到来，那黑沉沉的天色、那暗淡云层堆积的天际，还有那枯萎发黄的落叶，这般秋意使得他觉得欣喜。空中连一丝风都没有，仿佛大自然也被燠热的溽暑折腾得疲惫不堪，趁着秋凉正好休息。世间万物都在休养生息。人们躺在草地上，不声不响，脾气好得出奇，似乎他们一辈子从未像此时此刻这样安详、宁静。而他但愿人人都是这样才好，连他自己也在内。钟楼上敲响了报时的钟声，他站起身来走了出去，沿着特莱高德大街折向纽阿大街，这条街的街名本意是“新大街”，大概在一百年前还算得上是条新街道，如今却早已名不副实了。他穿过纽阿广场，便来到了维塔贝格山丘。他站在那幢油灰斑驳的房子前面，听着孩子们在说些什么，因为在圆形的山丘顶上如同往常一样，正好有几个孩子在说话，他们嗓门很响，而且肆无忌惮，一边在扔小瓦片玩跳房子的游戏。他们说道：

“燕纳，你今天吃了什么饭菜？”

“这关你什么事？”

“你说关你什么事，你敢这么说话，小心点，要不然我就揍你。”

“你？哼，听着，凭你那对眼睛就休想！”

“我揍不了你？哼，前两天在哈玛比湖我还狠狠地揍了你一顿呢！怎么样！”

“呸，闭上你的臭嘴！”

结果燕纳还是挨了一顿揍，于是一场口角就这样结束了。

“那一回到卡特琳娜教堂的菜园子里去偷芹菜，你不是也去了吗？”

“这又是那个跛脚的奥勒多嘴饶舌。”

“嘿，那一回警察没有来吧？”

“你以为我是害怕警察！我倒要叫你瞧瞧！”

“你若是不怕警察的话，那么你今天晚上就跟我们一起到辛根池塘去摘点梨子回来。”

“那可不行，明白吗？那道围墙就翻不过去，还有那儿有条恶狗可真厉害。”

“难道你不相信扫烟囱的贝勒一抬腿就能翻过那道围墙！对付那条恶狗，那只能靠大家用脚去踢啦。”

那场游戏被打断了，从屋里走出来一个姑娘，朝着长出青草来的街道上撒枞树籽。

“屋里究竟是哪一家今天要出丧？”

“就是那个二房东呗！那家伙又同他的老婆生出了一个孩子！”

“二房东那个鬼东西可真不是个人！”

那一个没有答话，却腔调古里古怪地吹起了口哨，吹的那首曲子也十分陌生。

“他生的那几个狐狸崽子放学回家来的时候，我们常常用脚踹他们。他的那个女人也是个趾高气扬的货色。那个可恶的女巫把我们锁在大门外硬是让我们在雪地里冻了一个晚上，因为我们交不出房租。那个晚上我们只好躲到铅皮钟楼底下堆干草的棚屋里去避避风雪。”

这场谈话就到此结束，最后讲到的那桩事情似乎在这里司空见惯，因而并没有在听者心中留下任何强烈印象。

法尔克听了孩子们这段对话之后，却闷闷不乐地向屋子里走去。斯特鲁弗站在门口等着他的光临，满脸哀容，一副伤心不已的样子。他一把抓住法尔克的胳膊，似乎有重大机密之事要诉说，又像要当着吊唁者的面挤出一两滴必须应景敷衍的泪水来。然后他伸手挽着来宾步入灵堂。

法尔克步入的灵堂，原来就是他们的起居室，房间里摆着一张餐桌，一个餐具柜，六把椅子，还有一口小棺材。窗户上挂着白床单，阳光透过床单照射进来，使得两支蜡烛的红色微光黯然失色。餐桌上有一个托盘里放着几个酒杯，还有一个汤钵里放着大理花、紫罗兰和紫菀花。

斯特鲁弗挽着法尔克的手，领着他来到棺材前面。那个还没有起名字的婴儿安眠在棺材里垫底的刨花木屑上，木屑上铺着一层薄纱，婴儿身上撒着一品红的叶子。

“请到这边来，到这边来。”

法尔克此刻的心情正如向遗体告别的所有的别人一样难过，他找不出在这个场合能说的节哀顺变之类的合适的安慰语言，而只是紧紧地捏住了那个父亲的手。那个父亲连声说：“谢谢，谢谢！”说完之后就走到隔壁的一个房间里去了。

法尔克独自一人枯立在那里，过了一会儿他听到从斯特鲁弗走进去的那个房间的门背后传来了叽叽喳喳的悄声交谈，讲了没有几句话，就再也听不见动静了。可是从房间另一侧薄薄的板壁那边传来了有人叽里咕噜的讲话声，他只能分辨得出一言半语，不过那声音倒很耳熟，最先只听到一阵聒噪刺耳的高音，然后是一连串像连珠炮一样快的音节。然后是一个怒气冲冲的男人声音在回答，中间还夹杂着刨子刨木头的响声，又有另一个声音低沉而哼哼哈哈地说了什么。话音未落刨子又发出了像是打喷嚏又像是干咳的响声，紧接着又是一阵急风骤雨式的高音。

法尔克连估带猜大体上把那几个人在争论什么事情琢磨出了一大半，他还注意到，从讲话的腔调上听得出来那个死去的婴儿似乎也牵涉在里面。

斯特鲁弗进去的那间房间的门背后又传来了一阵压低了声音却依然气势汹汹的讲话声。中间还夹杂着一阵啜泣声。旋即房门被打开，斯特鲁弗手挽着一个洗衣妇模样的女人走了出来，她浑身着黑色衣裙，一双眼睛哭得通红。斯特鲁弗带着一家之主的尊严，郑重其事地介绍说：

“这是我的妻子，这位是我的老朋友——地方法院推事法尔克先生。”

法尔克伸出手去同那个女人握了握，但只觉得她的手掌硬得像块搓衣板似的，而她脸上硬挤出来的一丝笑容却酸得像泡菜一样。他匆忙之中赶紧找出话来安慰她，居然还急中生智拼凑出了一句，提到了“夫人”和“节哀”这两个最要紧的字眼，这句话讲得恰到好处，十分讨巧，以至于斯特鲁弗过来拥抱了他一下。

那个女人也想表示出她的好感和友情，用手擦着丈夫的背脊，又加上了一句话：

“真是不得了，像克里斯钦这个常在外面出头露面的人物却不大讲究自己的衣服，蹭了一身泥回来，连大礼服后背上都蹭满了一层灰尘哪。难道推事先生不觉得他灰头土脸的，脏得像头猪一样？”

这个亲热又爱怜的问题倒弄得可怜的法尔克啼笑皆非，难以回答。就在这当儿，从母亲的背后钻出两颗红头发的小脑袋来，龇牙咧嘴地朝着这个陌生客人做鬼脸，那个母亲摸着那两颗小脑袋问道：

“推事先生可曾见到过比他们更难看的孩子？他们的样子像不像狐狸崽子？”

这句话倒一语道出了实情，同真相再熨帖不过，可是法尔克却不得不竭尽所能地一口否认这个事实。

大门被推开，从门廊里走进来两位先生。走在前面的那一个先生看样子年纪三十岁出头，肩膀宽厚，脑袋呈四方形。他的肤色有如糟朽过半的桥板一样，上面布满了像被虫蛀出来的纵横交错的迷宫式的皱纹。一张扁阔的大嘴如同刀斫斧凿出来一般，而且总是半张半翕，似乎难以合拢，所以只要面带笑容时，那张大嘴就会咧开，四颗尖尖的虎牙就露了出来。这一来就把整个脸部裂成两半，让人可以一眼瞥见他嘴里的第四颗臼齿。那张脸上光溜溜的，没有一根胡须敢于冒出头来，鼻子的鼻梁凹陷，鼻孔朝天。只有在脑门顶部才有些毛发，就像铺了一块棕丝地毯似的。

斯特鲁弗长袖善舞，惯于抬高自己周围的交往者的身份，把见习医士堡格介绍为堡格大医师。那一位听了这样的介绍却未置可否，既没有由于受到抬举而受宠若惊，也没有显出不满意的神色，只是自顾自把大衣的袖子朝向背后跟着的那个人伸过去，那个人立即帮他把外套脱了下来，顺手挂在门后的铰链上。那位夫人赶紧解嘲似的嘟囔了一句：

“这幢老房子真是糟糕，连挂衣服的钉钩都没有一个。”

那个帮着脱衣服的人被介绍是莱维先生，他是个高个儿小伙子。他的鼻梁高挺，脑门似乎是从鼻梁上凸出来的。他从脑袋直到膝盖，整个身体像是用拉管机硬拉出来的钢管那样笔直僵硬，上下一样粗细，臀部平坦，几乎见不到踪影，两只肩膀偏斜，像屋檐上接出来的落水管子，连两条大腿也同小腿一般粗细。两只脚扁平，像后跟已经磨平了的旧皮鞋，非但如此，两只脚的弓形部分已被压得不再拱起而且还朝外撇，就像那种负重扛压的苦力或者是要整天站着干活、一辈子都不得坐定的工匠的脚那样，总而言之是十足的奴隶才有的那种脚型。

那位见习医士脱掉大衣之后仍旧待在门口忙碌着，他慢条斯理地脱下手套，又把手杖倚在一旁，然后又擤擤鼻涕，用手帕将鼻子擦干后将手帕塞回到衣袋里……尽管斯特鲁弗一而再、再而三地重复介绍，他却装出了一副毫不在意的样子，好像他觉得自己还在门厅里脱外套，根本还没有走进客厅里同主人寒暄一般。所以他把帽子摘了下来，在地板上蹭了蹭皮鞋，这才朝前跨出一步走进房间。

“您好，珍妮，一切都还好吧！”堡格问候说道。他伸出手去同女主人握手，那副郑重其事的样子倒不像是握手，而像是伸手去搂住她的腰。然后他爱理不理地朝着法尔克点头致意，动作之小几乎让人注意不到，可是脸上却龇牙咧嘴，就像有条狗看见另一条陌生的狗窜进自己的院子里来一样。

年轻的莱维先生亦步亦趋地仿效着堡格的举止谈吐。堡格微笑一下他也马上微笑。堡格讽刺挖苦别人，他就喝彩叫好。堡格对他颐指气使，他只好忍气吞声曲意迎合。

女主人打开了一瓶莱茵葡萄酒敬奉给客人。斯特鲁弗举起杯来向来宾们表示欢迎。堡格张大了嘴把舌头卷成水槽模样，一仰头就把杯中之物倒了进去，旋即又愁眉苦脸地吞咽了下去。

“这酒味道又酸又涩，实在不好喝。”女主人说，“亨里克，你还是换杯潘趣酒吧，好不好？”

“好吧，这酒实在太难喝。”见习医士很是赞成，莱维先生亦应声附和。

潘趣酒端了上来。堡格的脸色顿时一扫阴霾，变得开朗起来。他环视四周，想找把椅子坐下来，莱维立即端来了一把椅子。

宾主等人都围着餐桌坐定下来。餐桌上放着的紫罗兰香气四溢，它的香气之中又掺和进了酒香。蜡烛的光芒倒映在酒杯里。不一会儿，酒兴把谈兴勾了上来，大家的讲话交谈愈来愈活跃了，从见习医士的座位上升起了一根浓浓的烟柱。女主人朝着窗口前面婴儿安眠着的灵柩瞟了一眼，那眼光里充满了不安和悲哀，可是没有人瞅见。

窗外传来一辆马车在房屋门前戛然停下的响声。人人都站起身来，唯独那位见习医生仍然稳坐不动。斯特鲁弗干咳了几声，放低了声音，仿佛是在做一件极不情愿的事情那样问道：

“我们准备出灵吧！”

那个女人走到棺材面前，一头扑了上去，放声痛哭。当她站起身来时，她的丈夫已经拿着棺材盖站在她身背后。于是她又忍不住号啕大哭起来。

“好啦，好啦，安静下来吧！”斯特鲁弗说道，急忙把棺材盖合了上去，似乎他想要把什么东西隐藏起来一样。堡格见习医生朝着自己嘴巴里的那条水槽又灌下了一杯潘趣酒，那模样活像一匹马噘起大嘴在打哈欠。莱维先生帮着斯特鲁弗把棺材盖用螺丝钉钉住。他干这个活计不费吹灰之力，似乎摆弄的只是一个纸箱似的。

客人们向女主人道别之后，穿上外套走了出去。女主人好心好意关照他们要当心台阶，因为“这幢房子又老又破”。

斯特鲁弗走在发引队伍的最前头，肩上扛着那具灵柩。他走出门口一看街上已经聚集了一小群看热闹的人。为了维护他的尊严，他顿时神气活现起来，傲慢地对马车夫颐指气使，又埋怨马车夫不曾把车门打开和放下踏脚板。为了更加显出自己的尊贵，他对马车夫一直以“你这个人”相称并且毫不客气地吆来喝去。那个身穿号衣、长得五大三粗的马车夫倒是毕恭毕敬地把帽子脱下来拿在手上，匆匆忙忙按着他的吩咐照办不误。主人的这番做作招惹得看热闹的人群中那个名叫燕纳的男孩子忍不住怀着恶意干咳了一声。斯特鲁弗一看自己的架势已经引起了大家的注意，便自鸣得意地把头抬得高高的，双眼直视街对面房屋上的烟囱，似乎他是在等人来掏烟囱一样。

他们四个人都上了马车之后，车门砰地关上，人群不像方才那样，骚动情绪平静下来，几个年纪轻一点的有了这样一段交谈：

“喂，你看，那口棺材倒挺摆阔气，可是经不住看，你看出毛病来了吗？”

“那还用说，你看灵牌上连个名字都没有！”

“你知道那是什么意思吗？”

“什么，你说呢？”

“哼，哪个人一看就肚里有数，灵牌上空落落的。”

“那究竟是什么意思呢？”

“你难道还不晓得！那是个婊子养的小崽！”

亏得那当儿，赶车的马车夫已经连连抽了几下响鞭，车里的人听不见这番对话。法尔克抬起头来朝窗口张望了一下，但见那个女人站在窗口，正忙碌着把挂在窗上的床单取下来，并且把蜡烛吹灭。在她身边站着那几个狐狸崽子，每人手里都举着一个酒杯。

马车辚辚往前驶去，穿过了一条街又一条街。车上没有一个人想开口讲话。斯特鲁弗把那口棺材放在双膝上，一副愁苦悲哀的样子。偏偏天光还亮，一直不肯暗淡下来，他又没法子不让人家看见自己的面容，只好活受罪，硬装样子撑下去。

到新教堂的墓地这段路真是很长，不过最后总算到了。墓地大门前停着一长串马车。他们去买了花圈，把棺材交给了掘墓人。他们进入墓地，走了很长一段路，这一小群送葬的行列才在一个新挖开的墓穴前停下了脚步，这个墓穴是在墓地北边的最远处。掘墓人把墓穴上的隔板安放就绪，这时那个见习医士发出口令：“放准位置！抽掉底板！入穴放正！”那个无名的女婴尸体便坠入离地三尺的穴位之中。随后有片刻间歇，大家默不作声地站着，低垂着脑袋，眼睛俯视着脚下的墓穴，仿佛在等待什么事情的来临。天晦如磐，暮云四匝，凝重得像铅一般的天空笼罩着荒凉的墓地，墓地空旷而广阔，到处都竖着一条条写着名字的白色木牌，那是生怕夭折掉的孩子太小，他们的魂魄还找不到自己的归宿之处而走迷了路。森林里大树的枝杈张牙舞爪地伸向天空，仿佛是皮影戏的背景衬托一样。万籁俱寂，连一丝风都没有。蓦地响起了一个声音，起先那声音有点颤抖，渐渐地就口齿清楚起来，口气也稳定下来，那是在传递一个信念，原来是莱维在讲话，他脱下帽子光着脑袋，站到棺材的罩布上滔滔地祈祷起来，他说道：

“如今你已蒙主宠召，在全知全能的上帝庇护之下，安息长眠吧！啊，上帝啊，你是我们的避难所，是我们的平安堡垒，是我们永恒的保障。上帝啊，你是我们信仰依赖的神圣。上帝啊，你无处不在、全知全能，我们呼唤你神圣的名字是为了虔敬和祈祷，但愿整个世界享有荣耀，尊你的名字为圣。你总会有一天把这个世界变得焕然一新。你将使逝者起死回生，赐予他们新的生命。你让天国里的子民享有永恒的和平，但愿你也赋予在整个以色列的土地上的选民们以和平，让我们共享太平，阿门。

“安息吧，你这个还没有取名的小孩子。上帝认识他的每一个子民，他会呼唤出你的名字。安息吧，在这个深秋之夜你长眠于斯，虽然你尚未领受圣水的洗礼，妖魔鬼怪决计不敢来骚扰你。你已用不着为活着操劳和烦恼，为此你应该感到高兴，不过你也享受不到生的愉悦。幸运的是你在尚未来得及认识这个世界之前就已经离它而去。你的灵魂离开了降生不久的肉躯，它是那么圣洁、毫无瑕疵，因此我们不必朝你的身体上撒上一撮泥土，那是为了罚入地狱的罪人而撒的。我们要用鲜花覆盖你的全身，因为随着鲜花破土而出、灿烂绽开，你的灵魂也就会冲破坟墓的黑暗而飞向光明，因为你只有灵魂来到尘世，又马上离开尘世，灵魂飞向了天堂。”

他祷告之后把花圈扔了下去，然后戴上帽子。

斯特鲁弗走上前去，伸出手去同莱维的手紧紧地相握，泪水从他的双眼里滴落下来，于是他只好借用莱维的手帕把眼泪擦干。医生把花圈朝墓穴里一扔转身就走，其余的人也跟在他后面慢慢地走开。不过法尔克却若有所思地站在那里，弯下身去盯住了墓穴深处细细看个究竟。起初他只见到一个黑黝黝的四方形洞穴，渐渐地有个浅色的亮点，它徐徐变幻，愈变愈大，成为一个有模有样的形状，四周环绕着一个圆形光环，白色的微弱光芒有如一面镜子在闪烁。他想那大概是婴孩的仍是一片空白的人生图画，在黑暗中幽幽发光，不过那只是把天空中持续不断的光芒反射出来而已。他把自己手中的花圈扔了下去，只听得一声轻微而沉闷的响声，那微弱的光芒旋即消失殆尽。于是法尔克转过身来跟随大家一起离去。

在马车旁边他们商量起来究竟应该驶向哪里。堡格快刀斩乱麻，吩咐说道：

“上诺尔巴克饭店！”

几分钟之后这一伙人就来到了诺尔巴克饭店二楼的大厅里。他们由一位姑娘招呼引领入席。堡格不由分说搂住了她便亲了一个嘴，然后把帽子往沙发上一扔，吩咐莱维帮自己把大衣脱了下来。他要了一壶潘趣酒、二十五支雪茄烟、半瓶干邑酒和上好的甜食。点完酒菜后，他脱掉上衣，只穿一件衬衫，独自占据了大厅里唯一的一张沙发。

斯特鲁弗看到吃喝已准备就绪，不用他来张罗会钞，不由得笑逐颜开，喜不自禁。他刚开口说他很喜欢音乐，莱维就已经坐到钢琴旁边，并且在琴键上敲击出了一首华尔兹。斯特鲁弗便搂着法尔克的腰，像是跳舞又像是散步一般旋转起来，他们一边踏步一边交谈，讲的是一些轻松的话题，诸如人生无常啦、哀乐喜怒啦、人性变幻莫测啦等等。这场交谈得出的结论是：出生和死亡皆是天意，是神灵们所赋予或者收回的，因而大可不必为死亡而悲痛伤心不已，否则就是与理有逆，犯下罪孽了。斯特鲁弗讲话里说的都是神灵们而没有只提上帝，因而使得法尔克明白他并不是一个笃诚的虔信派教徒。在做了这番解释之后，开场白算是告一段落，斯特鲁弗便心安理得地搂着那个送酒进来的姑娘跳起华尔兹舞来。

堡格斟好了几杯酒，一边招呼莱维过来一边朝着酒杯点头示意，说道：

“来，咱们来干一杯，就像自家人一样地喝上一杯，这样咱们之间就可以随便说话，用不着计较虚礼客套啦！”

莱维一听有这样的荣耀，真是受宠若惊，显出一副眉开眼笑的表情。

“干杯，你这个以撒。”堡格说道。

“我的名字不叫以撒……”

“你以为我会在乎你本名叫什么吗？我给你起以撒这个名字，我就这样叫你，你是我的人了。”

“我说你真是个有趣的鬼精灵。”

“骂我是鬼精灵！难道你连一点规矩都不懂！你这个犹太

杂种！”

“咱们不是说好了可以彼此随便说话吗？”

“咱们？那是我可以对你随便说话，明白吗？”

斯特鲁弗觉得自己必须给他们两人打个圆场，便走过来将他们两人隔开。

“谢谢你，莱维老兄，”他说道，“方才你讲得真好，你念的是哪一篇祷文？”

“那是葬礼的祈祷文。”

“那篇祷文写得优美动人。”

“只不过是一连串的无聊的空话，”堡格说道，“何况这条奸诈成性的狗是在替以色列汪汪叫，跟死者毫无关系！”

“所有没有受过洗礼的人都被算作迁到以色列去的上帝的子民。”莱维分辩说道。

“这么说来你是在攻击洗礼本身。”堡格接口说道，“我不能容忍有人对洗礼大肆攻击……我们自己都尊重洗礼，受不受洗礼非同小可，你却偏偏敢于伸出手去亵渎圣事！别来这一套！不管是什么人，只要他敢伸手亵渎我们的宗教，我就决不能容忍。”

“堡格说得很对，”斯特鲁弗说道，“也就是我们务必不可以肆意亵渎洗礼或者别的任何圣事。我要求我们今天晚上交谈中不要再出现这一类有欠考虑的轻率的语言。”

“你提出要求，”堡格叫了起来，“你凭什么提出要求？哼，你赶快闭嘴，我先饶了你这一回。弹琴吧，以撒！弹起来，在恺撒大帝的酒宴上怎么可以听不见音乐声响。弹吧，不过不许弹什么老调，一定要弹新的才行。”

莱维坐到了钢琴面前，弹起了一首不知所云的序曲。

“可以，就这样弹下去吧，我们这会儿聊聊天吧。”堡格说道，“推事先生怎么愁眉苦脸地踱来踱去？像有什么心事，你过来和我们一起喝一杯！”

法尔克在堡格面前总是有点局促不安，所以怀着戒心接受了他的这番好意。可是大家都不作交谈，大概是生怕惹起是非的缘故。斯特鲁弗像条蛀虫一样，到处乱转，想要满足欲念却不能够如愿以偿，于是他只好一次又一次地光顾放着潘趣酒的那张桌子，时不时地还迈出几个舞步，似乎在一厢情愿地想象那份情趣、那份欢娱，然而却只能垂涎而无法得到。莱维也在钢琴和潘趣酒桌之间来回走动。他试着唱出一首滑稽可笑的小曲，可是那首歌快老掉牙了，以至于没有人肯听他的。堡格一股劲儿地大呼小叫，说是气氛要热烈点。可是大家非但没有鼓起劲头来，反而倒愈来愈沉闷，甚至有点烦躁不安起来。法尔克在地板上踱过来又踱过去，闷声不响，好像是感觉到了雷雨来临之前乌云密布的不祥之兆。

在堡格的吩咐之下，一顿丰盛的晚餐已经摆上了席面。大家噤若寒蝉地坐到餐桌边，谁也不情愿多嘴多舌招来是非。斯特鲁弗和堡格纵情狂饮，毫无节制地往嘴里灌烧酒。堡格的嘴喝得像是壁炉上的两扇瘢痕斑驳的门一样，这里那里都是一块块的红斑，两只眼睛却愈喝愈黄。斯特鲁弗的脸却像一只涂了红的荷兰干奶酪，满脸通红，油光发亮。要是有人看到法尔克和莱维与这两张脸在一起同席吃饭的话，一定会想这两个小孩子在今晚吃饱了最后一顿晚餐之后就会成为那两个巨人嘴里的美食。

“给那个写花边新闻的文人把鲑鱼递过去。”堡格想打破沉默便对莱维发话道。

莱维乖乖地把盘子递给斯特鲁弗，不料那一位把眼镜往脑门上一推，嘴里喷出了一串像毒液般的语言：

“你怎么连规矩都不懂，”他咆哮如雷，把餐巾扔到莱维的脸上，“你这个犹太鬼！”

堡格把他的笨重的手按住了斯特鲁弗谢了顶的脑门说道：

“闭嘴，受人雇用的穷酸记者！”

“我碰到的这一伙是什么样的人啊！先生们，我必须对你们说清楚，我不习惯这里的那一套。我年纪太大，不要把我当小孩来玩这一套把戏。”斯特鲁弗气得嗓音发抖地吼叫道，把平日装出来的委曲求全的好脾气忘得干干净净。

堡格此时已经酒足饭饱，站起身来离开餐桌，一边说道：

“真是活见鬼，一群什么样的人！你先会钞把账付了，以撒。我日后还你，我先走一步。”

他披上自己的大衣，戴上帽子，又给自己斟了一杯潘趣酒，再掺兑了不少干邑酒，仰起头来一饮而尽，顺手把蜡烛扫灭了两根，并且打碎了几只玻璃杯。他捞了一把雪茄烟，又捞了几根一擦就着的火柴塞进衣服口袋里，然后跌跌撞撞地走了。

“真可惜，这样一个天才竟是个酒鬼。”莱维诚恳地说道。

不到一分钟，堡格却又回来了，他走进门来就直奔餐桌，抓起枝形蜡烛台，点燃了一支雪茄烟，把一股烟雾朝着斯特鲁弗脸上直喷过去。他伸出舌头，露出嘴里的臼齿，一口气把蜡烛吹熄，然后走了出去。莱维身子朝前趴在地板上，自觉有趣地大呼小喊起来。

“真亏得你有此雅兴，把我带来见识了这两个废物。”法尔克一本正经地说道。

“唉呀，亲爱的朋友，他这会儿是醉得脑袋发昏了，不过他的父亲是一个军医，还是一位教授哪。”

“我又不曾打听他的父亲是什么人，只是问到他本人怎样。不过你已经回答清楚你为什么心甘情愿地忍受这样的一条狗的践踏！那么你肯不肯回答这个问题，就是为什么他情愿屈尊同你交往？”

“因为我手上保存着所有的流言蜚语。”斯特鲁弗自鸣得意地实言相告。

“非但如此，你不仅保存着世上所有的无稽之谈，你满肚皮都是这些货色。”

“你怎么啦，莱维老兄，”斯特鲁弗以讨好的口吻问道，“瞧你那副一本正经的模样。”

“真是可惜，像堡格这样才华横溢的人物竟然拼命酗酒，这样地糟蹋自己。”

“你凭什么，还有从什么时候起把他封为天才的呢？”法尔克问道。

“有人不写诗也可以成为天才的呀。”斯特鲁弗挖苦了一句。

“这我相信，因为写诗根本就用不着什么天才，至于当个醉生梦死的浑人那更用不着。”法尔克反唇相讥说道。

“我们是不是该付账了。”斯特鲁弗提醒说道，他马上推说有点事情要办便走了出去。

法尔克和莱维把账付清。当他们走出来时，天上正下着雨，夜色茫茫一片漆黑，南城市区的煤气路灯的光芒映得空中泛出了红光。雇来的那辆马车早已驶回去了。他们只好把大衣领子竖起来，安步当车走回家去。他们刚刚走出离九柱戏场地不远的甬道，只听得空中传来了一阵撕肺裂肝般的尖叫声。

“真是活见鬼！”有人在他们的头顶上破口大骂。他们抬头一看，原来是堡格用双手吊在一棵极高的菩提树的枝杈上。那根树枝一会儿垂向地面，一会儿又弹回到半空中，荡来荡去画出了一个巨大的曲线。

“真是不得了，”莱维大声喝彩道，“真是不得了。”

“真是个不顾死活的疯子！”斯特鲁弗粲然一笑又竖起了衣领，他对有这样的被保护者颇为得意。

“快上来，以撒，”堡格在半空中叫喊道，“快上这里，你这个犹太小子，这样我们可以相互借贷，有钱一起花啦。”

“你要多少钱嘛？”莱维问道，赶紧从口袋里掏出钱包。

“我一张嘴，起码要借五十块。”

霎时，堡格已经从树上一跃而下，接过钞票塞进衣袋里。他又马上把大衣脱了下来。

“把大衣穿上！”斯特鲁弗吩咐说道。

“叫我穿上！你怎么敢用这种口气对我说话！你是在差使我吗?！你敢这样说话，难道是想挨揍吗?”

他用自己的大礼帽抽打身边的树干，把礼帽砸烂了。然后他把身上穿着的大礼服上衣和背心一齐脱掉，听凭急雨唰唰地打在他的衬衫上。

“来吧，你这个穷酸文人，我们打一架试试?”

他朝着斯特鲁弗扑上去，抱住了他的腰往后倒退，不料两人扭作一团，双双跌倒在路边水沟里。

法尔克尽其所能地加快了脚步朝市区走去，走出去很远还能听得见身后的大呼小叫声。

莱维一阵阵哈哈大笑，一阵阵呼喊叫好：“真是不得了，真是了不起！”

堡格在骂骂咧咧：“你这个背信弃义的叛徒，叛徒！”

第二十章

在祭坛上

10月的一个傍晚，华灯初上，某城市的餐馆里的座钟刚刚敲过七点，城里剧院的导演便推门而入。他像是刚刚饱嚼过美味的癞蛤蟆那样脸上容光焕发。看样子有什么喜事在身，所以他笑逐颜开，可惜脸部肌肉却不习惯于反映出这种平日里几乎没有的表情，因而那张面孔上的纹路全都乱了套，七歪八扭堆成一团，比平日里的丑模样更加难看了。他摆出一副仁慈宽厚的架势，朝着站在柜台里数点顾客人数的那个干瘪小老头，也就是餐馆的老板打了个招呼。

“您好吗？”导演用德语高声嚷道。自从上次见面以来我们同他暌违已久，有许多日子不曾听见他的粗嗓门了。

“很好，谢谢。”餐馆老板也用德语回答说道。

这两位先生的德语只能讲到这里为止，再也无法多讲出来一句，所以他们十分识相，马上就改用瑞典本国话来交谈。

“喂，你说古斯塔夫这个小伙子怎么样？他扮演堂·狄阿果难道不是非常出色吗！是不是？我相信我是能造就出演员的，我就有这个本事！”

“是呀，我也这么说来着！这个孩子真有出息！不过就像导演先生亲口所说：造就一个没有被那些愚蠢的书本弄糊涂头脑的人，使得他有演戏才能要轻松容易得多……”

“书本真是害人匪浅的坏东西！我知道得最清楚了。用不着再多提它！喂，老板，你可晓得书本里写的尽是一些什么东西吗？哼，我知道！您只消看看雷恩叶尔姆扮演的霍拉旭［莎士比亚的悲剧《哈姆雷特》中的人物。］，看看他在台上的一举一动，那才叫作优美哪！我曾经答应把这个角色给他，因为他死乞白赖向我苦苦求了那么多次。不过我还是没有答应他，我说我帮不上他的忙，因为他要是演砸了我可负不起这个责任。我还对他说他若是这个角色到手，那仅仅是因为我要向他显示一下一个人的天赋中若是没有表演才华，那么演起戏来实在困难重重。这样就省得他以后多少日子里再垂涎于别的角色了。我就是这么对付他的。不过我要说的正经事并不是这些。听着，老板，你这里的单间包房空着吗？”

“你说的是那两个小房间？”

“正是！”

“只要导演先生吩咐，随时可以为您效劳。”

“那太好啦，准备两个人的晚餐，八点钟。老板，您亲自来上菜！”

他在讲最后一句话的时候反而压低了嗓门。老板深深地低头哈腰，表示他已经明白了其中的奥妙。

就在这个当儿，法兰德走了进来。他毫不理睬那个导演，自顾自坐到他的老位子上。导演马上就站起身来，走过柜台的时候，又神秘兮兮地关照了一句“八点钟”，然后离开了。

餐馆老板给法兰德端来一瓶苦艾酒和下酒菜，他看看那一位似乎没有心思开口交谈，便拿起一块抹布在桌上东擦西拭，擦了一会儿见对方还是没有动静，就把桌上的火柴盒装满，并且开口说道：

“今天晚上小房间里两个人吃晚饭，哼！”

“你说的是谁和什么事情？”

“哼，说的就是方才走了的那一位。”

“哦，就是那一个呀！这么个小气鬼出手如此大方倒也不寻常。就是他一个人吗？”

“不，两个。”餐馆老板说道，马上又闭起了眼睛，“在那两间包房里准没有好事，哼！”

法兰德竖起耳朵谛听，可是马上觉得对别人的隐私显得如此关切，未免有点不雅，于是撇下了这个话题不再追问下去。可是餐馆老板却余兴未尽，不肯就此罢休，自顾自说下去。

“我真纳闷，”餐馆老板说道，“那个人会是谁。要知道他的老婆身体不好，再说……”

“这不关我们的事，那个恶魔爱请谁吃饭就让他请吧。有今天的晚报吗？”

餐馆老板被他这两句抢白噎得一时之间竟回答不上来。正好这时候，雷恩叶尔姆走了进来，满面春风，快活得像是个平步青云的年轻小伙子一样。

“今天晚上你别再喝苦艾酒啦，”他说道，“让我来做东请客。我高兴得快要哭出来了。”

“怎么回事？”法兰德颇为不安地问道，“莫非你弄到手了哪个角色不成？”

“不错，你这个悲观主义者一言猜中。我得到了霍拉旭这个角色。”

法兰德脸色阴沉下来。

“那么她要演莪菲丽雅［《哈姆雷特》中的女主角，波乐纽斯之女，哈姆雷特之情人。］喽。”

“你怎么会晓得的？”

“我是一言猜中而已。”

“你真是料事如神。不过这也是明摆着的事情，猜起来不费脑筋。难道你不认为只有她才配演这个角色吗？请问整个剧院里还有谁比她更出色？”

“没有啦，这个我承认。你觉得霍拉旭这个角色怎么样？”

“哦，这个角色挺精彩！”

“嘿，真是稀奇，人的品位各不相同。”

“你有何高见？”

“我觉得他是所有宫廷显贵之中最厚颜无耻的卑劣小人！他对每桩事情都迁就迎合，只会说好，口口声声：‘好的，王子！对的，我的好王子！’倘若他果真是哈姆雷特的契友，那么他起码应该有那么一回挺身出来说个‘不’字，而不能像一个马屁精那样一味阿谀奉承。”

“你又来大煞风景，扫我的兴致，是不是？”

“一点不错，我就是要煞你的风景、扫扫你的兴！你这个人总是把那些居心险恶的无赖所做的事情看成是伟大完美的。只要你仍然如此下去，你就不会有什么精神世界的追求啦！倘若你眼里见到的一切都是那么完美无缺，那么至善尽美，那么你怎么还能够渴望求得什么真善美呢？相信我吧，悲观主义乃是最真实的理想主义，悲观主义乃是一种基督教的教理，因为基督教已经揭示了这个世界的丑恶，而我们应该寻求它的灭亡。”

“难道你就不让我觉得世界是美好的吗？难道我不应该对那个赋予我们一切美好与欢乐从而使我们一生得以享受的造物主感恩戴德吗？”

“可以，可以！除了欢乐还有信念和希望。世上的芸芸众生浩若烟海，却都在孜孜以求地追逐同样的一个猎物，那就是幸福。而你可以赢得十四亿三千九百一十四万五千三百分之一的欢乐，因为那是世界总人口的粗略估算数字。难道你今日赢得的幸福值得你忍受几个月的痛苦和屈辱去换取得来吗？是不是太得不偿失了呢？何况你的幸运究竟包括着什么货色呢？你只不过到手了一个蹩脚的角色而已，你扮演这个角色绝不会使你时来运转，从此走红成名的，也就是一般人心目中的成功。当然我并不是说你会把这个角色演砸了，再说你就真能十拿九稳……”

他停下来吸了一口气，又接着说道：

“阿格纳丝扮演莪菲丽雅就一定会走红成名？说不定她为了把这个难得的机会弄到手而不惜一切代价，为了这个角色而什么都肯做，这是司空见惯的。不过我很后悔不该说这些晦气话来使得你难过，所以我请求你不必把我的话当真，反正我说什么你都不会相信的。是耶，非耶，谁能弄得明白。”

“我倘若不是熟知你的为人的话，我一定会以为你在妒忌我。”

“那倒不至于，我的孩子。我希望你能同所有人一样尽快地如愿以偿，这样你也就可以把你的心思转向更好一点的事情上去，人生的目标本该如此才对。”

“你已经功成名就，坐着说话毫不费劲。”

“唉呀，我们犯不着为了这个而拌嘴，瞧我们都说到哪里去了，似乎我们渴望的并不是成功，而是坐在这里取笑我们所做出的巨大努力，是巨大的努力，你听到没有！”

钟敲八下，铿锵的钟声在店堂里回荡萦绕。法兰德从椅子上蹿起身来，似乎打算要走，可是片刻之后他用手按了按脑门，似有所悟地又坐了下来。

“今天晚上阿格纳丝是不是在贝蒂婶婶家？”他用一种若无其事的口气问道。

“咦，你怎么会知道的？”

“噢，我看你这样安心稳当地坐在这里便作此猜想。我想她要同贝蒂婶婶一起串台词，因为过不了几天你们就要演出了。”

“是呀，你既然什么都晓得，莫非今晚你已同她碰过头了？”

“没有，我可以用我的人格担保！因为否则我就想不出来我们没有演出的这么一个晚上她为什么不安安生生待在家里。”

“这么说来你想的一点没有错。再说她看见我这么多日子一直待在家里陪着她，她怕我憋闷得慌，叫我出来同朋友聚聚，散散心。她总是那么心疼我，想得那么体贴周到，这个可爱的姑娘。”

“是呀，她倒挺会心疼人的。”

“她每个晚上都同我在一起，只有一回，她在她的婶婶家里过了夜，连话音都没有留下一个。那天晚上我急得几乎发疯，整宿都不曾睡着。”

“那是7月6日，对不对？”

“你说得这么准确把我吓了一跳，莫非你在暗中监视我们不成？”

“我干吗要那么做呢？反正我对你们之间的关系知道得很清楚，而且还尽力成全你们。我怎么会知道的，那很简单，7月6日是星期二，你自己一直挂在嘴头上，不知说了多少次。”

“噢，这倒是真的。”

桌面上很长时间的沉默。

“说来也奇怪，”雷恩叶尔姆终于开口打破这个僵局，“幸福往往会使人变得多么忧郁烦闷。我今天晚上是那么心神不宁、焦躁不安，心里想的是我本来应该待在阿格纳丝身边陪着她的。我们不妨到那几个小包间里去，再派人把她叫来，好不好？她可以找个借口，比方说临时来了几个朋友到了这个城里。”

“她才不会那么说呢，她没有说假话的本事。”

“那又算不得说假话，反正每个女人都会找个借口。”

法兰德目不转睛地盯住了雷恩叶尔姆瞧，弄得那一位莫名其妙。过了半晌，法兰德说道：

“我先去看看那两间小包间是不是空着，然后再做决定吧。”

“好吧，那么去吧！”雷恩叶尔姆做了个姿势想要一起去，可是法兰德却抢先站了起来把他挡住，独自一个人过去了。

两分钟之后，法兰德回来了，脸气得铁青，不过还颇为沉着，他轻描淡写地说道：

“包间都被人占着哪！”

“真是扫兴！”

“好啦，我们两个相聚小酌，一醉方休吧！”

他们两个人果真浅斟慢饮起来，一边吃喝一边畅谈人生和爱情，又叹息世风不古，人心邪恶。他们坐了很久，酒足饭饱之后就各自回家去睡觉了。

第二十一章

一个溺水的灵魂

第二天清晨四点钟，雷恩叶尔姆恍惚听见有人在呼喊他的名字。他从床上坐起身来侧耳细听，可是周围万籁俱寂，毫无动静。他把遮光窗帘卷了上去，只见窗外是一个深秋的清晨，风雨交加，灰蒙蒙一片。他又反身躺回到床上去，想再睡一会儿，可是却怎么也睡不着了。窗外风声呼呼，那风声之中似乎夹杂着许多奇里古怪的嘈杂人声，有的在忿忿然发泄胸中不平；有的在频频告诫，发出警报；有的在哀怨痛哭，嘤嘤啜泣。他不去理会秋风的呜咽，而把心思转到令人欢欣鼓舞的开心事上来。于是他想起了自己要演的那个角色，并且念起台词来，可是开口念出来的却都是："是的，我的王子！"他不禁回味起法兰德讲过的那番话，觉得他果然言之有理。他试图想象出自己扮演霍拉旭在台上的扮相如何。他也想象阿格纳丝扮演的莪菲丽雅，他忽然觉得这个角色富于心计得很，她善于假装正经，在她父亲波乐纽斯的调教之下不露声色地张网欲捕，要把哈姆雷特弄到手。他不情愿再把阿格纳丝同这个形象联系在一起，而是想到了那位红得发紫的杰奎特小姐来，他最近曾在市立剧院看过她演的莪菲丽雅，可惜那位法国角儿在台上只是一味显露风骚，卖弄色相。后来他不愿再多想下去了，可是那些形象却挥之不去，像是蚊子一样叮住他不放。

他苦苦挣扎想要摆脱这些念头，却迷迷糊糊一头睡了过去。在梦里还是被这些烦恼的情景纠缠不休，他挣扎着要摆脱折磨，却惊醒了过来。就是这样睡了惊醒，醒了又昏睡过去，同样的景象在睡梦中一而再再而三地出现。直到九点钟光景，他在梦中尖声大喊，猛地蹿下床来，仿佛有个恶鬼在身后紧追不舍。他走到穿衣镜前一看，只见他脸上泪痕斑斑，这才知道自己是从梦中哭醒过来的。他匆忙穿上衣服，正当要穿靴子的时候，忽然看见地板上有一只蜘蛛正爬过来。他不禁心头一乐，转忧为喜，因为他也相信蜘蛛会带来好运气。他的心情平静了不少，自言自语地说道："要是想睡得安稳，晚上最好不要吃螯虾。"他坐下来喝了咖啡，又抽起烟斗，笑眯眯地凝视着窗外的凄风苦雨，正当他坐在那里发愣出神之际，房门上传来了敲门的声音，他立刻蹿起身来，不知怎么一回事，他今天一听见有动静就提心吊胆。不过转念一想，他记起了那只蜘蛛，便很平静地去开门。

敲门的是法兰德先生的女用人，她捎来口信说请他务必在十点钟整到法兰德家里去一趟，有桩最要紧的事情商量。

他一听顿时又被清晨在噩梦里苦苦折磨他的无可名状的恐怖感弄得心惊肉跳起来。他想尽办法来消磨打发这剩下的一个钟头，可是仍旧焦急得像热锅上的蚂蚁一样。于是他不管三七二十一，披上雨衣匆匆走出门，径直朝法兰德家走去，他的那颗心忐忑不安，几乎直跳到嗓子眼。

法兰德家里早已收拾得窗明几净，归置得整整齐齐，摆出了招待客人的架势。那位当主人的客客气气地把雷恩叶尔姆让进了房里，可是他的满脸肃杀之气叫人看了不禁打个冷战。客人忍不住像放连珠炮一般接二连三地向主人提出问题，可是法兰德避而不答，只是说不到十点钟他什么也不会说的。这弄得雷恩叶尔姆更加惶惑不安，他胆战心惊地问是不是有什么大祸临头。法兰德说倘若不大惊小怪的话，那就算不得什么祸殃。

他又解释说世间有许多事情看起来是叫人不堪忍受的，不过只要不太过于自作多情便能够承受得住这份痛苦的。这样一来二去，已经到了十点钟。

门上传来两下轻轻的笃笃敲门声，接着那扇门马上被打开来，门开处阿格纳丝走了进来。她也不朝房间里的人瞅一眼就把钥匙从外面的钥匙孔里抽出来，把门关上还从里面反锁了。当她回过头来一看，只见房间里不是一个人而是两个，顿时显出一副不知所措的尴尬相。这副进退两难的窘态只延续了不到一分钟，她的脸色忽然一变，霎时间竟成了喜出望外的惊愕表情，好像没有想到会同雷恩叶尔姆在这里意外相遇。她脱下了雨衣就朝他扑了过去。雷恩叶尔姆根本没有留意到这一微妙的瞬间变化，他把她搂在怀里用足全身力气抱住在胸前，似乎他已经思念等待了她整整一个年头那样。

“你不在我身边好久啦，阿格纳丝。”雷恩叶尔姆喃喃说道。

“很久？你这话是什么意思？”

“你一夜未归，等得我如同隔世再见到你一样。你今天看起来是那样明艳照人，昨天晚上睡得好吗？”

“你觉得我看起来比平日气色更加好一些，是吗？”

“是的，我觉得是这样。你的脸色通红，连两颊上的小酒窝都见不到了！难道你不去向法兰德先生问个好吗？”

那一位闷声不响地站在旁边听着他们俩说话，他那张阴郁的脸上面色像石膏一般刷白，样子像在深思熟虑。

“喂，你满脸苦相好像有什么心事似的。”阿格纳丝说道。

她从雷恩叶尔姆的拥抱里挣脱出来，像只小猫咪一样轻盈地从地板上走了过去，嘴里这几句开场白带着赔礼求情的味道。

法兰德没有搭理。阿格纳丝见他没有理睬自己，不由得更加仔细地察看他的脸色，在瞥了他一眼之后似乎看出了他的心事，她的脸色也骤然大变，犹如清风掠起涟漪，吹皱一泓清水一样。不过这仅仅是片刻之间的慌乱，眨眼工夫她又镇静下来，她悄悄地用眼角瞟了一下雷恩叶尔姆，只见他依旧蒙蒙然，于是对眼前的局面心里有数了，她便安定下来，沉着自若地来应付将会出现的任何不测的局面。

“可不可以告诉一声大清早把我们叫来究竟为的什么要紧事情呀？”她装出一副开心快乐的样子，拍拍法兰德的肩头说道。

“好呀。”法兰德说道，他的口气是那么咬牙切齿，那么断然决然，吓得阿格纳丝脸色变得苍白。不过法兰德似乎又改变了自己的主意，他晃了晃脑袋，说道：

“今天是我的生日，我请你们一起来吃顿午饭。”

阿格纳丝仿佛是眼看着一列火车朝向自己呼啸飞驰、直冲过来，马上就要把自己撞倒压扁，却在最后一刹那擦肩而过，自己竟毫发无损、安然无恙。她爆发出了一阵会心的银铃般的大笑，又拥抱了法兰德。

“不过我订的酒宴是在十一点，所以我们还得在这里待一会儿。请坐吧！”

大家坐定下来，谁也不说话。房间里一阵沉默，一阵预兆不祥的可怕的沉默。

“房间里有个天使在翱翔。”阿格纳丝说道，为的是打破沉默。

“那天使就是你。”雷恩叶尔姆说道，一面虔诚而真情地亲吻着她的纤纤素手。

法兰德像是一个阵地上被打得丢盔弃甲的失败者，已经翻身落马，正缓缓地从地下爬起来。

“我今天早上看到一只蜘蛛。”雷恩叶尔姆说道，“这意味着要交好运啦。”

“未必见得。”法兰德说道。“AR AI GNEE MATINE CHAGRIN。难道你不晓得吗？”

“这是什么意思？”阿格纳丝问道。

“这句法语的意思是：早晨的蜘蛛报忧不报喜。”

“哼！”

又是一阵令人难堪的沉默。只有一阵阵急雨敲打着窗玻璃，发出来的啪嗒啪嗒的声音代替了交谈的声音。

“昨天晚上我看了一本震撼人心的书，”法兰德终于开口说话，“害得我几乎彻夜未眠。”

“那是一本什么书？”雷恩叶尔姆心不在焉地问道，他其实对那本书毫无兴趣，因为他依然觉得心惊肉跳。

“那本书名字叫《皮埃尔·克莱门特》，写的是那些庸俗女人的故事，不过这本书写得倒很生动活泼，不落窠臼，所以读起来还给人留下了很深的印象。”

“我可否问一句，那些庸俗女子的故事说的是什么呢？”阿格纳丝问道。

“不忠实啦、欺骗啦，那还用说！”

“哦，《皮埃尔·克莱门特》说的也是这一套吗？”阿格纳丝问道。

“他受到了欺骗，这是不言而喻的！他是个年轻的画家，爱上了另一个画家的情妇……”

“哦，我记起来这部小说我读过，”阿格纳丝打断他说道，“我非常喜欢它。书里的女主人公后来不是同那个她真心爱着的男人订了婚吗？是的，她真心爱那个男人，同时却还保留着同昔日情人的暧昧关系。作家要以此显示女人是可以同时与两个男人相爱，而男人却只能爱一个。这个道理说得很对，难道不是吗？”

“是呀，不过有一天，她的未婚夫把一幅画送到展览会上去参加有奖比赛……长话短说吧，她暗地里献身给展览会的主持人，结果皮埃尔·克莱门特获奖成名……还同她结了婚。”

“作家是为了说明女人为了自己心爱的男人甘愿做出一切牺牲，而男人……”

“这是我亲耳听到的最厚颜无耻的话。”法兰德大声喝道。

他站起身来，气冲冲走到有盖的写字桌旁，用力推开活动顶盖，从桌子里取出一只黑色小匣。

“看看这个，”他把小匣子递给阿格纳丝，“拿回家去替人世间清除掉一个贱货吧！”

“哦，这是什么东西？”阿格纳丝笑吟吟地问道。她打开了那只小匣子，从里面掏出来的是一支左轮手枪，“嘿，看哪，这真是个漂亮的小玩意儿。你不是在《卡尔·摩尔》那出戏里曾经用过它？是的，你用过的。我相信枪里是上了子弹的。”

说罢她举起手枪，对准壁炉的烟灰门，扳动了手枪的扳机。

“把这东西收起来吧！”她吩咐道，“它毕竟不是玩具，我的朋友！”

雷恩叶尔姆茫然不知所措地干坐在那里，他对眼前所发生的一切全都一清二楚，只是说不出一句话来。他已经被这个姑娘所蛊惑，身不由己地被她摆布于股掌之间。他对她从来不曾有过丝毫的猜疑或者是戒防。他此时此刻宛若心头插上了一柄利刃，不过还没有来得及感觉到疼痛而已。

法兰德方才过于冲动，失去了自制，一时之间还平静不下来。他起初对她道德上判以极刑，结果只落得铩羽而归。他又使出了演戏中的撒手锏，却也弄得自己败下阵来。

“我们难道不该走了吗？”阿格纳丝得意洋洋地坐到镜子面前整理起头发来。

法兰德打开了房门。

“滚吧，”他骂道，“带着我对你的诅咒。你伤害了一个正人君子的安宁灵魂。”

“你说的这是什么话，把门关上！穿堂风冷得要命！”

“哼，我们干脆把事情挑明了说。昨天晚上你究竟在哪里？”

“他晓得我在哪里，再说这不关你的事！”

“你根本没有在婶婶家里，你在外面寻欢作乐，陪着导演吃喝！”

“真是瞎说八道！”

“昨晚九点钟我在都市餐馆里见到过你！”

“你在撒谎！那段时间我正好在家里。你可以去问婶婶的侍女，是她送我回去的。”

“这样下贱的事我真是未曾料到。”

“我们难道不能让这场谈话到此结束吗？这样我们才能够动身出门。好啦，你晚上再也不要看那些无聊透顶的书啦，这样你白天也就不会疯疯癫癫的了。来吧，你们穿上外套！”

雷恩叶尔姆不得不摸摸自己的脑袋，看看它究竟还是不是长在原来的地方，因为一切都弄得天翻地覆，叫他无所适从。他弄明白自己的脑子没有出毛病，思维一切都正常之后，就想寻找出一个正确的想法来，以便理智地解决眼前这场混乱，可是他却实在想不出什么能带来一线光明的高招来。

“7月6日那一天你在哪里？”法兰德厉声问道，面部表情严肃得像个法官一样，显示出他决心破釜沉舟，不管有什么后果都在所不惜了。

“你尽问一些愚蠢的问题，我怎么会记得三个月以前的事情？”

“好吧，我说出来吧，那一天你明明是在我这里过的夜，可是你告诉雷恩叶尔姆说你在你婶婶家里。”

“别听信他胡说八道。”阿格纳丝说道，一边风情万种地走到雷恩叶尔姆身边，“他在血口喷人。”

她的话音刚落，雷恩叶尔姆就伸出双手掐住了她的颈脖掐得她仰面朝着壁炉角落里倒下去，她躺倒在柴火堆上毫无声息，也不动弹。

雷恩叶尔姆拿起帽子往头上一戴，那件外套是法兰德帮他穿上去的，因为他气得浑身在簌簌发抖。

“来吧，我们走。”雷恩叶尔姆说道，他朝着壁炉前面的瓷砖上狠狠吐了一口唾沫，头也不回地走了出去。

法兰德在房间里稍作停留，摸了摸阿格纳丝的脉搏，然后追了出来，在楼下门廊里赶上了雷恩叶尔姆。

“我很佩服你。”法兰德对雷恩叶尔姆说道，“事情是明摆的，而且已经过去了，用不着再多去议论。”

“我请求你不要再提起这件事了。我们在一起只有几个钟头了，让我们痛痛快快过掉吧。我要乘下一班火车离开此地逃回家去，我要拼命地工作以忘却这一切。现在我们去餐馆，就像你时常说的那样麻醉一下自己吧！”

他们走进餐馆，要了一个单间，不过决不要“那两个小房间”。

片刻之后，他们已经坐在杯盏餐具摆得整整齐齐的餐桌旁。

“我的头发是不是变白啦？”雷恩叶尔姆问道，他摸摸自己的头发。那一头秀发湿漉漉地紧贴在脑门上。

“没有，我的朋友，哪会那么快就变白呢！我也经历过这么一回，可是我的头发还没有变白哪！”

“她摔伤了吗？”

“没有！”

“就是在这个房间里……我同她头一次。”

雷恩叶尔姆站起身来离开餐桌走了几步，忽然双腿一软，身体摇晃起来，跪倒在沙发面前。他双手捂住了脑袋，放声大哭起来，就像一个孩子匍匐在母亲的双膝前那样痛哭流涕。

法兰德走过去坐在他的身边，用自己的双手捧起了他的脑袋。雷恩叶尔姆只觉得有些像火星般的滚烫的东西点点滴滴洒落在他的颈脖上。

“你的那套哲学到哪里去啦，我的朋友？快把它拿出来呀！我快要淹死啦！要根救命的稻草！快点拿来呀！”

“可怜的孩子！可怜的孩子！”

“我非得要去看看她！我必须要去哀求她饶恕我！我爱她！不管发生过什么事情我还是爱着她！还是爱着她！她摔伤了没有？在天的主啊，有谁活得像我这样痛苦不幸呀！”

* * *

当天下午三点钟，雷恩叶尔姆还是乘火车返回斯德哥尔摩了。法兰德送他上了车，在离开的时候，法兰德亲手把车厢的门关紧，还拧上了门锁。

第二十二章

艰难的时世

肃杀的秋天来到，也让塞伦境遇每况愈下。对他有知遇之恩的那位最高庇护者驾崩归天。国王去世后对他的所有的记忆也旋即被人从脑海中刮落擦去，甚至他生前的德政善行也没有幸免。塞伦领取的那份国王奖学金起先是拖欠不付，后来就干脆取消掉了。好在塞伦并不是一味斤斤计较、到处去奔走呼号索取伸手的那种人，他乐天知命，对于曾经受到过那么慷慨的提携帮助已经很为知足，他觉得自己如今可以用不着什么津贴补助了，更何况看到还有那么多年轻的后起之秀，比起自己来他们更迫切地需要资助扶掖。可是过不了很久，他就发现原来太阳一陨落，所有的小行星也随之统统黯然无光，变得像日全食那样漆黑一团。尽管他经过整个夏天的辛勤磨炼，画艺技能更趋完美，可是展览会的主持人却一口咬定他的绘画愈来愈退步，至于春季展览会上取得的成功，只不过是碰巧走运而已。有位风景画教授作为他的朋友，对塞伦说他恐怕难以闯出个名堂来，因为美术学院的评论家仍然固执己见，处处同塞伦作对，只要抓住机会便会兴风作浪，为自己翻案。再者，买画的主顾口味也起了变化，也就是说对口味起决定作用的是那些对艺术愚昧无知却腰缠万贯的巨贾富商之流。在那些人的心目中，风景画只不过是夏日海滩行乐图而已，倘若要有销路的话，就要画这些。不过即便这样投其所好，也未必能够正中下怀，依然不见得就能够卖得出去，因为那些大人先生所欣赏的是风花雪月、多愁善感的离别，或者是只供放在卧室里玩味的半裸体的仕女画。这段日子对于塞伦说来真是艰难的时世，因为他素来不肯丢弃自己高尚的情操，为了迎合俚俗而违心去作画。

不管怎样，他如今在政府街尽头处一家店堂颇为宽敞的照相馆里租了一间画室，它在一个套间里。屋里的木头地板已经糟朽不堪。屋顶到处都有缝隙，漏雨不断，多亏现在是冬天，大雪覆盖住屋顶也就没事了。除了这个套间之外还有一个小房间，早先是冲洗照片的暗室，房间里弥漫着一股呛人的火棉胶的气味，实在没有法子住人，只好堆放煤炭和柴火，当然这要由他当时的经济状况来决定这个是否派得上用场。屋里的家具有一张榛木的、本来应该放在园子里的长椅，不过这张木长椅实在太短了，用来当床睡的话只够得到他膝盖弯的地方。而每逢那个把房子租借给他的房东回家来过夜的时候，他就只好在这张木长椅上委屈过一夜了，而这样的夜晚是并不少见的。床上铺的只有半条粗毛毯，另外半条早已送进了当铺。还有一个文件夹子里塞满了他的画稿。在那间堆柴火的小房间里有自来水管和龙头，还有下水道，那里就是盥洗室了。

圣诞节前不久一个严寒的下午，塞伦站在窗前，在一幅旧画布上第三次画新的画了。他刚刚从那张权作床铺的硬木椅上爬起来不久，没有一个清洁女工走进来把火生上，那是因为雇不起清洁女用人，也还因为买不起供生火的东西。由于同一原因，也就没有女用人走进房来打扫收拾并且端来煮好的咖啡。然而他却仍然乐呵呵地吹着口哨，精神抖擞地站在画布前，往一幅落日熔金的果斯塔峡谷夕照图上涂着颜料。这时门上传来了笃笃笃笃四下敲门声。塞伦毫不迟疑地过去把门打开。踏进房里来的是奥勒·蒙坦纽斯。他身上的穿着十分寒酸也非常单薄，连件大衣都没有穿。

“早安，奥勒，一向可安康，昨晚睡好了吗？”

“谢谢你问起。”

“市面上硬币头寸松动下来了吗？”

“唉，差劲得很。”

“那么纸币头寸呢？”

“投放量少得可怜，杯水车薪，周转不开。”

“喔，如此说来，银根抽得越来越紧了。唉，那么货币交易呢？”

“压根儿就停板。”

“这么说来今年冬天真够呛，你看呢？”

“今天清早我在贝尔斯塔山坡上看见成群的丝尾雀往南迁徙。看样子今年冬天会冷得要命。”

“你是早上出来散步？”

“我昨天晚上十二点钟从‘红房间’出来，就在外面溜达了一个通宵。”

“哦，昨天晚上你到那里去了。”

“是的，我结识了两个人：堡格医生和邮务官莱汶。”

“哦，那两个家伙！我认识他们。那么你为什么不到他们家去搭个地铺？”

“不去，那两个家伙太狂妄自大啦，我又没有大衣穿，连自己都自惭形秽。唉，我实在太困乏了，让我在你的木长椅上睡一觉吧。我起先走到国王岛海关外面的卡特琳山，再转过身来穿过全城，从北面的诺拉海关走出城外，一口气走到了贝尔斯塔山坡。今天我打算去报名参加装饰雕刻工会，否则真要活不下去了。”

“听说你已经加入了‘北极星工会’，这是真的吗？”

“是呀，有那么回事。星期天我还要在那里做讲演，讲的是瑞典当前状况。”

“这可是一个十分讨巧的题目，非常合人胃口！”

“我在木长椅上睡着后，不要叫醒我，我实在太困倦，已经支撑不住了。”

“别不好意思。你尽管睡吧！”

不出两三分钟，奥勒已经熟睡过去，鼾声如雷！他的脑袋伸在木椅的扶手外面，粗壮的脖子枕在扶手上。他的两条腿挂在另一侧的扶手外面。

“可怜的家伙！”塞伦说着把粗毛毯盖在他的身上。

这时候，门上又传来了敲门声，不过并不是他们那个圈子里的人的惯常敲法，所以塞伦也就磨磨蹭蹭不大情愿去开门。不料旋即砰砰的敲门声像擂鼓般猛烈起来。这一下塞伦反而倒毫不心虚地走过去把门打开，原来是堡格医生和邮务官莱汶。

“法尔克在这儿吗？”堡格发话问道。

“不在！”

“那个睡得像死猪一样的是谁？”堡格伸出自己沾满雪的靴子指指奥勒问道。

“那是奥勒·蒙坦纽斯。”

“哦，就是法尔克昨晚带来的那个怪物！他还在睡觉？”

“是的，他还在睡。”

“昨天晚上他借宿在这里？”

“是的，他睡在这里。”

“为什么你不生火？这里冷得像冰窟一样。”

“因为我没有柴火。”

“那么去叫人送点来！女用人在哪里？我可以打发她去。”

“嗯……上教堂忏悔去了。”

“那么把躺在那里死睡的这头公牛叫醒起来，我派他去！”

“不可以，让他睡吧。”塞伦用粗毛毯把奥勒从头到脚蒙了起来，整个这段时间里奥勒的鼾声没有停止过。

“好吧，我教你另外一个办法。你这地板底下是泥土垫的还是石子垫的？”

“我弄不明白。”塞伦小心翼翼地踩在地板上铺着的硬纸板上。

“你还有这样的硬纸板吗？”

“那倒有的，干什么用？”塞伦的脸上泛起了红潮，连头发根都涨红了。

“我要点硬纸板，还要把火钳。”

塞伦不知道堡格要这些东西派什么用场，不过还是替他都找来了。他把东西都交给堡格之后就在铺着硬纸板的地板上放上一张野外写生用的小凳子，小心翼翼地坐下身去，那副模样倒像是坐在无价之宝上一样。

堡格医生脱掉上衣，只剩下衬衫，举起火钳朝着被酸性药液和屋顶漏水腐蚀得糟朽不堪的地板捅了下去。

“住手，你这个该挨诅咒的。”塞伦高声怒喝起来。

“这是我在乌普萨拉大学里学来的高招。”堡格说道。

“哼，这里是斯德哥尔摩，这一套可吃不开！”

“我才不管三七二十一，我快冻死了，快把火生起来！”

“可是说什么也不能把房间正中的地板撬掉！这一下就会给人看出来的！”

“我才不管它看不看得出来，反正不是我住在这里。可是这地板实在太硬啦。”

他一边说着，一边走到塞伦身边，冷不丁用力一推，把塞伦连人带小凳子全都推翻在地。塞伦身子倒下去的时候，早先铺着的硬纸板往旁边一歪，露出了地板上一个大窟窿。

“哼，你这个坏蛋，把柴火堆坐在屁股底下，却还在装腔作势地口口声声说没有。”

“那是屋顶的漏雨把地板弄糟朽了。”

“我不管是谁弄糟朽的，不过马上就可以生火啦！”

堡格使劲猛砸几下，从地板上撬起来好几块木板。不一会儿壁炉里就燃起了熊熊的大火来。

莱汶一直闷声不响地看着这一切。他显得平静、自信又彬彬有礼。堡格坐到壁炉前，用火钳把炉火拨得通红。

门上又传来了敲门声，三短一长。

“这是法尔克来了。”塞伦说道，走过去开门。法尔克走了进来，满脸焦躁不安的神色。

“喂，你是不是缺钱用？”堡格向那个刚走进来的人问道，一边把手伸进了胸袋里。

“亏你问得出！”法尔克疑疑惑惑地回答道。

“你要多少才够用？我可以出力筹措。”

“此话当真？”法尔克问道，他的脸色徐徐开朗起来。

“当真？哼，WIEVIEL？［德语：多少？］说个准数吧！说出个数目来才行。”

“嗯，那么六十个里克斯达尔吧！能有这个数目就谢天谢地啦！”

“这家伙太寒碜啦！”堡格说道，朝着莱汶瞅了一眼。

“是呀，这个数目小得近乎荒唐。”那一个应声附和说，“法尔克，既然有送上门来的好事，还不赶紧抓住机会，法尔克。”

“不，我不想那么做。我不情愿借超过我手头上缺少的数目，免得背了一身债还不清。况且我还不晓得这笔债什么时候要到期归还的。”

“过半年之后还十二里克斯达尔，每年还二十四里克斯达尔，利息两期偿还。”莱汶回答得一清二楚，毫不含糊。

“这条件不算苛刻，”法尔克说道，“可是凭这样低廉的条件你们从哪里弄得到钱呢？”

“从马车行会银行，快拿纸和笔来，莱汶！”

莱汶早已把一张本票、一支笔和一个可随身携带的墨水瓶拿了过来。本票上的数目是别人早就填好了的。法尔克一看填的是八百里克斯达尔，不由得迟疑片刻。

“八百里克斯达尔？”他疑虑重重地问道。

“你若是嫌少，不妨再加点。”

“不，我用不着那么多，虽说只要能偿还本息不管是谁借都一样。再说没有抵押保险，光凭这样一纸借条你们就能弄到钱？”

“没有抵押品保险？你可以让我们当保人好了。”莱汶既不屑一顾又推心置腹地说道。

“好呀，我对这件事不再多嘴多舌了。”法尔克勉为其难地说道，“你们肯做保人我自然十分感谢，不过我相信这件事情到头来是决计不会成功的。”

“哈，哈，哈，你可是看走眼啦，这笔钱已经拨出来啦！”堡格把称为“拨款单”的那张见票即付凭证单拿出来晃了晃，“还等什么，快签字吧。”

法尔克签上了自己的名字，堡格和莱汶像是警察那样站在旁边，弯着腰监视他签名。

“写上‘地方法院副推事’的头衔。”堡格一板一眼地吩咐说。

“不行，我现在是以笔耕为生的文人。”法尔克回答说。

“没有头衔就吃不开啦！申报的时候就说你是地方法院副推事，这才能获得批准拨款。再说你在《地址人名录》上还是沿用这个头衔的。”

“你查看过了？”

“这类正经八百的事情容不得半点疏忽，非要钉是钉、铆是铆，一丝不苟不可。”

法尔克签上了自己的名字。

“过来，塞伦，你来做证明人。”堡格发号施令地说。

“噢，我不知道我敢不敢那样做，”塞伦回答说道，“我在家乡的时候看到过这类签字都是惹火烧身、害得自己倒霉的。”

“你现在又不是在老家乡下，不再同那些种地的农夫打交道。你写吧，你证明法尔克的签名是他本人亲自书写。这点事情你至少可以做到的吧！”

塞伦签了名，可是仍然不断地摇头。

“现在该把那头拉车的牛叫醒过来啦！叫他也签上个名。”

他们一齐拥到奥勒身边，左推右摇，可是怎么也弄不醒他。于是堡格一把抓起那柄烧得红彤彤的火钳，伸到那个睡得死死的奥勒鼻子底下，大声喝道：

“快醒过来，你这个无赖，否则要叫你尝尝厉害！”

奥勒被熏醒过来，他跳起身来，揉揉眼睛。

“喂，你也来证明一下法尔克的签名是他本人亲笔写的，明白了吗？”

奥勒拿起笔来，按照两个保人的口述写下了证明并且签了名。随后他又要回到木椅上去重续美梦，却被堡格阻挡住了。

“不行，等一下，法尔克还有一份补充担保书要签字。”

“千万别签什么担保书，”奥勒忧心忡忡地说道，“这种东西不会有什么好结果，无非是日后吃苦头罢了。”

“闭上你的嘴巴，你这个无赖。”堡格气势汹汹地咆哮起来，“我们方才替你当了保人，也等于是把这笔债背到了自己头上，你明白吧？如今你要代替斯特鲁弗在这份补充担保书上签上你的大名，因为斯特鲁弗被人告了，眼看就要官司缠身。”

“这份补充担保书里说的是什么？”法尔克疑惑不定地问道。

“不过是一纸形式而已，是我们向油漆业行会银行借了一笔七百块钱的贷款，首期支付早已到位，不料斯特鲁弗后来惹上了官司，我们不得不另外找个人来替他当保人。这是一笔很早又很优惠的贷款，没有什么风险，那笔钱在一年之前就已经到期了。”

法尔克签了名，另外两人亦签字证明是他本人亲笔。

堡格摆出一副行家里手的架势，小心翼翼地把本票折叠起来，交给已经走到门口去等着的莱汶。

“你务必在一个钟头之内把钱拿到这里来，”堡格吩咐道，“要不然我就去报警，叫警察发电报通缉你。”

堡格做完这一切之后，对自己的干练十分得意，他走过去在奥勒睡过觉的那张木椅上躺了下来。

那一个被赶出地盘的可怜虫只得走到壁炉跟前，和身倒在地上，像条狗似的蜷成一团。

室内有很长一段时间的沉寂。

“听着，奥勒，”塞伦说，“动动脑筋，我们也去想办法开这么一张借贷票据来。”

“那么您就等着去林德岛吧。”堡格说道。

“林德岛是个什么地方？”塞伦不解地问道。

“那只是个关押犯人的小岛罢了。不过先生们若是要到油漆业行会去试试身手的话，不会被关到那么老远的地方，在这里附近就有一处地方，名叫长岛。”

“不过说正经的，”法尔克心事重重地问道，“要是到期归还不了本息，那怎么办？”

“那就不妨到缝纫业行会银行去借一笔新的贷款。”堡格回答说。

“那么你们为什么不向国家银行去贷款呢？”法尔克刨根究底地问下去。

“那里可是碰不得。”堡格说道。

“你听懂了他的话吗？”奥勒问塞伦道。

“我连一句都没有听懂。”那一个回答说。

“等到有朝一日，你有了头衔并且在《地址人名录》上刊出大名之后，再来学会这一套拆东墙补西墙的花招吧。”

第二十三章

待客之道

圣诞节前的一天早上，尼古拉斯·法尔克坐在自己的办公室里。他的模样颇有变化，跟过去看起来不大一样了。岁月时光已经把他脑门上的金黄色的稀疏头发全都刈割干净。暴戾狂躁的脾气在他脸上平添了许多纵横交错的皱纹，好像是一条条细细的下水管道，好让泛上来的那一肚子坏水可以找到淌走的出路。他弯腰伏案，手持一本教义问答手册一般大小的狭长书本，不时用笔在书本上打些记号。

这时候门上敲了几下。那本书立即消失在书桌的活动顶盖底下，取而代之的是一份晨报。当他夫人踏进房间时，他已是全神贯注在看报了。

“请坐。”他说道。

“不，我没有工夫！你是在看晨报？”

“没有哇！”

“哎哟，我还以为你在看报哪。”

“哦，我刚刚拿起报来看。”

“噢，那么你看到报上对阿尔维德的诗篇的评语啦。”

“是呀，我念到了。”

“哼，他们把他吹捧到天上去了。”

“那是他自己写的，在自吹自擂罢了。”

“昨天晚上你看了《灰外套报》，就这么说来着。”

“好啦，你究竟有什么话要说？”

“我刚刚见到了海军上将夫人，她感谢我们盛情邀请，并且说很高兴能有机会到府上来赴宴，这样就可以一睹这位年轻诗人的风采。”

“她是这样说的吗？”

“是呀，她亲口说的。”

“哼，有时候真会看错人。当然我并不是说我已经看走眼了。你又是问我来要钱的吧！”

“又来要钱？最近我什么时候拿到过钱？”

“就这些，拿了就走吧。不过在圣诞节之前你休想再张口要钱。你知道这个年头市面上十分萧条。”

“哦，这我倒一点不晓得。大家一致在说今年是个好年景。”

“对庄园主来说是这么回事，可是对保险公司来说又另当别论啰。再见。”

做妻子的站起身来走掉了。她刚一离开，莱汶就鬼头鬼脑地走了进来，似乎生怕遭到埋伏，中了暗算一样。

“你来干什么？”尼古拉斯说道，算是打了招呼。

“我只是路过，顺便进来看看。”

“你来得正巧，我有事想找你谈哪。”

“真是赶巧了吗？”

“你认识那个年轻的莱维吗？”

“当然认识。”

“你念念这份报纸，大声地念！”

莱汶高声朗诵起来：

大手笔的捐赠义举

批发商卡尔·尼古拉斯·法尔克为了庆祝他的美满婚姻满周年，将以两万克朗的捐赠信函一封送交伯利恒育婴堂董事会。捐赠信中载明该笔捐款的一半即时支付，其余一半留待这位慷慨的捐赠者去世之后再行支付。

这种乐善好施的豪爽义举在如今我国商人辈中实属罕见。获得这样大笔赠款的慈善机构亦是由卡尔夫人任其董事。

“怎么样，行不行？”尼古拉斯问道。

“这一手真漂亮，到过新年的时候您就可以荣膺瓦萨骑士勋章啦。”

“好吧。我先派你到育婴堂董事会去跑一趟，去把捐赠信函和那笔捐款交掉，也就是说到我妻子那里去一下。回头你再去找那个年轻的莱维。明白了吗？”

“全明白了。”

尼古拉斯把工工整整书写在羊皮纸上的信函和那笔款项都交给莱汶，说道：

“你点点数，看看经手的数目对不对！”

莱汶打开那包东西一看，不由得双眼瞪得大大的。原来里面包着的是五十张对折的印刷得五光十色的石印纸张，手工之精良、纸张之厚实似乎就要值到好几个里克斯达尔。

“这就是那笔捐赠款项吗？”莱汶问道。

“这是有价证券，”尼古拉斯回答说道，“一共是五十张特利登公司的股票，每张面额二百克朗，全部过户给伯利恒育婴堂。”

“唉，大船倾覆在即，耗子四散逃命，是不是？”

“没有人这么说。”尼古拉斯奸笑一声回答说道。

“倘若真的出事坏账,那个育婴堂岂不眼看着就要破产完蛋?”

“那与我有何相干，同你更是毫无关系。现在讲另外一桩事情……你务必……我讲的‘你务必’是什么意思，你总该心知肚明吧。”

“我明白，我明白。那是您要我去打官司啦，闹纠纷啦，写借据啦，诸如此类的事情尽管说吧！”

“你去找阿尔维德一下，叫他来参加我在圣诞节后的第三天举行的那个宴会。”

“这就像叫我去拔巨人脸上第三根胡须那样困难。您如今看出结果了吧，春天那一回您叫我捎那个口信给他，幸亏我没有照办。难道我事先没有说过事情不能够那么办?！”

“你说过！你说过什么来着？闭上你的嘴巴，按照我的吩咐去办。这件事就这样了。我们还有一件事情要做……我近来注意到我的妻子有点心烦意乱的症状。她准是同她母亲或者是哪个姐妹见过面了。圣诞节是个亲人团聚容易感伤愁苦的节日。你不妨到她家里去，再给她们点把火。”

“这又是一桩吃力不讨好的棘手事情……”

“行啦，走吧！下一个人进来！”

莱汶只得悻悻地退了出来，纽斯特罗姆旋即走了进来，他是从房间后面墙上的一扇暗门中溜进来的，刚一进来就马上把那扇门关死。写字桌上的晨报也马上不见了，那本狭长的小册子却又赫然在目。

纽斯特罗姆的模样看起来既憔悴又沮丧。他显得干瘪枯槁、骨立形销，整个身躯比早先瘦掉了三分之一，他身上的穿着比早先更加单薄寒酸，已经到了褴褛不堪的地步。他低声下气地站在门口，掏出一本破旧的记事本，静静地等候吩咐。

“准备好了没有？”尼古拉斯用中指拨开自己写字桌上的那本狭小的小册子。

“准备好啦。”纽斯特罗姆应声回答说，立即翻开手上的记事本。

“账号第二十六号：克林中尉，欠款一千五百里克斯达尔。归还了没有？”

“没有归还。”

“逾期不归还者，必须交纳罚金和违约金。到他家里去找他。”

“他从来不在家里接待任何来客。”

“那么写封信去恫吓他一下，再到他的营房里去找到他！账号第二十七号：地方法院推事达尔堡，欠款八百里克斯达尔。我先看一看，他父亲是个批发商，光是税款就缴纳三万五千哪！这笔欠款可以不忙着去逼，只要他先付清利息就行，不过要多催着点。”

“他从来就不曾付过利息。”

“那就写张催账单去交给他，你知道怎么写。不要套信封，要直接送到他的那个衙门里去。账号第二十八号：尤伦布斯特上尉，四千里克斯达尔。哼，我们要找的就是这个家伙！还没有还钱吗？”

“没有还钱。”

“哼，好嘛！要给他点颜色看看。到王家卫队去找到他，务必在十二时王宫换岗的那当儿去才一抓一个准！你的衣服要穿得越破旧越好，这样才能出出他的丑！我看那件红色的大衣就蛮不错，那件衣服的衣缝针线全都泛黄了。”

“没有用！大冬天里我只穿了一件上衣去向他逼债，倒是在卫士室里找到他本人了，可是他硬是不还。”

“那你赶快去找他的保人！”

“我去找了他们，可是那两个家伙死活不认账，他们叫我滚出去，还说当保人只是例行手续，不顶用。”

“那么到星期三下午一点钟的时候，你到特利登公司去找他，他要去坐在那里开董事会的。你把安德森也带着一起去，这样你们就两个对一个了。”

“这个法子早就试过了。”

“哦，那么董事会开成什么样子了呢？”尼古拉斯问道，两眼炯炯逼视着对方。

“看样子是在惨淡经营哪。”

“哦，是不太景气的样子？”

“哼，岂止如此，看样子遇到了什么麻烦，真正的天大的麻烦。”

“那么他本人呢？”

“他把我们两个拉到了门廊上，一口答应这笔钱他迟早是会归还的，只要我们再也不上那里去找他。”

“噢，那倒也是，这么一桩好差事。他每星期只消坐在那里两个小时就可以到手六千哪，无非就是因为他有‘尤伦布斯特’这个名门望族的姓氏而已……让我再想想，今天是星期六。你一定要在十二点半到特利登公司去。我也早就说好要去的，你若是在那里见到我，千万不许朝我露出任何声色，明白了吗？还有没有新近送来的借契？”

“有三十五份。”

“很好，很好，明天就是圣诞节前夜。”

尼古拉斯把这一捆借据逐张翻阅起来，不时地啧啧有声地笑起来，并且还评论一两句。

“啧啧啧……上帝啊，他怎么已经到了山穷水尽的地步。啧啧啧……哎哟，还有他，他怎么也潦倒了，人家还都以为他的家底子厚实哪……啧啧啧……看看这个世道，连他也手上缺钱花了吗？这样我还真能够把他的房子买到手哪！”

这时候有人敲了敲门。霎时间，桌面上的所有借据文书，还有那本像教义问答大小的账本全都消失得无影无踪。纽斯特罗姆也从那扇暗门里溜了出去。

“十二点半！”尼古拉斯在他的身后轻声叮嘱了一句，“还要问你一件事，那首诗你写好了没有？”

“写好啦。”纽斯特罗姆从暗门后回答道。

“那很好。你把莱汶的借据准备在手头上，好随时送到他的那个局子里去。有一天我非要整治他一下不可！他这个人那么两面三刀，这个家伙不老实。”

说罢之后，他整了整脖子上的领结，又把两只硬袖抻了出来，然后打开前面的那扇门。

“哦，您好，隆德尔先生。没有迎候，请勿见怪。快请进来，一点不碍事，方才我只是关起门来在房间里念点东西。”

踏进门来的隆德尔，早已今非昔比了。他打扮得像个坐办公

室的职员，衣着十分时髦，胸前垂着怀表，手指上戴着戒指，手里拿着手套，脚上还穿着套鞋。 360

“也许我冒昧打扰了批发商先生？”

“没有，说哪儿的话。隆德尔先生，请问明天能不能把那幅画画好？”

“非要在明天画好吗？”

“绝对如此！因为明天育婴堂有个盛大的宴会，当然是我出钱请的客。我的妻子要代表育婴堂当众把这幅画赠送给我，并且挂在餐厅里。”

“那样的大事情可容不得有半点马虎。”隆德尔回答说道，他从一间储藏室里取出了画架，把一幅快要画好的画像绷了上去。

“批发商先生是否愿意静坐片刻，这样我可以再在上面做点修补润饰？”他问道。

“当然，当然乐意。”

尼古拉斯·法尔克在一张椅子上坐定，双腿交叉，摆出一副政治家的架势，而脸上也屈尊地露出少见的笑容。

“请随便地说点话。”隆德尔说道，“尊驾的面相固然本身已十分引人入胜，不过倘若脸部表情多一些变化就更能把尊驾的品格节操表达出来。”

尼古拉斯觉得这句话中听，他怡然自得地泛起了会意的笑容，那张轮廓分明、如同刀斫斧凿般的脸显得神采奕奕。

“隆德尔先生肯赏光出席我在圣诞节后第三天举行的那次晚宴吗？”

“我不胜感谢……”

“那时候足下可以看到许多地位高贵的大人物，说不定他们的面孔画在画布上要比我更有气派。”

“也许我能够有此殊荣为他们作画？”

“毫无疑问，只消我说句话就行。”

“噢，此话当真？”

“完全当真。”

“这会儿我又看出了您脸上的一个新的特征。请不要动，保持住这个表情。对，就是这样。好极了！我怕我们还要用一整天来做修补哪，批发商先生。现在剩下的是脸部的细腻表情，要惟妙惟肖还有不少地方尚待润色修饰。这是功夫活，性急就揣摸不出表情上的差异。尤其是尊驾的脸上那么富有表情。”

“那么我们今天先出去吃顿晚饭。我们应该多来往一些，这样隆德尔先生就有机会细细观察我的面孔以便画第二张画像，多一个版本总归胜过仅此一张的。我不得不直言相告，很少有人能像隆德尔先生这样以一种如此令人愉快的方式使我听从足下的安排。”

“哦，言重了，我岂敢当。”

“我不妨告诉先生一下，我长着一双锐利的眼睛，一眼就能分辨清楚哪句是真心话，哪句是阿谀奉承。”

“我早已一眼看出来啦，”隆德尔肆无忌惮地回答说，“我这门行当教会了我识别人的本事。”

“先生真有眼光。要知道并不是每个人都有识别我的眼力，比方说我的妻子……”

“不对，不能要求妇道人家也要有这种眼力。”

“那倒也对，我也恰好要这么说来着……请问，我可以请您喝一杯上等的葡萄牙甜酒吗？”

“我十分感谢，批发商先生。可惜我遵照这个原则，即在工作的时候滴酒不沾。”

“这是再正确不过的了。我自己也遵守这条规矩，我素来尊重一切原则规矩，而且一丝不苟地按规矩办事，只要涉及我自己的就绝不马虎。”

“不过我在工作余暇时间里也乐意喝上一杯解解乏。”

“我亦如此，真是不谋而合。”

这时候钟声敲响十二时半，尼古拉斯·法尔克猛地跳起身来。

“对不起，我有点急事必须马上去办一下，不过我很快就会回来的。”

“没关系，一点不会碍事，正经事还是要办的。”

尼古拉斯·法尔克穿戴整齐之后就走出门去了。办公室里只剩下隆德尔独自一个人。

他点燃一根雪茄烟，专心致志地站在画像跟前审视着那幅作品。这会儿即便有人来看着他的脸庞也一定猜不透他的心思。他在跌打滚爬的人生经历中早已把处世的艺术学得娴熟而且还熟能生巧，因而即使孤身独处的时候，他也十分谨慎，不肯把自己的心思表露出来，他连对自己都不敢推心置腹。

第二十四章

《瑞典论》

宴会已经进行到了尾声，甜食端了上来，香槟酒在玻璃酒杯里闪烁出五颜六色的光芒。在斯凯普桥头的尼古拉斯·法尔克的寓所的餐厅里，枝形烛台上的烛光摇曳晃动，把筵席上照映得熠熠生辉。阿尔维德·法尔克今天晚上出足了风头，受到了各方关注、人人青睐。有的人前来向他祝贺，说上几句恭维话；有的人向他表示自己的愿望；也有人向他频频告诫和加以指点。总而言之，他们都要显出他的成功之中也有他们的一份，因为这确实是一次明白无误的大成功。

“地方法院推事法尔克先生，敝人有幸拜读了您的大作，”文官薪俸支付总署署长隔着席面朝他点头嘉许道，“这种流派深合吾意。”

法尔克只得将这种趾高气扬又唐突无礼得令人作呕的奉承话默默地吞了下去。

“为什么您总是写得那么感伤，令人忧郁不已？”坐在诗人右侧的一位年轻的漂亮姑娘问道，“真叫人相信您必定在爱情上遭到了不幸。”

“法尔克推事先生，请允许我敬您一杯酒，”《灰外套报》主编捋着他那金黄色的虬髯从左首朝着法尔克说道，“为什么推事先生不肯赏脸为我的报纸写点东西呢？”

“我认为贵报的先生们恐怕不肯将我的东西来文照登吧。”法尔克揶揄说。

“我不大明白其中有什么隔阂？”

“观点哪！”

“哦，我倒没有什么难办之处，总归可以想法子使得彼此相适应的，再说我们也没有什么门户之见。”

“干杯，法尔克，”喝得有点醺醺然的隆德尔从筵席斜对面直着嗓门叫喊道，“干掉！”

莱维和堡格不得不把隆德尔紧紧地按住，免得他站起来即兴讲话。

这是隆德尔有生以来第一次踏进社交场合，同那些衣冠楚楚的绅士显贵、珠光宝气的名媛淑女同席共饮。豪华铺张的排场和金碧辉煌的气派弄得他头晕目眩，眼花缭乱。好在所有的嘉宾贵客全都喝得不少，所以没有人去理会他的一些酒后失态。

阿尔维德·法尔克的心里不禁泛起了一阵阵的暖意，因为他看到这些人不计前嫌，既没有要他做出解释，也用不着他表示道歉，就重新笑脸相迎，接受他再回到社交圈子里来。他坐在那张古色古香的旧椅子上，顿时就有一种安全得到保障的感觉，因为从他的童年开始这就是他生活的一个部分。他不无感伤地看着席面上五光十色的各种摆设和熠熠闪烁着光泽的餐具，这些东西他全都熟悉，以往每年只拿出来一回，是在大场面上才派用场的。可惜物虽同人却异，一张张陌生的新面孔使得他有一种失落感。而正是这一张张崭新的面孔才把他从怀旧的感伤中唤醒过来。他暗暗提醒自己，这些陌生面孔的新人所做出的种种亲近友好的姿态虽说对他并无恶意，没有包藏想要伤害他的祸心，可是他们的好意却是世态炎凉的产物，那是他取得了成功，行情在看涨的缘故。除此之外，整个晚上他觉得自己是在参加一场假面化装舞会。试问那位大名鼎鼎的科学家堡格教授同他自己的那个浑身铜臭、俗不可耐的哥哥尼古拉斯·法尔克之间有什么共同之处？

他们还竟然都属于同一家公司！还有那个出身显贵名门的尤伦布斯特上尉怎么跑到这里来了？难道他大驾光临仅仅是为了吃喝？不可能嘛，虽然说有的人确实远道而来图的就是好吃好喝一顿。那么局长呢？那么海军上将呢？这里似乎有一根肉眼看不见的绳索将他们捆绑在一起，这根绳索想必是十分坚韧的，也许是无法解开的。

筵席上欢声雷动，笑语阵阵。可惜有些纵声大笑听上去颇为刺耳。宾客们妙语连珠，往往言带双关，出语惊人，不过多半流于尖酸刻薄而且还话里带刺。法尔克坐在那里，愈来愈不自在，只觉得心头一阵阵厌恶。他抬头望望挂在钢琴上方的那幅画像，只见他父亲正板着面孔，怒目圆睁，瞪着这一群男男女女。

尼古拉斯·法尔克此时此刻却心花怒放，兴高采烈。他的眼光所及，到处是花团锦簇，没有半点令人不愉快的事情。他的耳际听到的全是一片欢乐赞美，没有半句令人扫兴的话语。不过他尽量避开同他弟弟的目光相碰相遇。直到此刻，他们兄弟俩尚未相互讲过一句话，因为阿尔维德按照莱汶的事先关照在所有宾客都到齐之后才姗姗而来的。

晚宴行将结束，东道主尼古拉斯·法尔克站起身来致辞，他讲的是做人之道，要靠自身的努力奋斗和锲而不舍的意志才能够实现飞黄腾达之目标，求得经济上的独立和立足于社会的地位。

“凡此种种，所有一切，”尼古拉斯侃侃而谈，“均赋予个人以自尊之情操，并且在个人的性格中灌注入百折不挠之坚强意志。倘若我们不具备此等禀赋品格与顽强意志，必将一事无成，不能够造福于民众。而利民济世恰恰乃是吾辈做人的最高宗旨。先生们，故而我们大家均应齐心奋进以期达到这一目标，这便是我们义不容辞的重任，天经地义之壮举。

“诸位尊敬的贵宾，请允许我举杯敬酒，感谢各位屈尊光临寒舍。我非常希望今后有更多机会和荣幸能够恭候诸位大驾光临。”

东道主致辞之后应由出身门第最为显赫的主宾尤伦布斯特上尉致辞答谢。怎料此公已酩酊大醉，说起话来却谑语戏言唠叨不休。非但如此，还装疯卖傻地大叹苦经。这一通指桑骂槐的讲话若是换在另一户人家的环境，而听众的情绪又没有受到杯中之物的摆布的话，那么就会被人斥责为揭短露丑、信口雌黄。

他一张嘴就伤人，狠狠抨击说如今世风日下，见钱眼开、唯利是图的商人气息已经浸润了一切，而且正在愈来愈蔓延扩散。他本人虽然丝毫不缺少自尊的情操，可是偏偏在经济上无法独立，以致受制于人。因为这个，今天上午他刚刚遇到了一桩非常令人难堪的尴尬事，弄得他十分不痛快，幸好他有坚忍的禀赋性格和顽强不屈的意志，所以在晚上依然出来参加这次晚宴。至于说他的社会地位，他自认绝不会比任何人逊色，而且他相信别人也对此持有相同的看法。正因如此，他仍然有此荣幸能够坐在这张餐桌上并且坐在主人的身边。

他讲话一完，全场所有的人都松了一口气，就像阿尔维德·法尔克身边那位漂亮姑娘悄悄对他说的那样：“令人觉得笼罩在头上的大团乌云终于飘走，大雷雨不会来了。”阿尔维德对她的这句评语十分欣赏。

其实阿尔维德·法尔克早已觉察出来筵席上洋溢的只是虚情

假意，空气中弥漫的只是尔虞我诈，他如坐针毡，浑身不自在，一心就想早点脱身出去，离开这里。他举目四顾这些同席对饮的大人先生们。他们都是道貌岸然的人，他们都是受人尊敬的权贵巨富，可是他们的谈吐举止却被一根肉眼看不见的粗大铁链拘束着，他们人人都套上了一具无形而笨重的枷锁，偶尔他们也会觉得被束缚的滋味不太受得了，便瓮声瓮气地挣扎几下，发泄一下憋了一肚皮的怒火。且看那个尤伦布斯特上尉就是这样在众目睽睽之下公然对东道主竭尽鄙视之能事，他方才已经在讲话中嘲弄地调侃了一番，如今又在客厅里自顾自点起了一支雪茄烟，摆出一副猥亵不雅的姿势，故意装作没有看见有女客在场。他朝着壁炉的瓷砖上连连吐痰，又把墙上挂的那几幅彩色石印画说得一无是处，然后又把那整套桃花心木家具贬得一文不值。而别的先生们对他的所作所为却无动于衷，不加理睬，那副庄严肃穆的样子活像是在办公室里上班一样。

阿尔维德·法尔克感到厌烦和不满，趁大家没有注意便找了个机会悻悻然溜了出来。在下面的大街上，奥勒·蒙坦纽斯已在那里鹄望良久了。

“我真没有想到你居然毫不爽约，竟肯离开那灯红酒绿的豪华地方。”奥勒说道，“看看那上面灯火是多么辉煌！”

“正因为如此，所以才尽早脱身！我真想让你陪我去受受这份罪。”

“噢，隆德尔还在那班大人先生们当中乐滋滋的吧！”

“不要对他眼红！他若是走上了画肖像这条路的话，苦日子还在后头呢……让我们谈点别的什么吧。我真心盼望这么一个晚上，盼望得很久了，我终于可以在近处观察工人了。噢，我离开那个闷得叫人窒息的鬼地方，马上就去呼吸新鲜空气，那真是妙不可言啦，就像在医院里躺了很久一下子就到大森林里去一样。可是我真不晓得这个幻想会不会遭致破灭。”

“工人们是十分多心的，所以你还是多留神一点。”

“那些人是不是品德高尚？那些人是不是已经摆脱了目光短浅？那些人有没有被摧残得不像人样？”

“你等一会儿自己亲眼看吧！世上的事情有许多和人们想象之中的大不相同。”

“好吧，理应如此。”

半小时之后，他们来到了北极星工人联合会的大厅里。那里早已座无虚席，人头攒动。法尔克一进去便遭到了众人的白眼，他身上穿的那套黑色大礼服招惹来了许多不友好的目光，大家以冷脸对他，一张张面孔上疑云密布。

奥勒·蒙坦纽斯向法尔克介绍了一个不断咳嗽、瘦骨嶙峋的细高个儿，那个人虎着脸，看样子脾气很暴躁。

“木匠埃里克森。”

“哦，”那人说道，“原来是一位大人先生，这位先生也是想当议会议员的吧！不过在我眼里看起来当议员似乎赚瘦了一些。”

“不是，不是，”奥勒说道，“他是从报社来的。”

“一家什么样的报社？如今报纸有那么多种，说不定他是想来让我们出丑的。”

“不是，不是那么一回事，”奥勒说道，“他是一位劳工之友，愿意为你们尽力效劳。”

“哦，原来如此，那就是另一码事啦，不过我对这类大人先生总是心里害怕得很。我们和一位上等的先生是邻居，也就是说住在维塔贝格山的同一幢房子里。他是我们的二房东，那个恶棍的名字叫斯特鲁弗。” 370

这时候开会的木槌砰的一声敲响了，一个中年人在主席的座位上就坐。此人是开马车制造行的匠人洛芙格伦，也是市议会议员，科学和艺术奖章［亦称瑞典著作与艺术奖章，由瑞典国王卡尔十五世在1853年设置，每年由国王亲自颁发一次，授予为科学技术、人文艺术做出贡献者，是瑞典王室授予社会各界的最高奖章。］膺获者。多年参与市政管理和议会辩论，他养成了所有姿势都像在舞台上演戏那样夸张的习惯，除了会摆架子之外，他的外形相貌上也有了变化，显得十分富态，自有一股雍容华贵的风度和不怒自威的气质，这样他就能借此在瞬息之间镇住局面，把突如其来的急风暴雨般的喧哗吵闹压下去。他长着一张宽阔的方脸，戴着一顶通常是法官才使用的蓬松的大假发，两腮长须连鬓，鼻梁上架着一副老花眼镜。

在他身边坐着大会秘书，法尔克觑了一眼，原来是熟人，一个在文官薪俸支付署领着干薪的编外雇员。此公仍旧戴着夹鼻眼镜，遇事还是模棱两可，不轻易表态，哪怕对听不入耳的那些言论，他也只是咧开嘴巴装出像农夫那样的憨笑来，表明他对此并不以为意。在主席台下第一排就坐的都是身份高贵、地位显赫的会员，有将校军官、文职官员、批发商等等，他们都是处在举足轻重的地位，整个大会就是要靠这批大人物有力支撑才行，凡是效忠于王室的提案都会得到他们的俯允赞许，得以顺利通过，而对于所有要求变革社会的提案，他们便使出在议会常用的那种翻云覆雨的本事，把它们一棍子打下去。

秘书先生宣读了大会的议程，按照第一排位子上的那些显贵的要求做了一些调整之后便得以通过。接下来开始宣读第一个提案：

"面对几乎正在席卷整个欧洲的盗用'罢工'之名的非法活动，本草案起草委员会提出以下一则动案：北极星工人联合会严正声明，对于此类借用'罢工'之名而进行非法活动的行径，本协会均采取坚决反对之明确态度……鉴此，本协会认为……"

"对呀，赞成……"第一排上的人大呼小叫。

"主席先生。"来自维塔贝格的那个木匠高声叫道。

"那边是何人在喧哗滋事呀？"主席先生问道，他从老花眼镜里端详着会场，脸上的那副表情似乎表明他已经把藤条教鞭拿起来了。

"这里没有人在喧哗闹事，只有我要求发言！"木匠说道。

"那个'我'又是何许人呢？"

"木匠师傅埃里克森。"

"你真的当上了木匠师傅吗？什么时候当老板开了木匠铺子？"

"我是一个早已满师的工匠，手艺活计全学到家，可惜我一直没有钱，无力去申请经营铺面的许可执照。不过我决不比任何人差一些，我现在是招揽了活计在自己干，我必须要讲清楚。"

"已经满师的木匠埃里克森，你坐下来，安安生生的不许打扰会场秩序……那么本协会是不是一致赞成通过了方才那个动议？"

“主席先生！”

“怎么又来啦，什么事情？”

“我要发言。先生，难道你没有听见？”埃里克森愤怒地大声叫喊。

“让埃里克森发言嘛。”会场后排响起了叽叽喳喳的附和声。

“工匠埃里克森，你的名字是怎么拼写的，有X或者Z这两个字母？”主席在秘书的授意之下存心揶揄地问道。

第一排上爆发出一阵哄堂大笑。

“我压根儿就不会拼写，先生们。我是来讨论问题的！”木匠愤怒地说道，一双眼睛里像是要喷出火来，“是的，这就是为什么我要发言的原因。我若是有权把话说出来的话，那么我就要说：罢工的那些人做得对，是好样儿的。那些老板和掌柜们吃得肥头大耳的，却什么正经事都不干，整天价只忙着吃喝应酬寻欢作乐，全都是工人们的血汗来供他们过着这种花天酒地的生活。我们很清楚，我们辛苦卖命干活，却挣不到几个钱，正因为这样我们要争取议会的普选权，而他们却心里害怕……”

“主席先生！”

“冯·斯博恩骑兵上尉请发言。”主席说道。

那个木匠却毫不理会，自顾自讲下去：

“我们也知道得很清楚：大人先生们进项的数目往上一升，税务局就会把税款减免下来。我若是有权把心里话都讲出来，我本当还可以说更多更多，可惜说得再多也没有什么用处……”

“冯·斯博恩骑兵上尉请发言。”主席再次催促。

“主席先生，先生们，在这样隆重的集会上居然听到此类蛊惑人心的言论，这真是料想不到的咄咄怪事。须知本协会曾以其受人尊敬的卓越表现而赢得了良好的声誉，尤其是最近在王室婚礼上的致敬行动是有口皆碑的。可是如今这么一个令人尊敬的协会居然也自贬身价，一味迎合庸俗卑贱之风，不顾脸面地让那些丝毫不通晓议会之中的微妙辩论艺术的浑人在这里大放厥词，肆无忌惮地藐视一切体统。先生们，我相信在一个国民从小就受到军事训练熏陶的国家里，本来是不应该发生这类事情的……”

“他说的是普遍兵役制！”埃里克森向奥勒嘟囔了一句。

“在这样的国家里，其国民性是对人对己都会十分克制，说话办事都会遵循一定的规矩。我讲这番话为的是表达与会者的共同愿望，即此类滋事捣乱的行径决不容许在我们的大会上再次发生……我说的是我们……因为我自己也是干活的劳工……在永恒的上帝面前，我们人人都是劳工大众嘛……我是以本协会会员的资格说这番话的，而且言出如山，决不反悔。我若是食言，则将会遭到天谴神罚。两三天前我曾在另外一次大会上讲过一番话，那是在全国普遍兵役制之友大会上讲的，我也无意于收回这番话，那句最要紧的话便是：我极其器重瑞典的劳工大众！”

“好极啦，精彩之至……”

“大会是否一致赞成草案起草委员会的动议？”

“同意，同意……”

“通过！现在宣读第二项议程。本起草委员会按照有的会员的建议，特地向大会提出以下的动议草案：本工人协会鉴于达尔兰郡公爵殿下即将举行领受坚信礼之大典，为了表明瑞典全国工人对王室感恩戴德的深厚情谊，谨此参与社会各界的捐赠献礼致敬活动。值此时工人暴动骚乱，甚至借所谓‘公社’之名蹂躏法国的首都，这一献礼致敬的举动更表明本协会对此类骚乱暴行持有深恶痛绝、坚决反对之立场。捐赠献金之总额以三千里克斯达尔为限。上述动案究竟是否同意，提请大会议决。”

“主席先生！”

“请哈勃费尔特博士发言！”

“不是他，是我，埃里克森要求发言！”

“哦……是这样……那么埃里克森说话。”

“我只想说明一下，巴黎公社里出头露面鼓动起来的并不是工人，而恰恰是全国兵役制里受过训练的那些文官、律师……还有军官，还有摇笔杆子的文人、报纸记者。我若是有权讲话，我想奉劝在座的先生们一句，行坚信礼用不着小题大做，只要送一本纪念册就足够啦。”

“本次大会是不是一致赞成同意第二项议程的议案？”

“赞成……同意……”第一排又呼喊起来。

于是录事员忙于把议案记录下来，誊写成会议记录，誊录之后又逐一校正。另外的人三三两两随便聊天交谈。整个会场的态势同议会开会似乎别无二致。

“每次开会都是这个样子吗？”法尔克问道。

“这位先生觉得挺有趣的，是吗？”埃里克森说道，“有时候真把人气得直想揪头发。我把这一套称为腐化变质和背信弃义，那批家伙只顾谋取自身的私利，做的都是卑鄙龌龊的勾当。他们当中没有一个人是有心有肺的，并不想正正经经地为大伙儿办点事情，所以也只好这样半死不活地拖下去。”

“那么前途如何呢？”

“我们且走着瞧吧。”木匠回答说，他紧紧地捏住了奥勒的手。“你已准备好了吗？”他继续说道，“你一定要顶得住才行，他们准会把你抨击得一文不值。”

奥勒胸有成竹地点了点头。

“装饰品雕刻工匠奥勒 · 蒙坦纽斯在开会之前已提出申请，要求在本次大会上以瑞典为题做一次讲演，”主席宣布说，“在我看来这个题目实在太大，而且又过于笼统庞杂。不过他假如能够答应在半个小时之内就讲完的话，我们听听无妨，不晓得诸位先生意下如何？”

“行呀……”

“那么蒙坦纽斯先生上台来吧！”

奥勒精神为之一振，就好像狗儿在跳跃之前先要抖抖身体一样。他站起身来从人群中穿过去，人人都朝他睥睨了一眼。

这当儿，主席先生自顾自同第一排的骑兵上尉聊起天来。那位秘书一连打了几个哈欠，然后再拿起一张报纸来，一举一动都显出他根本不打算洗耳恭听这个演讲。

可是奥勒却不理会这些，一本正经地走上了讲台。他眨了眨笨重的眼皮，嘴里又一连咀嚼了好几下，使得听众误以为他早已开始讲话了。待到大厅里真正安静下来，除了主席先生同骑兵上尉的悄声交谈还可以听得见之外，已经不再有别的响声，他这才开始演讲：

“瑞典论——几点看法……”

接下来是片刻的停顿，然后他再讲下去：

“先生们，有一个命题应该说可以被认为是无法求得证实的假设，即使以我们时代最富有成果的思想和最强有力的奋斗亦对它无济于事。这一假设的命题就是要破除目光狭隘的各国民族情绪，正是这种狭隘的民族情绪害得各国人民产生隔阂，甚至把他们推上相互为敌的位置上去。我们已经看到在这方面所采取的种种手段，诸如举办世界博览会啦、颁发荣誉证书啦等等，以及这些方法究竟产生出了哪些效果。”

听众面面相觑，他们听得摸不着头脑，想要问个究竟。埃里克森说道：“大概是什么讽刺挖苦吧！可惜这些话太突如其来了，要不然讲得还挺中听。”

奥勒接下去讲道：“瑞典民族历来在各国文明之中居于前列，处在顶尖的位置，并且比其他任何一个早已开化的文明国家更致力于奉行世界主义，为了使得这一概念富于成效而做出的努力要比它们多得多。根据现有数字来判断，瑞典在这方面已遥遥领先。之所以能有如此骄人的成绩，亦应归功于不少十分有利的环境条件。现在我打算用一点点时间先来注视一下这些环境条件，然后再来分析那些比较容易明白的因素，诸如行政管理之改革、税收吏制之沿袭等等。”

“看样子是长篇大论了，”埃里克森用胳膊肘捅了捅法尔克的腰说道，“不过他讲得挺滑稽。”

“众所周知，瑞典原本是日耳曼人的聚居地区，一直保存下来，至今仍在使用的语言是由十二种方言组成的低地日耳曼语。这一环境条件，也就是说各个州郡之间相互交流信息遇到了不便和困难。然而正是这一困难便成了显而易见的杠杆，阻碍了那种不健康的民族概念滋生发展。另一个值得庆幸的环境条件阻碍了一边倒的日耳曼影响，因为这种势力影响曾有过一段时间是如此深远，以至于瑞典几乎被德意志并吞而成为它的一个外省，就像在梅克伦堡的阿尔布雷克［瑞典国王（1363年至1389年在位）。其父阿尔布雷克二世本为德意志选帝侯，梅克伦堡大公。1336年其父迎娶瑞典国王玛格努斯·埃里克逊的妹妹埃尤弗米娅为妻。1363年其父与瑞典贵族联手把瑞典国王推下王位，并把他推举为瑞典国王。］统治之下那样。说到这里，我认为这首先要归功于丹麦抢占了斯康耐郡、哈兰郡、布兰金厄郡、布胡斯兰郡和达尔兰郡，这些州郡里住的都是丹麦人，他们至今讲自己的本国语言，并且拒绝承认瑞典的统治。”

“哦，吾主耶稣呀，他究竟说的什么话！难道他发疯了不成？”

“比方说斯康耐郡，那里的居民至今还认定哥本哈根才是他们的首府。在议会里，斯康耐郡也组织了自己的与政府对抗的政党。丹麦人占据的哥德堡情况也大致相仿，他们根本不承认斯德哥尔摩是全国的首都。不过如今英格兰人钻进了哥德堡，在那里取得了利益，弄到手一块殖民聚居区。这个民族，就是那些英格兰人，他们在那边沿海捕捞，到了冬天就在城市经商，几乎所有的大宗贸易他们都插手经营。夏天一到他们便纷纷回去，回到苏格兰高原上自己的故乡去享受聚敛起来的钱财所带来的悠闲乐趣。这是一个十分出色的民族，真是了不起。英格兰人也办起了一份很大的报纸，不过他们在报纸上只称赞夸奖自己的事业如何兴旺发达，却并不对别人横加责难、吹毛求疵。

“我们还必须十分关注那些不时发生的人数众多的移民潮。我们在芬马克高原的大森林地区有许多芬兰移民，不过现在在首都也有芬兰移民的踪影，他们是在国内政局动荡、时世艰辛难以度日的情况下才背井离乡，移民迁徙至此。

“我们的一些大钢铁厂里有不少法兰西人，他们大多是在17世纪来的，时至今日还会讲支离破碎、互不连贯的法语。为人所津津乐道的是有个法兰西人［系指贝纳多特王朝的卡尔十四世。卡尔十四世（1818年至1844年在位），原名为让·贝纳多特，法国人，是拿破仑手下的将军，1810年被挑选为瑞典王太子，1818年被拥戴为国王。贝纳多特家族至今仍是瑞典的王族。］引进了法国的模式，在瑞典颁布了新宪法。那真是个刚烈倔强的民族，而且也诚实可信！”

“哼，他在胡说八道些什么！”有人嘀咕道。

“在古斯塔夫·阿道尔夫时代［系指古斯塔夫·阿道尔夫一世（1523年至1560年在位）。］，有一大批苏格兰的无业游民来到这里充当雇佣军，也正是这个缘故，他们之中有些人凭借军功还跻身于膺获骑士勋章的贵族阶层。

“在东部海岸有许多家庭保持着移民的习俗，他们是从拉脱维亚和其他斯拉夫区域迁移来此的。因而在这个国家里也可以见到纯种的鞑靼人的类型。

“我提出这一个论点，即我们瑞典人在民族消亡的道路上是走在最前列的。不妨翻开瑞典贵族世系的家谱来数一下，我们究竟可以数出多少个瑞典姓氏来。倘若超过万分之二十五的话，你们可以把我的鼻子割下来。

“先生们，我们不妨随意翻开《地址人名录》来看看。我自己曾在G这个字母栏里统计过，四百个姓名里竟有两百个是外国姓名。是什么原因造成这种情况的呢？原因固然多种多样，然而究其根本，最突出的原因在于瑞典历朝历代都是外国人的王朝，而且在征服战争中总吃外国人的亏。要是回想一下有多少个外国人曾经坐在瑞典国王的宝座上，那么对于这个民族时至今日还是一个外国人在当着瑞典国王，也就会见怪不怪了。而这样的现象俨然是瑞典的根本大法明文规定了瑞典国王从来只能是一个外国人，他责无旁贷地把这个国家引向它的最终目标，即民族消亡，而这些国王也确实义不容辞地在这样做了。我深信不疑，我们这个国家若想要打赢别人，就只能附庸投靠外国，我们用不着害怕会丧失掉什么，我们已经没有什么可以丧失的了，一个一无所有的民族哪里还谈得上有什么可以丧失的呢？简而言之，这个民族连最起码的民族性都荡然无存了。诗人泰格乃尔〔泰格乃尔（1786—1846），瑞典大诗人，他的代表作是《弗里乔弗的故事》（1820—1825），这部叙事长诗奠定了他在瑞典诗坛上的不朽地位。《斯维亚》是他在1811年发表的爱国主义长诗。〕早在1811年就发觉了这一点，而且气量短小、目光狭隘地在他的长诗《斯维亚》中大声疾呼、口诛笔伐，不过也只是马后炮，纵然想要补救，也为时太晚了，因为连绵不断的愚蠢的征服战争招募了那么多壮丁入伍，从而把瑞典民族推入了亡国灭种的深渊。在古斯塔夫二世〔古斯塔夫二世（1594年至1632年在位），瑞典国王，曾与法国等新教国家结盟，同德国等旧教国家进行了长期战争。〕时代，全国居民人口仅为一百万，而这段时间捐躯沙场的身强力壮的青年壮丁竟达七万人。至于卡尔十世、十一世和十二世又把多少人推上战场去送死，我一下子说不上来，不过那些留在后方没有去打仗的只是淘汰下来不配当兵的老弱病残的货色。

“让我再言归正传，重新回到我们缺乏民族性这个命题上来。试问有哪一个能够告诉我，除了我们的松柏、云杉，还有市场上很快就会不大需要的铁矿石之外，在瑞典究竟有哪一样是真正的瑞典东西。我们的民歌是些什么货色？无非是法国的、英国的和德国的浪漫曲而已，并且翻译得十分糟糕。我们正在为民族服装日益消亡而痛心疾首，可是我们的民族服装又是些什么货色呢？那只是中世纪绅士服的邋遢而蹩脚的假冒货而已。早在古斯塔夫一世时代，达拉那郡的男人们就要求严惩那些穿戴五颜六色还缀有凹凸条纹、浑身花里胡哨打扮得活像小丑一样的农夫。再说绚丽华贵的宫廷式裙袍，也就是勃艮第贵妇淑女的裙袍，难道会穿到达拉那郡农妇身上去吗？！更何况从那时候到现在服装的样式已经不知道翻新了有多少回。

“试问有哪一位能够告诉我，瑞典的诗歌作品、绘画作品、音乐作品等等又有哪一件是富有特色的、与所有非瑞典的作品毫不相同的地道的瑞典货色呢？再有，谁能说得出有哪一座建筑物是瑞典式的建筑物？根本没有，即便有的话，那也是糟糕得不堪入目，或者仍旧是外国模式的翻版。

“我相信我这样说是一点也不过分的，那就是：我断言瑞典民族是这样的一个民族，它既毫无才华却又妄自尊大，下贱的农奴思想和秉性、小肚鸡肠、爱眼红妒忌、目光短浅、眼皮子太薄而且脾气却又狂暴粗野。正因为如此，这个民族才走上自我毁灭的道路，而且是在迈着流星大步地走下去。”

这时候大厅里喧哗起来，从嘈杂的人声中还可以听得出来这里那里都提到了卡尔十二世的名字。

“先生们，卡尔十二世早已去世，不妨让他安静长眠到下一个庆典时再提到他吧！我们这个民族走上亡国灭种的道路就数他的功劳最大，我们应该对他最感恩戴德。因此，我请求先生们同我一起为他高呼万岁。先生们喊吧，卡尔十二世万岁，万岁……”

“我要求大家保持会场秩序。”主席高声叫嚷道。

“试问我们能想象得出有哪个民族连做个吟唱诗人都要先向外国学了才能当得上？！还有什么人比这样的民族更低能的呢？不妨想想这些人笨得像一头头公牛，埋头拉犁，拉了整整一千六百年，却根本想不到要写什么诗歌。到了卡尔十一世的时候，宫廷里忽然冒出了一个家伙，险些儿把亡国灭种的大业毁于一旦。早先的诗歌都是用德文写的，而这个家伙偏偏要用瑞典文写。所以我要求先生们跟我一起振臂高呼：打倒狗娘养的笨蛋乔治·斯蒂恩海姆［乔治·斯蒂恩海姆（1598—1672），瑞典霸权时代最伟大的诗人。出生于瑞典，但长期在德国求学和担任高官。他也是瑞典国王的宫廷诗人。］！”

这句话引起了惊愕，不少人都在打听：“他讲到的那个人是谁？”也有的人说：“那是爱德华·斯蒂恩斯特罗姆［爱德华·斯蒂恩斯特罗姆（1816—1877），瑞典著名演员，斯德哥尔摩的新剧院和瑞典剧院创始人。］！”主席不断地用木槌敲击桌子，大声叫喊：“肃静！”会场里人声鼎沸，乱成一团。有人狂呼：“我们受够啦！打倒这个卖国奸贼！”“他是故意同我们寻开心。”

“瑞典民族只会大叫大嚷敲打桌子，我已经领教了。既然我无法继续再往下讲，不能把行政管理和王室收税吏制度加以阐述。我只能说一句：从今天晚上的所见所闻来看，你们这一批奴性十足的流氓痞子在任何时候都只能由独裁专制来管住才行。你们也只配受到专制主义的奴役！等着瞧吧，有朝一日你们必然会受到专制独裁的统治。”

有人在背后狠狠地推了他一下，以至于讲演者噎住了气，连话都讲不出来了，亏得他双手紧紧揪住了讲台边沿，身子倒还站住了。

“瑞典民族是个忘恩负义的民族，他们根本听不进真话……”

“把他轰出去！”“把他撕成碎片！”奥勒被推推搡搡，从主席台上给轰了下来。就在这最后的片刻里，他顾不得挨了人家多少老拳狠揍，依然像个疯子一般大声疾呼：“卡尔十二世万岁！打倒乔治·斯蒂恩海姆！”

奥勒和法尔克终于来到大街上。

“你是中了邪吗？”法尔克问道，“难道你的神志已经不清了？”

“唉，我想我大概如此，真是自作自受。我把我的演讲稿翻来覆去地背诵了几乎一个半月。我已经背得滚瓜烂熟，连每个标点符号都心里有数。可是我走上台去，看到台下那些人横眉竖眼，不知怎的心里发怵，闹了个上场昏。我那一整套独出心裁、别具一格的论据全都乱了，就像泥瓦匠搭的脚手架那样哗啦一下坍了下来。我只觉得自己脚底下土崩地陷，如同沉入了无底深渊，我的思路统统都纠缠在一起，成了一团乱麻。结果当场出丑，闹了个大笑话。”

“是呀，出丑至极，报纸上会把你嘲弄得不像个样子。”

“唉，事已如此，也只好自食其果啦！真太叫人伤心啦，我本以为自己的思路是一清二楚、井井有条的。不过把他们骂了一通，心里倒也挺痛快！”

“你这是自己跟自己过不去，恐怕以后也难有出头之日啦！”

奥勒也长吁短叹不止。

“以上帝的名义请问你同卡尔十二世有什么关系？这一段话是最要命、最糟糕的。”

“不要来问我，我现在是什么都莫名其妙。”

过了半晌，奥勒又说话问道：

“喂，你现在还热爱劳动大众吗？”

“我为他们感到难过，因为他们被冒险家诱惑而误入歧途，可是我决不会背弃他们的事业，因为他们的事业是今后时代出路的关键所在。你们所有的政治活动同他们的事业相比较，那就显得一文不值喽！”

奥勒和法尔克沿着大街信步而行，他们不知不觉来到了闹市区，从里尔纽大街往前走了几步，便走进了那不勒斯咖啡馆。

这时候大概还只有九、十点钟光景，咖啡馆里空空荡荡的，只有在靠近柜台的一张桌子边坐着一位客人。他在为一个姑娘念一本书，那个姑娘坐在旁边，自顾自忙着针线活。那情景看起来安详舒适，而且透着一股家庭的温馨气息，这给法尔克留下了十分深刻的印象，他猛然一怔，脸上的表情也起了微妙的变化。

“塞伦，嗨，原来是你在这里。晚上好，蓓塔。”法尔克装出一副由衷高兴的样子，不过要装出亲热的神情并非他的拿手好戏，所以打起招呼来也颇为局促，然而他仍然握住了那位年轻姑娘的纤纤素手。

“哎哟，法尔克老兄哪，”塞伦说，“你怎么也找得到这个地方。我本以为你十有八九忙于要事，所以最近我们很少在‘红房间’见面啦。”

法尔克和蓓塔相互对视了一眼，那位姑娘的模样在周围的环境衬托下越发显得美艳动人。她那文雅而妩媚的脸庞在俏丽之中略带几分忧愁。她的身材苗条，尽管曲线凸露，却冰清玉洁，令人不敢有非分之想。一双星眸，眼角徐徐往上翘起，仿佛在窥望天堂里会不会降下什么不幸，然而秋波横转却又顿时百媚丛生。

“你的面孔怎么板成了这副模样？”她对法尔克说，旋即埋下头去看着自己手上针线活的线缝。

“那是因为我方才去参加了一个十分严肃的大会。”法尔克说，面孔涨得通红，活像个小女孩似的，“你们在念什么书？”

“我在念《浮士德》的献词。”塞伦说，他伸出手去抚弄蓓塔的针线活计。

一朵阴云在法尔克脸上冉冉升起，交谈顿时变得沉闷尴尬和不堪忍受。奥勒心事重重地瘫坐在一边，神情颓唐得好像马上就想自杀。

法尔克要来了一份报纸，是一份《正直晚报》。他想马上就看到这份报纸对他的诗的评论。他翻开报纸把眼睛盯住了第三页，果然找到了他想要寻找的那篇文章。那篇评论既没有客气地恭维一通，也没有粗暴地斥责刁难，写得中肯实在，令人读来深感兴趣。评论家认为法尔克的诗作并不比同时代的其他诗人出色，却也不逊色，都同样地标榜自我，宣泄心中的苦闷，长吁短叹却是无病呻吟，没有多少真实的意义。诗中描绘的只是写诗者本人的一己隐私和儿女之情，那些为道德所不容许的偷情私通，不管是凭空编造的也好，还是确有其事也好，大抵是矫揉造作的卖弄，在一些小的失足上故作痛心疾首状，而对男欢女爱、缱绻缠绵却毫无懊恼悔恨之意。因而，这些诗作并不见得比英国的艳情诗有丝毫的高明之处，诗人若是把自己的钢板镂刻肖像放在标题之上，并且再配以插图若干，这部诗集的内容岂非更能使人一目了然。这几句直言无忌的真话在法尔克心里留下了深刻印象，以致他悚然汗颜起来。在此以前，他只念到了《灰外套报》的评论，那是斯特鲁弗写的吹捧文章。还有《小红帽报》上的评论，那也是送给他一个人情，只拣了几句好话说说。他朝着那几个人告辞，站起身来就要往外走。

“你这会儿就要走？”蓓塔问道。

“是的，我们明天再见，好吗？”

“好的，像往常一样，晚安。”

塞伦和奥勒跟着他一起走出来。

“她真是个可爱的年轻妞儿。”他们默不作声地走过了一条街后，塞伦说道。

“我奉劝你在谈到她的时候口气放尊重些。”

“呃，老兄，原来你是爱上她了，我说得对吗？”

“是的，我爱上她了。我希望你能原谅我。”

“没关系，我不会从中作梗挡你的道的。”

“还有我请求你不要相信她是那种低三下四的……”

“不，我不会这样看。虽说她曾经在剧院里待过……”

“你怎么会知道的？她从来不曾告诉过我！”

“没有告诉过你，可是却告诉了我！对这些撒旦般的妖精千万不要轻信！”

“唉，就算在剧院里待过也不见得一定就会变坏。我打算尽我能力早点把她接出来，不让她再干女招待这个行当。那样一来我们之间的交往就会大受限制，因为我们俩清早八点钟就一口气走到哈格公园去，渴了就喝泉水。”

“那未免太天真无邪喽，难道你们从来不曾在晚上一起出来吃顿饭？”

“我从来不曾有过任何念头，要向她提出任何不合时宜的建议，生怕遭到她的轻蔑拒绝。你笑了，好吧，你爱嘲笑就尽管笑好啦。我爱上了一个女人就应该对她深信不疑，不管她属于哪个阶层。至于她以前遭遇过哪些不幸，那又有什么相干？她曾经亲口对我说她的人生道路并不纯洁，不过我相信我决不会去询问她的过去！”

“这么说来你是当真的？”

“是的，非常当真！”

“那就又是另一回事啦！晚安，法尔克老兄。奥勒还是住到我那里去吧！”

“晚安。”法尔克告别后自己回家去了。

“可怜的法尔克，”塞伦对奥勒说道，“如今他也要去尝尝忍受夹道鞭笞的酷刑的滋味啦，不过那苦楚是非挨不可的，就像掉了乳齿长出真正的牙齿一样。若没有这点风流韵事，哪能成人当上男子汉哪！”

“那么那位姑娘会怎么样呢？”奥勒纯粹出于礼貌问了一句，其实他心不在焉，头脑里想的全是别的事情。

"她倒不会吃亏的，可惜法尔克把这类儿女风情看得过于当真。她只要觉得自己还能够摆布玩弄他于股掌之间，就可以假心假意装出一副真心的样子。可是如果拖得太久，她就会觉得腻烦生厌，那保不住她就会寻觅新欢，移情别恋了。你们这些男人根本就不懂得怎样来对付这类事情。男人决不应该一味自作多情、犹豫优柔，而必须兔起鹘落马上就弄到手，否则夜长梦多半道上又被别人夺了去。喂，奥勒，你有没有搞过女人？"

"在乡下老家里我曾经同一个侍女生下了一个孩子。正是因为这桩风流罪过我被父亲逐出家门。从此以后我一见到女人就想朝她们啐口水。"

"那样糟糕的祸事我倒还不至于招惹上身，不过就像俗语说的受骗上当罢了。这种滋味可真是叫人受不了，你信不信！既然想要演奏调情的曲子，那么神经就务必要像小提琴上的琴弦般坚韧，能经受得住折磨才行。倒要看看法尔克是怎样熬过这一关的，有的人可是经受不住，一下子就颓唐下去，真是愚蠢之至……咦，大门还开着，进去吧，奥勒！但愿床铺早已铺好，你可以舒舒服服地躺下来睡个好觉。不过你要原谅我的那个打扫的女佣，她老得铺不匀床上的垫被，她的手指那么没有力气，所以床垫难免凹凸不平，而且还硬邦邦的。"

他们两人登上楼梯，走上楼去。

"进去，进去呀，"塞伦说，"看样子那个女佣斯塔瓦已经开窗通过风了，把地板也擦过了，所以我觉得有一股潮气扑鼻而来。"

"你存心捉弄我，分明连地板都撬光了还怎么能擦洗？"

"哦，房间里没有地板，那就又当别论啦。可是地板怎么会不翼而飞的呢？说不定全都送进壁炉里生火取暖啦。不过没有什么大不了的。我们干脆就躺在大地母亲的身上，至于地上铺的是泥土还是卵石那只好随它去啦。”

他们两人在地上铺了一些破画布和几张旧画，就和衣躺了下去，各自脑袋底下塞了一个书报夹权作枕头。奥勒从裤袋里掏出一个蜡烛头，把它点燃了放在自己身边。一缕微光在空荡荡的大画室里摇曳闪烁，势单力薄地同四周的黑暗在奋力抗争。

“晚上真冷啊。”奥勒掏出一本油腻腻的书来。

“冷吗？不见得吧！外面露天里只有零下二十度。这房间里倒起码有零下三十度光景，因为我们住得太高。你想现在大概是几点钟？”

“我好像方才听见圣约翰娜教堂敲了一点钟。”

“圣约翰娜？难道他们还有钟吗？他们穷得精光，连大钟都典当出去啦。”

沉静了大半晌之后，塞伦先开口打破了沉默。

“你在念什么书，奥勒？”

“还是那本书呗！”

“还是那本书？你既然在我家里做客，就应该讲究点礼貌才是。”

“那是一本老掉牙的烹饪书，是我从伊格堡那里借来的。”

“嘿，真是撞见鬼啦，怎么会是这本书？我们一起来念念。今天我可是只有一杯咖啡和三杯清水下肚。”

“那么你想品尝哪道菜呢？”奥勒说，信手翻开书页，“你来一道鱼好不好？你知道什么是蛋黄酱吗？”

“蛋黄酱？不知道。念念这个，这名字听上去想必是可口的。”

“听着。第一百三十九种：蛋黄酱。

“将黄油、面粉、少许英格兰芥末调匀，加入肉汤，搅拌成糊状，放入锅内煮沸后冷却，再将蛋黄若干放入后搅拌调匀……”

“唉，真是要命，那一点点东西填不饱肚子……”

“喂，还没有念完哪……上等食用油、少许奶油和白胡椒粉。是呀，我看是填不饱肚皮的。要不要来点什么能管饱的实在货？”

“我看念念白菜碎肉卷吧，我知道这道菜挺实在，最顶饱。”

“不，要我高声念我实在受不了，饶了我吧。”

“唉，你念吧！”

“不，让我安生一回吧！”

房间里又寂静无声了。那个蜡烛头的微光也终于熄灭，四周顿时漆黑一团。

“晚安，奥勒。把身子捂住盖严实，否则你会受凉的。”

“可是我用什么来捂住盖严实呢？”

“唔，这我也不晓得。难道你不觉得这样过日子也别有一番情趣？”

“我真弄不明白，既然已经冻得打熬不住，为什么不去自尽了此残生。”

“我才不会出此下策呢！我想要活下去，看看我们日后究竟会不会有出息，这岂非更有意思。”

“你有父母亲吗，塞伦？”

“没有，我是个私生子，你有吗？”

“有倒有的，不过同没有也一个样。”

“你应该感谢上苍才对，奥勒。做人一辈子总是应该对上苍感恩戴德的，虽然我说不出个所以然来，不过按理应该这样才能心满意足。”

房间里又是一阵静寂，过了半晌才又有说话声，这一回是奥勒打破了沉默。

“你睡熟了吗？”

“没有。我躺着心里却在想古斯塔夫·阿道尔夫的雕像。你是不是觉得……”

“你不觉得冷吗？”

“冷？这房间里那么暖和！”

“我的右脚都快要冻僵了。”

“那么你把调色板拉过来，把那些画笔都压在身上，这样会暖和一些。”

“你觉得有人过过这样清贫的日子吗？”

“清贫？我们算得上什么清贫，我们毕竟头上还有屋顶嘛！你别看美术学院的教授头戴三角形硬檐帽，腰际挂着长剑，一副神气活现的模样，可是他们过去的日子还不如我们呢。就说隆德斯特罗姆教授吧，他4月份在希姆莱歌德剧院里睡了半个多月。我觉得那真堪称一绝了。他把顶层半圆形楼座的左侧那一排座位全都独占了。据他说，每到夜里一点钟以后，正厅池座里就休想再找得到一个空位子。到了冬天往往是人满为患，不过夏天到那里去蹭觉睡的人要少得多。我的困劲上来啦，要睡熟了，同你明天见喽。”

塞伦不久就鼾声大作。奥勒却辗转反侧难以入睡。于是他爬起身来在地上踱来踱去，直到东方发白，晨光熹微。幸亏白天还慈悲为怀，让他睡了个安稳觉，抵消了整整一个不眠之夜。

第二十五章

最后一次上班

冬天终于过去了，对于时运不济的穷人来说真是漫漫严冬，难过难挨啊；对于那些境况良好、吉星高照的人来说还较为好受些。大家都眼巴巴地盼望着春天一来可以见得到明媚的阳光和碧绿的草地，可是天不从人愿，往往是春寒料峭，淫雨连绵，令人大为扫兴。至于夏天那就更无法指望了，因为它只不过是肃杀的秋天的短暂前奏而已。

5月的一个早晨，《工人旗帜报》的采访记者阿尔维德·法尔克从编辑室里走了出来，他顶着炎炎烈日，朝着斯凯普桥的码头走去。他一边走，一边眺望着那些船只，有的在卸货，有的在靠岸停泊，一片繁忙的景象。他早已不修边幅，不再像往昔那样衣冠楚楚。一头黑色长发实在长得不合时尚，他的胡子乱蓬蓬的，活像亨利四世，这就使得他那张消瘦得坍陷下去的脸上平添了几分狂暴的表情。他的一双眼睛里喷射出一股预兆不祥的火焰，看样子若不是个狂热者便是个放浪形骸的浪荡子。他在那些船只之间看来看去，似乎拿不定主意究竟要搭乘哪一艘才好。他迟疑了大半晌，才朝着一个水手走过去。那个水手正忙着把一辆堆满东西的手推车推到双桅帆船上去。他很客气地脱下帽子行了个礼。

“请问这位先生，这艘大船是开往什么地方去的？”他问道，说话的口气是那样怯生生的，尽管他自己觉得已经鼓足勇气放大了嗓门。

“大船？我怎么没有看见什么大船！”

四周的人们齐声哗然大笑起来。

“这位先生若是想打听这艘双桅小船开往什么地方去，你自己去看看那边的告示牌。”那个水手说道。

法尔克觉得好像当头挨了一棒似的，他直了直腰，粗声大气地说道：

“人家客客气气地请教您，难道您就不会客客气气地回答吗？”

“您？用‘您’来称呼我？你快给我滚开，不要在这里挡住路，拌口舌。喂，快让开。”

一番问讯就此闹得不欢而散，法尔克这才拿定了主意，他转过身来，从一条长巷走了进去，出了长巷后穿过哥本广场再折向金德斯都大街。他在一幢破旧肮脏的房子面前停下了脚步。他站在那里又犯起了踌躇，他那个自出娘胎就与生俱来的优柔寡断的老毛病看样子是终身改不了啦。这时候从他身旁走过来一个身材矮小、衣衫褴褛的斜眼男孩子，手里拿着一大长串校样疾步奔过法尔克身边，却被他一把揪住了。

“主编在上面吗？”法尔克问道。

“来了，他七点钟就来了。”男孩子气喘吁吁地回答说。

“他问起我了没有？”

“问起过，催问了好几遍哪。”

“他是不是光火了？”

“是呀，那还用说。”

那个男孩子像脱弓之箭一般飞快地奔上了楼梯。法尔克也只得紧随其后踏进了编辑室。那是一间陋室，虽然狭窄得很，却还有两扇窗户面临着阴暗的街道。在两扇窗户底下各摆着一张没有油漆过的木桌，桌面上放着纸张、钢笔、报纸、剪刀和胶水瓶。

在一张木桌旁端坐着那位老相识伊格堡，他身上穿了一件破旧不堪的黑色上衣，正在专心致志地阅读着校样。那另一张桌子本来是法尔克的，此时此刻却坐着一个身上只穿衬衫、头戴黑色丝质软便帽的先生，这种帽子本是巴黎公社社员戴的式样，而今流行开来了。他的腮帮上长满了红色虬髯，此人身材粗壮结实，一望便知是个工人。法尔克踏进陋室的时候，那位巴黎公社社员的两条大腿在木桌底下猛然用力一蹬，双手把衬衫袖子卷上去露出粗壮的胳膊，胳膊上一个暗蓝色的刺青文身标记赫然在目，那个图案是由一个铁锚和一个盎格鲁-撒克逊花体字母的“R”组成。他拿起剪刀朝着一张晨报的第一版戳了进去，剪下来一块文章，却背对着法尔克粗声粗气地问道：

“你到哪里去了？”

“我在生病。”法尔克回答说道，他自以为这句回答说得顶撞，可是伊格堡事后却一口咬定他语调显得低声下气。

“满口谎言，你出去酗酒了！昨天晚上你还坐在那不勒斯咖啡馆酗酒呢，是我亲眼看见的。”

“噢，我倒是去过那里……”

“你晚上乐意上哪里去喝个醉，谁也管不着。可是按照合同规定，你应该准时到这里来上班，不许迟到。如今已是八点一刻。我晓得那些上过大学的先生们，自以为学了一肚子学问，可惜偏偏没有学会遵守秩序和规矩！难道上班迟到不是一种缺少礼貌的粗野行为？你倒像个游手好闲的浪荡公子那样地吃喝玩乐，而让你的雇主坐在这里代替你上班，你说得过去吗？如今的世道什么事情都是颠倒过来的，我看就是这样。现今的雇工可以对老板也就是雇主张牙舞爪，遭受压迫的反而是资本家！世道变成了这副样子。”

“主编先生什么时候有此看法？”

“什么时候？就是现在。一点不错，就是现在。我但愿这类苦口婆心的好言规劝你在什么时候都能听得入耳。除了这桩事情之外，我还发现了另外一桩事情。原来你是个不学无术的人，你竟然连瑞典文都写得不通顺。你自己来看看！念念这则剪报：‘我们希望所有应在明年入伍服役者……’真是闻所未闻！‘所有者’……”

“这句子写得很通顺。”法尔克说。

“还说没有毛病？你怎么说得出口。在日常交谈中我们只说‘一切’，所以写文章的时候也应该写‘一切’。”

“从语法上来说，受格的宾语……”

“哼，用不着搬出这些文绉绉、酸溜溜的文言词句来，那一套太佶屈聱牙了。你用不着同我来转文！还有你连拼写都不会，把‘服役’拼写错了，应该是这样的拼法。闭嘴，不许强辩。我说应该怎样拼写就怎样拼写，明白了吗？”

“其实这两种拼写可通用的……”

“怎么可通用，换成那种拼法岂不是另外一个字啦！也许说到底，在你的眼里看来，总觉得我是个什么都不懂的大老粗，连瑞典语都说不清楚，是不是？不管怎么说，这个错误我把它纠正过来了。看仔细了，今后就这样拼写，不许再出第二遍错了。”

他从椅子上站起身来，忽然狂吼一声，朝着前来送校样的男孩子脸上掴了一巴掌。

“哼，你这个小混蛋，居然在大白天偷着去睡觉。我非要好好教训你不可，教会你在白天应该是清醒地干活，不许打盹。你真是欠揍！”

主编一把抓住了男孩子裤子上的背带，把他推倒在一堆没有卖掉的报纸上，抽出自己的束腰皮带劈头盖脸地抽打下来。

“我没有偷着睡觉呀，我没有偷着睡觉呀，我只是合拢了一下眼皮子。”男孩疼痛得没命地呼喊。

“哼，你还嘴硬！你倒学会了说谎的本事。好吧，我非要教你学会说真话不可！你究竟偷着睡觉了没有？说实话，否则有你苦头吃！”

“我没有偷着睡觉。”那个可怜的男孩子结结巴巴地说道，他年纪太小太天真无知，还没有开窍，不懂得顺口说句谎话就可以躲过这场无妄之灾。

“好哇，你还在硬顶！你真是个无可救药的小无赖。满嘴的假话，说谎不带脸红！”

他正要扑过去再对那个满口老实话、连半句谎都不会说的男孩施以体罚，法尔克却愤然站起身来，挡在主编面前，口气坚定地说道：

“不许打孩子，我亲眼看见他没有睡。”

“没有？你们听听有这样说话的吗？真是个不识相的家伙！‘不许打孩子！’是哪个人在这样对我说话哪？我起初只当有只蚊子在自己耳朵边嗡嗡叫，我还以为自己听错了哪，说不定我还真的听错了。老天爷呀，但愿我真的听错了。喂，伊格堡先生，你是个正人君子，你又没有上过大学，你倒来说说看。听好了，我现在问你，你眼前的这个被我揪着背带、像鱼一样拎在手里的小混蛋，你亲眼看见他偷着打盹睡熟过去了，是吗？”

“如果他没有睡熟的话，”伊格堡慢慢吞吞却颇为巴结讨好地说，“那么他也迷迷糊糊地大概快要睡熟了。”

“你回答得对，伊格堡。你来把这个小混蛋揪住，我非要好好地教训他不可，我的皮带会把他教得说真话的。”

“主编先生没有权打他，”法尔克说，“再要碰他一下的话，我就开窗叫警察。”

“我是这里的一家之主，有权责打自己的学徒。他是个学徒，以后还要在编辑部里上班。他迟早会满师的。不像有的人上过大学就自以为不可一世，觉得少了他们出力报纸就办不下去了。听着，古斯塔夫，我问你，难道你不是在报社里当见习生吗？什么？快回答，要说真话，不然……”

这时候，房门忽然打开，伸进一个脑袋来。这颗脑袋非同寻常，而且没有人会料到能在这间陋室里见到它。不过这是一颗人人都认识的脑袋，因为报纸上已经登了五次它的画像。

这颗非比寻常的脑袋一出现果然意义重大，立即产生了影响。主编先生忙不迭地伸出手抓起外套披在身上，又把皮带束回到腰上。他深深地鞠了个躬，龇牙咧嘴地满脸堆起了笑容，那副诚惶诚恐的神情，似乎见到的并不是只有来者一个人，而是整支军队正在大规模演习，朝着这边冲锋过来。

那位来访的政治家询问主编有没有空，得到的回答当然只会是令他满意的。主编先生此刻把身上最后的一点点工人的习气也赶得无影无踪，头上那顶巴黎公社社员在巷战时戴的软便帽也被悄悄地摘了下来。

主编先生恭恭敬敬地把来访者引进了主编室的那个单间里，待到两人一走进去房门就立刻砰地关上了。

“我真弄不明白这位伯爵究竟打的什么主意。”伊格堡大大咧咧地往椅子上一歪，就像老师一走开学生们就放肆一样。

“我一点都不觉得奇怪。”法尔克说，“现在我相信我终于看清楚了这个政客是一个翻手为云覆手为雨的流氓，也看清了这个主编无耻的嘴脸。不过我弄不明白的是你怎么也毫无气节，甘心为虎作伥，充当他们寡廉鲜耻的走狗，去为他们的骗人勾当效劳出力。”

“唉，冷静一点，话不要说得那么难听，老兄。唉，可惜昨天晚上你没有去采访议会的全体会议。”

“没有去。我觉得议会除了谋取私利之外没有任何意义。特利登公司垮台的事情最近情况怎样？”

“经过议会上下两院共同投票，考虑到这个企业的高尚爱国思想具有重大的民族性的影响，一致认定国家应该出面干预，即该公司的证券由政府接手过来归还本金，在此前提下对该公司实行清算……或者说是了结。”

“也就是说，连宅基都坍垮了，国家还要出来把宅基上房屋支撑住，这样可以让这个公司的董事会有时间脱身逃走。”

“你不是愿意看到那些小股东们……”

“我愿意，我愿意。所有那些到手一点点微薄红利的小股东们，我真宁愿看到他们用自己那点小本钱去自食其力，而不想要看到他们拿这些钱去放高利贷盘剥别人，不劳而获。不过我最想要见到的是把那些骗子绳之以法，关进监牢去，这样就不会助长那些专做诈骗生意的企业的气势了。这就叫政治经济学。真是见鬼！哦，对啦，还有一件事情。你不是在想方设法地谋取我的位子吗？你可以得到它。你用不着躲在你那个角落里对我大泼脏水，你恨我恨得咬牙切齿，所以你就在校对我的文章时拼命地挑毛病来暗算我。我还有那么多文章写好了，却不给印刷发表，扣压在那个让我鄙视的、打着自由幌子在干见不得人的丑事的文痞手里。所以我闲得发慌，只好剪些强盗故事来聊以消遣，打发在这里闲坐的时间。《小红帽报》在我看来是太保守了，而《工人旗帜报》却是卑鄙龌龊！”

“哎呀，真有意思，你终于摆脱了那种愤世嫉俗的乌托邦，而变得理智聪明起来。你不妨到《灰外套报》去，在那里你将前途无量。”

“我离开这个文痞，为的是要让被压迫者的事业由更好的人来担当。我深信不疑，通过舆论为民请命、伸张正义是一项伟大的使命，尤其是充当被压迫者的喉舌。不管今后还会发生什么事情，我决不会背弃这一事业。”

主编室的房门重新打开，主编先生独自踏了出来。他站到编辑室里，用极不自然的温和口气，甚至还带着低声下气的腔调说道：

“我有件至关重要的公务要办，而且是火烧眉毛般紧急，因而不得不临时出差一天。在我外出期间，务请法尔克推事先生代理主持本报编辑部的经营管理，至于日常事务，伊格堡录事先生理应出力相辅。公爵先生要在我的办公室里再多待一会儿。如果他吩咐要办理什么事情，两位先生必须毫不迟疑地照办不误。”

“不必啦，何必劳驾两位。”公爵先生在主编室房间里应声说道，他正埋头阅读一篇不知从哪里冒出来的稿子。

主编先生匆匆忙忙地走了。说也奇怪，不到两分钟，伯爵先生也站起身来离开了。或许是他要有这么点时间间隔，免得同《工人旗帜报》的主编一起结伴而行。

“你真的相信他动身走了吗？”伊格堡问道。

“但愿如此。”法尔克说。

“那么我到蒙克桥头的集市上去跑一趟，看看那些女人们在卖什么。对啦，最近你有没有碰见过蓓塔？”

“最近？”

“是呀，自从她离开了那不勒斯咖啡馆，不再出来当女招待之后。”

“你怎么会知道的？”

“你应该冷静一点，法尔克。否则对你没有什么好处。”

“是呀，我务必尽快克制自己，冷静下来，否则我会失掉理智的。只要想想看，这个娇小玲珑的女人，我爱她爱得发疯。可是她却那么薄情寡义，欺骗了我。她忽然变了心，把我拒之门外，却嫁给了那个肥头大耳的阔佬，你知道她是怎么回答我的吗？她说，她之所以宁愿做负心女子，无非想要证明对我的一片痴情，对我抱有纯洁的爱。”

“这真是再精彩不过的辩证法了，因为哲学上演绎推理的最初命题必定是句句在理的诡辩。那么她至今还爱着你？”

“她起码对我藕断丝连，苦苦地来纠缠我不休。”

“那么你呢？”

“我恨透了她，不过我害怕见到她。”

“那就是说你仍旧爱着她。”

“让我们谈点别的什么吧。”

“你务必冷静下来不可，法尔克。看看我吧。我可是要出去晒晒太阳，做人嘛，就要随遇而安，在漫漫的人生长路上享受眼前的空闲。古斯塔夫，你可以到德国井的井沿旁去玩一个钟头的打石弹子。”

房里这时只剩下了法尔克独自一人。阳光照射到对面房屋的陡峭的屋顶上，把这间陋室也烤得暖融融的。他打开窗户放眼远望，想吸几口新鲜空气，却不料吸进来的是从阴沟里泛上来的一股股令人作呕的臭气。他把目光转向右方，那边有几条长巷狭街延伸过去，它们是金德斯都街和德国井斜坡。他再极目远眺，最远处的地平线上影影绰绰露出汽艇的半个轮廓，四周是梅拉尔湖，波光潋滟。挡在汽艇旁边的是斯辛那维克山，在山麓的沟壑里树木已经疏疏落落地长出了碧翠的新叶。他想起了乘坐这艘汽艇的游客们可以在碧波中荡漾，也可以观赏湖光山色，让眼睛看看宜人的绿色，优哉游哉，何等惬意地消暑休闲。就在这时，这幢房子楼底下响起了白铁匠敲击铁皮的巨响，整幢房子都轰隆隆地震动起来，窗玻璃哐当哐当直响。在屋外的窄街上，两个清道夫推着一辆臭气熏天的手推车辚辚而来。窄街对面的小酒馆里飘溢出一阵阵十分厉害的呛人气味，那是烧酒、啤酒、锯木屑和枞树枝条混杂在一起的说不清的气味。法尔克把脑袋缩了进去，坐到自己的桌旁，在他面前堆着上百份各地的报纸，有不少需要剪下来加以转载。他把衬衫上的硬袖解了下来，开始仔细翻阅斟酌。报纸散发出一股刺鼻的油墨气味，他的双手也沾上了一层乌黑色。他看到一则消息，首先的印象觉得可以剪下来转载，可是转念一想，又让它待在原处了，因为他想到了这家报纸的办报方针。如果哪家工厂的工人不得不送给工厂老板一个银鼻烟壶，他就必须剪下来加以转载。反过来说如果有个工厂老板捐助了工人公积金五百里克斯达尔，那么他就只当没有看见。如果哈兰郡伯爵为一台打桩机开工剪彩，而经理特莱隆德又在这个场合写了一首诗，于是他就必须把这则消息连同那首诗的全文一股脑儿剪下来转载，因为主编先生口口声声地说："这类东西大家都爱看。"如果他再能添上几句插科打诨的俏皮话，那就会更加出色，有益于增加销路。他还必须剪报积存下资料：所有赞扬那些出头露面的公众人物的或者是体力劳动者的文字，还有所有谩骂嘲笑牧师、军人、巨贾富商（小商小贩不在其列）、文人学者、大作家和法官等等的文字一概都要剪下来以备存查。除了这份工作之外，他必须每星期写出一篇文章对王家剧院董事会大加挞伐，顺便也以"道德和风化的名义"对那些上演轻佻放荡的歌唱剧的小型剧院也鞭笞一通，因为主编先生已经注意到工人们对这些小剧院情有独钟，十分喜爱。他还必须每个月写一篇文章对市议会进行指责（还有指控），慷慨激昂地大肆责难市议会任意挥霍民脂民膏，等等。除此之外，只要遇到合适的机会，他还要撰文把政体制度评论一番，找出种种弊端，但是却不许有一字半句直接攻击政府的。至于对哪几个议会议员、哪几个部长可以评头论足，甚至攻击谩骂，主编先生自有一套严格的新闻检查。哪些人可以，哪些人不可以，要由他亲自来把关，而这其中的奥妙连主编先生自己也不得而知。这全要根据当时的时势行情来定，而能对时势行情做出判断的只有平日根本不露脸的神秘的报纸发行人才。

法尔克挥舞剪刀咔嚓咔嚓地忙个不停，直到他的左手弄得一片乌黑。他把那些剪报粘贴起来。胶水瓶里发出一股酸臭的霉味，而这时候阳光灼热起来，烤得人心头发慌。在桌面上放着的那盆像骆驼一样耐渴的仙人掌，不知在什么时候，好端端的被人发泄怒火而用钢笔尖戳得遍体鳞伤。那棵仙人掌浑身都是墨水渍的黑洞眼，它的片状茎叶像只驴子耳朵似的从鼻烟般的干泥土里伸出来，样子是那样难看，以至于使人对沙漠有了一个活生生的印象。法尔克的思路大概也萦绕在沙漠上，因而他茫茫然地在椅子上闷坐了半晌，什么事情也不干。然后在他还没有来得及感到后悔之前，就伸手把仙人掌的尖刺全都一根根拔了下来。然后他大概想要让自己的良心变得麻木不仁，或者是想要没事找事做，他把胶水涂在拔掉尖刺的伤疤处，再看着阳光把胶水渐渐晒干。

在这之后，他又沉思了一会儿，他想着自己应该到哪里去吃饭。他感到茫然忧郁，因为他觉得自己正沿着一条不归路在走下去，而这条路的尽头必定是万劫不复的炼狱，或者可以说走上了必将“遭到审判”之路。他点燃了一烟斗黑锚牌烟丝，让那氤氲的烟云冉冉升起在阳光中做短暂的沐浴，然后飘逸四散开去。抽了一阵子烟之后，他对自己可怜的祖国的脾气缓和了下来，因为日报也好，周刊也好，旬刊也好，这些统称为报刊的新闻纸张里几乎都离不开这个字眼，讲的都是它的状况和遭遇。他放下剪刀，把报纸摞成一沓扔到角落里。他拎起一个陶壶，像亲兄弟一样既给自己洗手，也浇灌了那盆仙人掌。他觉得那棵仙人掌看上去可怜巴巴的，活像一只被剪了翅膀的飞禽，随便什么禽类，它把头埋在湿漉漉的泥土里在挖掘什么东西，随便什么东西，比方说珍珠，或者起码是贝壳，即使贝壳里并没有珍珠。

随后那种莫名其妙的孤独感又袭上了他的心头，他绝望得心头一阵阵地发痛，仿佛哪个制革师傅用长钩子钩住了他的心，把他按下去揿进了鞣革大桶里。他要浸泡在那个桶里，直到身上的硬皮全被鞣熟，变得十分柔软，再被人用刀把这层鞣熟了的皮剥离下来，他就变得和别的人一模一样，成为庸庸碌碌地度日的芸芸众生中的一员。他并没有为虚度年华而悔恨自责，他只是觉得心里无限惆怅，真想不到年纪轻轻、一事无成就已经夭折了。这倒不是身亡命丧，而是在精神上已经死亡了，那种出师未捷已殇的滋味实在令人无法忍受。他也只觉得心里无限失意，自己满腹经纶、壮志未酬，却已经被当作毫无用处的芦苇随手扔掉，或者是当作柴火点燃烧掉。

德国教堂的大钟敲过十一下，随后钟声悠扬，先后奏出了《此处是圣所》和《吾生似波涛》两首赞美诗乐曲。仿佛一声令下似的，勃兰达空旷地上有一架意大利手摇风琴也在同一时间奏起了《美丽的蓝色多瑙河》，它的伴音尖得像笛音一般响遏行云。这么多音乐一下子传到耳朵里来，却并不给人以悦耳之感，反而嘈杂得使人厌烦。更有甚者，楼下的白铁匠也来凑热闹，以加倍的劲头敲击铁皮。在这一片杂乱震耳的噪音吵闹下，法尔克竟没有发现房门被推开，有两个人走进房间。一个身材瘦削高挑，皮肤黝黑，鼻尖像钩，留着个平顶头。另一个肥胖臃肿，碧眼金发，是个矮胖子。那人脸上汗水涔涔，油光发亮，活像希伯莱人所认为的那种最不干净的牲畜。一看这两个人的外表就会明白，他们是靠着那种用不着劳力或者劳智的营生来混饭吃的，因而他们没有固定的工作，日常生活也毫无规律，乱七八糟。

“咦，”那个细高个子细声说道，“就你一个人在这里吗？”

法尔克对这两个不速之客突然来访既感到愉快却又不大欢迎。

“这会儿只有我一个人在，那个红胡子出差去了。”

“哦，那么来吧，一起去吃饭。”

法尔克对这样明摆着的敲竹杠不便婉拒，只得把编辑室的房门关好，跟随那两个人来到厄斯特朗大街的星星餐馆，他们挑了一个最幽暗的角落坐下来。

“哎呀，瞧瞧，有烧酒哪！”那个矮胖子一见桌上放着的烧酒瓶子，浑浊的眼睛里顿时闪出了光芒。

法尔克跟随他们一起来，主要是因为人家既然开了口，他就不便推却，也是为了有个伴，好消磨时光，对于享用杯中之物倒不大放在心上。

“我很久没有像现在这样烦恼了。”他说。

“你先要点鲱鱼三明治吧，”细高个子说，“我们再要里汀根式的奶酪拌生菜，喂，招待员，再来一份布罗贝格式的什锦拼盘！”

“你们给我出点主意吧，”法尔克说，“我实在再也忍受不了那个红胡子了，所以我打算另找出路……”

“喂，招待员，再要一份贝格曼式的烧烤大全！喂，法尔克，不要干坐在那里发牢骚，咱们开怀畅饮吧。”

法尔克一下子就给噎了回去，他一见话不投机，也就不打算再说要想减轻精神上的痛苦之类的话了，要他们出点这方面的主意无异于缘木求鱼，于是他变换了口气，用平日醉生梦死、放浪形骸时候的腔调说道：

“哦，你说我们要开怀痛饮，一醉方休？那真乐意奉陪，只要我的灵魂还活着！”

于是那毒液一般的烧酒滚滚流进了他的喉咙里。他不大习惯在上午喝烈性酒，不过此时此刻他却很想要借酒浇愁，而这家小餐馆的简陋环境又平添了几分奇怪的情趣：端上桌来的菜肴发出一股热气腾腾的油腻味道，几只苍蝇在嘤嘤嗡嗡地飞来飞去，餐桌的方格桌布上摆着的花瓶里几株插花已大半枯萎，这一切很符合他的心情。就连身边这两个毫不称心的伙伴此刻也变得可以忍受了：他们的不修边幅、肮脏不堪的衬衫、油迹斑斑的外套，还有那久未梳理、蓬乱得看样子命中注定要上断头台一般的长头发。凡此种种都似乎同他自己的颓唐潦倒的寒碜模样十分融合相称，因而他也放宽了心凭借杯中之物来浇熄纠结在自己心头的烦恼。

“我们昨天到尤尔哥登公园去了，在那里痛饮了一通。”细高个子说道，他还在回想着前一天狂饮猛喝的情景。

法尔克心不在焉，根本没有听见细高个儿在说些什么，他的心思都用到别的事情上去了。

“这样逍遥自在地喝它一个上午岂非人生一大快事。”细高个儿说道，他似乎当仁不让地担当起劝饮斟酒的角色。

“是呀，真是逍遥自在。”法尔克说。他似乎为了要显露一下逍遥自在，便从窗户里张望出去，只见餐馆的后院里竖着一架消防梯和一只垃圾桶，晴空丽日，阳光从窗玻璃上反射到后院里。

“现在我们把这半瓶酒也干了吧，来吧！为了特利登公司干一杯，哈哈哈……”

“你不应该幸灾乐祸，放声狂笑，”法尔克说道，“有多少个可怜虫被害得倾家荡产。”

“那是些什么样的可怜虫！那是一些可怜的资本家！难道你为这些游手好闲而靠吃利息过上养尊处优生活的家伙而喊冤叫屈？不行，你这个家伙还没有抛弃自己的偏见。在《黄蜂报》上登载了这么一则有趣的故事，说是有个批发商人捐赠了二万里克斯达尔给伯利恒育婴堂，他因此而荣获了瓦萨勋章。可是他的捐款不是现金，而是附有连带责任的特利登公司的股票，这一来那家育婴堂就被连累得破产倒闭。这岂不是绝妙的讽刺。那家育婴堂债台高筑，而资产弄得却只剩下了二十五张摇篮和一幅由一个默默无闻的画师所画的肖像油画。这难道不是太妙不可言啦！那幅肖像画至多只值五个里克斯达尔。这难道还不是一桩天大的笑话？哈哈哈……”

法尔克对这件事情的内幕要比这两个人知道得更清楚，可是碍于家丑他不情愿再谈这个话题，于是便默不作声。

“噢，你读到在《小红帽报》上的那篇文章了吗？那篇文章针对的不是去年圣诞节到处去散发打油诗的那个骗子手肖恩斯特罗姆吗？”那个矮胖子说，“这一回总算有人站出来对那条癞皮狗说几句真话了，这篇文章真是看得叫人过瘾，真是大快人心。我也曾经在《黄蜂报》上狠狠地对他口诛笔伐了一两回，大概疼得他哇哇叫了。”

“是呀，不过你对他未免有失公允，其实他的诗写得还挺不错的。”细高个儿说。

“挺不错？他的诗写得比我的诗要糟糕得多，可是《灰外套报》却把我的诗贬得一无是处，你还记得吗？”

“顺便问一句，法尔克，你去看过尤尔哥登剧院的戏吗？”细高个儿问道。

“没有。”

“那真太可惜了。”

“有个强盗坯，隆德霍尔姆带着手下一帮人占据了那个剧院，在那块地盘上作威作福。那个家伙真是霸道至极，把别人都不放在眼里，居然连《黄蜂报》都不送几张戏票过来。我们昨天要去看场白戏反倒被他轰了出来。这一回非要给他点颜色看看不可。法尔克，你来收拾这个家伙。这里有纸张，有笔墨，你来写篇评论，我先写《戏剧与音乐》这个栏目标题，你再写《评尤尔哥登剧院》的正文。你写吧。”

“可是我连他们剧团的演出都不曾看过。”

“那有什么关系！你以前难道就没有写过文章评论你没有看见过的东西？”

“没有，我没有写过，我曾经写过一些揭露骗子手的文章，可是我从来不会去任意攻击清白无辜的人，何况对那个剧团我并不知情。”

“真是要命！他只是个粗坯！”矮胖子大声说道，“你只消用你的笔锋朝着他的脚后跟猛刺一下他就受不了。你对这一套十分在行。”

“那么为什么你自己不刺呢？”法尔克问道。

“因为我们报社的排字工人在晚上多半到剧院里去兼职当临时演员，他们全都认得出我的文笔。再说隆德霍尔姆是个脾气暴躁的家伙，他要是知道了是我写的文章，必定会闯到编辑部来兴师问罪，这样一来不就会正面冲突起来，自讨没趣吗？所以非要有个不偏不倚的局外人来评论，表达出公众的舆论才行。这样吧，法尔克你来写剧院评论，我来写音乐评论。上个星期在拉迪高德空旷地的教堂有个音乐会，那个唱歌的叫什么名字来着，是叫道布雷吧，拼写里有个‘y’字母？”

“不对，是‘i’字母。”矮胖子回答说，“想起来了，他是男高音，领唱STABAT MATER［拉丁文，全文应为*STABAT MATER DOLOROSA*，《圣母的悲哀》组曲，是从12世纪流传下来的圣歌，基督教宗教仪式诸如领受圣餐、宣讲福音等均以唱此曲为序。许多著名作曲家，如佩尔哥莱西、海顿、莫扎特、罗西尼、威尔第等均为这首圣歌作曲。歌词大意讲述圣母玛利亚临产前的痛苦。］。”

“喂，这首歌的歌名怎么拼写？”

“唔……我们很快就会查得到的。”那个当《黄蜂报》主编的矮胖子说道，他从煤气表柜里拿出一摞油腻腻的报纸来，“瞧，全部演出节目单报上都登了。我相信后面还会刊登评论哪。”

法尔克忍不住扑哧一声笑了出来，说道：

“刚刚登出节目预告的当天岂会有评论文章？”

“总是会有的，不过也用不着看，反正我是要把那个领唱的法国佬狠狠评论一番。行啦，大文豪先生，请你挥挥大笔吧。”

“我倒要请问一下，出版社是不是也把他们出版的书籍白送给《黄蜂报》看的？”法尔克问道。

“你莫非有点疯疯癫癫？”

“还是呀，这么说来你们为了过过瘾写点书评而自己掏腰包去买书来看喽？”

“掏腰包去买书？你真是个外行，太嫩啦！来先干了这第三杯，要高高兴兴的嘛！快活起来吧！再吃块肉排！”

“说不定你们连书都不看就写书评？”

“有谁相信你有那么多时间看书，难道为它写了评论文章这还嫌不够吗？报纸嘛，有人看就行。再说我们的原则是逢人就狠狠咬一口。”

“哼，这真是一条混账的原则。”

“才不是呢！凭着这条原则我们就可以把作家的冤家对头还有嫉妒他的人统统拉到我们这边来，这样就赢得了多数。至于那些不带感情色彩的读者，他们作为局外人，宁愿念念那些骂人的文章，而不情愿多看捧场的文章。而那些尚未成名的人看了则会觉得大受启迪，心里会得到莫大的安慰，因为他们由此领会到成名的路上是荆棘丛生的，难道不对吗？”

“是呀，不过你们这样来对待作家，未免不把那些人的命运当一回事了。”

“哪里的话，这样做不论对年老的还是年轻的作家都是大有裨益的，这个道理我心里有数，因为我年纪轻的时候就是这样被敲打成才的。”

“你们这样做只会把公众的鉴别欣赏力引到歪路上去。”

“公众哪里有什么鉴赏力，他们无非只要自己的狂热的爱憎情绪得到发泄就会得到满足。如果我一味吹捧你的冤家对头，你就会气得身体像蚯蚓一样扭来扭去。可是我把你的朋友赞美一通，你就会说我真有鉴赏能力。喂，胖子，你一定要把刚在报上登出预告的剧院的那出新戏骂倒了不可。”

“你敢肯定那出戏上演了？”

“哎哟，亏你问得出口。不管怎样，只消搬出‘缺少情节’这句口头禅来就包治百病了，因为公众对这句行话是耳熟能详的。再有不少别的窍门，比方说，可以挖苦讽刺作者矫揉造作，在语言上搞得‘华丽夺目’，虽说这也是老一套，却都屡试不爽，因为用的是明褒实贬的手法来把人损得一无是处。不过最要紧的是笔锋直指剧院的董事会，千万不能把他们给放过了。还有在评论的时候总归要说到这出戏的‘道德风化内容’颇为暧昧含糊，令人大可置疑云云，反正这句话说什么事情都可以。然而千万不可以对这出戏的演出本身去评头论足，只消一笔带过，说是‘由于篇幅有限，留待下次再予评论’。这样一来就可以讨个乖巧，免得说漏了嘴，露出连这出无聊的戏都不曾看过的马脚。”

“那个写这出戏的倒霉的剧作家是谁？”

“有谁知道！”

“不妨为他的父母和兄弟姐妹着想，他们说不定都要念念对这出戏的评论，而你们写的那些东西却又十分不公正。”

“嘿，他们同《黄蜂报》有何相干？是呀，他们无非也是想要念到痛责他们的冤家对头而不是他们的亲人的文章。可是他们也都明白《黄蜂报》登载的文章都会是些什么样的内容，这是毫无疑问的。”

“你们真是丧尽天良！”

“难道我们的衣食父母，也就是说公众，而且是‘令人尊敬的’公众就有良心吗？你怎么不想一想，要不是他们掏钱出来养活我们这批人，难道我们能够生活得下去吗？你愿意屈尊听一下我最近写的一篇关于当前文坛状况的短评吗？这篇文章写得真是不赖，你可以相信的确写得精彩。我身边正带着这篇文章的誊清稿，不妨念给你听听。不过在念文章之前，先喝点葡萄牙甜酒吧，喂，服务员，上酒来。认真听着，我要开始念了，你若愿意的话，可以拿去刊登。”接着他便朗读起来：

“很久以来，瑞典的诗歌创作中不曾有过像当前这么多的幽怨哀叹，往往整首诗从头到尾充满了无病呻吟，绝望悲鸣。那些身材高大、体态魁梧的男子汉竟不惜做出小儿女状，写出来的诗如同猫儿三月发情叫春。他们无非想要博得世人的青睐，可惜又技穷无奈，只得出此下策。他们用身患白血病、肿瘤等绝症来博取怜悯，可是不会再搬出肺结核来，因为那种毛病已经过时陈旧了，其实他们身强力壮，背脊宽阔得赛过酿造厂里拉车的挽马，脸色红润得赛过扛大酒桶的劳工。

“有这么一个诗人，他写的诗全都是哀叹女人的不贞洁，其实他除了一心只想要夜度资的娼妓之外根本没有尝试过良家妇女的滋味。还有一个诗人，在诗中写道：‘金钱我一文没有，只有一把七弦琴。’真是个彻头彻尾的谎言家，他每年的红利收入就有五千块之多，而且在瑞典文学院有个终身领取整薪的院士位子。还有那个毫无信仰、玩世不恭的里康纽伦派诗人，他分明一张嘴就会喷出一股邪狎不洁的污秽臭气，却偏偏要扯开猫儿叫春的嗓门大谈其虔诚的圣洁。他们写出来的诗歌不见得比三十年前由牧师宅邸上的法国女家庭教师用吉他来谱曲弹唱的俚歌俗曲有半点高明之处。他们写出来的这些糟粕应该以每一英寸长度值一个奥尔的价钱卖给糖果铺子去当包装纸，用不着兴师动众麻烦出版社、印刷厂和评论家出马来把他们吹捧成为诗坛大师。

“试问他们笔下写到过哪些东西？一无所有，也就是说除了他们自己之外，什么别的东西都没有写过。若是有人张嘴闭口一味只谈自己，就会叫人觉得他有失体面，可是有人用文字把自己大书特书却显得十分合乎时宜，岂非咄咄怪事。试问他们哼哼唧唧所为何来？无非是发牢骚，抱怨自己命乖运蹇，未能成功发迹。长吁短叹说的只不过是时运不济，弄得功未成名不就。难道他们对涉及别人的事情有过半点想法吗？对时代，对社会吭过一声吗？他们若是果然能够愤世嫉俗，对社会之不公与苦难站出来大声疾呼，为民请命，哪怕是绝无仅有的一次，那么他们身上的一切罪愆便可以不予计较，得到宽恕原谅，可惜他们却无此雅兴，从未做过。所以说他们的那些诗歌只是像一块叮当作响的金属矿石而已，既不是那种掀动起来噪音刺耳的废铁皮，也不是小丑帽子上的裂开口子的小铃铛，因为他们心里就只剩下自己，除了惦记着比约恩斯坦的文学史上有没有自己的大名和瑞典文学院里有没有自己的一席之地以外，再无别的爱好了。”

高个子念完以后又问了一句：

“这篇文章一针见血，写得十分尖锐深刻，是不是？”

“愚见所及，这篇文章写得并不坦荡，还有失公允。”法尔克说道。

“我觉得这篇文章痛砭时弊，很有分量。”矮胖子说道，“不管怎样你不得不承认写得确实十分出色，难道不是吗？喂，瘦高个子，你真是个高明的笔杆子，你的那支如椽大笔笔锋犀利得可以穿透皮鞋鞋底！”

“闲话少说，快动手写吧，伙计们，写完以后咱们再喝咖啡和干邑酒。”

于是他们奋笔疾书，对人评头论足起来，摧毁他们做人的价值并把他们说得一文不值。这两个人自有一套本事，要砸碎一个人的心就像敲碎一只鸡蛋那样一点不费力气。

法尔克觉得心头憋闷得慌，有一股不可名状的烦躁，亟需呼吸几口新鲜空气。他打开了朝向后院的窗户，可是院墙很高，只见到一个狭小阴森的天井，叫人觉得仿佛置身于一个墓穴之中，抬头仰望只见到一小块天空而已。法尔克此刻大有坐在自己的坟墓墓底里之感，餐桌上摆着的醇香美酒和芬芳佳肴都只是用来祭奠他这个尸位素餐者消逝的年华、未酬的壮志，还有失去的节操。他想去闻闻餐桌上的那几枝插在花瓶里的紫丁香的花香，不料扑鼻而来的却只是腐枝烂叶的霉味。法尔克再一次把目光瞟向窗外，想要找出一样不会叫他恶心讨厌的东西来看看，可是映入眼帘的只有那只用柏油涂刷一新的垃圾桶，那只垃圾桶形状犹如一口棺材，里面塞满了从圣诞树上拆下来的小摆设，还有用破了的日常用品。于是他让自己的思想转移到旁边的那把救火用的云梯上去，它从地面上污秽恶臭的垃圾堆里一直爬到碧蓝的天空中，可惜在云梯顶端的碧空蓝天中，并没有天使在翱翔，甚至连一张和气善良的面孔都见不到，只有虚无渺茫的天空。

法尔克拿起钢笔来描画标题中的“剧院”这个单词的字母，忽然间一只结实有力的手抓住了他的胳膊，同时听到了一个沉着坚定的声音在耳边说道：

“跟我来，我有话要对你说。”

法尔克抬头一看，不禁像当头挨了一闷棍，而且立刻羞愧得几乎无地自容。原来站在他身边的竟是堡格医生，他紧紧抓住法尔克的胳膊丝毫不打算松手。

“请允许我介绍……”法尔克开口说道。

“不必了，”堡格打断了他的话头，“我不情愿结交喝得醉醺醺再舞文弄墨的无聊文人。你跟着我来就是啦！”

堡格医生不由分说把法尔克拉到门口，问道：

“你的帽子呢，哦，在那边，来跟我走吧！”

他们走到了大街上。堡格医生挟住了法尔克的胳膊走到了约恩广场，他拉着他到一家船上用品商店里去买了一双水手鞋，随后他又拉着法尔克穿过斯洛申船闸来到市政厅码头，那里有一艘小汽艇已经准备起航。汽艇上坐着年轻的莱维，他一边啃三明治，一边念一本拉丁文的文法书。

“这艘小汽艇名字叫作乌丽娅号，”堡格说道，“名字很难听，航行起来却蛮不错，而且在特利登公司保过险。小汽艇的船东就是坐在那里的犹太孩子以撒，他在念拉比编的语法，那傻孩子打算做个大学生。这个夏天你要当他的补习老师，现在我们上船到纳姆岛去避暑休闲。所有人都上船啦！没有什么要说的！准备好，开船！”

第二十六章

书信往来

一、助理医师堡格致记者斯特鲁弗的信

丑闻撰写者老兄：

我十有八九敢于肯定，你和莱汶两个人大概谁都不曾依照按揭日期归还鞋业银行的那笔贷款的到期应缴的本息部分，因此我随函附上向建筑业银行去申请贷款的申请书一份。除了付讫按揭到期归还的那笔钱之外，余下的款项应公平均分，我名下的那份钱可以交给汽船汇到达拉岛上，我会亲自前去领取。

法尔克老弟在我精心照料之下已有一个月了，我相信我已使他身心康复，他正在日益好转之中。你是否记得，在奥勒发表了他那篇演说之后，他就同我们分道扬镳，不肯好好利用他的长兄和亲友的关系来活动钻营，却鬼迷心窍，一头扎进了《工人旗帜报》，不惜厕身下贱，竟为区区的每月五十里克斯达尔薪水而折腰，结果饱尝白眼，受尽欺负。金德斯都大街上这家报社标榜的自由民主空气真把他害苦了，他变得甘愿下贱，疏远上等人，而且穿着破烂不堪。在这段时间里，我总是通过那个名声很臭的蓓塔对他的行动举止进行监视，那个姑娘你也认识。到了我觉得时机成熟，他应该同那些巴黎公社拥护者一刀两断的时候，我就会站出来把他带走。那天我在星星餐馆里找到了他，他正同两个蹩脚的丑闻炮制者，也就是新闻记者在猛喝烧酒，我相信当时他们一面狂饮，一面还在编写点什么东西。他被我带出来的

时候那副神态，正好用这些人常说的“悲切凄惨”来形容。你要知道，我观察人素来都是冷眼相觑的，绝对无动于衷，不带任何感情色彩。在我眼里看来，人无非就和地质学上的矿场晶体一样，有的人由于这样的排列而结晶，另一些则因为那样的化合而结晶。之所以有区别，则是因为规则上的差异和环境的不同。因而我们对于任何人的遭遇都要无动于衷，冷静对待。我不会因为石灰岩没有水晶那样坚硬而为它痛哭流涕。所以我认为法尔克的处境也不能称之为悲切凄惨，那只是他的秉性所造成的，也就是你们所谓的良心同周围环境造成的，而这种环境又是他自己的秉性去寻找得来的，所以只能说是自作自受罢了。

我带他离开的时候，他委实情绪非常颓唐，意气十分消沉。我领他到船上，他一举一动都很消极被动。不过当我们的汽艇驶离海岸正在加速行进的当口，他却忽然转过身来，原来蓓塔竟然来了，她站在岸上不停地挥手，据我回想，她是独自一个人来的。这下子就闹得不可收拾了。法尔克这么个大男人居然像发了疯一样，哭叫着非要上岸去不行，他还威胁说要跳海泅水过去。我只得拖住他胳膊，把他生拉硬拽塞进船舱，并关紧锁死船舱的舱门。在我们的船驶过瓦克斯哥尔摩岛的时候，我上岸到邮局里去寄了两封信，一封是给《工人旗帜报》主编的，向他致歉并且说明法尔克一时半会儿不会去上班。另一封信是写给法尔克的女房东的，要她赶快把法尔克的衣服送到这里来。

后来他渐渐地松弛下来，当他看到那一望无际的大海和隐现其间的岩礁时，他不禁又伤感起来，嘴里嘀嘀咕咕地说了一大堆废话，他说他决没有想到自己居然还会活着看到上帝创造的青山绿水！他好像颇为有愧似的又说他没有权利在这里优哉游哉、无所事事地快乐逍遥，因为世上还有那么多人正在遭受不幸，生活在苦难之中。他觉得自己对不住那个混蛋主编，对报社没有尽到责任，执意要回到那里去干活。我向他解释说刚刚脱身出来的那一段生活是多么可怕，他却不以为然，并且分辩说做人的本分就在于受苦受难，替别人干活，他的这种观念已经根深蒂固，如同对宗教的痴迷。幸好我已经用喝矿泉水和洗海水浴把他大体治愈了。法尔克刚来的时候已经消沉得不像个样子，害得我花费了多少心血和精力才把他的毛病治愈，因为精神上的创伤和身体上的毛病往往是很难截然分开的。我必须承认他有些方面不能不使我感到惊奇，因为我素来是决不佩服别人的。大概他患有某种狂躁症，这驱使他一刻不停地做出种种与自身利益背道而驰的事情和行动来。只要想想就可以明白，他若是安分守己地当他的文官，在宦途上四平八稳地走下去，起码也不会弄得像眼下这样落魄，若能叫他的哥哥再掏出一笔可观的钱来活动活动，他何愁不会飞黄腾达？偏偏在这个紧要关头，他丢下自己的体面于不顾一走了之，去给那些干粗活的劳工做牛做马服劳役，还说是为了崇高的理想。何苦呢？真是不可思议。

如今他同那时已判若两人，毕竟在日益好转，大有起色了，尤其在接受了最近的那次教训之后。也许你还记得，他是逢人必定讲究礼貌的，所以不难想象，来到这里之后他一出去见到渔夫就称呼他们“先生”，并且脱帽致敬。除此之外他还很爱同当地乡民搭讪。说一些知心体己的话，他是想通过这样的交谈来了解乡民们究竟怎样生活的。可是结果却适得其反，渔夫们对他起了疑心，他们对他戒心重重，并不明白他到底在搞什么鬼。于是他们找到我的头上来了。有一天他们跑来对我说：“法尔克那个家伙究竟是自己付房租饭钱呢，还是堡格医生您替他付？咱们不能让他花言巧语赖了账。”我把这桩事情告诉了法尔克，他难过得心都快碎了。跟往常一样，他对一件事情的善良愿望破灭后总是会伤心得不得了，而这一来他的幻想又破灭了。过了一段日子，他又出去找渔夫们大谈选举权应该更为普遍更加放宽才对。于是渔夫们又到我这里来打听：法尔克在生意上是不是遇到了麻烦，还不出钱来啦？

最初的那些日子里，他只是在海滩上迷迷糊糊地坐着，后来他竟长距离游泳，一口气游出海湾，那种劲头大有壮士一去不复返的悲壮气概。我素来认为自杀乃是做人最神圣的权利，既然大自然赋予人这种本能，那也只好听之任之，所以我对他的这种癖好一点不予干涉。以撒告诉我说法尔克有时向他直抒胸臆，倾吐心中的苦闷，他听来觉得那个荡妇蓓塔果然一直在欺骗法尔克。

说起以撒这孩子，他的脑袋真是灵光，确实如此。他只花了一个月工夫就把文法全都囫囵吞到肚里去了，如今他念起《恺撒大帝》这部巨著就像我们念《灰外套报》那样畅通自如，而且他还能看懂书中的内涵深意，这是我们力不能及的。他的头脑精明好使，非但博闻强记，而且聪慧颖悟，十分善于盘算。这种天赋曾经造就了许多大人物。他务实求是，讲究理财效益，这种心态有时候也不免偶尔要露一下头角。最近我们碰到的一桩事情就是他精于做生意的最好的例子。

我并不了解他的经济状况，因为他素来在这方面是守口如瓶的。不料有一天他竟然意外地遇到了麻烦，这害得他坐立不安，因为他欠了一笔债，必须马上归还二百里克斯达尔。他不情愿去向他在特利登公司里供职的哥哥求助，因为他们早已断绝了关系，于是他只好向我开口了，我却有此心而无此力，爱莫能助。于是他找出一张信纸，写了封信，用快信寄走了。在此之后有好几天不曾听到有什么动静。我们住的小屋外面，有一片橡树幼林，它既可以给人遮荫，又可以阻挡住海风。我对于树木还有大自然都是一窍不通，十分外行，可是在天气炎热的日子里有这么一片树林遮荫那真求之不得。有一天清晨，我起床后拉起遮阳窗帘朝窗外一瞧，我简直认不出来这块地方了。窗外空荡荡的，整片橡树林都已经被砍光了，离岸一锚链远的海面上停泊着一艘快艇。以撒端坐在一个树桩上，正在一边看欧几里得几何学，一边运算怎样装载才能把那些橡树木材全部塞到船上去。我叫醒了法尔克，他一见此情此景气得又是伤心又是发怒，还同以撒吵了几句。以撒真是生财有道，在这桩生意上净赚了一千里克斯达尔，而那个渔夫只得到了两百块，因为他事先没有开出更高的价钱，尽管这片橡树幼林是他的产业。我也非常生气，倒不是为了那些树木，而是为了我怎么就想不出同样的主意。法尔克指责说他任意砍伐林木，连点起码的爱国心都没有了。而以撒却赌咒发誓地说，清除了这些“杂木”，岛上的视野才能开阔。他打算下星期再找一条船到周围的岛上去查看一下，抱同样目的去碰碰运气。那个渔夫的老婆为了这桩事哭闹了整整一天，逼得她男人只得驾舟出海到达拉岛上去为她买块漂亮的衣料。他一去就是两昼夜，回到家来酒气熏天，酩酊大醉，可是船上却空空如也。他老婆追问他衣料在哪里，他回答说，光顾了喝酒，把这桩事情全忘掉了。

再见，盼速回信，告诉一些丑闻。那笔贷款的诸项事宜，务求谨慎从事，妥善处理。切切。

你的死对头和担保人
H.B.
6月18日于纳姆岛

又及：我在报纸上念到有人正在酝酿要开设一家

“文官银行”。望即了解开户存款的是些什么样的人。无论如何，必须留心关注此事，说不定我们不久之后也可以向这家银行递送贷款申请书。

另请将下列短讯在《灰外套报》上刊登，为我领取开业执照鸣锣开道：

科学的新发现（本报专讯）

我国青年医生中出类拔萃的佼佼者，堡格助理医生近日在斯德哥尔摩近海的岩礁岛屿上进行动物解剖学研究时，发现了一种馒头贝属的新品种。堡格医生将该品种起了一个十分贴切的名字，叫作MARITIMUS。

该贝类新品种的特征现大致简介如下：其背部皮层内石灰质板为五条有孔韧带，而中央的五条韧带只有小瘤却无短棘。

这种动物的发现已在医学界引起普遍的密切关注。

二、阿尔维德·法尔克致蓓塔·彼德森的信

当我徘徊在海滨沙滩上的时候，我弄不明白紫海带怎么能在大海的流沙与卵石缝里生根发芽，我就会不知不觉地联想到你竟然能关在里尔纽大街的一个小酒馆里整整一个冬天，却依然如同盛开的鲜花明媚动人。

* * *

我不知道还有什么事情能比平躺在海滩的岩石上更惬意，我眺望着大海，身体底下的片麻岩石在摩擦着我的背部，就像给我搔痒那样舒服。于是我变得轻飘飘了，狂妄地想着自己就是普罗米修斯，而那只老鹰就是你！本应该天天啄我的，如今却躺在桑德堡格街藏娇金屋里的铺着鸭绒被的床上在饮鸩止渴。

* * *

墨角藻在海底里生长漂动时毫不起眼，没有人觉得它会有什么用处。可是它被捞到陆地上来并且腐烂掉，就会发出一股碘的味道，对治疗爱情大有好处。它同时还能散发出一股溴的气味，对治疗疯癫有益。

* * *

在天堂真正建造成功之前，也就是说在女人来到之前，世间原本并不存在地狱（老生常谈）。

* * *

在岩礁岛靠外海那一边的最远处居住着一对绒鸭，离海岸足足有四分之一海里。一想到绒鸭的双翼之间别无他物，只有两只脚，居然能在深海中生存，我就感到这真是个奇迹，这对绒鸭伉俪真是爱情的奇迹。

世界之广，天地之大，如今却已容不下一个区区的我！

阿尔维德·法尔克

8月18日于纳姆岛

三、蓓塔·彼德森致法尔克推事的信

（尽管白字连篇，语句不通，法尔克却如获上天的福音）

亲爱的朋友：

我刚收到你的来信，可惜我只能说我看不懂。不过你信上说我还是住在桑德堡格街，那真是天大的谎话，我很明白这个谎话一定是那个没良心的坏胖子到处散布的。那些话没有一句是真的，我向你发誓：我同以前一样地爱你。有时候我真想马上就能见到你，可是他们告诉我说一时之间你还不能够回来。

你忠实的

蓓塔

8月18日于斯德哥尔摩

顺便再提一句：亲爱的阿尔维德，你能在本月15日之前借给我三十里克斯达尔的话，那么你真是个好人了。到了15日我一定会还你的，因为那时候我自己就有钱了。我生了一场病，有时候心里难受得真是活不下去，觉得还不如死了干脆。咖啡馆的老板娘真是个不要脸的贱货，她还在为那个坏胖子贝格隆德争风吃醋，同我过不去，所以我只好离开那里。他们讲我的坏话没有一句是真的，句句都是天大的谎话，不要相信。

祝你健康，多多保重！

还有你可把那笔钱寄给咖啡馆的霍尔达，这样我就可收到了。

四、助理医师堡格致记者斯特鲁弗的信

保守党的文痞：

难道你竟把那笔钱吞没了，因为至今我分文未见，而鞋业银行却寄来了催债信。难道你以为自己有了妻室儿女就可以盗窃他人的钱财吗？赶快向我交代清楚，否则我将亲自进城来，非要闹得满城风雨、丑闻满天飞不可。

那篇短讯我已在贵报上拜读了。真是要命，印刷上的错误比比皆是：把“动物解剖学”排字排错了，变成了“动物学”。“馒头贝属”的拼写也错得很明显。不管怎样，但愿这篇东西对我有点好处。

前两天法尔克收到了一封女人笔迹的来信，于是又神经病大发作，癫狂得有时爬上树顶，有时钻到海底，这一段大概是危机时期，过后我会同他好好谈谈，启发他恢复理智。

以撒把汽艇卖掉了，事先也不来征得我同意，因此我们暂时成了仇人冤家。他正在读李维［李维（前59—17），又名

蒂图斯·李维乌斯。罗马历史学家，著有四十五卷本的历史巨著《罗马史》。]的《罗马史》第二卷，还张罗着要开办一家渔业公司。

除此之外，他还买了一张可在波罗的海捕捞鲱鱼的流网、一支榴霰弹毛瑟枪、二十五根装子弹的铁钎、一张捕捞鲑鱼的长网、两张捕捞鲈鱼用的密纹网、一张拖拉大围网，还买下了一座教堂，一点不错，是一座教堂，这听起来真匪夷所思，不过货真价实一点不假。那座教堂大概在1719年被俄国兵[1700年瑞、俄曾发生大战，俄国军队攻入瑞典境内。信中提及的年份可能有出入。]烧掉了一小部分，可是四壁砖墙依然完好无缺。这个教区已另外建造了一座新的教堂供教徒们做礼拜之用，而这座旧教堂被教区用做了仓库。以撒把这座旧教堂买下来打算捐赠给瑞典文史考古院，这样他可以到手一枚瓦萨勋章。比他更精的鬼机灵真是还没有见过！他的叔父是个酒店老板，每年秋天聋哑人乘着马车外出郊游时，他的叔叔就免费供应啤酒和三明治，一连施舍了六年，终于荣获了一枚瓦萨勋章。从此之后聋哑人再也得不到免费供应的三明治了，直到如今都是这样，可见瓦萨勋章真是有害无益！

倘若我不再及早动手把以撒这个小子推到大海里去淹死的话，说不定他迟早有一天会把整个瑞典都买下来的。

你应该清醒过来，放明白点，还要老实识相一些，否则我会一下子猛扑过来，那么你注定要吃大亏的。

H.B.

8月18日于纳姆岛

又及：你在写那篇《达拉岛的游客》专访通讯稿的时候，只消提到我的名字，还有法尔克（用地方法院推事的头衔）。以撒就不必提及，因为同他相提并论，一起出现于报端总会令人很为尴尬窘迫，何况他如今不在岛上，正在为出售汽艇而忙碌奔走。

在汇钱来的时候，一并寄几张汇票来，蓝色的那种。

五、助理医师堡格致记者斯特鲁弗的信

诚实的憨大：

捎来的那笔钱已经笑纳了。钞票好像已经转手兑换成小面额的，因为建筑业银行支付的钱素来是清一色的斯康耐郡的五十块一张的大面额钞票。虽说我吃了点亏，不过也就算啦。

法尔克已经痊愈了，他像个男子汉那样渡过了那场危机，已经恢复了自尊心，而自尊心乃是人生进程之中的一个重要部件。根据统计来看，凡是失掉母亲越早的人，自尊心就越薄弱。最近我为他开出了一张为人处世的药方，他表示接受，那张药方同他自己悟出的道理是大致相同的。他要回到文官生涯中来，可是却不肯收受他哥哥的钱，这是我很不以为然的，这是他最后的愚蠢之处。他要回到社交界中来，在这拨子人中间重振旗鼓，再度获得辉煌与尊重，以便混出个像样的社会地位

来。他还要“闭紧嘴巴”，在说出的话具有权威性之前，先有一段时日不要多讲话。最后这一点对他来说至关重要，因为他已经有癫狂症的先兆，如果不把他的那些稀奇古怪的思想统统扔掉的话，他将痴呆得再也无法回头，对他的那些奇谈怪论、荒谬理想，我固然是一窍不通，可是他所憧憬的目标究竟是什么，我相信连他自己都说不出个所以然来。

他已经开始痊愈了，康复过程进展之迅速真使我感到吃惊。他有朝一日必定会爬上王室高官的位子。我对此也深信不疑。不过前两天他在报纸上念到了关于他的那些巴黎公社的伙伴的报道，就又旧病复发爬到树上去了。幸亏这阵发作的时间不长，很快就过去了，可是吓得他再也不敢看报了。他倒真闭紧嘴巴，不再高谈阔论、口无遮拦了。你们注意这个家伙吧，他已有所准备，只待飞黄腾达的那一天。

以撒现在开始学希腊文了。他嫌教科书啰啰唆唆、冗长而又说不清楚，所以就把教科书全都拆散开来，剪下了其中的重要部分贴在旅行记事簿上，那本记事簿里全都是他自己制定的大学生考试复习大纲。

由于古典语言文字知识的不断增长，以撒如今说起话来往往冒失无礼，惹人不快。前几天他在同牧师下棋的时候竟然敢同那位牧师争论起宗教问题来了。他一口咬定基督教是犹太人发明出来的，所有的基督教徒全是犹太人。又说拉丁文和希腊文只是一堆无用的废墟。我真担心我呕心沥血培养出来的这个孩子竟是一条蛇。倘若不幸言中的话，那么女人的后裔就不得不把蛇头敲个粉碎了。

再见！

H.B.

又及：法尔克终于把他的美式大胡子全剃掉了，他也改掉了向渔夫脱帽问候的习惯。

这是我从纳姆岛上写给你的最后一封信，下星期一我们就搬回城里了。

第二十七章

恢复健康

又到了秋天，11月的一个清晨，天气晴朗，阿尔维德·法尔克从他如今居住的位于斯图列大街的漂亮的新居里迈步出来，朝卡尔十三世广场的那所女子寄宿学校走去，他将要在那里登台亮相，教授瑞典语文和历史两门课程。他已经为了重返文明社会而用了初秋的几个月来做准备，这才发现往事不堪回首，那段浑浑噩噩的日子使得自己几乎变成了一个野蛮人。他扔掉了早先戴的那种被称为强盗帽的无檐软便帽，而专门去买了一顶崭新的高顶大礼帽。起初他戴那顶大礼帽很不习惯，怎么戴都觉得不合适。他又去买了一副手套，女店员问他尺寸号码的时候他却茫然不知所措了，他回答说十五号，结果逗得店堂里所有的女店员都咯咯地笑出声来。自从他上次购买衣服以来，时尚的式样已大有变化，因此每回上街去走一趟，总觉得自己像是个在星期日打扮得油头粉面的那种狂蜂浪蝶般的纨绔子弟。他在商店里橱窗前总忍不住要对着橱窗里倒映出来的自己的身影左顾右盼，看看自己身上的服饰是否合适，还有什么可以挑剔的地方。他走到皇家话剧院门前就不再往前走了，而是在人行道上踱来踱去，等候着雅可布教堂的大钟敲响九点钟。他觉得自己心慌意乱、烦躁不安，就好像今天是他自己小时候第一次上学那样。那段人行道实在太短了，他又觉得自己像一条被链条牵着的狗一样，一圈又一圈地顺着跑道在奔走。有片刻工夫他真想迈开脚步再往前走过去，因为他知道沿着这条街往前走，一直走到尽头处就到了里尔扬斯村。他还记得那天早上也是顺着这条人行道走到那里去的，他从这条街上走进了社会，投身于自由，投身于大自然，却也投向了奴隶般的苦役。

钟敲九点，他已经站在学校前厅的衣帽间里，一扇扇通向各间教室的门都紧闭着。在暗淡的光线下，他看见四周墙壁上挂着许多小女孩的外衣，桌子上和窗台上都摆满了帽子、围巾、兜帽、头巾、无指手套、手筒等等。在地板上足足有一个团队的有扣长统靴和套鞋，一排排地整齐排列着。不过这里却并没有像议会或者是工人联合会的衣帽间里那样弥漫着一股淋潮了的衣服和湿透了的皮鞋所散发出来的刺鼻霉味。啊，这里飘逸着一股刚刚刈除下来的禾草清香。这股芬芳不消说一定是从那个裘皮手筒里散发出来的。那个手筒通体雪白，像只小猫，间杂着黑色的斑点，蓝色绸子衬里，手筒外面挂有一绺穗子。他不由自主地拿起了那只手筒，闻着那股禾草般的清香。正在他陶醉的时候，门廊的门被推开，一个豆蔻年华的少女走进来，背后跟着她的侍女。她用那双水灵灵、圆溜溜的大眼睛毫不矜持地瞟了这位新来的老师一眼，并且落落大方地行了个屈膝礼，其实只是略微弯了一下膝盖而已。这一下反倒把初来乍到的老夫子闹得腼腆起来，忙不迭地鞠了一个躬，算是对这位小美人的回礼。那副礼多人不怪的架势招惹得那个娇小姐嫣然一笑，连那个侍女也笑了起来。这位娇小姐上课迟到了，可是她却毫不觉得心虚胆怯，因为她让侍女伺候她脱下外衣和高统靴的时候，那副从容自若的神色不像是来上课，而像是来赴盛大舞会一般。咦，那边教室里传来一种什么声音，震动得他的心也怦怦地加快了跳动，是什么呢？哦，原来是风琴声。哦，是一架古老的风琴发出的琴声，一点不错。

旋即有一大片清脆的童音跟着琴声歌唱起来，她们唱道：“耶稣啊，让我动手洗涤我的罪过吧！”他的情绪一下子低落下去，于是他赶紧回想起堡格医生和以撒怎么使自己镇定振作起来的。可是那赞美诗的歌声却越唱越起劲，她们在高声唱着：“吾主在天父……”天哪，难道真的就是那首老歌吗？听在耳朵里恍若隔世……随后是一阵沉默，鸦雀无声，静得连全体小脑袋低垂下去时摩擦衣领和罩裙发出的窸窸窣窣的轻微响声都可以听到。过了一会儿，各间教室的门都打开了，在他的面前顿时出现了一片姹紫嫣红的鲜花世界，全都是八到十四岁、穿得色彩缤纷的花季少女。他觉得自己十分窘迫，手足无措，有如一个被当场抓住的小偷一样。幸好那位德劭年高的女校长向他伸出手来，并且说了一些欢迎他来校任教的客气话，于是这片鲜花世界里掀起了一片波澜，那些小姑娘们叽叽喳喳地交头接耳，互相交换眼色，她们之间似乎有说不尽的秘密。

法尔克终于教课了，他正襟危坐在一张长桌的横头，周围是二十张鲜嫩的小脸蛋，一双双眼睛里闪现出无忧无虑的快乐神采。二十个小女孩子，她们从未经历过世间的沧桑、人生的辛酸，也都从未尝到过饥饿和屈辱的痛苦滋味，所以她们敢于用大胆而好奇的目光来正视他，反而倒是他在刚开头讲课时十分拘束。后来他渐渐同她们熟稔起来，那堂历史课也教得有声有色，颇为有趣。他对历史书上的颠倒是非抱着缄口慎言的态度，决计不再直抒己见，所以路易十四和亚历山大仍旧被说成伟大的君主，而法国大革命则说成一件骇人听闻的暴行，因为居然害得崇高的路易十六和他的贤淑的王后玛丽 · 安托瓦内特被送上了断头台。

放学之后他就跑进骑马团的粮秣库办公室，在那里阅读保守党的报刊，他觉得自己身上暖烘烘的，年纪也轻了不少。他在那里一直待到十一点钟，就到烧酒酿造局的办公室去上班，在那里吃了午饭并且还写了两封信，一封信写给堡格医生，另一封信写给斯特鲁弗。

午后一点钟，他又在亡故者遗留税务局上班了，在那里检验核实了一份财产清单，这样浏览一遍的酬劳是付给他一百里克斯达尔。他完成检验之后离吃晚饭还有很长一段空闲时间，于是他又拿出新修版本的《森林法》的清样来校对，这部稿子马上就要付梓出版了。到了午后三点钟，有人若是穿过里达休斯广场的话，他必定会看到有个老成持重、神色端庄的年轻绅士，他的衣袋里塞满了大小不同的纸卷，双手反抄在背后。他陪着一位年过半百、华发丛生、面容清癯的老先生肩并肩地悠闲散步。此公便是亡故者遗留税务局局长，对去世者身后留下的财产握有审查批准大权，凡是在这个城市的各个海关地界之内死亡者所遗留下来的一切财产，包括拥有的动产和不动产，均需向他如实申报。然后由他来决定应该抽取百分之几的税额。有人说这是他的分内事。也有人说他是人间阳世的代表，紧紧把守住阴阳界线，严防猛堵死者把阳间财物带到阴曹地府去，因为那些钱财都是生前借贷到手的，全部都是贷款而不只是百分之多少属于贷款。不管怎么说，反正他对死者比对生者的兴趣要大得多。

法尔克同这位长者很投缘，乐于同他结交，而这位长者也很喜爱同法尔克来往，因为法尔克同他自己一样，也是个钱币和签名收藏家。还有一个原因是他觉得法尔克并没有逆反恣睢的表现，这在时下的年轻人中间是难能可贵的。

如今这两个老朋友来到了罗森格伦公园里，他们知道在偏僻的公园里可以享受清静宁谧而不会受到那些爱喧闹的年轻人的打扰，可以安心悠闲地谈论钱币学和签名学。进园之后，他们两人来到吕德贝格咖啡馆，坐在一张沙发上，一边喝着咖啡，一边在钱币目录上勾勾画画，一直干到了六点钟，这时候晚报来了，他们便翻阅浏览了官员任命名单。他们两人都觉得在一起很快活，从来不曾闹过别扭。法尔克如今在观点上已不再固执己见，而是人云亦云，因此成了一个最受人喜爱的角色，既博得上司的宠信，又得到同事们的推崇。有时候这两个忘年之交在一起耽搁得太久，误了回家吃饭，便到汉堡证券交易所去共进晚餐，然后再到歌剧院餐厅去喝一杯，也许是喝两杯。到了十一点钟，两人才勾肩搭背扶醉而归，步履踉跄地穿过拉迪高德空旷地朝北蹒跚走去。

如今法尔克也时常被人邀请到家里去赴宴或是吃顿便饭，堡格医生的父亲又为他介绍了不少朋友，这样他的应酬相当繁忙。那些名媛淑女都觉得他挺讨人喜欢，却又不知道怎样钓他上钩，因为他不大说话，只是不断地微笑，偶尔说上一句半句却多半是讽刺挖苦的话，而且话虽然讲得很刻薄，可是叫人听了很为舒服受用。

不过当他厌腻了家庭聚餐或者社交酬酢，厌腻了那种虚情假意的时候，就会溜到“红房间”餐室去。在那里他又会见到粗暴专横的堡格医生，还有他的崇拜者以撒，以及那个同自己暗中作对、处处妒忌自己却又囊中羞涩的斯特鲁弗，还有那个嘴巴上不饶人的塞伦。塞伦第二次走红了，如今看画的公众对他的风格习惯了，而且欣赏得很，因而模仿他的风格作画的人也多起来。在这里法尔克还遇见过隆德尔，隆德尔在完成了那幅祭坛圣像画之后就放弃了他那虔诚的宗教热情，如今靠着画肖像画为生，这个行当为他招来了接连不断的单独宴请或者是一起吃便饭。他口口声声说这样的社交应酬乃是他了解作画对象的性格所必不可少的。他如今变成了一个饮食十分讲究的享乐主义者，若不是应邀来白吃白喝一顿的话，他是断然不肯前来光顾这家"红房间"餐室的。奥勒仍旧是雕塑行会里的一个工匠，自上一次涉足政治去登台演讲，弄得当众出丑、铩羽而归以来，他变得消沉忧郁和憎恶所有世人了，他也不情愿同小圈子里的朋友们在一起，宁可独来独往，省得朋友们受他的连累而处境尴尬。

法尔克一踏进"红房间"餐室，就变得神采飞扬、兴高采烈起来。堡格医生更是由于他而觉得自己脸上大有光彩。他是个货真价实的爆破工程兵，无坚不摧，什么东西碰到他的手上就再无神圣可言，唯独政治除外，因为他决不会再去碰政治一下。正当他跟旁人一起吞云吐雾般抽着一根根火箭般的雪茄烟，高谈阔论，讲着逗人发笑的俏皮话时，忽然一眼瞅见奥勒独自向隅，神情凄然地站在厅堂另一侧的角落里。他不禁脸色陡然一变，阴沉得有如大海上的黑夜一般，他一杯又一杯地灌下去不少烈性酒，仿佛想要扑灭心头上蹿起的一场大火，但也可能是为了让火头烧得更旺。不过奥勒却有很长一段时间再也没有露面。

第二十八章

坟墓另一边的声音

天空中悄无声息地飘起了雪花，不久鹅毛大雪把四周都打扮得一片素净洁白，通向国王岛的那座新大桥上也是白皑皑的一片。法尔克和塞伦两人在傍晚时分疾步走过火力磨坊［火力磨坊即蒸汽作为动力的磨坊。斯德哥尔摩火力磨坊位于市政厅附近，建于1806年，是瑞典建造得最早的蒸汽磨坊，但1878年遭火灾烧毁。］，到塞拉费梅尔医院去接堡格医生一起到“红房间”餐室去。

“真是非常奇怪，”塞伦说道，“第一场雪就下得这么大，我虽然不想用‘给人以庄严肃穆的印象’来形容，可是这场大雪一下，肮脏的大地顿时变得洁白耀眼……”

“你又触景生情、伤感起来了？”法尔克用嘲笑的口吻说道。

“说哪儿的话，我只不过是作为一个风景画家说说自己的观感而已。”

他们默默地在雪地上往前走去，新雪在他们的脚底下被踩得吱嘎作响。

“这个国王岛还有它的医院总是使我觉得像到了鬼魅世界那样恐怖。”法尔克喃喃地说道。

“这一回轮到你触景生情啦。”塞伦嘲笑说道。

“不是的，我没有触景生情，不过这个地区总是给我坏透了的印象。”

“哎，胡说八道！它不会给人留下任何印象。那是你自己多疑得出的错误印象。瞧，我们已经到了，堡格医生房间里还亮着灯哪。我真不知道他今天晚上有几具看得顺眼的尸体要解剖。”

他们在这家医院大门外停下脚步，那幢高大的建筑物透过一扇扇黑魆魆的窗户在朝他们打量，似乎在诘问时间已这么晚了你们干吗还往这个地方跑，究竟有何贵干。他们从大门旁侧甬道走了进去，绕过环形马车道，径直来到右首的一幢小楼。在楼里尽头边的房间里，堡格医生独自坐在灯下解剖一个器官，那是从苦役监狱的犯人尸体上取下来的，已经被堡格医生切割得支离破碎，不像样子了。

“晚安，小伙子们，你们愿意同一个熟人见见面吗？”堡格医生说道，把解剖刀放在一旁。

他没有等他们回答，其实他们俩面面相觑都回答不出来。堡格医生自顾自点燃了一盏风灯，披上大衣，拿起一串钥匙。

“我倒不相信我们在这里会有什么熟人。”塞伦信口说道，他想要使沉闷的气氛活跃一点。

“来吧。”堡格医生说道。

他们穿过院子，走进那幢大楼。大门吱嘎吱嘎响着被打开，又在他们身后砰地关上。风灯里的那段蜡烛头还是上次打牌时点剩下来的，把它那摇曳不定而又昏暗的红光映射到雪白的墙壁上。那两个来客都不曾踏进过这个地方，都在细细观察堡格的面部表情，想要从他脸上找出蛛丝马迹来证明这只不过是在开玩笑而已，可是他的脸色凝重，什么都看不出来。

他们向左拐弯顺着一条走廊朝前去，橐橐的脚步声在黑暗中回响，好像有人在他们身后追赶一样。法尔克加快了脚步紧随堡格，让塞伦走在最后面。

“在那边。”堡格走到走廊正中停下了脚步。

除了墙壁之外，空空荡荡的，什么也没有看见。不过他们听见有淅淅沥沥的漏雨般的响声，而且闻到一股奇怪的气味，就像树木苗圃里或是10月前后松柏树林里发出来的潮湿气味。

“往右边看。”堡格医生吩咐说。

右边是一排玻璃墙，透过玻璃可以看到里面有三具裹着白布的尸体仰面躺着。

堡格医生拿出钥匙打开玻璃门走了进去。

“瞧这一个！”他在第二具尸体旁边停下脚步。

原来是奥勒！他仰面平躺，双手交叉在胸前，安详得像在睡午觉。他的嘴唇微微向上翘起，似乎正要笑出来，整个尸体完整如常，没有一点损伤。

“是淹死的吗？”塞伦惊魂甫定便问道。

“是淹死的！你们谁认得出他的衣服？”

墙壁上挂着三套肮脏的衣服，塞伦一眼就认出了死者生前的衣着：一件有皮圆纽扣的蓝色猎装和一条膝盖上已磨得发白了的黑色长裤。

“你敢肯定？”

“哎呀，难道我连自己的衣服都会看走眼吗？再说这件衣服还是法尔克借给我的呢。”

塞伦从那件上衣的胸兜里掏出了一只大皮夹子，这件遗物被水浸泡得鼓了起来，摸上去有点黏，上面还缠绕着绿色的海藻。堡格把它谑称为“变了形的内脏”。塞伦在风灯的微光照映下把皮夹子里的东西兜底翻了一遍：几张早已过期的当票，还有一束写得密密麻麻的纸，第一张上写着“致乐意阅读此文的人”。

“你们看够了吧，”堡格说道，“那么我们到‘比勃女人之墙’酒馆去喝点什么吧。”

这三个悼念者代表“红房间”餐室那一伙人全体在“比勃女人之墙”酒馆举行了吊唁，他们没有用“生前旧友”之类的称呼，因为“朋友”这个字眼是隆德尔和莱汶在急于向人借钱时用来套近乎的。靠近熊熊火苗的壁炉跟前的餐桌上摆着各类烈酒。堡格医生首先开始念那纸上的文字，可是他不得不过一会儿就请教法尔克，要他以“签名学家”的本领来辨别纸上的字迹，因为它们已经被水浸泡得模糊不清了，就像塞伦取笑说的：“看样子他是一边在写，一边泪如雨下呢。”

“喂，都把嘴闭上。”堡格说道，他做了个鬼脸，一咧嘴把一杯烧酒灌了下去，嘴巴张得那么大，连臼齿都露了出来，“现在我开始念了，你们不许打岔。”

致乐意阅读此文的人

我此时此刻结束我自己的生命，这是我做人的权利，正像我不能去干涉妨碍别人的权利一样，相反我了结此生起码可以使得另外一个人沾光得益，可以腾个干活的位子给他，还可以多让出来四百立方英尺的空气来给那个人呼吸。

我的这一行动并不是濒于绝望而自寻短见，而是一个从来不曾绝望过的善于思考的人在一种心绪平静而又经过深思熟虑之后理智清醒地采取的步骤。当然一个人走上这一条路总难免会惆怅感慨，这也是人之常情。有人到了最后的生死关头却害怕畏缩起来，说是不知身后何处才是归宿，其实只有奴性十足的干苦力的人才会找出这样的口实来为自己开脱，用好死不如赖活的理由来保全性命，在这个世上苟且偷生，而若是只想苟且偷生的话，在人世间毕竟还是可以混下去的。我一想到自己的人生之路即将走到尽头，便会有一种欣然解脱的轻松感，因为我的生活已糟得不能再糟，任何出路都会比目前的境况好得多。纵然我不能得到什么好处，死亡至少给了我祝福，它的乐趣就如一张铺垫得整洁柔软的床铺一样，在你被整天辛苦的体力劳动累得浑身倦怠的时候躺下来，美美地睡一觉。你会觉得肌肉不再酸痛，筋骨舒展开来，浑身舒畅，而灵魂也渐渐飘荡远去，离开这个凡胎肉体。故而对死亡的滋味是不应该害怕的。

既然如此，为何人们总是把死亡当作天塌地陷的大事而惶恐对待，只因为他们在世俗社会中扎根太深，因而要拔起来，即便不是连根，而只是稍许拔动，也会觉得揪心般地疼痛。而我却早已被连根拔起，既无家庭的累赘，也没有经济纠葛，不曾被官司缠身，司法机构也奈何我不得。我之所以离开尘世，完全是因为我失掉了生的愉悦。我这样说并不是要鼓励别人也来仿而效之，步我的后尘，学我的榜样，他们没有理由这样做，因而也没有能力来做出判断，对我的这一举动说三道四。至于说我的举动究竟是不是怯懦所致，那就只能笑骂由人，我已不在意了，也只能听之任之了。再说这是一件与他人毫不相干的个人私事，我从来不曾要求来到这个人世间，因而我想走便走，离开与否只能由自己决定。

我为何要离开人世？原因之众多和深刻，并非此时有限的时间和精力所能讲得清楚的，因而我只能局限于讲几桩最近的并对我此举有重大影响的事情。

以前我是个干笨重体力活的庄稼汉，天天日出而作，日落而归，然后像劳累了一整天的牲畜那样倒下去呼呼大睡。你们都没有尝到过始祖因为堕落而遭到诅咒的滋味，躲过了因原罪〔人类的堕落和原罪系指《圣经·创世记》第三章所述亚当和夏娃受到蛇的诱惑而偷吃禁果，被罚入人间终身劳动。〕而被逐受罚的苦楚，那种对原罪的惩罚的滋味真是不好消受，当你面朝黄土耕耘的时候，你就会觉得自己的灵魂凝滞不动，再也不会生长了。当你跟在拉犁的公牛后面，日复一日地把眼睛盯住一垄垄灰蒙蒙的泥土，到了后来都懒得抬头望望天空了。还有在火辣辣的骄阳烤灼之下，站在毫无遮盖的田埂上挥舞铁锹挖渠开沟，当你一脚深一脚浅地走在深可没膝的泥水里的时候，你就会觉得这真是在给自己的灵魂挖掘坟墓。这种苦楚你们是不得而知的，因为你们只消在吃了早饭之后去应个卯，干点正事，而且也很悠闲轻松，很快就可以回去吃晚饭了。到了夏天，当田野一片碧绿的时候，你们就到野外来消夏避暑享受悠然自得的乐趣，你们欣赏大自然，把它作为壮观的景象来赞美称颂。可是在庄稼人的眼里大自然却并无如此诗情画意。田野就是粮食，森林就是柴火，湖泊是个洗衣盆，而草地就是牛奶和奶酪，人世间万物皆来自土，归之于土，灵魂偏偏却不在其列。我已看透世间有一半的人是劳心者，另一半则是劳力者，这个世界早已安排好了，分成两半，有两个层面两种不同的人：劳心者治人而劳力者治于人；尽管在直觉辨别上来说没有人肯承认。于是我心里充满了叛逆反抗，一心想要使自己也摆脱因原罪带来的惩罚。结果我成了一个艺术家。

现在我要分析一下老生常谈的所谓艺术家的放荡不羁，因为我也对此心仪已久。其实这种品性是建立在宽广基础之上的对海阔天空般的自由的极度索取，也就是想要摆脱任何有实用意义的劳动的那种自由，因为正如一位德国哲学家所言：美是毫无实用之处的，大凡一件艺术品倘若具有实际的用途，或者显示出是为了达到某个目标或者是倾向于表现某一种情趣，那么它将是其丑无比的。再者，放荡不羁的品性也来源于自傲清高。搞艺术的人往往孤芳自赏，把自己看成上帝，倒不是说他能够做得出什么大有用处的事情来创世造人，他没有那样的能耐，但是他能够把存在的世界再现出来，可以重新安排山河，使它显得更为赏心悦目。他对艺术品的原型，也就是大自然，不是赞美观赏而是吹毛求疵，百般挑剔。在他的眼里看来所有的景色和事物都是瑕疵斑驳，需要他妙手丹青来润色修饰才行。正是由于这种自命不凡，又因能躲避掉原罪的惩罚，即干体力活，艺术家变得不可一世起来，总是觉得自己高人一等。在某些方面他确有超过常人的才华，但是即便有过人之处，也还要靠有人不断地赞赏捧场才能显出他的风采。否则的话，他很容易把自己认识透彻，也就是说他会明白过来自己的一切活动原来毫无价值，自己从实际的干活中逃避开去是毫无正当的理由可以做出辩解的。而正是时刻不断地需要仰仗别人认可他的毫无用处的创作，反而害得他虚荣成癖，急于求成，而且通常心神不宁。他一旦对这些道理恍然大悟，他的创作能力，也就随之消失殆尽，他这辈子也就完了。试问他既然尝到过自由自在的滋味，岂能心甘情愿地再回到桎梏中去，只有宗教才有此法力。

想把天才和富有才华分得一清二楚，想把天才推崇为得天独厚的特殊品格，那都是徒劳和无聊的，因为那样的话就必须相信天才只是启示录那样的与生俱来的禀赋。须知哪怕最伟大的艺术家也必须在技艺上不断磨炼，精益求精，才能达到炉火纯青的境界，如果有朝一日不再磨炼，他的艺术生命也就死亡了。正因为如此有人说天才即是勤奋，真是一语言中，起码像许多真谛一样，就算不是全都说对也起码有四分之一说得正确。除了勤奋之外，还要有良好的教育，说来也奇怪，艺术家受过良好教育的并不多见，大概因为知识一多就会使人马上看穿艺术清高的假象而丢弃幻想错觉，对艺术这一行敬而远之了。还有必须具备善于判断的理智，于是在一系列有利的环境之中，天才便应运而生，脱颖而出了。

我很快就丧失了幻想错觉之中的崇高信念，老天爷见怜，我一直以为艺术乃是我的天职使命。我搞的这行艺术并不能直接表达出一个想法，它至多只能通过形体在特定环境中的姿势来体现出情绪，而情绪则伴随着思想而起伏，也就是说要转换才能做出表达。这和战地信号员发出的信号一样，对所有的外行来说都是毫无意义的，而只有懂得信号的内行才能明白在说什么。在我的眼里看来那只是一面红旗，可是士兵们一看就知道那是前进的命令。何况柏拉图这样的睿智圣贤又是个伟大的唯心论者，亦早已发现艺术之毫无用处，亦不能持久永恒，它只不过是现实的或者说是外表的视觉反映。因此，他把艺术家排斥在他的唯心主义者的行列之外，这可是一桩不能等闲视之的重要大事。

不管怎样，我还是想方设法要返璞归真，重新去过那劳碌终日的农奴般的生活，然而竟然求之而不得！我把劳碌终日当作我的最崇高的天职，想要从艺术中抽身出来，然而却也是以失败而告终。我的心灵遭到了莫大的创伤，我愈来愈呆傻，快要变成一个白痴。有时候我觉得这样敲呀凿呀、累死累活，岂不是同我想要求得心灵上的进化的崇高目标背道而驰吗？于是我就像小孩子逃学那样溜到野外去，在大自然里待上一天，坐在那里什么也不干，只是冥思苦想，那份无以名状的快乐真使我有说不出来的幸福，那份快慰起码同艺术劳动中所得到的欢乐一样大，甚至还更大一些。可是我扪心自问，又觉得这份幸福是自私地追求享乐，良心和责任感有如狂暴的悍妇一般将我驱赶回到自己的日常桎梏之中，我又是敲呀凿呀，忙碌着干活，心情倒也舒坦起来，不过只能维持一天。

为了摆脱这种不堪忍受的境况，求得彻悟和自由，我将投身去认识那个尚是未知数的世界。请问见到我的遗体的人：我死后的神情是否还抑郁忧愁？

附：在野外散步的杂想随感节录

世俗观念通常把理想情操同肉体官能享受两者截然分开，认为前者高尚后者卑劣，而艺术则力求将理想情操包裹在有形有色的封套里面，以便展现出来让人看得见、摸得着，也就是……

世间万物都有自我纠正完善的本能，当佛罗伦萨学派［佛罗伦萨为意大利西部城市，中世纪以来以艺术而闻名于世，形成佛罗伦萨流派。］在艺术技巧上濒于低沉呆滞之际，却又冒出来一个萨伏纳鲁拉［萨伏纳鲁拉（1452—1498），意大利中世纪宗教改革家，被宗教法庭判处为异端而革出教门，并被活活烧死。他对振兴艺术有重要贡献。］。哦，这位学识深广的智者，发出了与博什［博什（1450—1516），亦名冯·埃肯，荷兰著名的宗教画家。］同样的呐喊：这些都是无用的糟粕。于是艺术家们，真是了不起的艺术家们，便把他们的艺术作品付之一炬。哦，了不起的萨伏纳鲁拉。

君士坦丁堡的反对崇拜圣像者［公元8世纪和9世纪东正教的改革派，反对崇拜偶像和一味固守传统。］究竟想要干什么？试问在荷兰的再浸礼教徒和反对崇拜圣像者究竟打算干什么?我不敢说出来，否则在星期六，说不定在星期五，报纸上就会把我抨击得体无完肤。我们这个时代的伟大理想是劳动的分工导致家族的兴旺和个人的死亡!然而家族又是什么呢?哲学家们声称理想即是整体观念，个人便信以为真，愿为理想而死去。

令人费解的咄咄怪事是：君主王公们孜孜以求的丰功伟绩总是老百姓所不情愿的事情。难道就找不出一个简单容易的办法来补救这个缺陷吗?

我在刚到成年的时候重新翻阅了孩提时代的教科书，我惊愕不已地发现原来我们做人竟然是那样浅薄愚昧!前两天我念了路德的《教义问答》，我写下了以下这份意见书：

对《教义问答》的若干评论
及一项新的建议

(下列各项条文均系鄙人笔述，未经许可不得擅自送交圣经委员会)

第一戒，必须废弃只许虔敬唯我独尊的神灵的一神教信仰，盖因有其他神早已存在，连基督教义对此前提亦直认不讳。

注解：一神教的信仰被奉为圭臬，然而给人类带来了极坏的影响，因为它把人类的尊敬和热爱全都夺取过来贡献给了那尊唯一的、真正的神灵，由此也解释了基督教义之中并无邪恶之神的原委。

第二戒和第三戒，这两条戒律本身就是僭用上帝的名义，因为戒律的作者竟把这类琐碎而又愚蠢至极的天条硬塞在上帝的嘴里，真乃是对全知全能的上帝的莫大亵渎。作者若是生活在我们的时代，便会以大不敬的罪名遭到审判。

第四戒，本条戒律文字应该修改成为：不可让孝敬父母［“孝敬父母”原为圣经中摩西十戒中的第五戒。］的天性使你连父母的谬误过失亦加以歌颂，亦无须对他们过于溢美乃至超出了他们之所应得。你对你的双亲在任何情况之下都是无恩可报的，因为他们把你生到这个人世间来并不是他们对你做出的莫大功劳，并不值得你去知恩图报，他们供你吃穿，将你抚育长大，亦仅仅出于他们的利己之需和囿于民事法律的规定。那些要求自己子女报答养育之恩的父母（有些不仅是要求，甚至还强行勒索），其行径不啻放高利贷者，他们舍得冒风险，下大本钱，为的是攫取高额利息。

注解一：做父母的（尤其以做父亲者为甚）往往不是热爱而是仇恨自己的子女，因为子女侵占了他们的经济利益。有的父母把自己的子女当成股票，时刻不停地索取分红回报。

注解二：这条戒律诚为对子女严加管教束缚的基石，一切最令人发指的家庭暴力行为和专制镇压莫不以此戒条为依据，而任何一场革命却又奈何它不得。倘若果然能多办几个保护儿童协会而不是爱护动物协会，那就真是社会幸甚，人类幸甚了。

* * *

瑞典是个殖民地，它有过兴旺时期、强盛时期，如今似乎却同希腊、意大利和西班牙相同，陷入了昏昏不醒的沉睡之中。

希望破灭的那一年，亦即1865年，所带来的不良反应是显而易见的。当时正在成长的那一代人失落彷徨、士气消沉。他们对公众利益更漠不关心，更自私自利，更离经叛道，为历史上长期以来所少见。全世界都风起云涌，动荡不安，人民不堪忍受，发出了狂飙般的怒吼反对压迫者，而在这个国家里大家都在消消停停地过圣诞节。

那些鼓动宗教复兴、诵读《启示录》的福音布道会也只是浑浑噩噩、沉睡不醒的人民在精神生活上的唯一寄托而已。对现状的不满把他们推进了宗教的逆来顺受的怀抱之中，否则他们便会在绝望中沉沦或者是有气无力地发怒一番。

虔诚派福音布道同悲观主义的原则如出一辙，即宣扬现世存在之悲惨；而他们的目标亦是相同的，即从人世间死亡超脱以求得与上帝同在。

为了投机取巧而成为保守党人，真乃是做人所能犯下的最大罪孽，不啻想花三个先令银币就对整个世界进行暗杀，因为保守党人力图阻止世界的进化，他用背对着滚滚向前的地球，喝令：停下！对于这种行径只有一个解释，那就是愚不可及。至于投机的成败，那只是动机而不是解释。

我真怀疑挪威［挪威于1814年被瑞典吞并，组成联邦。1905年挪威宣布退出联邦而独立。］对我们来说是不是会成为旧衣裳上的一块新补丁。

斯蒂尔海尔姆［乔治·斯蒂尔海尔姆（1596—1672），瑞典中世纪著名诗人，有“瑞典吟唱诗人之父”的美誉。］如今看来只是个笨伯，可是他早在17世纪就这样描写过瑞典：

我们的国家若非大迁徙，
便是到处搬家改变了模样。
斯维亚人如同昔日一样，
跟随哥特人离开寒冷北方。

留在当地的只有外国人，
茫茫大地全都住满了异族。
这些人缺乏学识和才智，
干起蠢事闯起祸来是高手。
真正的瑞典人聚在一起，
一千个人里还到不了十个！

* * *

“喂，你们对这篇东西有何高见？”堡格医生念完之后呷了一口干邑酒这样问道。

“唔，写得还不赖，若是措辞更诙谐一些就能情趣横溢了。”塞伦说道。

“喂，法尔克，你说说看嘛。”

“这是司空见惯的绝命书，不过如此而已。我们走吧，好不好？”

堡格医生朝他瞅了一眼，想要弄明白他说的是不是反话，可是却看不出法尔克脸上有什么挖苦的神情。

“好啦，”塞伦说道，“奥勒他已经撒手人世，在极乐世界找到了更好的归宿。是呀，他现在有福了，起码用不着为填饱肚子而犯愁。我倒不晓得锡纽扣餐馆的老板对此事有何说法，因为他手头上肯定还有奥勒的赊账欠条，唉，收不回来啦。”

“真是没有心肝，真是粗野残忍！如今的青年真是不可救药。”法尔克忿忿然脱口而出。

“你又伤感起来了？”塞伦讽刺了一句。

“是的，我正是这样。”

法尔克掏出钱来扔在柜台上，拿起衣服，头也不回地走掉了。

第二十九章

回首往事

堡格助理医师从斯德哥尔摩写信给那时已负笈远去巴黎的风景画家塞伦，信的内容如下：

塞伦老弟：

我已整整一年没有给你写信了，现在提起笔来有不少事情要奉告。按照我的老规矩，我本当先从自己谈起，可是我马上就要毕业走出医学院大门，去自己挣钱谋生了，所以要讲究一下礼貌，只好先从你说起。

我祝贺你，你的画能在巴黎的沙龙里展出，这真是了不起，没有想到你的画在那里会大出风头，产生如此轰动的效应。以撒背着主编把这则专讯在《灰外套报》上刊登出来。那个主编在报纸上念到这个消息时气得脸都发青了，因为他曾赌天咒地说你决计成不了气候，不会有出人头地的那一天。如今你既然博得了外国人的赏识抬举，谅必你的名声在国内也自然会大振。我可以不必为有你这样的朋友而脸上无光。

为防止漏掉我想要奉告的事情，而且为尽量把信写得简短扼要，我打算采用《灰外套报》的短讯栏那样归纳概括的方式来写，因为一来我很懒惰，二来我在产科医院值班忙碌了一整天也很疲倦了。我的这种写法你读起来也方便省事不少，凡是你不感兴趣的事情均可跳过去不看。

关于政局现况：当前之政局愈来愈令人发噱了，各个政党无一不在彼此贿赂，你给我送一份人情，我再回报给你一个好处，所以如今他们全都蒙上了“灰色”的色彩，这一反应看起来大概只能以社会主义而告终。眼下有强烈的呼声，提出要将州郡增加到四十八个的问题。因为大家都已看到了为官做宦是最容易得到升迁提拔、飞黄腾达的捷径。当个郡政府的部长是最惬意的，甚至连中学教员的资格考试都不需要通过。前两天我跟一个老同学谈起过，此公早已当过郡政府部长，现在又获高升。此公言之凿凿，说其实当个部长要比当个办公室秘书轻松省劲得多。所做的事情无非是签签字而已，倒令人联想起充当保人的角色——只管签字画押，至于能不能到期归还则另当别论，反正还有连环保嘛。

关于报界状况：你对这个行当更有切身体会。通常来说，报纸的董事会旨在做生意将本求利。它的生意经就是要紧跟眼下的多数公众的观点，而所谓多数也就是大多数订户而已，而这些订户又是冥顽不化的反动派。有一天我问过一个自由党报纸的记者，为什么你为他写了那么多溢美的吹捧文章，虽然你并不认识他。他回答说，那是不得不随风倒的权宜之计，因为舆论在他这一边，也就是说大多数订户在他这一边。我又问他：“那么有朝一日舆论若是掉过头来反对他了呢？”“那时候我当然会把他一巴掌揍倒在地。”

在这种情况下，你可以理解，整个那一代青年，

1865年以后成长起来的、在议会里还没议席的人就深感绝望失落。所以他们成了虚无主义者，也就是说他们所有人都觉得当保守党人有油水可捞，而当自由党人无利可图，因而对前者趋之若鹜，而对后者则不予理睬了。

关于经济情况：市面萧条，行情低迷，银根紧缩到了无以复加的地步，起码我的亲身感受是如此。凭了最吃香的证券还有两份医师开业执照做担保，竟然申请不到贷款，在任何一家银行都借不出钱来。

关于特利登公司：如你所知，这家公司已破产清算。其清偿的办法是：该公司的所有经理和清算人员都把现款弄到手分个精光。而股东们和开户存款者全都只分得了诺巧半市那家颇有名声的印刷厂用平板石印印刷出来的五花八门的有价证券。在这个诈骗案层出不穷的时代里，只有这家工厂还真正地在经营维持。我看见有一个寡妇，她手头上满满一大把全是一家大理石矿的股票。那股票印得委实精美漂亮，整整一大张纸上用红蓝两种颜色套色彩印，还用镌板印满了一千克朗的字样，密密麻麻一片，看得人眼花缭乱、心痒难抓。在股票的下端可以看到许多人的签名，好像是自告奋勇站出来充当保人似的。其中有三个人死后荣获塞拉菲梅尔勋章，不过那是他们已不再具有人世间的股票持有者的身份之后的死后哀荣。

关于我们的朋友尼古拉斯·法尔克老兄的境况：他已经对偷偷摸摸地暗中放债借账的业务感到厌倦了，因为这种私下放高利贷的做法并不能给他带来良好的公民声誉，面子上也不如公开正规的银行那样光彩。于是他下定决心，同几个行家里手联合起来开办一家新的银行。

这家新的银行在它的章程里开宗明义地这样写道：

“正如经验告诉我们，毋庸讳言乃是惨痛之经验（章程起草人是莱汶，切莫忘记这一点）：一旦将钱财储存他人之处，再要从储存之处将这笔开户的存款提取索回往往缺乏必要之保障，而且开设账户之单据亦并非安全可靠。鉴此，吾等下列签名者出于一片对发展祖国工业的拳拳热忱、不谋私利的赤子之心，亦为了向需要储蓄的公众提供更大的安全保障起见，特意发起成立名为‘存储保障股份公司’之机构。本机构之崭新的安全保障的概念设想在于存户不必依赖毫无价值的账户单据而直接持有与存储款项完全相等足额的保值证券。大凡新提出的设想并非必定安全可靠，而本机构的新概念则万无一失矣。”

如今这家私人银行已经开业，生意颇为兴隆，你谅必想得出来他们葫芦里卖的是什么药，不给存户以法定的单据，而给那些天晓得是什么东西的纸张。

尼古拉斯·法尔克的那双眼睛锐利得一眼就能看透可以从某个人身上榨取出多少油水。再加上有莱汶做帮手，真可谓如虎添翼。莱汶那小子曾经多年经手汇兑业务，具有丰富的理财经验，而且也知道大量的别人隐私。不过尼古拉斯·法尔克为了驱使莱汶死心塌地为自己效力，以便把各种各样见不得人的迷津般的生意经，尤其是法律方面的，托付给莱汶，所以就不惜借给他大笔钱财，害得莱汶破产，尼古拉斯然后再出面救他一命，于是莱汶就只能对他俯首帖耳了，因为尼古拉斯手头上握有许多借据，随时都可以向莱汶逼债。如今尼古拉斯给了莱汶一个经理秘书的头衔，让他当起经济顾问的角色。莱汶在他那里有一间单独的小房间办公，但是不准在银行里出头露面。以撒是这家银行的会计，他已经通过大学毕业考试（拉丁文、希腊文、希伯莱文，各科均以最优异的成绩而名列榜首，被授予法学和哲学学士的学位。他通过毕业考试的消息不消说已在《灰外套报》上刊登出来）。他目前还在刻苦攻读，准备取得法学硕士学位，在此期间他还做点生意捞点外快。他圆滑得像条泥鳅，又像猫一样有九条生命，可以白手起家，自力更生。他不喝烈酒，也不抽任何带尼古丁的东西。他究竟有没有别的不良嗜好，我不甚清楚，但是他真是不得了！他在海尔纳桑德开了一家五金杂货铺，在赫尔辛堡开了一家烟草店，又在索德塔利伊开了一家首饰店。除此之外，在南方还拥有两三幢木头房子。大家都说这个小伙子很有出息，前途无量。照我看来，他正是当今时代的弄潮儿。

以撒的哥哥莱维自从那家“特利登公司”倒闭之后就抽身引退，隐居于林泉之间，据说他手头上拥有十分可观的资产。他出了个大价钱要把斯考克修道院买下来，听说是想按照他叔叔在建筑设计院里设计绘制的崭新格局来重新修建。然而这笔买卖却未被批准，莱维觉得深受伤害，气得以《19世纪对犹太人的歧视》为题在《灰外套报》上发表了一篇评论文章。他的评论赢得了有知识的公众的广泛同情。靠了这条苦肉计，莱维随时都可以当上全国议会的议员。他还收到了他的“信仰上的志同道合者”(莱维居然有信仰，还有志同道合的人)的感谢信。他们感谢他为捍卫犹太人的正当权利，也就是说要买下斯考克修道院的权利而进行的奋斗。这封感谢信已在《灰外套报》上全文刊登，如今他们又在“绿林猎手酒店”举行盛大宴会，把感谢信当面交给莱维先生本人。他们还邀请了一大批瑞典人去为他们犹太人捧场，去吃他们已经发臭腐烂的鲑鱼肉和喝日久变味的葡萄酒。区区亦忝居被邀请之列，可是在犹太人问题上，我历来信奉那条正确的教义，即人种学的教义。那次盛大宴会的详情见《灰外套报》。那天的英雄莱维先生被众人抬举得激动不已，当场慷慨解囊，捐赠两万克朗(不消说，又是以股票而不是以现金作为捐赠)给“失足少年福音忏悔之家”(人们总是对“忏悔”情有独钟)。那天，我出席了这次庆典酒宴。我竟然看到了以前从未发生过的事情：以撒喝得酩酊大醉！

以撒在酒醉之后口无遮拦，吐露真言，说他痛恨我、你以及法尔克，所有的白人他都痛恨。他把我们称为“白人”“土著”和“大笨鸟”，最后那个字眼究竟有什么出处我不甚了了。不过他把这个字眼一骂出口，顿时有大群“黑人”把我们两人围了起来，个个吹胡子瞪眼，怒气冲冲，摆出要动手打人的架势。于是以撒便赶快把我拉进旁边的一个小房间里去。在那里他向我倾吐了郁结在心头的怨气，他讲到从小就受人歧视的痛苦遭遇：小时候在克拉拉小学上学期间，老师和同学都欺负虐待他，叫他吃足了苦头。那些半大不小的顽童还在街头对他动拳头，扼他的喉咙，打他“这个犹太兔崽”。最令人为之伤心动容的是：他讲到他在接受军训的那段日子里的遭遇。在集合祈祷的时候他总是被叫到队列的前面去念诵“吾主在天父”的福音诗。他不会念，便招来痛斥和讥讪。他的这番诉说打动了我，使我改变了对他和他同族的那些犹太人的看法。

宗教的浮夸症和慈善事业的霍乱到处蔓延盛行，把我们的祖国点缀得温柔可亲。你还记得那两个心术不正的坏女人：法尔克夫人和审计师霍尔曼夫人吗？这两个最厚颜卑贱、最虚荣浮夸、最心地恶毒的女人整日游手好闲，东逛西荡。你一定还记得她们开设的那家育婴堂以及育婴堂破产的下场。如今她们又办起了一个“抹大拉的玛利亚之家”，它收容的第一个妓女是我介绍过去的，就是那个住在纽格伦巷的玛丽亚。那个可怜的女人把她卖笑生涯积蓄的一点点钱全都借给了一个工匠的学徒，而那个没良心的却背了一屁股的债逃之夭夭了。

现在她很高兴可以免费得到食宿，而且也重新赢得了堂堂正正做人的资格和公民权益。至于这类慈善机构里每个活动都要大讲特讲上帝，还要喋喋不休地布道讲经，她说这一切她都忍受得住，但求每天早上有一杯热咖啡喝就行了。

你大概还记得那个史考莱牧师吧，此人一心谋取副主教的高位，可是终究好梦落空。他气愤之余便专注于募捐事业，说是要靠公众慷慨的施舍集腋成裘，来募得巨款兴建一座新的教堂。已经在报纸上公布出来的那一大批乐善好施的签名者都是瑞典最有钱的阔佬，因为只有这样才能引起公众踊跃捐款，投身于这一义举中来。

那座拟建的教堂比布拉斯哥尔摩教堂足足大三倍，还有一幢高入云霄的钟楼建在旁边。那座教堂将建造在现有的卡特琳娜教堂的位置上，也就是说把卡特琳娜教堂买下来拆掉，因为那座教堂显得太小，已不能适应瑞典人民的日益虔诚的精神生活的广泛需求。那笔已经募捐到手的款项数额巨大，所以必须推举出一位会计来管理（会计待遇优厚，连住房和柴火都是免费提供的）。你能猜到是哪位仁兄来出任会计吗？听着，是斯特鲁弗。他近来有一点宗教热情，我说只有一点点而已，不过这一点点对他条件不高的需求来说却受益匪浅，因为他赢得了那些真诚的信仰者的庇护。这份兼职差使并不妨碍他到报社去上班，对他酗酒的嗜好更不碍事。可是他的心肠依然硬如铁石，并没有因此而变得软下来。他对那些未曾酗酒成癖、堕落到深渊的幸运者总是怀恨在心的，因为他本人已经堕落到了不能自拔的地步，当然这只是你我之间说说。正是这个缘故，他对你和法尔克也抱有恶意，不肯放过你们，他发誓要把你们拉下水，"非毁了你们不可"，只要你们再出现在他面前。不过目前他还顾不上要把你们造就成醉鬼这码事，他忙着搬到会计师的免费公寓去享福，那里还有不花钱的柴火来取暖。为了达到这个目的，他不得不匆忙草率地举行了婚礼。那次婚礼还是在维塔贝格那幢破旧的老房子里举行的，没有邀请什么宾客，也没有什么豪华的排场，整个仪式都是无声无息、毫不热闹地进行的。我倒出席并在场，而且自始至终观赏了整个典礼，因为我是证婚人，当然也喝得酩酊大醉。他的那位尊贵的夫人听多了弃恶从善等高尚无比的道理，如今也走上了祈求上帝保佑的虔敬之路。

反而那位隆德尔倒是把他的宗教热情一股脑儿抛到九霄云外去了。他如今一心一意地替各家公司的老板们画肖像画，因而获得了美术学院的资格证书。他可以永垂不朽、百世流芳了，因为他有一幅画居然在国家博物馆里堂而皇之地展览出来！这场把戏的窍门说来也很简单，它的手法却值得后人仿效：史密斯先生把他收藏的一幅风俗画捐献给了国家博物馆。那幅画是隆德尔的作品，而隆德尔为了报答这份人情便无偿地替他绘制了一幅肖像画。两全其美，各得其所，岂不是绝妙的好主意！

一部浪漫史的结局：有个星期天的清早，那短暂的宁静尚未被连绵不断的教堂钟声所打破的片刻时间里，我醒过来之后就坐在房间里抽烟。房门上敲了几声，走进来一个细高个儿的英俊的小伙子，我一下子就认出他来，来者是雷恩叶尔姆。寒暄过后，彼此问长问短，畅叙旧谊近况。原来雷恩叶尔姆当上了一家大铁厂的经理，日子过得称心如意。房门上再次响起了敲门声，走进来的是阿尔维德·法尔克（他的情况后面再写）。老友重逢自然免不了追忆往事，也谈起昔日的熟人来。那真是不堪回首，相对唏嘘呀，在你一言我一语说了半晌之后，忽然沉默下来，谁也无话可说。房间里寂静无声，出现了长时间的冷场。雷恩叶尔姆顺手拿起了放在他身边的一本书，高声朗读起来：

"《剖腹产手术》——学术论文，已获享有盛誉的医学系许可，将在古斯塔夫小教室做公开答辩。"

他停顿片刻，端详了所附的图片之后说道："这些形象真是可怕得吓人。真不晓得这个可怜的女人是谁，死了之后也还要用这样的鬼面目出现在人间。"

"你可以查阅得到，"我说道，"名字就在第二页上。"

他接着往下念道：

"该具骨盆保存在医学院病理收集室第三十八号。哦，天哪，怎么会是这样，阿格纳丝·伦德格伦，未婚……"

小伙子的脸变得像石灰一样刷白，他颤巍巍地抬起身来去喝了口水。

“你认识她？”我随便问道，想要分散一下他的注意力。

“我怎么会不认识她？她当初在另外一个城市的剧院里混日子，后来到斯德哥尔摩，在一家瑞士人开的咖啡馆里当女招待，改名为蓓塔·彼德森。”

现在你只消看一下法尔克的脸就全都明白了，他已经变得面无人色了。

这出戏最后的结局是雷恩叶尔姆破口大骂了一通，把天下所有的女人不分青红皂白都骂了个遍。法尔克则情绪十分激动，他克制不住自己，激昂地回敬反驳，说天下的女人本来就分成好坏，他提请注意她们之间好坏的差别之巨大不啻于天使同魔鬼之间的区别。他讲得发自肺腑，感人至深，听得雷恩叶尔姆泪水在眼眶里直打转。

是呀，这就要讲一下阿尔维德·法尔克的近况了，我把他留在最后作为压轴戏来讲。他已经订婚了！这段良缘是怎样喜结的呢？不妨用他自己的话来说：“我们俩一见面就情投意合！”正是如你所知，我在饮食男女方面向来不曾有过一定之见，而是不断地在物色新的对象，等待着再一次艳遇。不过无可否认，也毋庸讳言，我看直到现在为止爱情这玩意儿不是我们这些光棍汉所能琢磨得透和鉴别断定的。我们平日把男欢女爱那种肉欲之欢冠以爱情的美名，那真是牵强附会，因为那只是轻浮的放荡而已。如果你要取笑，不妨纵声大笑好了，你这个刻薄鬼。

除了在写得十分糟糕的蹩脚戏剧里之外，我还真从来不曾见过像法尔克这一回那样干脆利索，像是干柴遇到烈火般一点就着。不过你也可以想到他们订婚也还是几经波折的，历来好事多磨嘛。女方的父亲是个鳏居多年的自私自利的老头，他只靠领取养老金度日，所以把女儿当作攀龙附凤的本钱，巴不得将她嫁入富贵豪门，这样他好老来有靠，安享清福，其实这也是人之常情。那个老头斩钉截铁地拒绝了这门婚事。可惜你没有见到那时候法尔克的神态，他一次又一次地登门向他苦苦哀求，却总是被轰出门外，他仍然毫不灰心，一次又一次去求婚。到了最后法尔克忍无可忍，便指着鼻子对老头说，倘若他不允婚的话，他们俩干脆不经他同意就结婚。我不知道他们究竟有没有打起来，可是我相信他们是动了手的。

有一天晚上，法尔克陪他的未婚妻从她的亲戚家里回家去，这一回他真是硬闯了进去。老头在霍恩斯托尔大街上有一幢小房子，自己独自居住在那里。他们两人走到那条街上，在路灯灯光底下看得很清楚，老头明明躺在窗口，可是法尔克砰砰地敲木栅栏门，敲了一刻钟也不见有人来开门。他就纵身翻过那扇木栅栏门，不料院子里有条高大的恶狗狺狺地朝他狂扑过来。幸好法尔克还有点本事，居然把那条恶狗制服了，还把它关进了垃圾箱里，想想看，文质彬彬的法尔克居然也豁出去拼命搏斗了。他走进院子，硬把园丁从床上拽起来去开门。于是他们俩总算走进了院子，面前还有一扇大门挡着，进不了屋。法尔克找来了一块大石头使劲砸门，可是屋里悄无声息，一点动静都没有。法尔克就到花园里去，搬来了一把梯子，他从梯子上攀登到老头的窗沿上（当时换了我在那里的话，我也会那样做的），大声喊道："快开门，要不然我就砸破窗子进屋了！"这时屋里传出来了老头的声音："你这个无赖，你敢砸的话，我就开枪打死你！"法尔克不管三七二十一，果然砸破了窗子上的玻璃。

屋里死一般寂静。过了半晌，从砸碎了的玻璃窗里传来了声音。

"你倒还真是个血性男儿。"那老头赞许说，因为他早年曾当过兵，"你可以当我的女婿。"

"我也不情愿砸破你的窗户，"法尔克喃喃地说，"不过为了你女儿，什么事情我都甘愿去干。"

于是他们的婚姻就这样定下来了。

法尔克终于订了婚。你知道自从全国议会对政府机构进行大改组以来，文官的薪俸和地位都成倍地增长。因此即便一个领取最低一级薪俸的年轻人如今也结得起婚了。法尔克将在今年秋天结婚，婚后女方继续像以前一样当教员。

关于妇女问题我知之甚少，因为事不关己，我不大过问。不过据我所见所闻，我相信那种婚姻之中的亚洲式残渣余孽必将在我们这一代人的手中消除掉。男女双方缔结一个自由协议，任何一方都用不着放弃自己的独立权利，没有哪一方要管束调教另一方。双方都要学会互敬互让，尊重对方的弱点，这样才能结成终身伴侣，而不至于由于一方触及了敏感之处而闹得不可开交，引起相互厌倦。

那个欧吉妮，就是尼古拉斯·法尔克的夫人，也就是那个用慈善事业来招摇的狐狸精，我从来不曾把她看成良家妇女，而只当她是出卖色相的贱货，其实她自己又何尝不心知肚明，恐怕她也是这样看待自己的。如今的世道，大多数女人结婚是为了享受荣华富贵，为了生活得舒服安逸，不必再干活劳动，只消做个当家女主人就可以。如今缔结良缘的越来越少，其过错固然在女人身上，然而男人也难辞其咎。

不过阿尔维德·法尔克这家伙真是令人捉摸不透。如今他一头扎在古钱币学里，那份热衷的劲头似乎不大自然。前几天我听他谈起他正忙于写一本古钱币学的教科书，打算在各个学校推广使用，并且将钱币学作为一门课程来开设。他决不看报纸，对世界上发生什么事件一无所知。至于说当作家的梦想，他似乎早已抛到了九霄云外。他现在活着只是上班下班，恪尽职守，还有就是为了他所崇拜的偶像，就是他的未婚妻。不过我并不相信他会一直如此。法尔克是个政治狂热者，他很清楚，只消往心中的火苗上煽点风吹点气，他就又会燃烧起来，所以他埋头钻研枯燥而严谨的古钱币学，借以消磨自己的意志。不过我相信他是做不到的，因为不管他怎样克制自己，早晚有一天又会爆发出来。况且我还相信他大概加入了某个秘密社团，就是欧洲大陆上反动派和铁血统治所提倡建立的那种团体。不过这种猜测只能在你我之间说说而已。

前两天，我在议会的大厅里见到了法尔克，他在那里充当国王的临时侍从官。国王在议会里发布御前咨文的时候，他就站在国王的宝座前面，身着绛紫色朝服，头戴缀有羽毛的礼帽，手捧权杖，器宇轩昂地站在御座跟前，就站在王位的旁边！当时我心里就想到了，不过还是不说出来为妙，否则罪莫大焉。国王陛下的御前咨文仍是由掌玺大臣代为宣读的，咨文里陈述了国家的现状和当务之急。我瞟了法尔克一眼，但见他眼里显露出一种不屑的神色，似乎在说：国王陛下对这个国家的现状和当务之急究竟知道多少啊！他这个人哪，终究不是池中之物。

我回顾往事到此收尾，大概没有遗忘掉哪一个人。就此搁笔，日后再行奉告。

遥祝

祺安

H.B.

即日

新编新译
世界文学
经典文库

新编新译世界文学经典文库

作者小传

1 8 4 9 — 1 9 1 2

斯特林堡小传

石琴娥

奥古斯特·斯特林堡(August Strindberg)是欧洲现代主义文学的先驱，瑞典当代文学的开创者。1849年1月22日出生于瑞典首都斯德哥尔摩的一个资产阶级家庭。父亲曾开过杂货铺，又当过船舶经纪人，但因经营不善而破产，家道陡然中落，从富裕陷入贫困。斯特林堡的生身之母是他父亲的女仆，由于这宗婚姻的门第不当而遭到家族的反对和指责，他的母亲受尽欺凌，在斯特林堡十三岁时便病逝。斯特林堡虽然曾经有过一段资产阶级家庭的富裕生活，但时间不长，更多的是在家境窘迫拮据、遭受白眼和屈辱的凄惨日子中度过，正如他在自传体小说中写的那样，在担惊受怕中长大成人，担心哥哥的拳头、女仆揪头发、外祖母的责骂和继母的树枝，还有父亲的鞭子。斯特林堡是个极端敏感和脆弱的孩子，他强烈希望得到别人的疼爱，但却不能如愿以偿。在青春时期，他极力用反抗克服自卑感，在众人面前不甘示弱，以致不得不用怀疑和敌视来反抗欺凌屈辱，造成了他满怀着“生存就是冲突”的观念来看待和对付现存的一切，用先发制人掩盖自己的虚弱和不安。这种态度使他总是与周围的人和环境，如家庭、学校，乃至日后的婚姻等等发生冲突。

中学毕业后他到乌普萨拉上大学学医，但一再因财源难继而辍学，又一再复学，终因学费无着落而被迫中断学业。他热衷于戏剧，想当演员，但上过一次台即告失败。二十岁时他创作的反映冰岛神话时期父女两人因宗教信仰而发生冲突的独幕剧《被放逐者》得到瑞典国王卡尔十五世的赞赏和经济资助。在短篇小说集《来自法丁根和斯瓦特贝肯的故事》(1877)中有他这段大学生活经历和印象的描写。

在离开乌普萨拉大学最初几年里，他在斯德哥尔摩当业余文学家，并大量阅读，通过博览群书来丰富自己。他阅读了丹麦哲学家索伦·克尔恺郭尔、文艺评论家格奥尔格·勃朗兑斯等人的作品，获得了有关历史的发展和整个社会生活的新概念。在这些思想熏陶下，他创作了剧本《奥洛夫老师》(1872)。一个作家在创作过程中，作品里难免会描写到作者本人。在这部现实主义剧本《奥洛夫老师》所塑造的人物的特征中就有作者本人的特点，尤其是主人公的性格由兴致勃勃突然变得低沉沮丧。《奥洛夫老师》创作后，直到十年后才在舞台上演出。在此期间，斯特林堡把散文体的剧本改为诗体，不过在第一次印刷和上演时仍然用的是最初的散文体剧本。为了谋生，他当过家庭教师和新闻记者。直到1874年当上了瑞典皇家图书馆助理员，生活才安定下来并且得到改善。

1879年斯特林堡出版社会讽刺小说《红房间》使他一举成名。作品描述年轻富商子弟阿维克·法尔克放弃优裕生活和官场生涯，一心要为社会和贫苦民众做事。但是在冷酷而严峻的现实的巨大压力下，法尔克最后终于屈服，违背了自己最初的诺言。作者通过法尔克的经历和观察来揭露社会不公和人际尔虞我诈。这是瑞典第一部现实主义作品，这也正是小说最能吸引人和发人共鸣之处，因为它不再是置身在象牙塔中或者是田园牧歌式的作品，而是触及了活生生的现实生活，揭露了它的阴暗与丑恶面。这部作品是斯特林堡创作生涯中第一部开创性的作品，也是瑞典现代文学的开端。瑞典文学在此以前仍以诗歌为主，虽然已有小说体裁的文学作品，但是大多以短篇为主，往往是书信体并

且夹杂着大量的宗教和道德说教。这些作品词藻华丽，情节曲折离奇，却与中下层民众无缘，也吸引不了他们，只能在上流社会中流通。直到斯特林堡的《红房间》出版才使这种局面有了改观。这部小说刚一出版就引起轰动，第一版被一抢而光，在半年之内连续出了四版。次年又以廉价书形式大量出版，而购买的主要是青年和工人。这部小说从刚一出版起便遭到了猛烈的围攻，几乎所有的批评家都以卫道士的口吻指责小说“沉闷而悲观”“恶毒而令人厌恶”“只有黑暗与挖苦、辛酸与痛苦”等等。但是随着小说受到广大中下层民众的热烈欢迎，每次印量都高达一万册以上，而且还要一而再版，这在当时全国只有四百万人口的瑞典来说简直是不可思议的天文数字，因为一般的文学作品印数大多是几百册，能上千册已是十分了不起的大事了。于是大多数报纸也不得不承认《红房间》的成功之处，是“讽刺的杰作”。瑞典最大的报纸《每日新闻》开始使用“天才”这一字眼来形容斯特林堡。但是这部小说击中了社会上层的痛处，给他招来了猛烈的围攻。此后他又出版了《周末和周日的瑞典人民》(1881—1882)、《新国家》(1882)和《瑞典的经历和冒险》(1882—1883)等讽刺性小说又招致嘲骂和围攻，以至于他无法再在国内存身。1883年，他举家迁居法国，先是待在格列兹的瑞典艺术家会馆，后来迁往巴黎，与挪威作家比昂松和约纳斯·李密切来往。1884年他著名的短篇小说集《结婚集》受到言词亵渎、触犯宗教而遭到控告。斯特林堡不得不返回斯德哥尔摩接受审讯，虽然结果被判无罪，但是他的身心却受到极大的刺激和摧残。他在这场官司结束之后，迁居丹麦，后来又侨居德国、奥地利、法国等地，过着穷困潦倒而颠沛流离的生活。不过也正因为如此，他接触欧洲大陆上各种哲学和文艺的思潮、流派和新鲜事物要比瑞典国内的文人更广泛也更直接及时，并且得以结交更多的各国文学家。

斯特林堡有过三次婚姻挫折。1877年同他长期苦苦追求的贵族已婚女子后来成了女演员的锡莉·冯·埃森结婚。这宗以离谱的婚外恋开始而以吵架离婚结束的既不相称也不和谐的婚姻成为当时闹得满城风雨的社会花边新闻。1891年与锡莉·冯·埃森离婚。1893年后与一个奥地利女子的短暂婚姻，以及1901年到1904年与青年女演员哈丽耶特·伯赛的短暂而温馨的婚姻，因为后者靠演了斯特林堡的戏剧，在两年之中从默默无闻的女伶一跃而为全国最走红的名角，他们之间的婚姻亦就难以为继了。三次婚姻的失败和其他一些复杂而不幸的私生活造成了他对妇女既爱又恨的复杂心理状态。他在其他社会问题上是激进改革派，而在妇女问题上却抱有仇视和敌意。起先他鼓吹妇女应该回到厨房去当贤妻良母，他不但反对易卜生在《玩偶之家》剧本中所表达的妇女必须有独立的人格和尊严，必须走出家庭自食其力的观点，甚至还写了一篇亦以《玩偶之家》为名的短篇小说来挖苦讽刺易卜生。在1886年出版的《结婚集》第二集中他对妇女的带有病态的傲慢、偏见、歧视和敌意已经表露得十分清楚。1887年他在法语版的《一个狂人的辩词》一书中已阐明了他憎恨妇女的心理背景。也正因为在妇女问题上他的与众不同的观点最后导致他和国内许多思想激进的友人和支持者分道扬镳。

在世界文坛上，斯特林堡主要以戏剧而享有盛誉。19世纪80年代后半期，斯特林堡作为一个戏剧家对欧洲的戏剧改革运动做出了重大贡献。这是因为他首次将自然主义运用到戏剧中来，并且成功地创作了悲剧《朱丽小姐》(1888)、《父亲》(1887)和《债主》(1888)这几部独幕剧，尤其是《朱丽小姐》已被奉为世界戏剧史上自然主义风格的经典之作。

他在19世纪80年代以后精神曾一度失常，并且由达尔文主义转向接受斯维登堡的神秘主义哲学观念和当时正流行的法国心理学家特乌杜勒·里伯特(1839—1916)的学说。他还过分相信和强调达尔文主义的生物进化中自然选择起着最有决定因素的作用观点，后来在他晚年又转为接受奥地利心理学家弗洛伊德(1856—1939)的精神分析学说。斯特林堡亦受到尼采(1844—1900)的深刻影响。斯特林堡沉湎于这些五花八门的唯心主义和神秘主义的学说之中，不仅使得他思想上出现倒退，由激进的无神论者倒退为相信上帝和宗教并且迷信鬼魂和通灵术，而且也使得他蒙受极大的个人不幸。在经历了一度精神失常之后，斯特林堡深信不疑，认为自己屡遭不幸和失败都是由于某种超自然的力量也就是天意在摆布。1894年在从德国到巴黎的途中他又陷入了一次精神危机，甚至觉得周围的人都要加害谋杀他，以致他在惊恐中惶然逃避暗杀。他把这场精神危机称为“地狱危机”[原文为英芬诺(infernal)，即但丁所著《神曲》的第一篇]。斯特林堡在度过了灾难性的四十天的“地狱危机”之后，精神逐渐恢复平衡，写作的欲望和灵感亦再度旺盛起来。他涉猎的学问范围十分广泛，尤其在语言和化学方面。有关语言学方面，他在皇家图书馆工作时曾抄写过汉语和中国的象形文字，他以自学汉语积累的知识写了《中国文字的起源》一书。在1910至1912年间他还曾出版了《世界语言之源》和

《母语的历史》。他还从事过把硫黄变成煤炭，把铁变成黄金的化学研究，但终究因为违反基本物质的理论而失败。在“地狱危机”之后，他屏弃了荒唐的炼金术，而埋头写作，进入了多产期，如三卷本剧本《去大马士革之路》(1898—1904)等一大批戏剧和小说作品。不过风格与以前迥异，不再是现实主义和自然主义，而是转变成充满象征主义和表现主义情调，表现出想摆脱痛苦却又找不到出路的绝望挣扎和变态心理，描写出梦幻般的扭曲畸形的资本主义病态的社会关系。

斯特林堡开创的表现主义戏剧具有这样的特征：内容荒诞离奇，结构散乱，情节变化突兀，往往鬼魂和活人同时出现在舞台上，以致生与死、梦幻与现实之间没有明确的界限，剧中人物往往类型化，常常无名无姓没有鲜明的个性特征，而只是抽象的观念，共性的象征，戏剧中没有明确和特定的时间地点，也没有戏剧性事件，甚至没有剧情转折和起伏，更没有结局。在语言上往往用简单、快速、高亢的内心独白来表现人物的细腻感情，因而大抵是口号式的梦呓或声嘶力竭的呼喊。总之把古典戏剧中的传统要素如动作、语言和人物等全都压缩到最小极限甚至不复存在，既没有具体情节和行动也没有符合客观现实的人物形象。整个舞台只是突出世界的荒唐性和反理性的象征。《去大马士革之路》以独白的形式描写人和命运、异性、教会，还有和自我的搏斗，正如瑞典文学史专家马丁·拉姆(1880—1950)所说：“戏剧史上从没有一个作家将灵魂的斗争写得这样具体，可说是赤裸裸地暴露在观众眼前。”《一出梦的戏剧》(1902)可以被看成是《去大马士革之路》的续篇，整个戏剧都笼罩着超自然的气氛，舞台场面光怪陆离如同梦境一般。属于这类作品的还有《圣灵降临节》(1899)、《罪上加罪》(1899)、《复活节》(1900)和《大路》等。

斯特林堡一直以他犀利辛辣的笔锋和毫不妥协的精神揭露丑恶，批判社会，他的立场始终鲜明地站在工人群众和劳动人民一边。他虽然没有直接参加社会民主党和社会主义工人运动，但是同情却明确地站在他们一边。1909年瑞典《社会民主报》为祝贺斯特林堡六十寿辰，出版专刊，斯特林堡撰文致谢并宣称："我始终把自己看成是他们即下层社会的代言人中的一员，因为我是一个女仆的儿子。"

1909年，斯特林堡在刚刚创刊的《晚报》上发表了一篇题为《对法老的崇拜》，从而挑起了一场大论战。从表面上看这是一场文学的争论，斯特林堡反对的是当时新浪漫主义派的领袖人物、著名诗人海顿斯坦(1859—1940)。这场论战交锋得十分激烈。斯特林堡在《晚报》和《社会民主报》上发表了上百篇抨击文章，而论战的规模也是空前的，并不局限于文人或知识分子，而是各个阶层从工人到资本家都参与进来的全国性大辩论。这场论战持续到1912年，由于斯特林堡去世而偃旗息鼓。这场论战亦以"斯特林堡大论战"为词条列入了《瑞典大百科全书》。事实上这场论战具有超越文学范畴的深远意义。当时瑞典政局动荡不安，由于经济状况的恶化和工人生活的困苦，工人运动此起彼伏，社会民主党的力量不断壮大，革命大有一触即发之势。政府以加强国防为名致力于扩军备战和压迫工人运动，而工人运动则坚决反对资产阶级右派政府的好战态度。于是两个敌对阶级营垒分明地对阵起来。社会民主党领导下的工人运动集结在斯特林堡身边，而另一方虽然以诗人海顿斯坦和刚刚从中亚和罗布泊探险归来而被封为贵族的斯文·赫定（1865—1952）等人为首，但是他们背后站着军火制造商、各行业的大资产阶级和各色各样要夺回芬兰以雪国耻的复仇者。正因为如此，这场论战就具有关系国家人民命运的重要性，从而形成了全国都卷入的史无前例的巨大规模了。

如同斯特林堡的写作风格不断变化一样，世界也在日新月异地变化着，潜艇、飞机、照相机等各种新生事物的技术单词都出现在他的作品里。斯德哥尔摩街头亦早已不再是车辚辚、马萧萧，而是一派现代化工业化的景象。斯特林堡的寓所里也安装了电动升降机，而这在当时是刚刚时兴的新奇东西以致斯特林堡宁愿继续走楼梯而不敢领教电梯的滋味。然而也还有一个重大的变化正在不易察觉地进行，那就是第一次世界大战的阴影已经笼罩了欧洲大陆，帝国主义之间的掠劫争夺无可挽回地造成了这场人类的浩劫，就在斯特林堡去世不到两年，第一次世界大战终于爆发了。

1912年5月14日斯特林堡因患癌症而去世，成千上万的各界人士赶来参加葬礼，工人群众则高举着红旗守卫在灵车经过的每一条街道。按照斯特林堡生前的遗愿，葬礼没有在殡仪馆或教堂里举行，也不奏乐或唱国歌，而是平静地将棺椁埋葬在新教的墓地上，坟前竖立了一个黑色的十字架，上面除了姓名和生卒年月外还写了这样一段拉丁文悼词：“呜呼十字架，问候你，我们唯一的希望！”

斯特林堡才华横溢，多才多艺，一生创作了六十二部戏剧，六十多部小说，还有论文和诗歌，以及一百二十幅油画。他的剧本充满着对社会、宗教和家庭虚伪的反抗精神，运用了不同于前

人和同代人的新颖的戏剧语言，赋戏剧以一种独特的苦涩和力量，因而对社会的批判和对宗教家虚伪的揭露更为尖刻锐利，也更招致统治阶级和旧势力的卫道者们的刻骨仇恨和恶毒谩骂围攻。

斯特林堡的小说题材是多方面的，但大多与他本人生活经历有一定关系，他的六十余部作品大致可分为这几类：批判社会和揭露现实的，自然体的，以超人为题材的，历史题材的等等。

斯特林堡的小说和他的戏剧一样都是在受到丹麦的文学评论家勃朗兑斯的急进民主主义文学思想的感召而写作的，因而勃朗兑斯的文学必须不脱离社会现实，文学必须干预社会现实的主张，清晰地体现在斯特林堡的小说和戏剧之中，尤其是早期的作品，因而他的小说几乎都具有鲜明的批判社会的特性，并且带有强烈的愤世嫉俗的讽刺笔调。不少作品中不仅流露出疾恶如仇的语气，甚至过分偏激和尖刻，但是却给他的写作风格增加一种奇特的力量，人们通常把这种风格称为“斯特林堡文风”，后来一些瑞典作家还孜孜模仿效颦，但是迄今尚没有一个瑞典作家在反映外部世界和内心世界方面的技巧能够超过斯特林堡的。说斯特林堡开创了瑞典小说并非言过其实，他是当之无愧的。

以《琼斯皇帝》(1920)和《毛猿》(1921)等经典名剧而著称于世界的美国著名戏剧家、表现主义大师尤金·奥尼尔在1936年接受诺贝尔文学奖时，致词称赞斯特林堡是“现代所有戏剧家中最伟大的天才”，然而斯特林堡生前却没有获得过诺贝尔文学奖，其实这是不足为怪的，因为颁发诺贝尔文学奖的瑞典学院是十分注重意识形态的，对于斯特林堡这样深深刺痛瑞典社会的作家，瑞典学院是不敢冒天下之大不韪发给奖项的，何况还有一层莫大的忌讳：诺贝尔本人曾生气地写道，斯特林堡把他说成是运送炸药的军火商，因而尽管瑞典举国上下呼声很高，甚至斯特林堡本人也以为非他莫属了，然而瑞典学院仍按照其一贯的做法将这样一个作家排除在得奖名单之外，而是从19世纪90年代新浪漫主义派中物色人选。1909年秋，诺贝尔文学奖授予了瑞典女作家、《尼尔斯骑鹅旅行记》(1907)的作者塞尔玛·拉格洛夫(1858—1940)时，这就意味着斯特林堡在这一生中永远失去了获奖的机会。在斯特林堡1912年去世之后，瑞典学院即把1916年的诺贝尔文学奖授予在大论战中一直是斯特林堡对立面的、高唱爱国主义诗歌的诗人海顿斯坦(1859—1940)。不过斯特林堡虽然没有得奖，但是丝毫影响不了他的文学成果和在世界文学史上的地位，却只能暴露了诺贝尔文学奖并不公允的实质。

瑞典人民尤其是工人阶级对斯特林堡的热爱是任何一个欧洲文学家所梦寐以求却又无法追求得到的。在1909年斯特林堡六十寿辰时，成千上万的群众主要是工人和学生游行到他的寓所门前祝寿，他们高举火炬，扛着红旗，高呼“人民的斯特林堡”。1911年瑞典社会民主主义青年团发起为斯特林堡举行全国性募捐来解决“英梯姆”剧院遗留下来的大笔债务。在他六十三岁寿辰当天，瑞典社会民主党领袖布朗亭率领上万工人群众唱着《马赛曲》和喊着“人民的斯特林堡”的口号来向他赠送募捐得到的四万五千克朗，而这笔巨款是瑞典全国各地工人一文一文地募捐而成的。斯特林堡则说他永远把自己看成是下层社会的一员，因为他是女佣的儿子，像这样水乳交融的场面是北欧和欧洲文学家们的生平经历中所并不多甚至见不到的。与此相反，瑞典王室和官方也不得不对他的贡献表示承认。1909年瑞典国王古斯塔夫五世亲临话剧院来出席他的《最后一个骑士》首演式。然而斯特林堡却拒不露面。这种傲岸骨气是北欧国家的作家中所少见的。

斯特林堡同挪威的易卜生和丹麦的安徒生一样是最早介绍到我国的北欧作家。鲁迅的弟弟周作人于1918年在当时具有广泛影响的杂志《新青年》上，发表了选自《结婚集》的两个短篇《不自然的淘汰》和《改革》。在这以后的二三十年代里，由鲁迅、茅盾创办的文学研究会出版了《斯特林堡戏剧集》(包括《朱丽小姐》《母爱》《债主》)，中华书局、光华书局、大东书局等出版社陆续出版了《死之舞蹈》《父亲》等书，仅《结婚集》就先后有三个中译本。从这些所发表的作品看来，当时主要介绍了斯特林堡前期的现实主义作品。这也是符合我国当时情况的。鲁迅竭力主张在中国介绍北欧的刚健质朴的文艺。他对思想深邃、文笔犀利的斯特林堡是很推崇的，把他的作品誉为“投枪”。在鲁迅的书房里，人们发现藏有日文版的斯特林堡著作。

1930年出版的《欧洲文学史纲》中称“斯特林堡是19世纪末瑞典新文学的代表者，是可以和易卜生齐名的瑞典文坛巨匠，增进了瑞典文学的光荣”。还有一位学者把19世纪末叶的瑞典文坛称为被“斯特林堡占领的时代”，因为“他以最锋利的、最深刻的笔暴露了社会和人生最丑恶的部分”。对于斯特林堡，中国文艺界在当时是有不同的评价的。有些学者认为斯特林堡作品的基调只是“憎恶”“以他特有的想象力，把一切丑化”。

1949年中华人民共和国成立以来，斯特林堡的作品又引起了我国读者的重视。1957年《译文》杂志1月号将他誉为“与市侩

社会做不调和斗争的战士”，同年《译文》3月号在报道邦尼尔出版社出版了1949年发现的斯特林堡致哈里耶特 · 伯赛的三十六封信的消息时指出，这些“信札具有巨大的历史和文学价值”。

1980年由上海文艺出版社出版的《外国现代派作品选》中刊登了斯特林堡的《鬼魂奏鸣曲》，该书的编者认为“斯特林堡是欧洲表现主义的先驱人物，他的三部曲《去大马士革之路》是欧洲最早出现的表现主义戏剧。著名的《鬼魂奏鸣曲》对资本主义社会中人与人互相倾轧的关系作了淋漓尽致的揭露”。1981年人民文学出版社出版了斯特林堡的《红房间》和《斯特林堡戏剧选》。这部新出版的戏剧选，不但收集了他早期的现实主义历史剧《奥洛夫老师》，也收录了自然主义的《朱丽小姐》《父亲》和表现主义的《一出梦的戏剧》。同年5月，我国《人民日报》发表了他的短篇《失去本性的朱巴尔》，赞誉斯特林堡“构思奇特，笔锋犀利”，说他的写作风格“近似狄更斯和雨果”。他的其他一些著名短篇小说如《崇高的目标》也在《世界文学》杂志中发表。

改革开放以来，我国不但出版了斯特林堡的剧本、小说和《斯特林堡文集》，在上海、北京等地的舞台上也演出了他的各种风格的戏剧，如自然主义戏剧《朱丽小姐》和《父亲》、表现主义戏剧《去大马士革之路》和《鬼魂奏鸣曲》以及早期的《幸福佩尔的旅行》等。

斯特林堡给世人留下了一宗巨大的启人睿智、发人深思的精神财富。这一凝聚着人类智慧宝库的大门是需要通过艰辛的探索和研究才能打开的。对他的有些看法，如对妇女的偏见和敌视，如何做出比较准确的评价，尚是一个有待研究的课题。

August

斯特林堡年表

1849年 1月22日，斯特林堡生于斯德哥尔摩的一个资产阶级家庭。

父亲经过商，也做过轮船经纪人。母亲曾是父亲家的女仆。

1856年 全家迁入北关大街上的马尔姆大院，斯特林堡开始上克拉拉学校。

1862年 母亲乌尔丽卡·埃烈乌诺拉死于肺结核。

1863年 父亲卡尔·奥斯卡尔·斯特林堡再婚。

1866年 在厄斯莫任家庭教师。

1867年 通过考试进入乌普萨拉大学就读。

1868年 在克拉拉学校任教师，同时兼家庭教师。

1869年 报考皇家话剧院的戏剧学校，想当演员，但上过一次台即告失败。

创作剧本《自由思想者》。

1870年 重返乌普萨拉大学就读。剧本《自由思想者》发表。

1871年 在基曼多岛度过第一个夏天。

独幕剧《被放逐者》发表，得到瑞典国王卡尔十五世的赞赏和经济资助。

1872年 辍学，未获得文凭。
发表剧本《奥洛夫老师》。

1873年 在《每日新闻》当记者。

1874年 离开《每日新闻》，任皇家图书馆助理馆员。

1875年 结识锡莉·冯·埃森。

1877年 与锡莉·冯·埃森结婚。
创作小说集《来自法丁根和斯瓦特贝肯的故事》。

1878年 第一个女儿出生，两天后夭折。

1879年 长篇小说《红房间》出版，一举成名。成为受人崇拜而又有争议的作家。

1880年 女儿卡琳出生。
1880至1883年夏天在基曼多岛度过。

1881年 女儿格列达出生。
离开皇家图书馆。
发表剧本《吉里的秘密》。

1882年 全家迁入大长街十一号。
发表剧本《幸福佩尔的旅行》和《本特先生的妻子》以及讽刺小说《新国家》。

1883年 携全家侨居格列兹—苏尔—洛英和巴黎。
《诗》出版。

1884年 侨居瑞士。儿子汉斯出生。
诗集《梦游之夜》出版。
《结婚集I》出版。遭起诉，回斯德哥尔摩应诉，被法院宣布无罪。
重返日内瓦。

1885年 侨居日内瓦、巴黎，在诺曼底度夏，随后去格列兹。

1886年 《结婚集II》出版。
开始创作长篇小说《女仆之子》，住在瑞士的德语区和法国。

1887年 住在巴伐利亚的林陶。与锡莉 · 冯 · 埃森分居。
小说《海姆瑟岛居民》出版。
发表剧本《父亲》。
法文版《一个狂人的辩词》出版。

1888年 住在哥本哈根以北的塔尔贝克。
发表剧本《朱丽小姐》。

1889年 离开丹麦，夏天住在瑞典的桑德港和伦马尔岛。
发表剧本《债主》。

1890年 先后住在瓦斯克霍尔姆、维尔姆德兰的布沃和伦马尔岛。
小说《在海边》出版。

1891年 与锡莉·冯·埃森离婚。

1892年 发表独幕剧:《玩火》《母爱》和《绳索》等。

1893年 认识并与奥地利女记者弗丽达·乌尔结婚。

1894年 女儿夏士婷出生。周游欧洲。

1895年 发生一系列精神错乱,潜心“把铁炼成黄金”;怀疑有人追杀,到处逃跑。

1896年 住在巴黎和奥地利,开始创作《神秘日记》。

1897年 先住在瑞典的隆德,而后又返回巴黎。
用法文写《地狱》。

1898年 创作《去大马士革之路》和《修道院》,然后返回隆德。

1899年 在隆德庆祝五十岁生日,后回斯德哥尔摩。
历史剧《卡尔十四世》发表。

1900年 与女演员哈丽耶特·伯赛相识。

1901年 与哈丽耶特·伯赛结婚，搬进卡拉广场附近的“红楼”。
剧本《一出梦的戏剧》和《复活节》发表。

1902年 女儿安娜·马利亚出生。

1903年 小说《孤独》发表。

1904年 再次离婚。
在弗吕松德度夏，创作小说《黑旗》。

1906年 开始创作《蓝皮书》。

1907年 小说《黑旗》出版。室内剧场投入使用。

1908年 搬到“蓝色塔楼”并爱上法妮·法尔克纳尔。

1909年 公众热烈庆祝他六十岁生日，成千上万群众主要是工人和学生游行到他的寓所门前祝寿并高呼：“人民的斯特林堡”。
创作最后一部戏剧《大路》。

1910年 斯特林堡发文批驳瑞典作家海顿斯坦1898年发表的短篇小说集，由此：“斯特林堡大论战”在正面阵地上打响。这场争论一直延续到1912年斯特林堡去世才不了了之。

1912年 5月14日逝世，葬于北陵。

斯特林堡主要作品

中瑞文名称对照表

中文名称	瑞文名称	出版年份
《自由思想者》	Fritänkaren	1870
《在罗马》	I Rom	1870
《被放逐者》	Den fredlöse	1871
《奥洛夫老师》	Mäster Olof	1872
《来自法丁根和斯瓦特贝肯的故事》	Från Fjärdingen och Svartbäcken	1877
《红房间》	Röda rummet	1879
《吉里的秘密》	Gillets hemlighet	1881
《周末和周日的瑞典人民》	Svenska folket i helg och söcken	1881—1882
《幸福佩尔的旅行》	Lycko-Pers resa	1882
《本特先生的妻子》	Herr Bengts hustru	1882
《新国家》	Det nya riket	1882
《瑞典的命运和冒险》	Svenska öden och äventyr	1882—1883
《诗》	Dikter	1883
《梦游之夜》	Sömngångarnätter	1884
《结婚集I》	Giftas I	1884
《相同与不同》	Likt och olikt	1884
《结婚集II》	Giftas	1886
《在法国农民中间》	Bland franska bönder	1886
《父亲》	Fadren	1887
《女仆之子》	Tjänstekvinnans son	1886—1887

《一个狂人的辩词》	En dåres försvarstal	1887
《海姆瑟岛居民》	Hemsöborna	1887
《朱丽小姐》	Fröken Julie	1888
《斯德哥尔摩群岛上的生活》	Skärkarlslif	1888
《债主》	Fordringsägare	1889
《在海边》	I havsbandet	1890
《社会弃儿》	Paria	1890
《天国的钥匙》	Himmelrikets nycklar	1892
《借和贷》	Debet och kredit	1892
《底层》	Första varningen	1892
《面临死亡》	Inför döden	1892
《母爱》	Moderskärlek	1892
《玩火》	Leka med elden	1892
《绳索》	Bandet	1892
《地狱》	Inferno	1897
《传说》	Legender	1898
《去大马士革之路》	Till Damaskus	1898
《福尔孔家族传奇》	Folkungasagan	1899
《罪上加罪》	Brott och brott	1899
《圣灵降临节》	Advent	1899
《古斯塔夫·阿道尔夫》	Gustav Adolf	1900
《复活节》	Påsk	1901
《克里斯蒂娜女王》	Kristina	1901

《古斯塔夫·瓦萨》	Gustav Vasa	1901
《卡尔十二世》	Karl XII	1901
《死之舞蹈》	Dödsdansen	1901
《一出梦的戏剧》	Ett drömspel	1901
《天鹅白》	Svanevit	1901
《古斯塔夫三世》	Gustav III	1902
《传奇故事》	Sagor	1902
《修道院》	Klostret	1902
《花冠新娘》	Kronbruden	1902
《孤独》	Ensam	1903
《风雪天》	Oväder	1906
《替罪羊》	Syndabocken	1906
《被烧毁的土地》	Brända tomten	1907
《鬼魂奏鸣曲》	Spöksonaten	1907
《黑旗》	Svarta Fanor	1907
《鹈鹕》	Pelikanen	1908
《最后的骑士》	Siste riddaren	1908
《摄政者》	Riksföreståndaren	1908
《勃尔波-雅尔伦》	Bjälbo-Jarlen	1908
《大路》	Stora landsvägen	1909
《致亲密剧院的公开信》	Öppna brev till Intima teatern	1909
《蓝皮书》	Blå boken	1912

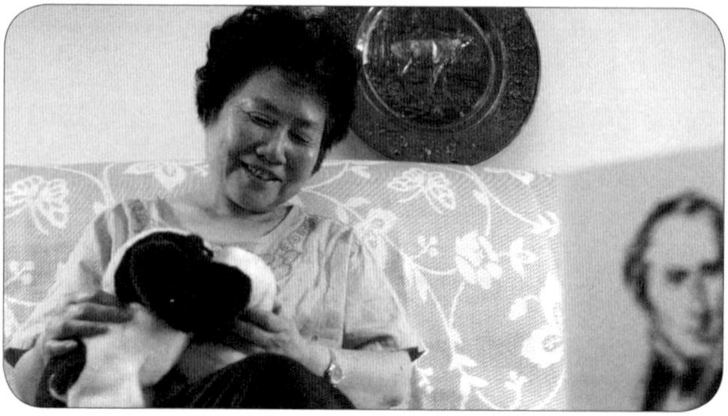

石琴娥

1936年出生于上海。中国社会科学院外国文学研究所研究员。曾任中国—北欧文学会副会长，投身外交事业多年。瑞典斯德哥尔摩大学、丹麦哥本哈根大学和挪威奥斯陆大学访问学者和教授。

专门从事北欧五国文学研究。主编《北欧当代短篇小说集》、《萨迦选集》、《从荷马史诗到〈挪威的森林〉》和《北欧译丛》等；为《中国大百科全书》及多种词典撰写北欧文学、历史和戏剧等词条；著有《北欧文学史》、《北欧文学论——从北欧中世纪文学瑰宝到“当代的易卜生”》和《北欧文学大花园》等；译著有《埃达》、《萨迦》、《尼尔斯骑鹅旅行记》、《安徒生童话与故事全集》和《易卜生——艺术家之路》等。

曾获瑞典作家基金奖，第五届（2001）、第六届（2003）全国优秀外国文学图书一等奖，安徒生国际大奖（2006），中国翻译家协会资深荣誉证书（2007）、丹麦国旗骑士勋章（2010），以及瑞典皇家北极星勋章（2017）等。

图书在版编目（CIP）数据

红房间 /（瑞典）奥古斯特·斯特林堡著；石琴娥，斯文译．-- 北京：作家出版社，2021.10

（新编新译世界文学经典文库）

ISBN 978-7-5212-1491-8

Ⅰ.①红… Ⅱ.①奥… ②石… ③斯… Ⅲ.①长篇小说-瑞典-现代 Ⅳ.①I532.45

中国版本图书馆 CIP 数据核字（2021）第 134767 号

红房间

作　　者：[瑞典] 奥古斯特·斯特林堡
译　　者：石琴娥　斯　文
责任编辑：袁艺方　王　烨　田一秀
特约编辑：赵文文
装帧设计：潘振宇 774038217@qq.com
封面绘画：潘若霓
出版发行：作家出版社有限公司
社　　址：北京农展馆南里 10 号　　　邮　　编：100125
电话传真：86-10-65067186（发行中心及邮购部）
　　　　　86-10-65004079（总编室）
E-mail: zuojia@zuojia.net.cn
http: //www.zuojiachubanshe.com
印　　刷：北京盛通印刷股份有限公司
成品尺寸：138×205
字　　数：356 千
印　　张：15.5
版　　次：2021 年 10 月第 1 版
印　　次：2021 年 10 月第 1 次印刷
ISBN 978-7-5212-1491-8
定　　价：68.00 元